LOUIS ÉNAULT

# VALNEIGE

PARIS

LIBRAIRIE HACHETTE ET Cie

79, BOULEVARD SAINT-GERMAIN, 79

1887

# VALNEIGE

# OUVRAGES DU MÊME AUTEUR

## Volumes brochés à 1 fr. 25

Christine; 11e édition. 1 vol.

Pêle-Mêle, nouvelles; 2e édition. 1 vol.

Histoire d'une femme; 5e édition. 2 vol.

Alba; 7e édition. 1 vol.

Hermine; 6e édition. 1 vol.

La vierge du Liban; 4e édition. 1 vol.

Cordoval; 1 vol.

Les perles noires; 3e édition. 2 vol.

La rose blanche; 6e édition. 1 vol.

L'amour en voyage; 6e édition. 1 vol.

Nadéje; 6e édition. 1 vol.

Stella; 4e édition. 1 vol.

Un amour en Laponie; 2e édition. 1 vol.

La vie à deux; 3e édition. 1 vol.

Irène 1 vol.

En province; 2e édition. 1 vol.

Olga; 2e édition 1 vol.

Un drame intime; 3e édition. 1 vol.

Le roman d'une veuve; 4e édition. 1 vol.

La pupille de la Légion d'honneur; 3e édition. 2 vol.

La destinée; 3e édition. 1 vol.

Le baptême du sang; 2e édition. 2 vol.

Le secret de la confession; 3e édition. 2 vol.

La veuve; 2e édition. 1 vol.

L'amour et la guerre. 2 vol.

Histoire d'amour. 1 vol. broché, 2 fr.

Le Châtiment. 2e édit. 1 vol. broché, 3 fr. 50

8156-87. — Corbeil. Typ. et stér. Crété.

LOUIS ÉNAULT

# VALNEIGE

PARIS

LIBRAIRIE HACHETTE ET Cⁱᵉ

79, BOULEVARD SAINT-GERMAIN, 79

—

1887

A

# LÉON BONNAT

Tu peins pour les siècles; j'écris pour un jour. Tes tableaux
resteront; mes livres passent. Accepte pourtant celui-ci
dans lequel j'esquisse la silhouette de ces femmes de race
que tu aimes à faire revivre dans tes œuvres. Je te l'offre
comme une marque de la plus vive sympathie; garde-le en
souvenir de la plus constante amitié.

LOUIS ÉNAULT.

Paris, 1er Mai 1887.

# VALNEIGE

## I

M^{lle} Viviane-Henriette de Valneige était vraiment une
aimable créature. Jamais plus élégante silhouette d'une
fille de race n'avait soulevé sur son passage les mur-
mures flatteurs d'une plus vive admiration ; jamais plus
gracieuse image de la jeunesse, dans la prime fleur de
son printemps, n'avait à ce point ravi le regard des
hommes.

Bien qu'elle fût assurément fort jolie, elle plaisait
plus encore par l'expression captivante d'une physionomie rêveuse et tendre, que par l'exquise délicatesse
d'un de ces visages enchanteurs, tels que les poètes
les voient dans leurs rêves, tels que les artistes
s'efforcent de nous les montrer dans le marbre ou
sur la toile. On croyait lire ses pensées, à mesure
qu'elles naissaient, sur un front toujours prêt à rougir ; d'un modelé si fin, qu'il semblait transparent
comme une lampe d'albâtre éclairée par une flamme
intérieure. Les tempes, légèrement élargies, comme
il arrive souvent chez celles qui ont l'habitude de la
réflexion, et un secret penchant à la vie intérieure,
donnaient à cette tête candide je ne sais quel air de

recueillement, sérieux avant l'âge, qui vous attirait
avec douceur, et vous retenait avec force. Une double
tresse de cheveux châtains, qui, sous les Jeux de la
lumière, prenaient tout à coup de riches reflets d'or,
retenue sur le front par le nœud que les sculpteurs
grecs donnent parfois à la coiffure de Cérès, lui
faisait un diadème plus magnifique qu'une couronne
de reine, et sous lequel parfois son col semblait
plier, comme une tige trop faible sous un épi trop
lourd.

Le prestige d'une pureté à la fois idéale et visible
relevait encore tous ces dons. Jamais jeune fille ne
parut plus que celle-ci douée de ce charme céleste
que nous ne pouvons rendre que par le mot de
virginal.

Dans un siècle que plus d'un moraliste a condamné,
et dont l'atmosphère est viciée, non pas seulement
dans ses bas-fonds, mais jusque sur ses hauteurs,
jamais créature n'avait été plus soigneusement pré-
servée de toute influence mauvaise et de tout contact
dangereux.

Par sa mère, M^{lle} de Valneige appartenait à ces
anciennes familles provinciales au sein desquelles se
conservent, avec un soin jaloux, le précieux dépôt
des vieilles mœurs et le trésor des antiques vertus.

Son père, un marin débarqué depuis longtemps,
frappé dans ses forces vives par la mort de deux fils,
les aînés de Viviane, qu'il avait pleurés de toutes ses
larmes, après les avoir entourés de toutes ses tendresses, avait gardé de ce double malheur une incurable mélancolie, qui jetait comme un voile entre lui
et les joies de ce monde.

Viviane avait donc vécu jusque-là dans une atmosphère douce et triste, à laquelle, d'ailleurs, n'en

ayant jamais connu d'autre, elle s'était aisément accoutumée.

On avait adopté pour elle un système d'éducation peu en rapport avec les méthodes en faveur aujourd'hui. Aussi aurait-on pu la comparer à un délicieux petit chef-d'œuvre, que l'éditeur n'eût tiré qu'à un seul exemplaire. Les jeunes bachelières, qui rapportent chaque année, des examens de l'Hôtel de Ville, de triomphants diplômes, en savaient plus long qu'elle sur l'anatomie, la géométrie et la cosmographie; mais on eût rencontré malaisément une candeur plus naïve, une grâce plus ingénue, un esprit plus neuf, un cœur plus sincère, un plus délicieux visage, miroir d'une âme plus adorable encore.

Son père, en quittant le service, était venu s'établir à Grenoble, berceau de sa race, où il avait connu jeune fille celle qui, plus tard, devenait sa femme uniquement aimée.

Grenoble, à l'extrémité de la France, à demi caché dans le pli de ses montagnes, encore défendu contre les excès de la civilisation à outrance, qui sévit dans la plupart de nos grandes villes, avait offert au jeune ménage l'abri protecteur de deux familles depuis longtemps unies, et dont leur mariage resserrait encore les liens. Ni le mari ni la femme n'avaient jamais eu la moindre envie de s'en éloigner. Les Alpes voisines bornaient pour eux un horizon qui leur semblait assez vaste. L'ancien marin avait suffisamment voyagé pour ne pas éprouver le besoin d'ajouter de nouvelles pages au livre de ses souvenirs. Quant à la jeune femme, son univers finissait au seuil de sa maison. Ils avaient donc tous deux planté leurs colonnes d'Hercule à quelques lieues de la ville, dans un frais vallon des montagnes dauphi-

noises, où s'élevait, à l'ombre des mélèzes et des pins,
le joli chalet qui portait leur nom.

C'était là que, chaque année, l'heureux père de
trois enfants adorés venait passer la saison des beaux
jours.

Plus tard, quand il eut perdu ses deux fils, il s'y
retira tout à fait, en proie à une douleur profonde,
mais dont le charme, la grâce et la tendresse de Viviane
adoucirent peu à peu l'amertume. Ses premières
larmes essuyées, le père, si cruellement éprouvé
pourtant, n'osa plus se dire malheureux en regardant
cette aimable fille.

M^{me} de Valneige, bien qu'elle eût d'abord, comme
la Rachel des temps bibliques, refusé d'être consolée
parce que ses enfants n'étaient plus, aima tant celle
qui lui restait, que l'on eût pu croire qu'il n'y avait
jamais eu de place dans son cœur pour une autre
affection... Mais le cœur des mères est ainsi fait que,
même en se partageant, il peut se donner tout
entier.

Quoi qu'il en fût, Viviane, entre ces deux êtres,
dont elle était maintenant l'unique pensée, grandis-
sait sous leurs yeux, n'apprenant de la vie que ce qui
la fait bonne, en la gardant pure.

A coup sûr, la plante humaine, élevée ainsi, produit
des fleurs brillantes et des fruits savoureux; mais
elle est moins vigoureuse que celle qui croît loin des
serres chaudes, dans le vent et sous la pluie, et sa
délicatesse, parfois maladive, est trop souvent impuissante à braver les orages et les bourrasques des
saisons inclémentes et changeantes.

Viviane, à dix-huit ans, était bien l'idéal de la
jeune fille; celle dont on rêve, quand on ne la rencontre pas, et celle que l'on adore, quand on la connaît.

Mais sa sensibilité, trop nerveuse et trop surexcitée, prenait parfois quelque chose d'excessif, capable d'inquiéter ceux qui l'aimaient, et qui en savaient assez, du monde et de la vie, pour se dire qu'il ne faut point ici-bas tant donner de soi-même, si l'on ne veut pas s'exposer au danger de n'être point payé de retour.

Dans la parfaite innocence de son cœur, pure comme Ève à sa première apparition dans l'Eden, avant que le serpent se fût chargé de son éducation — et de son dessert — elle bornait ses vœux, ses pensées et ses rêves à l'horizon de Valneige, que son esprit ne franchissait pas plus que ses regards. C'était là tout son univers, et l'idée ne lui était pas encore venue de s'y trouver à l'étroit. Elle aimait la maison coquette dont son père avait fait pour elle une merveille d'arrangement et de goût ; elle aimait son parc, qui n'était pas grand, mais où l'on avait réuni toutes les essences d'arbres qui peuvent vivre dans nos climats, et toutes les fleurs qui peuvent embellir nos jardins ; où les ruisseaux jaseurs, descendus des montagnes glacées, roulaient leurs eaux fraîches sur un lit de cailloux blancs, entre des rives de fontinales aux verdures tendres, de myosotis et de cressons fleuris ; elle aimait les oiseaux qui, soir et matin, lui répétaient leurs plus douces chansons ; elle aimait, dans la distance, les grands sommets couronnés de neiges éternelles qui faisaient étinceler dans le ciel bleu leurs diadèmes d'argent. On avait voulu lui donner toutes les joies d'une demeure rustique, pour qu'elle n'eût point la pensée d'en désirer d'autres. Reine absolue dans son petit royaume, elle avait ce bonheur, qui n'arrive point à toutes les souveraines, d'être adorée de tous ses sujets.

Deux poneys noirs, amenés des Orcades à Nice par
un Anglais qui avait été obligé de s'en défaire, après
une lutte malheureuse contre la Rouge et la Noire,
à Monte-Carlo, traînaient, dans la montagne —
qu'elle connaissait à quatre lieues à la ronde, comme
les allées de son jardin — son petit-duc aux allures
rapides.

Ses promenades étaient tout à la fois sa joie innocente et son naïf orgueil. Il fallait la voir, droite sur
le siège de sa voiture basse, sa jolie taille emprisonnée dans ce vêtement nouveau auquel Jersey a
donné son nom, et qui fait si bien valoir la sveltesse
des tailles élégantes ; gantée de daim, avec de larges
revers qui faisaient paraître plus petite et plus mince
sa main fine et mignonne ; coiffée d'une toque de
loutre avec une tête d'oiseau pour cimier. Les jeunes
pâtres, oubliant un moment les chèvres et les agneaux,
s'appuyaient sur leur houlette, et, rêveurs, la regardaient passer.

Tous ces petits bonheurs, enchaînés l'un à l'autre
par les liens de l'habitude, qui les lui rendait plus
chers, faisaient à Viviane une vie assez agréable pour
qu'elle n'éprouvât point le désir d'en changer.

Une seule chose apportait quelque animation dans
une existence si paisible.

M^{lle} de Valneige aimait passionnément la musique,
et son père avait cultivé avec amour des dispositions
naturelles véritablement remarquables.

Grenoble possédait alors un artiste de grand talent,
échoué par hasard dans cette ville modeste, où il
s'était marié, et qu'il ne quittait plus, bien qu'il eût
assez de talent pour briller sur une plus grande
scène. M. de Valneige, qui lui avait témoigné les
égards dont il était digne, avait fait avec lui un ar-

rangement qui, deux fois par semaine, l'amenait au chalet. Là, sans compter les heures, il donnait à son élève préférée tout le temps qu'elle voulait bien lui prendre. A part Viviane, il ne comptait guère, dans son aristocratique clientèle, que d'aimables oisillons, trop peu doués pour qu'il lui fût possible de les transformer jamais en oiseaux chanteurs. Ce fut une raison pour lui de s'attacher avec plus d'ardeur encore à M^lle de Valneige, dont il voulait faire une virtuose accomplie. Voix d'or et doigts de velours, également habile, soit qu'elle jouât, soit qu'elle chantât, elle savait mettre toute son âme, tour à tour, dans un nocturne de Chopin ou dans une mélodie de Gounod.

Ces ardeurs soudaines, qui s'allumaient en elle sous l'influence du plus sympathique de tous les arts, ne laissaient point que de surprendre tout d'abord ceux qui, la jugeant sous la trompeuse apparence de sa nature discrète et contenue, auraient été tentés de la croire peu capable d'exaltation et d'enthousiasme. Mais qui donc peut se vanter de connaître ces âmes de jeunes filles, — silencieuses tant qu'on n'a pas trouvé la corde qui les fait vibrer, — obscures comme des abîmes sans fond, au-dessus desquels flotterait un voile de fleurs ?

## II

Bientôt la musique absorba tous les loisirs de
M^lle de Valneige. Ce fut presque trop. Elle attendait
avec une véritable impatience l'arrivée du maître qui
la faisait pénétrer de jour en jour plus avant dans le
monde enchanté dont il lui avait ouvert les portes.
Elle n'avait point, du reste, besoin de sa présence
pour se mettre à l'ouvrage. Elle travaillait seule ;
elle travaillait beaucoup ; elle travaillait toujours. Il
fallait lui retirer les cahiers des mains, sous peine de
la voir se consumer dans l'étude absorbante des maîtres qu'elle adorait. Elle sut bientôt tout ce que
M. Hermann — ainsi s'appelait son honnête et cons-
ciencieux professeur — était capable de lui enseigner.
Lui-même s'avouait — et il avait la modestie de ne
pas le cacher aux autres — que transportée dans un
autre milieu, son élève favorite pourrait devenir une
artiste véritable.

M. de Valneige n'en demandait pas tant.

Il voulait bien que la musique fût pour sa fille un
amusement dans la vie, mais non point qu'elle fût sa
vie même. Il se faisait une autre idée, et peut-être
une idée plus juste, après tout, du rôle que les arts
sont appelés à jouer dans l'existence des femmes du
monde. Ce rôle devait être, selon lui, plus modeste
et plus effacé. Il se croyait donc obligé, dans l'intérêt

même du bonheur de sa fille, de modérer ce beau
feu. Il se disait, non point peut-être sans quelque
raison, que ces grands talents, auxquels il n'est pas
aisé de donner un emploi, deviennent souvent un
danger, parfois un tourment, pour la femme qui les
possède. La flamme inextinguible et sacrée de l'Art,
si on ne lui permet pas de jaillir au dehors en brûlants éclats, finit par dévorer le sein qui la renferme.
La musique semble faite pour servir de préface au
livre de l'amour. Cette langue sans parole, qui ex-
prime des sentiments plutôt que des idées, transporte
la femme avec une irrésistible puissance dans une
sphère orageuse qui n'est point celle où elle doit
vivre. Elle ne brode ses fantaisies que sur le thème
amoureux, et le fameux « Je t'aime ! » qui sert de
finale à tant d'opéras met dans l'âme des jeunes filles
des aspirations qui n'y seraient pas venues toutes
seules.

Viviane avait parfois d'étonnants dialogues avec
son piano. Ils avaient toujours, elle et lui, quelque
chose à se dire. M. de Valneige, qui connaissait bien
sa fille, remarqua un changement notable dans son
chant et son jeu. Il y notait un accent vibrant qui le
frappait tout à coup, comme une révélation aussi
soudaine qu'elle était inattendue.

Un soir, après l'avoir écoutée avec l'attention que,
du reste, il lui prêtait toujours, se penchant à l'oreille
de sa femme, songeuse et recueillie :

— Viviane, lui dit-il, ne joue plus comme une jeune
fille, elle joue comme une femme ! Il me semble qu'il
y a des moments où ses doigts secouent du feu, et
que le piano va s'allumer.

— C'est ainsi qu'il faut jouer certains maîtres... ou
bien il ne faut pas les jouer du tout, répondit la mère

de Viviane, qui était elle-même une artiste de race. Il y a dans cette mazurka des passages qui sont écrits avec le sang le plus pur et le plus chaud du cœur... Viviane le sent, et le fait sentir aux autres, avec la puissance d'émotion qui est en elle.

— Alors j'aimerais autant qu'elle jouât autre chose !

— Dites tout de suite que vous voudriez qu'elle eût quinze ans, et non dix-huit !

— Peut-être bien !

— Cela, je le comprends. Mais on n'a pas encore trouvé le moyen d'arrêter le cours des fleuves ni celui des années.

M. de Valneige n'insista point, et Viviane continua, comme auparavant, à jouer et à chanter ce qu'elle voulut, et comme elle voulut, et, peu à peu, elle pénétra plus avant dans ce monde de la passion idéale, ennoblie, mais enflammée par l'art. Il est vrai qu'elle y pénétrait seule, et que sa jeune âme restait droite, honnête et simple, — pure comme la dernière neige tombée sur les hautes cimes qu'elle regardait de sa fenêtre — la neige immaculée, que n'a point encore effleurée le premier rayon de l'aurore.

Bientôt, pourtant, l'espèce de révolution qui s'était opérée dans la vie morale de la jeune fille eut un contre-coup visible sur sa santé. Comme il arrive dans toutes les natures harmonieuses et bien équilibrées, l'âme, chez elle, réagissait sur le corps.

La mère nota jour par jour les symptômes d'une langueur envahissante, qui rendait sa fille peut-être plus charmante encore, mais qui devait inquiéter la tendresse craintive de ceux qui l'aimaient. Il y avait des moments où sa main était sèche et brûlante ; il y en avait d'autres, où on la sentait enveloppée d'une tiède moiteur. Sur sa joue, légèrement amaigrie, de

furtives rougeurs succédaient à des pâleurs subites ;
un cercle de bistre cernait parfois, le matin, ses grands
yeux jadis si clairs et si limpides, et dans lesquels,
de temps en temps, brûlait un feu sombre. Toujours
affectueuse et douce avec ses parents, à de certains
jours, pourtant, elle préférait la solitude à leur compagnie. Elle conduisait moins souvent qu'autrefois
ses deux poneys noirs à travers la montagne ; mais
elle se plaisait davantage dans les petits coins solitaires de son parc un peu sauvage.

On crut qu'elle couvait le germe de quelque maladie et l'on fit venir le premier médecin de Grenoble.

Celui-ci examina le sujet fort attentivement, fit
causer Viviane un instant, sourit discrètement, et,
d'un ton d'oracle, dit à M<sup>me</sup> de Valneige :

— Rassurez-vous, madame ; mademoiselle votre
fille se porte aussi bien que vous et moi ; mais elle
a dix-huit ans... et elle s'ennuie !

— Nous vivons peut-être un peu trop seuls, et
nous restons trop entre nous, répondit M. de Valneige
à sa femme, quand celle-ci lui fit part de la réflexion
du docteur.

— Que voulez-vous ? ma pauvre amie, ajouta-t-il
avec un air de résignation touchante, nous ne sommes
pas gais tous les jours, nous deux. Peut-être ne dé-
plairait-il pas à Viviane de voir du monde, et de rire
un peu !

— Du monde ? Si c'est cela, on peut toujours lui
en montrer quelques échantillons, répliqua la mère de
famille. Nous saurons bien vite si elle y prend goût.

L'essai, pour eux, était vraiment chose facile. Ils
avaient, en effet, l'affection et l'estime de tous ceux
qui les connaissaient, et ni leurs anciennes relations
à la ville ni leurs nouveaux voisins à la campagne

n'étaient disposés à leur tenir rigueur, à cause de la
réclusion un peu sévère à laquelle ils s'étaient condamnés après leurs premiers deuils.

Aussi, dès que l'on sut qu'ils ouvraient la grille·du
chalet de Valneige, on accourut pour les voir dans
leur chère solitude. Chacun s'empressait à fêter leur
retour à la vie mondaine, dont ils s'étaient peut-être
trop longtemps exilés.         ·

La réputation de beauté de M<sup>lle</sup> de Valneige était
bien pour quelque chose dans cette hâte flatteuse.
Peu de gens connaissaient personnellement Viviane,
telle qu'elle était maintenant. Mais on se rappelait la
gracieuse enfant que l'on avait vue, quelques années
auparavant, marchant à côté de sa mère dans les rues
de Grenoble, avec des airs de jeune princesse qui se
promènerait incognito parmi ses sujets, et le souvenir
que l'on gardait de l'enfant donnait la plus aimable
idée de ce que devait être aujourd'hui la jeune fille.

Quant à ceux qui l'avaient plus récemment rencontrée dans ses excursions à travers la montagne,
ils avaient toujours devant les yeux l'image de cette
fière élégance, et de cette grâce pudique, dont un
sculpteur aurait pu s'inspirer pour nous rendre dans
un marbre vivant la Diane chasseresse, en villégia-
ture dans quelque château du Dauphiné.

La fortune très bien assise et les relations brillantes d'une famille bien posée étaient aussi pour
quelque chose dans la faveur marquée avec laquelle
on accueillit les avances du père de Viviane. L'homme
n'est pas parfait, et, dans la province vertueuse, tout
aussi bien que dans ce Paris, dévoré par la soif de l'or,
devenu indispensable à notre vie exigeante et beso-
gneuse, les traqueurs de dot sont toujours nombreux
autour d'une jeune fille riche, ou qui passe pour l'être.

# III

Ce changement si complet d'existence, survenant ainsi dans sa vie, du jour au lendemain, sans que rien l'eût préparée à cette transformation, ne produisit point sur Viviane l'effet salutaire que sa famille en avait attendu. Ce qu'elle éprouva ce fut surtout une sorte de surprise; quelque chose comme l'étourdissement d'une novice élevée à l'ombre du sanctuaire, et passant tout à coup de la demi-obscurité de sa cellule monacale, silencieuse et calme, dans l'éblouissante lumière et l'animation bruyante d'un raout ou d'un bal.

M. et M<sup>me</sup> de Valneige n'avaient pas voulu faire les choses à demi. Ils n'avaient pas commencé par recevoir seulement quelques privilégiés. Ils avaient, du premier coup, envoyé largement des invitations à toutes leurs relations.

Il en résulta un envahissement subit du chalet par le ban et l'arrière-ban des célibataires, qui ne voulaient pas mourir dans l'impénitence finale, et dont l'endurcissement devait fondre comme cire sous le feu des beaux yeux de Vaviane.

Mais, parmi tous les jeunes hommes qui s'empressaient autour d'elle, M<sup>lle</sup> de Valneige ne parut en distinguer aucun; elle les enveloppait tous dans la même indifférence, parfaitement calme qui, au besoin, serait devenue aisément un peu hautaine.

Après le premier moment de surprise, assez naturel
d'ailleurs, qui avait suivi un changement de vie aussi
complet qu'il avait été brusque, elle en vint bientôt
à regretter cette solitude dont on avait craint pour
elle la tristesse et l'ennui. Si elle avait trouvé jadis,
comme certain personnage de la fable, que les jardins parlaient peu, elle trouvait maintenant que les
hommes parlaient trop, surtout pour ce qu'ils avaient
à lui dire.

— Quand donc ce défilé cessera-t-il? demanda-t-elle
un soir à son père. On voit ici, depuis quelque temps,
de nouvelles figures tous les jours.

— Si, dans le nombre, il s'en était rencontré une
seule qui eût eu le bonheur de te plaire, on ne verrait
plus que celle-là! répondit galamment M. de Valneige.

Viviane haussa les épaules et fit une petite moue
dédaigneuse.

— Personne encore? continua son père.

— Je ne dis pas cela!

— Ah! petite masque, tu as bien caché ton jeu!

— N'est-ce pas?

— Nous ne nous sommes aperçus de rien! Qui est-
ce donc?

— Vous et maman! fit-elle en riant, et en lui jetant
ses deux bras frais autour du cou.

— Merci! c'est bien aimable à toi! dit M. de Valneige,
en la baisant au front. Mais, vois-tu, ma chérie, il y
a plaisir et plaisir, et tu pourrais avoir distingué
quelqu'un sans que cela nous portât ombrage le moins
du monde à ta mère et à moi... Au contraire, nous en
serions ravis!

— Ce quelqu'un-là ne s'est pas encore trouvé.

— Il se trouvera : garde-toi d'en douter!

— Si, en attendant, les autres voulaient bien me

faire le plaisir de s'en aller, je serais heureuse de me
sentir, comme autrefois, toute seule entre vous deux.
C'était le bon temps, alors! A présent, je n'ai plus
une heure à moi! Je n'ouvre plus mon piano, et il y a
huit jours que je n'ai pas chanté. Je néglige mes roses.
Avant un mois, mes poneys ne me reconnaitront
plus. Est-ce que c'est une vie cela? C'est plutôt un carnaval! Est-ce qu'il doit durer bien longtemps encore?

— Non, puisqu'il t'ennuie. Tu dois bien comprendre
que, pour mon compte, je n'y tiens guère. Si nous
avons tout d'un coup, ta mère et moi, changé des
habitudes qui nous sont chères, c'est uniquement à
cause de toi.

— Je ne l'avais pas demandé!

— Tu es trop discrète pour demander rien. Mais
nous avons des devoirs envers toi et nous tenons à
les remplir. Le moment nous a semblé venu de te
faire voir un peu le monde.

— Ce n'était pas la peine! Il n'est vraiment pas
amusant.

— Et puis, on aurait fini par croire que nous vou-
lions te cacher...

— Eh bien! à présent, vous m'avez, je crois, assez
montrée, il faut refermer la boîte.

— D'ailleurs, il y a eu un moment où tu paraissais
t'ennuyer un peu.

— Moi? pas du tout! C'est maintenant que je
m'ennuie... Aussi, je redemande notre chère solitude
d'autrefois.

— On te la rendra. Mais il y a des choses que tu
dois comprendre sans qu'il soit besoin de te les dire.

— Lesquelles, donc?

— Celle-ci, par exemple, ma belle Agnès! que nous
ne pouvons prétendre te garder toute notre vie entre

nous deux, ta mère et moi... qu'il faudra bien te
marier un jour — voilà le grand mot lâché! — et
qu'il est nécessaire de te faire voir des jeunes gens
pour que tu puisses trouver un épouseur!

Un mouvement d'épaules de la belle dédaigneuse
dut prouver à M. de Valneige que le moment psycho-
logique, comme on dit aujourd'hui, n'était pas venu
pour sa fille. Si, malgré les réponses de celle-ci, le
doute lui eût encore été possible, Viviane ne lui en
aurait pas laissé longtemps l'illusion, car elle ajouta :

— Je voudrais que tous ces prétendants fussent
déjà loin d'ici, et qu'aucun d'eux n'y revînt jamais!

— Un peu de patience, s'il te plaît! répliqua
M. de Valneige; notre dernière soirée aura lieu lundi.
Je compte partir pour Marseille dans le courant de la
semaine. J'y passerai quelque temps. Vous viendrez
toutes deux avec moi. On fermera la porte pendant
notre absence, et, quand nous reviendrons, on ne la
rouvrira point. Tu retrouveras ainsi la solitude que tu
regrettes.

— Avec ma mère et avec vous, mais c'est le paradis. Oh! que vous êtes bon! s'écria la jeune fille qui
lui mit un baiser sur chaque joue.

— Il n'est pas difficile d'être bon avec toi, fit l'heureux père, qui cacha son émotion sous un sourire,
en fixant sur sa fille son regard profond et doux.

# IV

Le dernier lundi de M^me de Valneige fut encore plus brillant et plus animé que tous les autres... précisément parce qu'il était le dernier.

Personne n'avait voulu manquer à cet appel, que l'on regardait comme un rendez-vous suprême. Les amis, les voisins, les simples connaissances, tout le monde, en un mot, accourut au chalet. Le bruit s'était répandu, dans les environs, du prochain départ de la famille, et chacun voulait revoir au moins une fois encore cette charmante créature dont plus d'un homme s'était secrètement flatté de toucher le cœur, et que tous, hélas! avaient laissée si profondément indifférente.

— Nous danserons la valse des adieux ! dit un soupirant évincé, qui voulait faire des mots avec ses peines de cœur.

M. de Valneige, de son côté, n'avait rien négligé pour clore dignement la série de ses réceptions. Il ne s'était pas contenté du simple et modeste piano des premiers soirs, confié aux mains parfois moins habiles que dévouées des exécutants de bonne volonté qui se rencontraient parmi les invités. L'honnête Hermann, professeur de musique toute la semaine, et organiste de la cathédrale les fêtes et dimanches, avait reçu carte blanche à seule fin de recruter, à

Grenoble ou dans les environs, un orchestre vraiment
digne de la fête que le châtelain de Valneige entendait offrir à ses hôtes. Il avait emprunté à la fanfare
du régiment un cornet à piston et une petite flûte,
dont la réputation avait franchi les murs de la caserne.
Lui-même, un peu universel, comme sont d'ailleurs
forcés de l'être les maîtres de musique des villes de
troisième ordre, obligés d'enseigner à leurs élèves à
peu près tous les instruments connus, s'était chargé
de la partie de violon.

— Quant au piano, dit-il à M. de Valneige, auquel
il faisait part de ses arrangements, quelques minutes
avant le bal, il va être tenu par un de mes anciens
élèves auquel j'ai souvent fait faire des *extras*, comme
nous disons entre artistes, dans des bals que je di-
rigeais à Paris ou ailleurs. Il ne manque pas de talent,
et il s'est toujours tiré à son honneur de sa besogne,
d'ailleurs assez facile.

— Très bien ! très bien ! je m'en rapporte complètement à vous, fit le maître de maison, plus préoccupé
en ce moment du soin de recevoir ses invités que
du mérite des artistes ambulants à l'aide desquels le
bon Hermann, en qui, d'ailleurs, il avait toute confiance, avait voulu renforcer son orchestre.

Le bal commença à neuf heures. La province, qui
se lève matin, n'aime pas à se coucher tard, et comme
elle ne veut pas perdre son temps, la petite fête fut
bientôt fort animée. La plupart des invités ne son-
geaient déjà qu'à s'amuser pour leur compte, et s'ils
écoutaient l'orchestre, ils ne le regardaient guère.
Quant à M. de Valneige, il avait jeté un regard indifférent au pianiste d'occasion qu'on lui avait amené,
et il le laissait croquer ses notes à son gré.

Le costume de ce virtuose inconnu n'avait rien

d'ailleurs qui dût le signaler — en bien ou en mal — à l'attention de l'observateur. La garde-robe des artistes d'occasion n'est, d'ordinaire, qu'imparfaitement garnie, et ce n'est que par exception qu'ils s'adressent aux ciseaux aristocratiques de Pool ou de Debacker.

Celui-ci était en redingote noire, serrée à la taille et boutonnée jusqu'au col, ne laissant voir qu'un liséré de linge blanc, descendant bas, montant haut, et donnant à celui qui la portait je ne sais quelle vague ressemblance avec un séminariste s'essayant d'avance à la soutane.

Mais la tête qui émergeait de ce sombre costume n'offrait ni par l'ensemble de son masque mobile et vivant, ni par la coupe de ses cheveux et de sa barbe, ni surtout par l'expression de sa physionomie, singulièrement ardente et passionnée, aucune espèce de rapport avec celle des jeunes lévites dont la pâle jeunesse s'est étiolée dans l'ombre des sanctuaires.

Il cherchait plutôt à dissimuler qu'à faire valoir les avantages de sa haute taille, souple et bien prise. Mais il ne pouvait cacher la mâle et fière énergie de son visage, ni le feu de son regard, qui formaient un contraste assez frappant avec la physionomie calme et platement insignifiante des quatre ou cinq comparses, ses voisins, ployés sur leurs cahiers de musique, faisant leur partie en conscience, pour lesquels l'univers finissait à leurs pupitres, et qui ne voyaient pas plus loin que la *coda* de leurs morceaux.

Une moustache blonde, plus claire que les cheveux châtains, et moins sombre que les sourcils bruns, régulièrement arqués, ne cachait point assez une bouche impérieuse et ironique, dont les lèvres rouges, d'un dessin très pur, très net et très ferme, trahis-

saient la violence d'un tempérament indomptable.
Retroussées en croc, comme les mousquetaires les
portaient jadis, ces fines moustaches auraient donné
à ce visage, très jeune encore, un air singulièrement
crâne. Mais le pianiste au cachet, amené à Valneige ce
soir-là, comprenait sans doute que les allures cavalières
et bravaches ne convenaient point à son humble
fortune, et il ne semblait point disposé à se les permettre.

Un physionomiste ne se fût point défendu d'un certain plaisir, en étudiant son front aux tempes larges,
et le modelé net et ferme de tous ses contours, qui
accusaient en caractères indéniables la forte trempe
de son âme. Ses prunelles gris de fer, semées de petits points d'or, qui leur donnaient autant d'animation que d'éclat, tantôt douces comme le velours, et
tantôt brûlantes comme la flamme, ne laissaient pas
le moindre doute sur l'intensité des passions qui devaient dévorer cette nature emportée.

Mais, en ce moment, ses passions folles lui accor-
daient sans doute une trêve, car il semblait se con-
centrer tout entier dans sa musique, bien que l'exécution d'une valse ou d'une polka ne semble point
exiger une telle contention d'esprit. Mais notre artiste
devait être un de ces hommes qui tiennent à bien
faire tout ce qu'ils font, et il n'eût pas apporté plus
de soins à jouer un solo à la célèbre Société des
Concerts qu'à remplir son modeste rôle dans cet orchestre d'un bal de campagne.

Ce devait être, d'ailleurs, un musicien de race, car
il paraissait savoir par cœur tous les morceaux qu'on
lui faisait jouer, et il les enlevait avec un entrain,
une verve, un brio que la plupart des danseurs ne
pouvaient s'empêcher de remarquer. On voyait bien

que c'était lui qui conduisait le reste de la petite troupe. Les autres instruments devaient se résigner à suivre son piano.

Il y eut un moment où la chose devint si apparente que M<sup>lle</sup> de Valneige, qui venait de remercier son danseur, s'approcha des musiciens, par un mouvement tout à fait instinctif, pour voir quel pouvait bien être celui qui mettait ainsi le feu au piano et, de cet instrument froid et indifférent entre des mains moins habiles que les siennes, faisait ainsi l'esclave docile de sa pensée et l'interprète éloquent de son âme.

N'y eut-il là qu'un simple effet du hasard, ou devait-on y reconnaitre une de ces attractions magnétiques dont on accuse parfois les romanciers et les poètes d'user et d'abuser, je ne saurais vraiment le dire ; mais, à l'instant même où Viviane approcha de l'orchestre, à demi caché derrière un rideau flottant de fleurs et de verdure, celui dont le jeu nerveux et puissant l'avait ainsi attirée releva la tête et aperçut le beau visage, à la fois candide et curieux, qui venait de se tourner vers lui.

Ce ne fut que la durée d'un éclair, mais leurs yeux se rencontrèrent.

Viviane sentit que les regards d'un homme ne s'étaient jamais posés ainsi sur les siens, et elle en éprouva un étonnement mêlé d'un certain malaise. Elle n'était point accoutumée à tant de hardiesse, et sa surprise fut d'autant plus grande qu'elle la rencontrait chez un homme dont la position lui paraissait si inférieure à la sienne.

Celui-ci s'aperçut-il qu'il l'avait blessée et voulut-il réparer sa faute ? On eût pu le croire, car il eut tout à coup une expression soumise et presque crain-

tive. Mais de tels sentiments n'étaient point sans doute
dans sa nature, car ses prunelles changeantes retrou-
vèrent bientôt leur audace et leur flamme. Devant
cette mobilité singulière, un observateur sagace et
de sang-froid aurait très bien pu se demander si un
tel homme était fait pour servir ou pour commander.
C'était peut-être un de ces esclaves volontaires, toujours prêts à devenir des maîtres, mais qui ne portent
des chaînes qu'avec l'intention secrète de les passer
bientôt au cou des autres.

Sans peut-être se rendre bien exactement compte
à elle-même de ce qu'elle éprouvait, mais désireuse
d'échapper à une impression qui pouvait devenir pénible en se prolongeant, Viviane, pour la fuir, se
hâta de rentrer dans la cohue animée et tourbillon-
nante du bal, où elle était bien certaine que les sujets
de distraction ne lui manqueraient point.

L'inconnu comprit-il ce qui se passait en ce moment dans l'âme d'une jeune et charmante créature,
à la fois chaste et fière, joignant à la timidité naturelle de son âge et de son sexe le sentiment très juste
de ce qu'elle se devait à elle-même et de ce que les
autres lui devaient, c'est ce qu'il eût été difficile
peut-être d'affirmer ou de nier.

Ce qui est certain, du moins, c'est qu'avec une
mobilité surprenante, et prouvant bien à quel point
il savait pénétrer les impressions des autres et dominer les siennes, lorsque, quelques instants plus tard,
ramenée comme par une force plus grande que sa
volonté, M<sup>lle</sup> de Valneige reporta de nouveau ses
yeux sur le petit orchestre, l'assurance hardie dont
elle s'était sentie mécontente et presque blessée avait
complètement disparu du visage de l'artiste inconnu.
Cette transformation soudaine ne laissa point que

d'étonner quelque peu Viviane. Il y avait là un je ne sais quoi d'étrange et de mystérieux qui l'intriguait, et qu'elle eût voulu pénétrer et comprendre.

Elle croyait l'entendre lui dire, dans un langage voilé, éloquent cependant, et si persuasif qu'elle était tentée de le croire :

— Pourquoi donc vous en allez-vous? Pourquoi vouloir me fuir? Vous ne voyez donc pas quelle joie m'apporte votre présence? Pourquoi me la dérober ainsi? Aurais-je eu sans le savoir le malheur de vous déplaire?

Oui, Viviane lisait tout cela dans les yeux de l'inconnu, et elle ne laissait point que de s'étonner quelque peu de sa découverte. Sa surprise devint presque de l'émotion quand elle s'aperçut de la tournure mélancolique, rêveuse et tendre, que le virtuose consommé sut donner à la phrase musicale qui se présentait en ce moment sous ses doigts, — comme si le sourire du compositeur fût tout à coup mouillé d'une larme, — d'une larme qui coulait pour elle.

Malgré sa volonté ferme, malgré la réserve pudique dont elle entourait toujours ses émotions de jeune fille; malgré les instincts de fierté qu'elle tenait de sa race, M<sup>lle</sup> de Valneige fut bien obligée de s'avouer qu'elle subissait en ce moment l'ascendant d'une nature supérieure, devant laquelle la sienne cédait et pliait.

Malgré elle, peut-être, elle se rapprocha des musiciens.

Elle fit plus encore...

# V

Comme il arrive souvent dans les très grands appartements où la place n'est pas trop sévèrement mesurée, où l'on peut, les jours de fête, se donner le luxe d'une mise en scène élégante, on avait arrangé autour de l'orchestre une sorte de bosquet d'arbres verts, qui le séparait des danseurs, et enfermait, en quelque sorte, les musiciens dans une enceinte de verdure. On eût dit des oiseaux qui chantaient dans un bocage.

Tout à coup, avec une résolution et une hardiesse que l'on n'aurait peut-être pas eu le droit d'attendre d'elle, sans trop réfléchir à ce qu'elle faisait, par une sorte d'élan de sa nature, très spontanée et toute de premier mouvement, Viviane écarta un des arbustes qui formaient cette clôture légère et mobile, et, sous le prétexte de dire quelques mots à son professeur, elle trouva le moyen de se rapprocher de l'artiste étranger.

Celui-ci releva tout à coup sur elle un regard où le ravissement semblait s'unir à la reconnaissance, et qui embrassa la jeune fille tout entière. Viviane baissa ses beaux yeux aux cils d'or, incapable de soutenir l'éclat et l'ardeur de ces prunelles de flamme.

Quant au musicien, maître de son art et singulièrement habile à rendre toutes les nuances de ses pensées à l'aide du plus sympathique de tous les langages, il donna tout à coup à la phrase qu'il achevait une expression de bonheur qui valait un chant de triomphe.

C'était beaucoup sans doute. Il trouva peut-être que ce n'était pas encore assez.

Au moment où M<sup>lle</sup> de Valneige, comprenant ce que sa démarche avait eu d'inconsidéré, cherchait une parole aimable qui, dite à son professeur, pût justifier sa démarche, un peu imprudente, en expliquant sa présence à une place qui n'était pas la sienne.

— Merci, mademoiselle! murmura l'inconnu. M<sup>lle</sup> de Valneige n'était pas habituée à ce qu'un homme qui ne la connaissait point se permît de lui adresser la parole. Une rougeur furtive teinta la blancheur de ses joues; elle abaissa ses larges paupières sur des yeux trop sincères pour cacher son trouble, et, comprenant que le silence était la seule leçon qu'elle pût donner à un téméraire, trop prompt à oublier et à franchir les distances, elle se retira sans lui répondre, et sans même le regarder.

Elle rentra aussitôt dans le bal, un peu mécontente d'elle-même, et se reprochant tout bas ce qu'elle appelait l'imprudente légèreté de sa conduite.

Voulut-elle s'en punir elle-même? Personne n'aurait pu le dire; mais, prétextant un peu de fatigue, elle ne dansa plus de la soirée, et ne permit point à ses yeux de s'égarer de nouveau du côté de l'orchestre.

Mais si la femme est toujours maîtresse de ses regards, peut-être l'est-elle moins de ses pensées, et, plus d'une fois, celles de Viviane retournèrent vers l'harmonieux bosquet, où, malgré les sons cuivrés du cornet, les notes perçantes de la petite flûte, et les *staccati* vigoureusement détachés du violon, c'était toujours le piano qui se faisait entendre d'elle, par-dessus les autres instruments. On eût dit que le clavier d'ébène et d'ivoire — ce clavier si souvent insensible sous des mains impuissantes — prenait ce jour-là, par une transformation inattendue, l'âme ardente et passionnée du maître qui l'animait.

M<sup>lle</sup> de Valneige était elle-même une artiste trop délicate pour qu'une seule de ces nuances pût lui échapper. Elle s'en rendit, au contraire, un compte fort exact, et, à partir de ce moment, elle fut sous l'empire d'une véritable obsession, à laquelle il lui était, pour ainsi dire, impossible d'échapper, et dont le premier résultat se traduisit pour elle par un in-vincible malaise. Tout l'irritait. Elle, d'une si char-mante humeur, d'un caractère si égal et si doux, qu'elle savait éviter à ceux qui vivaient près d'elle tout qui rend parfois les femmes incommodes, je veux dire, les attaques de nerfs, les mélancolies sans causes, les tristesses sans raison, les diables bleus et les papillons noirs, elle devenait maintenant si fol-lement impressionnable que, s'en apercevant, elle se prenait elle-même tantôt en pitié et tantôt en hor-reur. Cette soirée — par bonheur, c'était la dernière! — lui semblait insupportable. Elle se demandait ce que tout ce monde-là pouvait bien être venu faire au chalet, dont elle eût voulu voir sortir le dernier des invités de son père.

Mais les bals à la campagne ont sur ceux de la ville cet avantage — si c'en est un — de ne jamais finir qu'au grand jour. Les invités, qui ont souvent de longues distances à parcourir pour rentrer chez eux, ne tiennent point à courir les chemins par la nuit noire, et ils ne s'en vont d'ordinaire qu'à l'heure

où le soleil levant se charge de les reconduire. Viviane comprit donc qu'il lui faudrait, le sourire aux
lèvres, subir jusqu'au matin la présence de tout ce
monde de fâcheux et d'importuns.

On finit cependant par s'en aller, après un souper
plantureux, suivi d'un cotillon monstre, dont les
figures, enchevêtrées les unes dans les autres, avaient
un instant menacé de se prolonger jusqu'au lendemain.

M. de Valneige, hospitalier comme un grand
seigneur, ne voulut point laisser partir le ventre vide
les pauvres diables qui avaient joué toute la nuit sans
reprendre haleine.

Au moment où les derniers invités regagnaient
leurs voitures, le maître d'hôtel vint cérémonieuse-
ment avertir ces messieurs de l'orchestre qu'ils
étaient servis, et il les introduisit dans la salle à
manger, où les attendait un festin digne des noces
de Gamache et de l'appétit de Gargantua.

Viviane, désireuse de se retrouver seule enfin, allait
se retirer, quand son père l'arrêta au passage.

— Viens donc, élève dénaturée, faire tes adieux à
ton bon professeur, lui dit-il en riant. Tu sais que
nous allons être quelque temps sans le revoir. Il va
s'absenter lui-même, et il serait trop malheureux de
partir sans t'avoir serré la main. C'est un homme
excellent et qui t'aime beaucoup. Je ne me tiens pas
quitte envers lui parce que j'ai payé ses leçons, et je
suis bien certain qu'une bonne parole de toi lui fera
plus de plaisir que les quelques louis que je lui ai donnés ce soir.

Viviane ne fit aucune objection. Quand ses parents
avaient parlé, elle était de celles qui disent : «Entendre
c'est obéir!» Mais, par une contraction, involontaire
sans doute, ses beaux sourcils se rapprochèrent, don-

nant à son front pur une expression de sévérité inaccoutumée chez elle, tandis qu'un léger frisson courait
sur ses blanches épaules et sur ses bras nus.

M. de Valneige la crut souffrante, et comme sa sollicitude était toujours en éveil, quand il s'agissait de
cette chère et charmante créature :

— Qu'as-tu donc ? lui demanda-t-il en entourant
d'une écharpe de fine laine sa gorge et son cou. Tu ne
te sens pas mal, j'espère ? Aurais-tu pris froid ?

— Je ne sais, dit Viviane, tout en nouant l'écharpe,
mais, dans nos montagnes, ces heures matinales sont
toujours un peu fraîches.

Comme elle achevait ces mots, ils entrèrent tous les
deux dans la salle à manger.

La musique creuse l'estomac et dessèche la gorge.
La petite troupe, épuisée sans doute par l'exercice
auquel elle s'était livrée toute la nuit, fonctionnait
maintenant en conscience, et faisait honneur aux
mets substantiels et aux vins généreux que le marquis lui avait fait servir avec abondance.

Viviane, en entrant dans la vaste pièce, avait fait
sur elle-même un effort assez énergique pour se rendre
absolument maîtresse de ses impressions. Mais elle
eut à peine mis le pied sur le seuil que son rapide
coup d'œil l'eut parcourue tout entière.

L'artiste inconnu ne s'y trouvait point.

Nous devons reconnaître que son absence rendit à
la jeune fille le calme qu'elle avait failli perdre un moment auparavant.

Déjà rassurée, elle fit quelques pas vers la table où
s'étaient groupés les musiciens, et, quittant le bras
de son père, elle alla tout droit jusqu'à son professeur
et lui tendant la main.

— Bonsoir, cher monsieur Hermann, lui dit-elle

avec son grand air de franchise et de cordialité; vous
savez que nous partons demain?

— Tant pis, mademoiselle!

— Oh! pas pour toujours! Nous nous reverrons
bientôt.

— Tant mieux, mademoiselle!

— Vous savez bien que je n'aurais jamais voulu m'en
aller sans vous dire adieu!   .

— Toujours aimable et toujours bonne! murmura
Hermann, en fixant sur elle des yeux tout pleins d'une
affection presque paternelle.

M<sup>lle</sup> de Valneige savait se faire aimer.

— Très belle soirée! continua Viviane; ces messieurs
ont fait merveille, et tout le monde a été ravi de cette
excellente musique. Elle était même trop bonne pour
un bal. On aurait voulu l'écouter et non la danser.

— Je suis bien heureux d'apprendre que nous ne
vous avons point déplu, poursuivit Hermann, en lui
jetant un regard assez fin.

Une question venait en ce moment aux lèvres de
la jeune fille — et les brûlait. Mais cette question,
elle eût rougi de la faire, et elle ne se fût point par-
donnée de l'avoir faite.

Quant à M. de Valneige, qui n'avait point les mêmes
raisons d'éprouver les mêmes scrupules, il ne se fit
point faute d'interroger Hermann.

— Qu'est devenu votre pianiste? lui demanda-
t-il avec une curiosité véritable, car lui aussi avait
été assez intrigué par le talent non moins que par
la tenue de ce personnage quelque peu étrange.

Hermann eut un mouvement d'épaules qui ne
pouvait point passer pour une réponse suffisante.
Aussi, M. Valneige continua:

— Est-ce que cet émule de Liszt et de Chopin ne

veut pas me faire l'honneur de rompre le pain dans
ma maison, et de goûter ma blanquette de Die? A-
t-il fait vœu d'abstinence? Que diable! nous ne sommes
point en carême! J'aurais tenu d'ailleurs à lui faire
mes compliments. Ce n'est pas tout le monde que ce
petit monsieur-là, et j'aurais voulu le lui dire. Il a
joué avec une verve, une puissance et une originalité
véritables... et je crois que je n'ai pas été le seul à
le remarquer.

On ne pense pas à tout! Mais si, au moment où
il prononça ces mots, M. de Valneige avait eu l'idée
de regarder sa fille, il lui eût été difficile de ne pas
remarquer l'expression de curiosité singulièrement
vive qui se peignit sur son visage, pendant qu'elle
attendait la réponse de son professeur.

Celui-ci eut un hochement de tête, et, avec un air
de parfaite indifférence:

— Il a prétendu qu'il n'avait pas faim! dit-il sans
regarder ni M. Valneige ni sa fille. Aussi, quand il a
vu que la dernière figure du cotillon était terminée,
et que le combat allait finir faute de combattants, il
n'a plus eu qu'une pensée... s'en aller!

— S'en aller! c'est facile à dire, répliqua M. de
Valneige; mais encore faut-il savoir où l'on va!

— Il est retourné à Grenoble.

— Comment? seul! à pareille heure... mais c'est
insensé!

— De la part d'un autre, peut-être! mais non de la
sienne!... Un voyage comme celui-ci n'a rien qui
l'effraye.... Une course nocturne n'est qu'un jeu pour
lui.

— J'avais commandé des voitures pour vous reconduire tous.

— Grand merci! nous acceptons... C'est bon pour

nous, les voitures! mais quant à lui, je puis vous garantir qu'il aime mieux ses jambes que celles de vos chevaux.

— C'est donc un original que ce pianiste d'occasion?

— En tout cas, c'est quelqu'un qui ne ressemble pas à tout le monde.

Viviane, silencieuse, recueillie, calme en apparence, mais, au fond, avide de savoir tout ce qui pouvait, de près ou de loin, toucher le seul être qui l'eût intéressée jusque-là, prêtait à cet échange de paroles une oreille trop attentive pour que rien pût lui échapper de ce que se disaient les deux hommes.

— Mais, il est reparti tout seul? continua M. de Valneige.

— Seul? non pas! fit Hermann avec une certaine vivacité; il n'est jamais seul, celui-là!

— Eh! qui donc l'accompagne?

— Ses pensées, qui vont lui faire cortège jusqu'à Grenoble. Allez! ce ne seront jamais les idées qui lui manqueront. Il y en a tant dans sa tête, que par moment j'ai peur de la voir éclater. Et, dans le nombre, il en a parfois d'assez drôles. Je vous disais qu'il était retourné à Grenoble. Eh bien! s'il faut être franc, je n'en crois pas un traître mot. La musique, qu'il adore, et qu'il connaît mieux que moi, l'exalte à un point que je ne saurais dire, et, après une soirée comme celle-ci, dans laquelle — vous en êtes-vous aperçu? — il a donné beaucoup de lui-même, surtout dans la valse du *Bacio*, que personne n'a jamais jouée comme lui, il est capable de rester trois ou quatre jours dehors, sans que personne entende parler de lui...

— Étrange, en vérité! et pendant ce temps-là, que va-t-il faire?

— Qui le sait? Pas même lui, peut-être! Il va bayer à la lune, rêver aux étoiles, dormir au soleil, manger le pain noir des paysans, boire l'eau des ruisseaux, écouter les pinsons chanter dans les arbres et les merles siffler dans les buissons; en un mot, il va vivre avec la nature, pour me servir d'une de ses expressions favorites; faire une provision d'impressions, de sensations et d'images, qu'il reproduira un jour dans quelque composition pathétique, vraiment saisissante, qu'il ne daignera pas même offrir à un éditeur, mais qu'il nous dira un soir entre amis; qu'il exécutera avec passion, et que nous applaudirons avec enthousiasme.

— Il a donc du talent?

— Il en est pétri! Talent original d'ailleurs, comme son esprit, saisissant comme toute sa personne, fait de prime-saut, qui doit plus à l'instinct qu'au travail, et qui n'a besoin de rien apprendre parce qu'il devine tout. Voulez-vous toute ma pensée sur lui?

— Sans doute!

— Eh bien! c'est un vrai Tzigane, égaré chez nous, et je m'attends toujours à le voir repartir pour quelque putza hongroise, entre la Theiss blonde et le beau Danube bleu. Il est fait pour la tente et non pour la maison.

— Il a donc des moyens d'existence? continua M. de Valneige; car enfin, au dix-neuvième siècle, on ne vit pas seulement de l'air du temps.

— Je ne l'ai jamais interrogé là-dessus, répondit Hermann, avec un mouvement d'épaules assez indifférent. Les questions, du reste, sont assez inutiles avec un homme qui ne dit que ce qu'il veut dire. Mais je lui sais un tel dédain des choses matérielles que je le crois susceptible d'avoir moins de besoins que le commun des mortels. A Paris, pendant la saison des bals et des concerts, il gagnerait ce qu'il voudrait. Le chef de bande qui l'a une fois connu ne demanderait qu'à l'attacher avec des chaines d'or... Mais on s'aperçoit bientôt qu'il faut renoncer à l'idée de le garder longtemps, à cause de son caractère indépendant et de son humeur un peu sauvage. On fait bien de le tenir quand on l'a, parce que l'on n'est jamais certain de le revoir!

— Je n'en suis que plus charmé, cher monsieur Hermann, qu'il vous ait été possible de l'amener chez moi.

— La chose était fort aisée. Il fait en ce moment une tournée dans l'Est, et je suis convaincu que l'idée de faire sa partie dans un petit orchestre de campagne comme le nôtre, par une belle nuit de printemps comme celle-ci, lui a été particulièrement agréable. Il l'a bien prouvé par la façon dont il a joué. Tout le monde a été frappé de son exécution à la fois élégante et nerveuse, parfois un peu fantaisiste, mais toujours entrainante. Je crois que ma chère élève n'a pu s'empêcher elle-même de le remarquer, continua Hermann en se retournant vers M$^{lle}$ de Valneige.

Viviane, ainsi interpellée par une question directe, eut un léger tressaillement, que son père ne remarqua point, et murmura une réponse vague, comme fait souvent une personne étrangère à la conversation qui se tient devant elle, et qui, tout à coup, un peu brusquement, se voit mise en demeure d'y prendre part.

Elle n'avait cependant laissé passer inaperçu aucun des détails donnés par son professeur sur l'étrange personnage qui, à plus d'une reprise, avait attiré son attention, et même, ne fût-ce qu'une seconde, excité son intérêt. Mais, en ce moment, elle était comme

perdue dans un rêve, et il ne lui plaisait point qu'on
l'en arrachât.

Aussi, maintenant qu'elle savait à peu près tout ce
que l'excellent homme pouvait lui apprendre, elle lui
serra la main, un peu plus nerveusement qu'à l'ordinaire, à ce qu'il sembla au vieux professeur, et,
prétextant une de ces migraines que toutes les femmes,
même les plus jeunes et les plus sincères, ont toujours à leur disposition quand elles veulent rester
seules, elle se retira aussitôt chez elle, sans s'attarder
davantage au milieu des joyeux artistes qui sablaient
gaiement les vins du cottage.

# VI

Viviane, cette nuit-là, dormit-elle ou ne dormit-elle pas ? Je ne saurais le dire, cette aimable créature, singulièrement réservée et discrète, n'ayant guère l'habitude de faire de confidences à personne. Mais, au déjeuner qui suivit, sa mère parut inquiète de ses yeux cernés et de ses joues pâles, et son père lui demanda, non sans une pointe d'ironie, si elle ne se sentait point fatiguée de toutes les valses qu'elle avait refusé de danser.

—En vérité, lui dit-il, je crois que l'on ne dira jamais de toi :

Elle aimait trop le bal !

Je t'ai bien observée cette nuit : tu n'avais pas du tout l'air de t'amuser follement.

— Mais, petit père, je crois que vous savez bien que je ne fais jamais rien follement.

—Ceci est vrai, ma chère Minerve ! Hier, par exemple, pendant toute cette fin de soirée, tu as été d'une sagesse, que je qualifierais volontiers d'exagérée... Tu refusais tous les danseurs.

— C'est probablement qu'aucun d'eux ne me plaisait...

— Il faut bien le croire ! Nous en serons donc pour

nos frais de thé et de gâteaux, de truffes et de champagne?

— J'en ai peur! Mais comme vous dites cela, méchant père!... Ce serait donc un grand malheur à vos yeux que de me garder avec vous?

— Tu ne le penses pas, ma chérie, et je crois que tu es bien certaine que le jour où tu quitteras notre maison sera pour nous un jour de deuil... Mais tu sauras plus tard, continua-t-il, avec un accent de douce mélancolie, que ce n'est pas pour nous, mais pour eux, que nous aimons nos enfants! Quand nous vous avons élevés, choyés, adorés pendant vingt ans, va! si nous écoutions notre égoïsme, notre plus grand désir, ce serait de vous garder encore!

— Alors, gardez-moi toujours! dit Viviane en apportant son front aux lèvres paternelles, avec une tendresse pleine de grâce et de câlinerie.

— Toujours, ce serait peut-être bien long... même pour toi! fit M. de Valneige. Mais, ne crains rien, nous ne te marierons jamais qu'à ton gré.

Quelques instants plus tard, un valet de pied venait avertir que la voiture était avancée. En effet, le cocher, sur son siège, les rênes dans la main gauche et le fouet le long de la cuisse droite, n'attendait plus qu'un signe pour partir.

On se mit bientôt en route.

Pendant que la calèche filait aux rapides allures, entre la double rangée de mélèzes et de pins qui conduisait du château à la grand'route départementale qu'il fallait prendre pour aller en ville :

— Est-ce que nous nous arrêterons à Grenoble? demanda Viviane, moins curieuse d'ordinaire, et qui se laissait emmener où l'on voulait et comme on voulait.

— Non, répondit M. de Valneige, nous ne faisons

que traverser la ville pour nous rendre à la gare, où nos bagages sont allés nous attendre. Cela te contrarie?

— Moi? pas le moins du monde! je voulais savoir, voilà tout!

Le programme de M. de Valneige fut suivi à la lettre. On laissa sur la droite, sans même toucher barre, la plus jolie ville du Dauphiné, et l'on passa de la calèche au wagon, sans avoir rencontré une seule personne de connaissance.

Viviane s'attendait-elle à ce qu'il en fût autrement? Elle seule aurait pu le dire, et elle ne le dit point. Seulement M. de Valneige, un de ces fins observateurs auxquels rien n'échappe, ne put s'empêcher de remarquer que sa fille qui, d'ordinaire, ne prenait garde à rien ni à personne, jeta autour d'elle, en entrant dans la salle d'attente, des regards chercheurs et curieux.

Bientôt le train s'ébranla, et la locomotive sifflante emporta quelques centaines de voyageurs à travers les paysages charmants et pittoresques d'une des plus jolies provinces de notre France.

Seule dans son coin, où ses parents la laissaient se livrer à elle-même, Viviane s'abandonnait à ses pensées. Elle songeait aux amours romanesques dont les poètes d'autrefois parlaient beaucoup plus que ceux d'à présent, et elle se disait que ces belles amours devaient être vraiment charmantes, quand le cœur était tout; quand l'homme ne vivait que pour aimer, et la femme pour être aimée, et elle regrettait que cet heureux temps fût passé. L'esprit vient parfois vite aux filles.

Mais, dans la bonne foi de sa candeur naïve, elle se demandait pourquoi ces idées, qui ne s'étaient jamais encore présentées à son esprit, venaient maintenant le hanter avec une sorte d'obstination.

Tout à coup un nuage passa sur son front pur.

— Ah ! murmura-t-elle, je ne serai jamais aimée pour moi-même, moi, pauvre riche! Si l'on veut m'épouser, ce sera pour ma dot... Ces hommes avides et intéressés, qui ne cherchent en nous que la fortune, il me semble que je les méprise... et je sens que je les hais.

Et comme elle se· faisait à elle-même cette réflexion triste, une image, une silhouette, un souvenir traversa sa pensée. Elle revit — elle crut revoir — l'inconnu de la veille, le musicien passionné, l'artiste étrange, le personnage insaisissable et fantasque, dont elle s'était si vivement préoccupée, la nuit précédente, malgré elle, en quelque sorte, et, par suite de je ne sais quelle obsession, contre laquelle sa volonté avait essayé de lutter, mais en vain!

Les détails, assez piquants d'ailleurs, qu'Hermann avait donnés à M. de Valneige, et dont elle n'avait pas perdu une syllabe, l'avaient très vivement intriguée, mais sans la satisfaire.

Il n'entrait pas dans son esprit de contester la sincérité de son professeur, mais elle se demandait à elle-même si sa bonne foi n'avait pas été surprise par des histoires dans lesquelles l'imagination aurait tenu plus de place que la réalité. Elle était donc bien forcée de s'avouer que, malgré tous les racontars qu'elle avait entendus, cet homme restait toujours pour elle un être mystérieux, un fantôme voilé, un insoluble problème, une énigme dont elle chercherait toujours le mot — sans pouvoir peut-être le trouver jamais.

Et, pourtant, elle y pensait encore!... et beaucoup plus qu'elle ne l'eût voulu... Elle faisait de courageux efforts pour le chasser loin d'elle... mais elle ne pouvait y parvenir. Elle lui en voulait de cette espèce de tyrannie, contre laquelle elle essayait en vain de se débattre, sans parvenir à s'en débarrasser.

Il arriva un moment où elle éprouva une véritable colère contre lui, comme si elle l'eût surpris essayant de lui jeter un sort ou un maléfice, afin de mieux assurer sa domination sur elle.

Mais elle revenait bientôt à un sentiment plus juste des choses, et convenait avec elle-même que s'il y avait un coupable dans l'affaire, c'était elle et non pas lui.

A la colère qu'elle avait tout d'abord, et bien injustement, ressentie contre un homme qui, après tout, s'était toujours montré fort inoffensif envers elle, succédaient les reproches qu'elle s'adressait à elle-même, en s'accusant de faiblesse et de lâcheté. Il arriva même que, sous l'empire de la surexcitation nerveuse où elle se trouvait, par suite des événements de la veille, elle éprouva un si réel dépit de cette espèce d'abandon d'elle-même, indigne de sa raison habituelle et de sa fermeté accoutumée, qu'elle ne put retenir une larme, qui brilla bientôt, comme une perle suspendue entre ses cils d'or. Si cette larme ne tomba point, c'est qu'un soudain retour de fierté la sécha dans ses yeux, au moment où elle allait rouler sur sa joue.

— Ah ! murmura-t-elle, en appuyant son front brûlant sur la vitre fraîche de la portière, c'est vraiment une étrange chose que la vie ! Je la soupçonne plus que je ne la connais... Mais quelque chose me dit qu'il faut en avoir peur.

Elle baissa la glace et regarda le paysage alpestre qui se déroulait devant elle, dans sa grandeur solitaire et sauvage, et parut bientôt s'abîmer dans cette contemplation.

Mais son père lui frappa légèrement sur l'épaule en lui disant :

— Comme te voilà rêveuse, ma mignonne! A quoi penses-tu donc?

— A rien. Je contemple la belle nature... N'est-ce pas ce que l'on peut faire de mieux en voyage?

M. de Valneige ne répondit pas, mais les deux époux échangèrent un regard d'intelligence, et la mère de Viviane murmura tout bas à l'oreille de son mari :

— Comme elle a l'air triste !

— Triste n'est peut-être pas le mot juste, répliqua celui-ci ; disons seulement qu'elle est préoccupée.

— Et de quoi? bon Dieu !

— Rappelez-vous les beaux vers d'un grand poète, et demandez-vous avec lui :

« A quoi rêvent les jeunes filles? »

Il faut, continua-t-il, laisser passer, sans y trop prendre garde, ces mélancolies vagues et sans objet, poétiques maladies de la jeunesse, contre lesquelles les distractions du voyage sont les meilleurs remèdes. C'est pourquoi je les offre à cette chère enfant.

Les prévisions de M. de Valneige parurent bientôt se réaliser.

Une fois à Marseille, où ils trouvèrent d'assez nombreux amis, les attractions d'une grande ville, la nouveauté du spectacle, le bruit et le mouvement du monde, le divertissement d'une vie toute nouvelle ne laissèrent point que d'avoir l'influence la plus heureuse sur l'esprit de Mlle de Valneige. Elle reprit à toute chose, et comme par enchantement, un intérêt que son père la croyait déjà incapable d'éprouver pour quoi que ce fût.

Il est vrai qu'autour d'elle chacun s'ingéniait pour l'entretenir dans ces bonnes dispositions. Les parents idolâtres de la jeune et charmante créature voyaient avec une joie sans mélange que l'on y réussissait à souhait.

Marseille avait bien, du reste, tout ce qu'il fallait pour hâter une guérison si vivement souhaitée.

La vieille cité phocéenne, ce portique français qui s'ouvre sur l'Orient, avec sa population cosmopolite et bigarrée, son port ensoleillé, où s'entre-croisent tous les costumes, où s'échangent tous les idiomes, où flottent les pavillons de tous les peuples ; avec ses promenades grandioses, ses boulevards et ses rues superbes, vraiment dignes de la capitale de la plus belle de nos provinces, ne laissait point que d'exercer une sorte de fascination sur l'esprit comme sur les yeux d'une jeune fille qui ne connaissait guère que la solitude de Valneige et la somnolence de Grenoble.

De leur côté le père et la mère de Viviane ne négligeaient rien pour entretenir, chez elle, cette animation bienfaisante. Ils mettaient tous leurs soins à tenir sa curiosité en haleine. On les voyait partout avec elle.

La sérénité empreinte sur son visage et le vif rayonnement de ses grands yeux clairs leur permettaient de croire qu'ils avaient trouvé la bonne voie, et qu'il ne leur restait plus qu'à la suivre résolument. L'importune vision de la dernière nuit de Valneige devait être désormais complètement oubliée.

# VII

Comme nos voyageurs s'étaient promis de tout voir, ils firent un jour, avec une famille de leurs amis, une excursion matinale au palais de Longchamps.

Le palais de Longchamps, que les Marseillais appellent le Château-d'Eau, situé sur les hauteurs, à l'extrémité nord de la ville, se profile par un magnifique ensemble de bâtiments et de terrasses, que dominent de beaux groupes de statues aériennes, dont la blancheur se détache sur l'azur profond du ciel. Les grandes lignes et l'aspect général du monument rappellent à l'esprit les nobles architectures orientales. On se croirait devant quelqu'une de ces poétiques constructions que l'on admire sur les bords du Gange aux ondes sacrées.

Splendide du côté de la ville, à laquelle il montre si fièrement son imposante silhouette, le château de Longchamps n'est pas moins beau du côté de la campagne, où il reçoit dans des vasques profondes les eaux captées, et roulant dans des aqueducs à ciel ouvert, que lui envoient les sources, les ruisseaux et les rivières des monts et des coteaux de la Provence.

Tandis que sa famille et ses amis, erraient sous les portiques du monument, dans les massifs des jardins du Château-d'Eau, ou dans les galeries de son modeste et inutile musée, Viviane, toujours éprise d'un véritable et constant amour pour la solitude au sein de la nature, dont elle était sevrée depuis son départ de Valneige, et inconsciemment attirée vers les larges horizons qui servent de ceinture au paysage marseillais, s'en allait pensive et marchant à pas lents, au milieu de ces beaux sites enchanteurs. Elle remontait la pente que descendaient les aqueducs, entraînant, tantôt avec un bruit sourd et tantôt avec un frais murmure, les eaux emprisonnées dans leurs flancs de granit.

Sans trop s'apercevoir du chemin qu'elle avait fait, elle était parvenue à quatre ou cinq cents mètres du palais, quand, tout à coup, un homme, qu'elle n'avait pas aperçu, caché qu'il était par une touffe d'églantiers sauvages, poussant au hasard entre les rochers qui servent de contreforts aux piliers de l'aqueduc, se dressa devant elle.

A la vue d'un inconnu, qu'elle rencontrait ainsi dans un endroit à peu près désert, Mlle de Valneige fit un brusque mouvement de retraite, si précipité, qu'il ressemblait beaucoup à une fuite.

Le jeune homme, car l'inconnu était jeune, porta, en la voyant, la main à son chapeau, qu'il souleva légèrement, et s'arrêta à quelques pas d'elle, parfaitement immobile.

Viviane, que cette réserve avait déjà rassurée, releva les yeux et le regarda.

Elle n'eut pas besoin de s'y reprendre à deux fois pour reconnaître en lui l'étrange personnage qui avait figuré comme pianiste d'occasion au bal donné par ses parents, et dont Hermann, sans se douter du trouble profond qu'il jetait dans une vie jusque-là si calme, avait esquissé un croquis d'après nature, qui semblait vraiment pris sur le vif.

Mais si Viviane n'avait eu besoin que d'un coup d'œil pour retrouver dans ce promeneur inattendu l'artiste nerveux dont le jeu l'avait impressionnée, à son dernier bal, un peu plus vivement peut-être qu'elle ne l'aurait voulu, celui-ci, soit qu'il fût dépisté par la différence d'un costume de soirée, laissant les bras nus, les épaules découvertes et le corsage ouvert, avec une toilette de voyage, très simple et très montante, soit qu'il n'entrât point dans ses desseins de renouer connaissance avec la fille de gens riches et bien posés, chez lesquels il était allé, en véritable bohémien de l'art, gagner son cachet en jouant toute une nuit, se contenta de jeter un regard à la jeune fille, un seul regard, mais un regard si profond, qu'il semblait pénétrer dans les replis les plus intimes et les plus secrets de son âme.

Ce fut tout!

Il se retira aussitôt, avec une discrétion du meilleur goût, et une réserve si parfaite que la femme la plus ombrageuse n'aurait pu ni demander ni souhaiter davantage. Il lui laissait ainsi la place libre, sans avoir paru la remarquer, et surtout sans avoir rien fait pour se rapprocher d'elle.

Il obliqua rapidement sur sa droite et s'enfonça, sans retourner la tête, dans les taillis encore jeunes, mais déjà fort épais, qui poussent de toutes parts, au pied de ces constructions cyclopéennes, comme pour marier les grâces souriantes de la Nature aux beautés sévères de l'Art.

Le premier mouvement de M$^{lle}$ de Valneige avait été de se replier sur le Château-d'Eau, afin de rejoindre sa famille et ses amis. Mais la soudaine retraite du promeneur, dont la seule présence aurait pu motiver sa fuite, la rendait, au contraire, parfaitement inu-

tile; aussi elle se contenta de ne pas aller plus loin,
et, pour bien faire voir, au cas où il s'aviserait d'épier
ses mouvements, ce qui n'était certes pas impossible,
qu'elle ne le redoutait nullement, elle s'assit sur un
quartier de rocher couvert de mousse, qui s'offrait à
elle comme un siège rustique, et, paisiblement, promena ses yeux sur la campagne, au loin.

Puis, après quelques instants de rêverie silencieuse :

— C'est pourtant bien lui, se dit-elle, en résumant
par ces simples mots toutes les réflexions auxquelles,
depuis un instant, se livrait son âme, inquiète et
agitée. C'est bien lui! Chez qui donc ai-je jamais trouvé
ce regard à la fois calme et hardi, ce front hautain,
qui m'avaient frappée dès la première heure, et cette
bouche si fine, dont il faut toujours craindre l'ironie
et le sarcasme. Mais sa mise d'aujourd'hui ne ressemble guère à celle qu'il avait adoptée l'autre soir,
pour venir à Valneige. Sa toilette de ce jour-là ne
détonnait point avec celles des pauvres diables, coureurs de cachet, dont il renforçait la troupe famélique.
Maintenant, au contraire, je lui vois la tenue de
l'homme du monde, qui peut marcher l'égal des plus
élégants et des plus fiers. Quel est donc le mystère
de cette vie étrange? Ah! ce brave Hermann n'avait
que trop raison, quand il nous le dépeignait comme
un être fantasque, dont la conduite semblait inexplicable à ceux-là même qui croyaient le connaitre.

Mais Viviane n'était pas femme à s'arrêter au milieu
de ses réflexions, et elle en vint bientôt à se demander
si c'était le seul hasard qui jetait ainsi, pour la seconde
fois, cet inconnu sur ses pas, et cela dans l'endroit du
monde où elle devait le moins s'attendre à le rencontrer. De là à se dire qu'il n'était peut-être pas venu à

Valneige sans une arrière-pensée secrète, il n'y avait qu'un pas, — et ce pas fut franchi.

Cette idée, qui ne tarda point à s'implanter et à s'affermir dans l'esprit de Viviane, lui ouvrit tout à coup des horizons nouveaux, et elle s'y plongea avec une sorte d'ardeur. Elle en vint bientôt à se demander aussi comment il avait pu savoir qu'elle était à Marseille. Il avait donc des espions dans sa propre maison? Il était donc averti de ses projets et prévenu de ses démarches? Mais, alors, elle était, pour ainsi dire, entre ses mains; elle ne pourrait plus rien faire sans qu'il ne le sût à l'avance; elle allait être la victime d'une sorte de persécution... Il n'aurait qu'à vouloir pour lui imposer la tyrannie de sa présence partout et toujours.

Ce qu'elle éprouva tout d'abord, ce fut une sourde irritation contre ce qui lui semblait un attentat véritable à sa liberté. Mais cette impression ne fut pas de longue durée chez elle, et fit bientôt place à une appréciation des choses beaucoup plus favorable à l'inconnu. Le côté romanesque, qui domine presque toujours chez les femmes, ne tarda point à prendre le dessus dans l'âme de M<sup>lle</sup> de Valneige, trop pure, trop honnête, et, disons le mot, trop inexpérimentée aussi, pour attribuer à des motifs intéressés et vulgaires la conduite d'un homme qui se présentait à elle sous des formes prévenant singulièrement en sa faveur. Il lui était vraiment impossible, en pareil cas, de s'arrêter bien longtemps à des suppositions malséantes et fâcheuses. Elle se sentait, au contraire, toute disposée à lui faire crédit des sentiments les plus chevaleresques. Il s'était, sans doute, senti tout à coup entraîné vers elle par une de ces attractions mystérieuses et puissantes auxquelles certaines natures

passionnées obéissent tout naturellement, sans même
essayer de s'y soustraire, et maintenant il éprouvait
un impérieux besoin de la revoir — et ce besoin, il
lui fallait à tout prix le satisfaire. Il voulait aussi, sans
aucun doute, la contraindre à se souvenir.

Cet idéal d'un amour timide et voilé, qu'elle arran-
geait ainsi à sa guise, convenait bien à son esprit
romanesque de jeune fille ayant toujours vécu dans
la solitude, et qui, ne connaissant guère le monde
comme il était, se l'imaginait assez aisément comme
elle aurait voulu qu'il fût.

Ce côté mystérieux d'une innocente aventure, qui
ne ressemblait à rien de ce qu'elle avait pu remarquer
autour d'elle, n'était point, du reste, fait pour lui déplaire. Les choses simples, coulées dans le moule banal, et telles qu'elles arrivent à tout le monde, lui
semblaient d'un prosaïsme mortel, et d'une vulgarité
déplorable. Cette fille, si sage dans la pratique de la
vie, avait des théories qui l'étaient moins. Elle ne pouvait s'accoutumer à l'idée que celui qui serait un
jour son maître, se présenterait à elle pour la première
fois flanqué de deux notaires. Elle n'avait jamais entendu donner sa main — et son âme — à un simple
bon jeune homme, obéissant docilement aux vœux
des deux familles bien plus qu'aux aspirations de son
cœur. Elle plaçait son idéal plus haut, et se disait,
non sans un certain orgueil, que, pour arriver jusqu'à
elle, il faudrait quitter l'ornière battue, et se frayer
des sentiers par lesquels personne encore n'aurait
passé. Quant aux questions, pour elle secondaires,
de fortune et de position, elle ne les faisait point entrer en
ligne de compte dans les raisons qui détermineraient
ses préférences. Tout ce qu'elle pouvait se dire, c'est
que, si elle se mariait jamais — et c'était là un point

encore fort douteux, — elle ne ferait point un choix qui ne fût justifié par la nature morale et le mérite personnel de celui qui en serait l'objet. Sous ce rapport, elle se connaissait assez pour avoir le droit de ne pas douter d'elle-même un seul instant. Mais quelque chose comme un instinct secret l'avertissait que celui qui occupait déjà une si grande place dans ses pensées ne pouvait être indigne d'elle.

Dans cette solitude, au milieu de cette nature poétique et grandiose, il lui avait paru un tout autre homme qu'au milieu de ces musiciens vulgaires avec lesquels il avait essayé de se confondre un moment. Elle se demandait comment elle-même avait pu se faire sur son compte une telle illusion qu'elle avait voulu un moment l'écraser de son dédain. Elle lui savait gré maintenant de s'être redressé fièrement sous le coup; de lui avoir fait comprendre qu'il n'était point de ceux qui se laissent lâchement abattre et misérablement dominer, et de l'avoir contrainte à revenir aussitôt sur l'opinion fâcheuse et fausse qu'elle s'était faite tout d'abord sur son compte. Si les apparences trompeuses du premier soir avaient pu justifier un moment son erreur, elle comprenait bien qu'elle serait maintenant sans excuse, parce qu'elle serait sans cause. Une réserve circonspecte et calme, une attente silencieuse, une observation à laquelle rien n'échapperait, c'était à présent tout ce qu'elle pourrait se permettre à son égard. Plus serait trop!

# VIII

Vraie ou fausse, cette façon nouvelle d'envisager
les choses ne laissa point que d'avoir sur l'esprit de
Viviane une influence réelle. Elle sortit tout à fait
de l'espèce d'atonie dans laquelle avait langui trop
longtemps sa pâle jeunesse; elle prit à la vie un
intérêt qu'elle n'avait point connu encore, et son
âme, pleine de frémissements et de troubles, fut bal-
lottée comme dans un orage, entre l'espérance et la
crainte.

M. de Valneige s'était bien aperçu du changement
survenu chez sa fille; mais il appréciait les résultats
sans pouvoir remonter jusqu'à la cause.

Il avait remarqué chez Viviane certaines traces
d'émotion quand elle était venue le rejoindre dans le
petit musée de Longchamps ; mais la présence des
étrangers avec lesquels il se trouvait en ce moment
ne lui avait point permis de l'interroger.

Mais au dîner, en se mettant à table en face d'elle,
dans la petite salle à manger particulière d'un de ces
beaux hôtels, ombragée par les platanes des Allées
de Meillan, où ils étaient descendus :

— La promenade de ce matin t'a réussi, lui dit-il
tu as des éclairs dans les yeux.

— Je me porte bien et j'ai faim! répondit Viviane,
en laissant voir deux rangées de petites dents blan-

4

ches, qui promettaient de faire honneur au menu
savamment combiné par un chef habile.

Cette animation et cette gaieté semblèrent d'heureux augure à M. de Valneige, qui ne craignait rien
tant que de voir sa fille rester dans cette apathie désespérante dont, pendant longtemps, rien n'avait pu la
faire sortir; il est vrai que cette transformation, aussi
complète qu'elle était soudaine, ne laissait point que
de l'intriguer quelque peu. Sa fille se posait devant
lui comme un problème, dont il ne parvenait point
à dégager l'inconnue.

Soit qu'elle éprouvât un invincible besoin de distraction, soit qu'elle eût toujours le secret espoir de rencontrer celui qui était venu la chercher si loin, elle
ne refusait aucune des excursions ou des parties que
lui proposait son père, dans la ville ou hors de la
ville.

M. de Valneige mettait tous ses soins à l'entretenir
dans ces bonnes dispositions, il se réjouissait de la
voir prendre à toute chose un si vif intérêt que c'était
comme une nouvelle vie qui commençait à chaque
instant pour elle.

Elle y gagna de connaître Marseille au bout de
quelques jours, aussi bien qu'une Anglaise qui
l'aurait étudié sur place à l'aide de tous les guides
qui ont décrit, avec plus ou moins de pompe et
d'imagination, les splendeurs du château Borelly et
les merveilles de la Canebière. Mais elle n'aperçut
même point la silhouette fuyante du seul être qu'elle
aurait voulu voir dans ce panorama mouvant et
vivant.

On avait projeté la partie d'aller au théâtre la veille
du départ pour Valneige.

Cette année-là, Marseille avait une bonne troupe.

L'orageuse saison des débuts était passée depuis longtemps, les premiers rôles acclamés, et les autres
acceptés. On pouvait donc espérer une soirée agréable.

Viviane se fit belle.

Obéissait-elle à quelque secret pressentiment, ou
pensait-elle, comme beaucoup des habituées de
l'Opéra, que l'on entend mieux une bonne musique
dans une robe de la bonne faiseuse, je ne saurais le
dire. Mais, ce qui est certain, c'est que, tout en restant fidèle à la note *jeune fille*, dont elle ne s'écartait
jamais, elle ne négligea rien de ce qui pouvait rehausser et faire valoir son élégante beauté, si aristocratique et si fine.

Au moment de partir, elle enleva à son bouquet
de corsage une rose rouge, qu'elle piqua, à l'espa-
gnole, dans ses jolis cheveux blonds. La fleur de
pourpre, posée sur le côté, lui donna un air de coquetterie mutine, espiègle et charmante.

Cet air-là contrastait peut-être quelque peu avec
l'expression habituelle de sa physionomie, d'ordinaire
plus calme et plus douce. Mais n'y a-t-il point toujours deux femmes dans une femme — à moins qu'il
n'y en ait trois?

— A qui en veux-tu? lui demanda son père, en la
voyant entrer au salon où il l'attendait. Te voilà jolie
à faire tourner la tête à tous les fauteuils d'orchestre,
sans parler des stalles et des strapontins.

— Tant mieux, si vous me trouvez à votre goût !
répliqua-t-elle en esquissant une révérence à la mode
du dernier siècle, car c'est à vous que je veux plaire!

— A moi, tout seul? C'est bien invraisemblable,
répliqua-t-il en la regardant fixement.

Une imperceptible rougeur teinta la blancheur fine
de ses joues, et s'éteignit aussitôt.

— A vous seul, dit-elle. Est-ce que je connais personne ici, seulement?

— Il y a le dieu Hasard, sur lequel une jeune et belle créature comme toi a toujours le droit de compter.

Cette réponse tombait si juste et elle avait tant d'à-propos, que Viviane, naïve encore, ne put se défendre d'un certain trouble, dont l'arrivée de sa mère vint la sauver fort à propos.

La voiture était avancée, et l'on partit sans faire de plus amples réflexions.

Les amis qui avaient offert le spectacle à M. et M^{me} de Valneige avaient pris une de ces avant-scènes des premières loges, où il semble que l'on est aussi bien placé pour être vu que pour voir, et d'où l'on peut également surveiller les spectateurs et le spectacle.

Viviane, à qui sa jeune beauté donnait de droit une place sur le devant de la loge, ne tarda point à prendre la lorgnette de son père, et elle promena autour de la salle un regard investigateur, auquel rien ne devait échapper.

Mais, sans doute, cet examen, si attentif qu'il fût, ne lui fit point découvrir ce qu'elle cherchait, car on put remarquer sur son joli visage, toujours expressif et sincère, un étonnement réel, mêlé peut-être d'un peu de dépit. Puis elle replaça l'instrument inutile sur le large rebord de la loge, comme si elle n'avait plus rien à voir dans cette salle, vide pour elle comme le désert, parce qu'elle n'était remplie que d'indifférents et d'inconnus.

La représentation commença bientôt, et Viviane, passionnément éprise de musique, peu gâtée à Grenoble, où elle avait rarement l'occasion de savourer.

le charme et de goûter la douceur du plus séduisant
des arts, s'abandonna tout entière à des émotions
captivantes, qu'elle n'avait point ressenties depuis
longtemps.

On donnait ce soir-là une des œuvres les plus entraînantes de la muse moderne, ce *Trovatore*, devenu
fameux en si peu de temps ; inspiration enflammée,
qui emporta tant de jeunes âmes — des âmes de
femmes, surtout — dans la sphère orageuse et brûlante de la passion la plus exaltée, en les embrasant
de ses immortels et inextinguibles feux.

Merveilleusement préparée, par les dispositions
particulières où elle se trouvait en ce moment, à
subir l'influence du maître qui domine aussi bien les
foules que les intelligences d'élite, Mlle de Valneige
ne songeait point à se disputer à lui... Loin de là,
elle se livrait tout entière, et si elle avait un regret,
c'était uniquement de ne pouvoir se donner davantage.

— Quel malheur, pensait-elle, d'être seule à entendre une pareille musique.

Injustice souveraine des sentiments absolus, qui
nous font oublier tout ce qui n'est pas eux.

Être avec son père et sa mère, et trois ou quatre
amis, aimables et charmants, pour cette adorable
ingrate, c'était être seule !

Oui ! elle se trouvait seule, parce qu'elle ne voyait
point auprès d'elle cet homme dont elle ignorait tout
— jusqu'au nom — qui ne lui avait adressé qu'une
seule fois la parole, et qu'elle croyait avoir foudroyé
de son regard de déesse dédaigneuse et irritée.

Il paraît que les temps étaient changés, et que si,
à présent, il lui était apparu tout à coup, elle se serait montrée moins superbe.

Cependant la représentation poursuivait son cours, entraînant, bouleversant, jusque dans ses plus intimes profondeurs, cette jeune créature facile à l'émotion et faite pour l'amour, et dont le génie d'un maître traduisait si fidèlement les propres sentiments. Elle s'absorbait si complètement dans les péripéties de ce grand drame de la passion, qu'elle en devenait étrangère à tout ce qui n'était par lui. Pour elle, en ce moment, le monde commençait à Manrico et finissait à Léonora. Personne n'existait plus à ses yeux, en dehors de ce héros et de cette héroïne de l'amour.

Je me trompe! Il y avait toujours ce Trovatore idéal, entrevu et perdu comme celui du livret, traversant le monde sans s'y mêler, se recueillant dans son isolement hautain, et n'attendant rien des autres; ne cherchant pas même leur admiration, que personne pourtant ne méritait mieux que lui. Elle n'eût pas demandé mieux que de chanter avec celui-là un duo dont elle eût sans doute autorisé Verdi à composer la musique, mais dont elle n'eût laissé à personne le soin d'écrire les paroles... Et ses yeux le cherchaient en vain dans la foule.

L'exécution de l'opéra ne fut qu'une longue suite d'ovations et de triomphes pour les deux principaux interprètes, doués d'un réel talent, à la fois dramatique et lyrique. C'était donc avec une curiosité vraiment fiévreuse qu'on les attendait à ce grand duo du quatrième acte, dans lesquels les effusions de la tendresse la plus profonde et les éclats de la passion la plus ardente ont pour accompagnement sinistre la psalmodie lugubre du *Miserere*, et le glas funèbre sonnant l'agonie de celui qui va mourir.

Pénétrée de la pensée du maître, animée par son souffle orageux, transformée par sa foi dans l'art,

Léonora, oubliant qu'elle jouait un rôle, pour le vivre véritablement, eut un moment d'inspiration si profonde, qu'un seul cri d'elle, mais un cri dans lequel retentissaient toutes les douleurs, tous les déchirements, toutes les angoisses d'une âme désolée, fit tressaillir la salle entière, qui s'unit dans une immense acclamation.

Viviane, depuis un instant complètement absorbée par cette musique, qui arrive d'un bond aux dernières limites de l'expression dramatique, releva tout à coup ses grands yeux humides, brillant à travers leurs larmes, qu'elle avait tenus obstinément baissés depuis le commencement du morceau. Mais, aussitôt, ils se dérobèrent de nouveau sous le voile des larges paupières, et, en moins de temps qu'il n'en faut pour le dire, elle devint tour à tour si rouge et si pâle, que si on l'avait observée avec quelque attention, il eût été aisé de voir qu'elle se trouvait sous l'empire d'une émotion aussi vive qu'elle était soudaine.

En face d'elle, debout sur la dernière marche de l'escalier qui conduit des couloirs aux fauteuils d'orchestre, elle venait de reconnaître le musicien anonyme du bal de Valneige, le promeneur silencieux des aqueducs de Longchamps, en un mot, celui auquel, depuis huit jours, elle donnait de sa vie beaucoup plus qu'il ne lui en demandait peut-être.

Mais, comme s'il eût possédé véritablement l'art et le secret des transformations, il lui apparaissait maintenant sous un aspect entièrement nouveau. Au bal du chalet, au milieu de la petite troupe d'Hermann, c'était un simple croque-notes, qu'elle n'aurait jamais songé à regarder si, par intervalles, les accents de jeu nerveux, original, étrange, ne l'avaient surprise, secouée, surexcitée, et si le feu de ses yeux

n'avait, pour ainsi parler, fait pénétrer des flammes
jusqu'au fond de sa poitrine. A Longchamps, c'était
le touriste élégant, dont la tenue matinale, absolument
correcte, indiquait cette science du costume qui fait
que l'on ne se trompe jamais sur la toilette qui convient à chaque heure du jour, comme à chaque circonstance de la vie. A l'Opéra, c'était l'homme du
monde, le lion, le dandy, comme on disait autrefois,
le héros de la valse, le conducteur du cotillon, vêtu
de noir, cravaté de blanc, le gilet en cœur, décolleté
à l'excès sur l'empèsement du plastron, la fleur de
gardénia à la boutonnière, portant haut la tête, et
promenant autour de lui le regard assuré de ces privilégiés de la fortune qui se trouvent chez eux partout, qui marchent dans leur force et leur liberté,
avec la conscience d'être les égaux des plus grands.
Cet œil si brillant, si largement ouvert, était rempli
de l'audace tranquille à laquelle se reconnaissent ces
chercheurs d'aventures, toujours prêts à se mêler à
la vie des autres, parce qu'ils sont certains d'avance
qu'ils n'y laisseront rien d'eux-mêmes.

Viviane, en le voyant ainsi, tel qu'il était en ce
moment, et en l'étudiant mieux encore qu'elle n'avait
pu le faire jusque-là, ne se défendit point d'un mouvement de crainte, purement instinctif, mais qui n'en
était pas moins réel. Elle devinait en lui une âme
impérieuse et dominatrice, à laquelle, fatalement, il
fallait que tout cédât. Il est vrai qu'elle s'avouait
aussitôt à elle-même que le commandement était dans
le rôle de l'homme, tandis que celui de la femme se
composait surtout d'obéissance.

Celui qu'elle observait ainsi avec une si absorbante
attention ne l'avait-il point aperçue, ou bien entrait-
il dans ses plans de ne point paraître prendre garde

à elle? c'est ce qu'il eût été peut-être téméraire d'affirmer. En tout cas, il ne parut même pas s'apercevoir de sa présence.

Quant à elle, naïvement curieuse, et hardie comme l'est souvent la parfaite innocence, elle l'avait donné pour objectif à sa lorgnette qui ne le quittait guère. On eût pu croire qu'elle voulait se rendre compte de ce qui se passait dans cette âme ardente et mobile, devenue visible sur ses traits par la puissance de l'expression. Elle était livrée à ce moment à une véritable tempête d'émotions. On pouvait dire que la musique s'emparait puissamment de toutes ses facultés, tant son visage reflétait avec force et fidélité tous les sentiments traduits par le maître. C'était tour à tour l'extase d'amour qui remplit le cœur de Léonora, et le désespoir de Manrico, condamné à perdre avec la vie une créature si aimante et si digne d'être aimée. On aurait compris la partition, rien qu'en le regardant. Mais il redevenait bientôt sceptique et froid comme on ne l'est que trop souvent, hélas! soit par nature, soit par affectation, dans ce triste monde où l'on veut bien avoir encore, de temps en temps, une envolée de sentiments exaltés, enthousiastes et généreux; mais à la condition que l'on redeviendra bientôt le maître de ses émotions, pour dominer celles des autres.

Ce fut dans un de ces moments d'accalmie, pendant lesquels la passion faisait trêve, que l'inconnu porta — ou parut porter — pour la première fois ses regards sur l'avant-scène où se trouvait M^{lle} de Valneige.

Il eut un mouvement de surprise si naturellement rendu qu'il eût été difficile de ne pas le croire sincère.

Après avoir fixé un moment sur elle des yeux très

perçants, il les détourna bientôt, comme un homme
qui se reproche une contemplation indiscrète, et qui
craint de paraître s'y abandonner volontairement.

Aucune de ces nuances, si légères et si fugitives
qu'elles pussent être, n'échappa à la clairvoyance
de M<sup>lle</sup> de Valneige. Mais elle ne put continuer longtemps l'étude qui l'intéressait si fort; car les regards
de l'inconnu quittant tout à coup la scène, où les deux
amants se débattaient dans l'angoisse de leur amoureuse agonie, se fixèrent soudainement, brusquement
sur la jeune fille, et la surprirent dans le flagrant
délit de son indiscrète curiosité.

Viviane ne put se défendre d'un embarras naïf, et
elle sentit une rougeur subite envahir et brûler sa
joue.

La sensation de malaise qu'elle éprouvait en ce
moment accrut encore un trouble dont elle eut conscience. Aussi ne releva-t-elle ses longues paupières
que lorsqu'elle se crut assez maîtresse d'elle-même
pour dominer ou cacher ses émotions.

Alors elle se retourna vers l'inconnu avec une certaine assurance.

Elle rencontra les regards de feu qui attendaient
les siens, ou, pour mieux dire, qui les attiraient avec
une force de volonté contre laquelle la pauvre enfant
se sentait impuissante à lutter, fascinée en quelque
sorte par ce charmeur, comme la colombe par le serpent ou l'épervier. Ce fut, en quelques instants,
comme une prise de possession de tout son être par
cet homme, dont l'impérieuse domination s'affirmait
sans résistance possible.

Aussi elle ne résista point.

Il voulut son regard, et elle le regarda! On eût dit
qu'en cet instant, décisif pour eux, leurs âmes à tous

deux se pénétraient, se devinaient, échangeaient leurs plus intimes pensées. Viviane s'abandonnait aux entrainements de cette séduction silencieuse, mais réelle, qui lui causait une sensation étrange, nouvelle, inéprouvée jusque-là, qui lui ouvrait, toutes grandes, les portes d'une nouvelle vie. Il y eut même un moment où elle se trouva sous l'influence absolue, victorieuse, de ces effluves capiteux, vraiment magnétiques, qui venaient de lui pour aller à elle : une sorte d'extase de bonheur se peignit sur ses traits charmants et la transfigura. Un peintre eût voulu pouvoir la saisir dans cette minute d'idéale beauté — qui ne pouvait être que passagère et fugitive — et fixer pour jamais sur une toile ravie cette rayonnante image.

L'auteur de cette transfiguration, aussi complète qu'elle avait été soudaine, connaissait trop bien le mystère de cet être nerveux, toujours complexe, souvent contradictoire, avide d'émotions, qui s'appelle la femme, pour ne pas se rendre parfaitement compte de ce qui se passait dans l'âme de cette créature exquise, heureuse de se donner, sans rien retenir d'elle-même.

Incapable de s'en tenir à ce premier succès et d'en jouir avec la modestie reconnaissante que méritait tant de bonne grâce, il voulut affirmer enfin, par une preuve nouvelle, un pouvoir que, pourtant, on ne lui contestait pas.

Fixant sa prunelle ardente — en ce moment rigide comme l'acier — sur la rose dont les pétales de pourpre mettaient dans la chevelure blonde une note si vive et si brillante, il la regarda si obstinément, il la donna pour objectif et pour but à une volonté si vive, si intense, et si persistante dans son effort, que

bientôt Mlle de Valneige, après un mouvement d'hésitation assez naturel, — comme si elle n'eût pas compris tout d'abord, — ses beaux yeux rivés, pour ainsi
dire, à ceux du jeune homme, dont ils ne pouvaient
plus se détacher, retira la fleur de la tresse opulente
qu'elle embaumait, et, inconsiente, l'approcha de ses
lèvres... qui, pourtant, ne la touchèrent point...

Un éclair de joie orgueilleuse brilla dans les yeux
de l'inconnu, et l'expression de son visage n'eût été
que trop fidèlement traduite par ses mots : — Enfin
elle est à moi !

Ce chant de victoire éclatait peut-être avant que la
bataille fût gagnée. Viviane le comprit... et elle eut
peur. Une sorte de réaction brusque, et complète se
produisit tout à coup chez elle. La pudeur de la
jeune fille et la fierté de la patricienne se réveillèrent,
et se révoltèrent en même temps. Elle s'indigna
également contre l'audace de l'homme qui voulait
ainsi faire violence à sa volonté et contre la faiblesse
qu'elle-même avait montrée en lui obéissant. D'une
main nerveuse et frémissante, elle froissa la belle
fleur qui ne demandait qu'à vivre — au moins jusqu'à
la fin de cette soirée brûlante — et elle en jeta vivement les débris à ses pieds.

Si c'était une leçon que Mlle de Valneige voulait
donner à celui qui, en effet, la méritait si bien, il est
juste de reconnaître qu'il la comprit ; mais nous
devons ajouter qu'il n'en profita point.

— Ah ! murmura-t-il en retroussant sa moustache,
tandis que ses sourcils bruns se fronçaient légèrement,
on veut prouver une fois de plus que le poète couronné avait raison.

— Souvent femme varie !

C'est la guerre que l'on me déclare, quand je vou-

lais signer la paix... Eh bien! soit! ma belle ennemie; nous ferons la guerre, et nous verrons qui de
nous deux sera contraint le premier à donner des
otages.

Mais, si grande que fût sa confiance en lui-même,
il vit bien que ce n'était pas le moment, quand le
spectacle allait finir, quand la jeune fille venait de se
reprendre avec cette énergie un peu hautaine, de
vouloir la reconquérir de haute lutte. Les stratégistes
habiles ne livrent point bataille tous les jours.

Profitant de l'excellente position qu'il avait gardée
à l'entrée du couloir de l'orchestre, et qui lui permettait de sortir quand il lui plairait, à peine le rideau
eut-il tombé sur la dernière scène qu'il disparut
rapidement.

Pendant que les rappels, les bravos et les fleurs
saluaient l'explosion passionnée du duo final, en
traduisant d'une façon quelque peu bruyante l'enthousiasme des spectateurs en délire :

—Combien de mouchoirs mouillés? demanda M. de
Valneige à Viviane.

—Aucun, que je sache! répondit la jeune fille en
montrant ses yeux secs et ses joues brillantes. Je
garde mes larmes pour de plus grandes occasions.

— Je vois que les voyages forment la jeunesse! dit
le père de famille avec un bon rire; ne va, cependant,
ni trop loin ni trop vite. Il ne faut pas tomber d'un
excès dans un autre; quand tu aurais arrosé d'un
pleur ce trépas romantique, je n'y aurais, pour mon
compte, trouvé rien à redire.

— On ne peut pas pleurer tous les jours! fit Mlle de Valneige d'un ton résolu.

Elle suivit son père et sortit de la loge, sans céder
à la lâche envie qu'elle éprouvait, pourtant, de jeter

un dernier regard dans la salle qui se vidait lentement.

Arrivée dans le vestibule assez vaste, mais assez peu confortable, sous lequel les spectateurs attendent l'arrivée de leurs voitures, elle ne put se défendre d'un frémissement d'inquiétude, en se disant qu'elle allait rencontrer une fois encore, avant la sortie, celui qui s'était si obstinément occupé d'elle qu'il n'avait pas pris garde à la fin de ce dernier acte.

Pendant qu'elle se demandait si elle allait le recevoir à merci, ou lui montrer un visage sévère et superbe, elle ne paraissait point se douter qu'à ce moment même elle était curieusement observée par son père.

Persuadé qu'elle ne connaissait personne à Marseille, celui-ci ne pouvait s'empêcher d'éprouver quelque étonnement en remarquant sur son visage les traces d'une curiosité inquiète, aussi visible pour lui qu'elle était inexplicable. Toute palpitante à son bras, elle trahissait, par de légères contractions nerveuses, dont elle n'était pas la maîtresse, des impressions qu'elle eût voulu cacher à tous... et peut-être se cacher à elle-même.

M. de Valneige, mis en garde, observa attentivement sa fille; mais il ne put rien découvrir qui fût de nature à justifier l'émotion qu'il avait surprise chez elle à son arrivée dans le vestibule.

Cette émotion ne tarda point, du reste, à se calmer. Viviane, n'apercevant nulle part celui qui l'avait causée, ne tarda point à se remettre. Le seul sentiment qu'elle éprouvait maintenant, c'était peut-être un peu de dépit de ne point le voir, et le dépit est souvent ce que les femmes, et même les très jeunes filles, réussissent le mieux à cacher. M. de Val-

neige, en la voyant si calme, finit par croire qu'il
s'était trompé en supposant qu'elle avait pu cesser de
l'être un instant.

Très femme en cela, c'est-à-dire très aisément en
contradiction avec elle-même, Viviane, qui, tout à
l'heure encore, voulait exprimer son mécontentement
à celui dont la hardiesse trop cavalière l'avait un
moment irritée, maintenant qu'il prouvait sa discrétion par son absence, était presque fâchée qu'il ne
fût pas là. Elle ne laissait point que de s'étonner de
cette disparition soudaine : elle avait même quelque
peine à y croire.

Mais, quand le valet de pied vint avertir que la
voiture était avancée, force lui fut de quitter la
place sans l'avoir revu.

On rentra à l'hôtel, et pendant la durée du trajet,
d'ailleurs assez court, la représentation à laquelle on
venait d'assister fit naturellement tous les frais de la
conversation.

Viviane, qui comprenait et qui sentait la musique
autant qu'elle l'aimait, y prit une part active et fit
preuve d'une animation qui n'était guère dans ses
habitudes. Sa mère en fut charmée, car elle ne craignait rien tant que de la voir retomber dans l'atonie
morne et indifférente qui avait attristé les derniers
temps de leur séjour à Valneige.

# IX

Dès le lendemain, la famille reprenait le chemin de la montagne.

Viviane aurait bien voulu prolonger quelque temps encore son séjour à Marseille. On n'eût pas demandé mieux sans doute que de lui faire ce plaisir, mais quel prétexte alléguer pour justifier cette fantaisie? Elle ne dit rien et partit. Peut-être ne s'en allait-elle point tout entière; peut-être laissait-elle quelque chose d'elle-même dans la belle capitale du Midi.

On peut dire qu'elle rentra au chalet dans une disposition d'esprit toute nouvelle; pleine d'ardeur et d'activité, s'intéressant à tout, elle qui avait fini par ne plus s'intéresser à rien! Le parc, le jardin, la musique, ses chiens, ses chevaux, le torrent qui roulait ses flots d'écume dans la vallée, la montagne qui dominait de ses cimes orgueilleuses tout ce paysage grandiose; les mille objets familiers à son enfance et qu'elle revoyait avec bonheur, se révélaient à elle sous des aspects qu'elle n'avait pas encore soupçonnés! elle trouvait à toute chose un accent particulier, un caractère qui lui avait échappé jusque-là, et mille beautés secrètes, inconnues avant le jour où elle ouvrait enfin les yeux pour les voir!

Cette animation joyeuse faisait songer à la *Belle au bois dormant*, se réveillant de son long sommeil, après

avoir rêvé du prince Charmant dont elle attend le
retour.

— Pourvu que cela dure! disait la mère, toujours
craintive.

— Cela durera! reprenait M. de Valneige, plus
prompt à se rassurer. Sa mélancolie n'était autre
chose qu'une de ces crises d'âge, auxquelles toutes
les femmes sont soumises; elle s'est dissipée à mesure que sa santé s'est raffermie. Elle est maintenant
dans une période heureuse qui va la conduire jusqu'au
mariage; le mariage qui, pour vous autres, est la fin
et le commencement de tout.

— Ah! le mariage! soupira la mère de Viviane, voilà
le port où je voudrais la voir entrer... Mais quel
pilote sera jamais assez habile pour l'y conduire?...

— Ce sera peut-être un corsaire! fit M. de Valneige,
empruntant une image aux souvenirs de ses jeunes
années.

Cependant, au bout de quelques jours, l'animation
joyeuse que Viviane avait rapportée de Marseille perdit beaucoup de sa vivacité.

Avec cette promptitude et ce prime-saut d'imagination qui caractérisent les jeunes filles, celles-là
surtout qui ont beaucoup vécu dans la solitude et
l'isolement, Mlle de Valneige avait vu dans l'inconnu
que sa volonté bien arrêtée, plus encore qu'un hasard
auquel il ne lui plaisait point de croire, avait par deux
fois jeté sur ses pas, un amoureux anonyme — un
héros de roman; qui ne relevait pas encore son masque,
— dont la position sociale restait un mystère pour
elle ..... mais dont les sentiments s'affirmaient d'une
façon trop éclatante par l'obstination de sa poursuite,
pour qu'il lui fût permis de les mettre en doute. Elle
ne pouvait supposer un seul instant qu'il fût capable,

5

après en avoir tant fait, de renoncer complètement à
elle. Elle s'attendait donc à le voir reparaître d'un
instant à l'autre à l'horizon de Valneige, soit en tenue
de prétendant officiel, soit en costume de beau téné-
breux, qui ne veut prendre encore que les étoiles
pour confidentes ... et elle ne se disait point laquelle
de ces deux suppositions lui plaisait davantage.

Mais les jours se passaient et se suivaient sans lui
amener personne, et, ne comprenant rien à des façons
d'agir vraiment inexplicables, elle redevenait, comme
autrefois, inquiète et nerveuse.

On ne pouvait pas dire, cependant, que l'apparition
dans sa vie de ce cavalier botté, éperonné — et mas-
qué — eût été chose fâcheuse pour elle. S'il la jetait
dans une préoccupation nerveuse et facilement inquiète, il apportait du moins dans les langueurs de son
existence de tous les jours un élément d'intérêt qu'elle
n'avait point connu jusque-là, et qui lui donnait une
raison de vivre. Elle eût vécu rien que par curiosité,
et pour savoir le mot de l'énigme que lui proposait
cet inconnu aux étranges allures. C'est en vain qu'elle
eût cherché à fuir sa pensée, cette pensée était toujours présente à son esprit.

Qu'elle voulût ou non se l'avouer à elle-même,
entre elle et lui il y avait eu, à un moment donné,
quelque chose comme une entente secrète, à laquelle
sans doute elle n'avait point donné son consentement
formel, qui s'était en quelque sorte imposée par la force
des choses, mais qu'elle n'en avait pas moins subie
et qui, par moments, troublait comme un remords son
honnêteté de fille bien née et bien élevée. Elle se demandait, avec une naïveté ingénue, et qui prouvait
bien la parfaite candeur de son âme, si elle ne s'était
point témérairement embarquée dans cette chose mau-

vaise et coupable que l'on appelle une intrigue, et dont
ses parents auraient un jour le droit de lui demander
un compte sévère ...

— Eh ! pourtant, se disait-elle, en réfléchissant bien,
suis-je donc si coupable ? Que peut-on me reprocher ?
A-t-on le droit de me mettre au couvent, parce qu'il
a plu à un monsieur de l'orchestre de regarder un peu
trop attentivement dans mon avant-scène ?

Puis, quand elle s'était fait à elle-même tous ces
beaux raisonnements, qui ne la rassuraient qu'à demi,
elle se disait tout à coup, non sans un certain effroi,
qu'il y avait maintenant quelque chose et quelqu'un
dans sa vie... et que cela seul était déjà mal... et la
preuve que c'était mal, c'est qu'elle n'en avait pas parlé
à sa famille. Elle, fille d'une mère si tendre, elle avait
un secret pour sa mère !...

Mais, d'autre part, comment raconter ce qui n'existait pas ? Ces mille riens, auxquels il lui plaisait d'accorder tant d'importance, étaient vraiment choses
insaisissables, et ce qu'elle avait de mieux à faire à présent, c'était de les oublier !

Oublier ?... Eh ! bien, non ! Le voulant, elle ne l'aurait
pu... et, le pouvant, elle ne l'aurait voulu.

C'est qu'en effet, ces songes sans consistance, ces
chimères sans réalité, ces folles imaginations d'un esprit
quelque peu malade, avaient pris à ses yeux une importance telle qu'il n'y avait pas autre chose dans son
existence, et que ce petit roman était toute l'histoire
de sa vie.

Cependant les heures sont longues à la campagne,
quand on n'a rien pour les occuper ; l'oisiveté, à laquelle tant de femmes sont condamnées, a surtout
pour effet de les livrer sans défense à des rêveries
qui ne sont pas toujours sans danger.

Viviane devait en faire l'expérience.

Elle creusa dans tous les sens de sa pensée déjà inquiète, et broda mille variations, à la fois séduisantes et dangereuses sur un thème unique. Sa préoccupation exclusive ne tarda point à prendre un caractère presque maladif. L'homme dont elle ne savait pas même le nom finit par hanter son esprit. Ne sachant rien de lui, elle imaginait tout. Jamais héros de roman ne fut l'objet de suppositions plus diverses ni plus téméraires : tantôt c'était le rejeton d'une grande race, déguisé en simple mortel pour se rapprocher d'une femme aimée; tantôt un exilé, obligé de fuir son pays, et peut-être de cacher à tous son existence compromise.

Souvent aussi les demi-confidences d'Hermann revenaient à son souvenir, et lui montraient, dans ce fantasque anonyme, un artiste errant, aujourd'hui dans un lieu et demain dans un autre, passant tour à tour d'une opulence factice à une gêne réelle, insouciant à l'égal de l'oiseau, qui change de nid comme de ciel, promenant ses caprices à travers le monde, picorant le fruit sur la branche, et partant à tire d'ailes sans jamais revenir y chanter sa chanson.

Cette dernière supposition, qui était la plus vraisemblable, était aussi la plus triste. Elle amena bientôt chez Viviane une réaction complète. Elle se dit qu'elle avait fait un rêve — mais qu'il avait assez duré, et que l'heure du réveil était enfin arrivée. Elle fit appel à toutes les énergies de sa généreuse nature, et, plus forte et plus vaillante peut-être qu'avant l'épreuve malheureuse qu'elle venait de subir, elle se remit courageusement aux œuvres actives qui doivent être le fond de toute vie intelligente. Nous n'avons pas été jetés sur cette terre pour y languir dans l'apathie d'une molle oisiveté.

Elle rouvrit son piano, muet depuis le voyage de Marseille, et redemanda ardemment à la musique ces émotions profondes qui sont parfois des consolations, et parfois aussi des dangers.

Le besoin d'exercice, la soif du grand air, un vague instinct qui la poussait à dépenser au dehors une activité trop grande, lui firent bientôt reprendre aussi les courses d'autrefois dans la montagne trop longtemps oubliée.

Les poneys noirs, se mourant d'ennui dans l'oisiveté des boxes, ne demandaient qu'à bondir sous le fouet, et les lévriers, impatients, couchés sur le perron dans des attitudes héraldiques, allongeaient leurs fins museaux de brochet sur leurs pattes menues et nerveuses, en gourmandant leur jeune maîtresse, qui les condamnait à l'immobilité d'une pose éternelle.

Ce fut donc une fête au chalet le jour où l'on revit M¹¹ᵉ de Valneige droite et fière sur le siège de son petit-duc, un groom microscopique, assis un peu plus bas, attentif à ses ordres, les poneys secouant leurs pompons de rubans, leurs grappes de grelots, et leurs chasse-mouches en queue de renard, tandis que Wagram et Nepto les deux grands lévriers, enfermaient dans un cercle de bonds joyeux l'attelage prêt à partir.

Viviane elle-même fut heureuse de revoir ces sites poétiques et charmants, familiers à sa plus tendre enfance, et que sa jeunesse aimait.

Seulement elle sentait maintenant dans son existence un vide qu'elle ne connaissait pas jadis. C'est que jadis rien ne troublait sa quiétude et sa paix; c'est qu'aucune image séduisante et trompeuse n'avait encore traversé sa pensée; c'est qu'elle n'avait point le regret d'un bonheur qu'elle ne connaissait pas.

Aujourd'hui, au contraire, elle avait la nostalgie

du pays des rêves et des chimères, qu'elle n'avait fait qu'entrevoir, mais dont la vision rapide avait suffi pour lui donner l'idée de quelque chose de plus et de mieux que ce qu'elle avait.

Mais, peu à peu, chaque jour, elle perdait quelque chose des radieuses espérances trop follement conçues qu'elle avait rapportées de Marseille, et, ne sachant plus ce que pouvait bien lui réserver l'avenir, elle s'enfermait dans une attente silencieuse.

Mais si les choses arrivent rarement comme on les désire, parfois aussi elles s'offrent à nous au moment où déjà nous ne comptions plus sur elles.

Par une belle après-midi des premiers jours d'août, Viviane, séduite par la transparence du ciel et la splendeur de la lumière, cette joie des yeux et cette ivresse de l'âme, surtout dans les pays de montagnes, où l'atmosphère est parfois d'une si admirable sérénité, résolut de faire une course plus longue que d'usage.

# X

A trois lieues environ du chalet de Valneige, dans un des plus beaux sites des Alpes dauphinoises, il y avait une chapelle consacrée à la Vierge, que les paysannes des alentours invoquaient sous le vocable à la fois terrible et charmant de Notre-Dame des Abîmes. C'était, du reste, un but de pèlerinage vénéré dans tout le pays, et, plus d'une fois, Viviane enfant y avait été conduite par sa mère. Ce jour-là elle y voulut retourner seule, heureuse peut-être de retrouver ces souvenirs du premier âge, que les années nous rendent plus précieux encore... quand elles ne les effacent pas tout à fait de notre âme.

La route pour s'y rendre, carrossable dans la plus grande partie de son trajet, ne conduisait point tout à fait jusqu'à l'ermitage, situé à quelques centaines de mètres de la voie, dans la partie la plus ardue de la montagne, absolument inaccessible aux voitures. Elle fut donc obligée de laisser les poneys et le petit-duc, et, suivie de ses deux lévriers, elle s'engagea, de son pied léger, dans le sentier de chèvres qui conduisait au sanctuaire.

Rien de plus rustique au monde que cet oratoire primitif, qui n'offrait à la piété des fidèles et à la curiosité des touristes qu'une statue de la Vierge, taillée à coups de ciseau dans le cœur de la roche par un

sculpteur naïf, et posée, comme sur un piédestal, sur
la table même de l'autel, façonné aussi à même la
roche, dans laquelle était creusée la grotte tout entière. C'était également dans la pierre que l'on avait
aménagé les quelques sièges sur lesquels prenaient
un peu de repos les pèlerins venus parfois de fort
loin pour s'agenouiller et prier devant l'image sainte.
Les populations, restées simples et croyantes, attri-
buaient à cette statue des vertus miraculeuses, et,
comme la pauvreté même de la chapelle la mettait à
l'abri de toute tentative de vol ou de sacrilège, les
fidèles étaient certains d'y trouver accès à toute heure
du jour et de la nuit.

M<sup>lle</sup> de Valneige entra sans défiance, ne vit personne, se prosterna devant la Mère des Douleurs, qui
est aussi la Vierge des Consolations, et demanda le
secours d'en haut avec la ferveur des jeunes âmes
pures, toujours heureuses de se répandre devant Dieu
dans l'adoration et la prière. Oublieuse du monde, et
perdue en quelque sorte dans la profondeur de ses
pensées intimes, elle prolongea sa méditation, tour
à tour rêveuse et fervente; puis, comme si elle se fût
sentie tout à coup ranimée et fortifiée par ce commerce avec le Père souverainement bon et souverainement puissant de toutes les créatures, elle ressortit au bout d'un instant, une flamme dans l'œil et
une auréole au front.

Elle était si belle en ce moment, où, sous l'empire
d'une sorte de transfiguration religieuse, l'exaltation
de ses sentiments sculptait comme un visage nouveau
dans le marbre vivant de sa chair, qu'il eût été fâcheux vraiment que personne ne se fût rencontré là
pour l'admirer comme elle méritait de l'être.

Je ne sais qui a dit que la beauté n'était jamais

perdue pour tout le monde, et que partout où il se
trouve une jolie femme, un homme de goût arrive
là juste à point pour lui rendre hommage.

Une fois encore cette bonne parole se trouva justifiée par l'événement.

Viviane, sortant de la chapelle, n'avait pas encore
fait vingt pas dans le sentier qui l'y avait amenée,
quand elle aperçut un homme assis, ou plutôt non-
chalamment étendu sur la mousse, au pied d'un
mélèze.

A l'approche de la jeune fille, il se leva vivement
pour lui livrer passage, car, dans sa pose abandonnée,
il empiétait quelque peu sur le sentier que suivait
M<sup>lle</sup> de Valneige.

Celle-ci, par un mouvement instinctif auquel sa
volonté n'eut aucune part, releva les yeux assez vivement, comme pour voir un peu quel pouvait bien
être le pèlerin si fatigué qui était obligé de prendre
du repos avant de pénétrer dans le sanctuaire, but
d'un voyage pour lui bien long peut-être.

Sa mise, qui frappa Viviane tout d'abord, était
celle d'un touriste, parti pour une expédition lointaine, et qui a tout combiné pour faciliter sa marche.
De grandes guêtres de coutil, montant très haut, em-
prisonnaient sa jambe nerveuse ; une ceinture de cuir
serrait à la taille une blouse de toile grise, et les larges ailes d'un chapeau de paille brune ombrageaient
son front et cachaient à demi son visage.

Au moment où Viviane, obligée de passer devant
lui, car elle n'avait point le choix d'un autre chemin
pour regagner sa voiture, ne se trouva plus qu'à deux
pas, il se découvrit et la salua avec la courtoisie d'un
homme du monde, et, en même temps, avec une
nuance de respect bien faite pour rassurer une jeune

fille qui, dans cette profonde solitude, pouvait prendre ombrage, s'effrayer peut-être, de cette rencontre inattendue.

Viviane comprit qu'elle ne pouvait passer en détournant les yeux, et s'éloigner comme si elle n'avait rien vu, sans encourir, à ses propres yeux, le reproche d'une affectation qui n'était ni dans ses habitudes ni dans son caractère.

Elle regarda le pèlerin.

Elle n'eut pas besoin de s'y reprendre à deux fois pour reconnaître le personnage mystérieux dont le souvenir, depuis un grand mois, hantait constamment sa pensée : le musicien du bal de Valneige, le promeneur des aqueducs de Longchamps, le spectateur passionné du Grand-Théâtre de Marseille, — son inconnu enfin, — cet homme, dont elle ignorait jusqu'au nom et qui semblait pourtant tenir déjà une si grande place dans sa vie, que l'on pouvait croire parfois qu'il l'occupait tout entière.

L'émotion de Viviane, plus grande encore que sa surprise, fut telle que, par un geste machinal dont elle n'eut pas conscience, elle porta tout à coup le main à sa poitrine, comme si elle y eût ressenti une réelle douleur, ou qu'elle eût voulu, par un énergique effort, en contenir les battements désordonnés.

L'étranger se tenait toujours debout devant Mlle de Valneige, le chapeau à la main, dans l'attitude la plus correcte et la plus courtoise, sans faire un pas au-devant d'elle, mais aussi sans reculer d'une semelle, et le sentier était si étroit que Viviane ne pouvait passer sans frôler ses vêtements.

Cette perspective n'avait sans doute rien d'agréable pour elle, car elle attendait, hésitante, immobile, un peu hautaine, qu'il lui plût enfin de prendre un parti.

Cette situation, qui ne laissait point que d'être assez bizarre, ne pouvait que devenir gênante en se prolongeant.

L'inconnu le comprit et voulut y mettre un terme.

Aussi, relevant sur Viviane un regard si respectueux qu'il en devint presque timide, bien que la timidité ne fût point le fond du caractère de l'aventureux personnage :

— M<sup>lle</sup> de Valneige, je crois ? fit-il en s'inclinant profondément devant la jeune fille.

Il sembla à Viviane qu'elle n'avait jamais entendu — depuis que la parole humaine avait pour la première fois frappé ses oreilles — une voix plus harmonieuse, plus suave et plus pénétrante que celle-ci, — une de ces voix d'or dont le grand poète italien a dit qu'elles vous résonnent dans le cœur !

— En effet, Monsieur, je suis M<sup>lle</sup> de Valneige, répondit-elle, avec la réserve qu'une jeune fille doit toujours avoir vis-à-vis d'un étranger, et la dignité d'une personne bien née, qui sait ce qu'elle vaut, qui entend rester à sa place, et qui n'admet point qu'elle puisse engager ainsi, au hasard de la rencontre, une conversation en plein air avec le premier venu.

Cela dit, avec l'orgueilleuse modestie qui semble être le secret de certaines femmes très aristocratiquement élevées, elle attendit que l'inconnu voulût bien lui faire place et la laisser passer.

Mais celui-ci, comme s'il eût éprouvé un réel plaisir à prolonger une entrevue, depuis longtemps désirée, et obtenue enfin d'un hasard ami, ne semblait pas comprendre le désir de la jeune fille, ou du moins, ne paraissait pas vouloir s'y rendre... car il restait toujours là, debout, immobile, silencieux, le chapeau à la main.

Viviane comprit bien qu'il n'avait pas l'intention

d'abandonner la partie. Elle sentait également que
ce tête-à-tête, en pleine solitude, avec un inconnu,
n'était point chose absolument correcte, et qu'à tout
prix il fallait y mettre un terme.

Elle savait, elle sentait tout cela! Mais elle sentait
aussi qu'elle était dominée par l'espèce de fascination,
à la fois mystérieuse et puissante, que l'inconnu
exerçait sur elle. — Elle ne pouvait croire que cette
rencontre fût — comme elle le paraissait — un
simple effet du hasard, et elle attendait toujours le
mot qui, sans doute, lui révélerait le secret de leur
destinée à tous deux... Il était impossible qu'il fût
venu la chercher si loin sans avoir quelque chose
à lui dire... et, ce quelque chose, M$^{lle}$ de Valneige
voulait l'entendre, tout en paraissant ne pas vouloir
l'écouter. La logique des femmes a parfois de ces
inconséquences. Mais l'inconnu semblait trop occupé
à regarder la jeune fille pour avoir le temps de lui
parler, et il ne sortait plus maintenant de sa contemplation silencieuse.

Un regard de Viviane lui fit comprendre qu'il ne
pouvait continuer ainsi à lui barrer le chemin — un
peu à la façon des gens qui jouent de l'escopette
dans les carrefours — sous l'unique prétexte qu'il
ne l'avait pas encore assez vue.

— J'ai été attiré ici, dit-il enfin, puisqu'il fallait
dire quelque chose, par la beauté de ce pays, que je
n'avais vu qu'une fois, et seulement en passant. J'y
suis donc revenu, et j'ai voulu, moi aussi, faire mon
pèlerinage à ce sanctuaire vénéré, dont j'ai entendu
parler plus d'une fois à mon ami Hermann.

En prononçant le nom de l'homme qui l'avait amené
à Valneige, l'inconnu releva très vivement les yeux
sur la jeune fille, pour voir si ce nom éveillerait

chez elle le souvenir de leur première entrevue, et si ce souvenir lui causerait quelque émotion.

Viviane resta impassible.

Il continua :

— Je serais désolé, Mademoiselle, que ma présence ici vous parût importune, ou que je dusse me reprocher d'avoir abrégé ou interrompu vos prières.

— La chapelle appartient à Dieu, et la route à tout le monde! répondit Viviane avec un grand calme, et s'il vous plaît à votre tour d'aller faire vos dévotions à Notre-Dame des Abîmes, je m'empresse de vous céder la place.

Ayant dit ainsi tout ce qu'elle avait à dire, M<sup>lle</sup> de Valneige voulut passer. Tout annonçait qu'elle avait repris une complète possession d'elle-même. Du regard, plus encore que du geste, elle montra la route d'une façon assez significative pour que l'étranger pût comprendre qu'elle n'entendait point être retenue plus longtemps.

Sans rien dire, tenant toujours son chapeau à la main, l'inconnu sauta légèrement sur le talus qui bordait le sentier, de façon à laisser à M<sup>lle</sup> de Valneige, qu'il avait retenue jusque-là à peu près captive, toute le liberté de ses mouvements.

Elle le salua par une imperceptible inclination de tête, et un mouvement de ses longues paupières, dont les cils abaissés semblèrent palpiter comme les ailes d'un papillon noir, et, fière comme une reine, gracieuse comme une nymphe chasseresse, escortée des deux grands lévriers aux longues soies d'argent, témoins inquiets de cette petite scène, et qui, sur un signe d'elle, auraient mis en pièce le téméraire capable de lui manquer de respect, elle regagna rapidement le massif d'arbres verts, à l'abri duquel l'attendaient son groom, sa voiture et ses chevaux.

Elle monta sur son siège, alerte et vive, fit un appel de langue, caressa du bout de son fouet l'épaule des poneys noirs, et rendit la main.

L'attelage, impatient d'une station trop longue, hennissant, bondissant, secouant au loin les flocons neigeux d'une écume d'argent, s'élança dans la direction de Valneige, et, tirant à pleins colliers, dévora l'espace.

Heureuse sans oser s'avouer pour quelle cause, en proie à une animation singulière, et s'enivrant du vertige de sa course folle, Viviane, tout d'abord, ne chercha point à les retenir.

Au bout de quelques instants, c'est-à-dire quand elle fut assez loin de la grotte de Notre-Dame-des-Abîmes pour n'être plus à la portée des regards de l'inconnu, elle calma ses chevaux, rappela ses chiens, qui folâtraient à vingt pas sur sa route, et, pendant que tout ce petit monde respirait et soufflait bruyamment, elle pensa :

— Il est ici! ici, à deux pas de Valneige; il ne peut être venu que pour moi. C'est moi qu'il cherche dans ce désert, comme c'était moi qu'il cherchait à Marseille. Moi partout... moi toujours. Mais comment donc est-il si bien informé de tout ce qui m'arrive? Aurait-il attaché des espions à ma personne? Est-ce qu'il m'a fait suivre, pour que je ne puisse plus faire un pas sans le rencontrer sur mon chemin?

Cette idée, qui pouvait à bon droit effrayer une jeune fille comme Viviane, ne la troubla point cependant; elle ne songea pas à s'indigner de cette sorte de surveillance occulte qu'un étranger se permettait d'exercer sur elle. Elle lui semblait, au contraire, la chose la plus naturelle du monde; c'était la consé-

quence tout indiquée de sa conduite depuis le jour
de leur première rencontre. Est-ce qu'il n'avait pas
mis tout en œuvre pour la revoir, ici ou là, partout?

Restait maintenant à expliquer les motifs d'une
telle façon d'agir.

Mais pour une âme honnête, droite et loyale
comme était M^{lle} de Valneige, il ne pouvait y en avoir
qu'un : le désir ardent de l'épouser. Pour elle, ceci
n'était pas même l'objet d'un doute.

Mais que d'incertitudes restaient encore dans l'esprit de Viviane! Qui donc pouvait bien être ce jeune
homme, pour oser ainsi aspirer à sa main? Il était
autre chose assurément que ce qu'il paraissait être,
sans quoi il n'aurait jamais eu tant d'audace. Mais,
dans cette situation ténébreuse, dont rien ne pouvait
percer l'obscurité, il restait une place immense pour
les suppositions et les hypothèses, et l'imagination
surexcitée de la jeune fille les passait toutes en revue avec une activité fébrile, sans pouvoir s'arrêter
à aucune. La fable mise en avant par Hermann fut
tout d'abord reléguée au rang des contes bleus.
M^{lle} de Valneige avait trop de tact et de finesse, et,
si jeune qu'elle fût, elle savait assez bien faire la différence d'un homme à un autre pour ne pas être bien
certaine que l'inconnu n'appartenait point à la race
famélique des musiciens coureurs de cachet dans les
concerts et dans les bals. Il est vrai qu'à la soirée
du chalet de Valneige il avait bien le costume de
l'emploi... Mais quel contraste ne formait point ce
costume avec le maintien plein d'assurance et la
tournure d'une fierté si cavalière de celui qui le portait! Plus tard, soit dans ses promenades à Longchamps, soit à l'orchestre du théâtre de Marseille,
soit même dans ces récentes excursions à travers

la montagne, aux environs du chalet, ne s'était-il
pas toujours montré dans la tenue exacte qui devait
être celle d'un homme du monde, selon la circonstance où il se trouvait? C'étaient là comme autant de
symptômes révélateurs sur lesquels ne pouvait se
tromper une fille élevée comme Viviane dans un milieu d'une correction irréprochable.

Son désir de connaitre enfin la vérité vraie n'en
était que plus vif, et l'attente dont rien ne fixait la
durée, et qu'il faudrait peut-être subir longtemps
encore, ne lui en paraissait que plus irritante.

Ces diverses pensées, assez tumultueuses, ne la quittèrent point pendant tout le temps qu'elle mit à revenir de la grotte de Notre-Dame-des-Abîmes au chalet
de Valneige. Elles fouettaient son sang, et elles lui
donnèrent, au retour, une animation et un éclat dont
son père, qui la reçut comme elle descendait de voiture, ne put s'empêcher de lui faire compliment.

— Quelle santé, lui dit-il, depuis ton retour de
Marseille! On cueillerait des touffes de roses sur tes
joues.

— C'est l'air de nos montagnes qui les fait éclore!
répondit gaiement la jeune fille, en jetant son fouet
au petit groom, pendant que les hommes d'écurie
emmenaient l'équipage dans la cour des communs
où on dételait.

# XI

La présence dans son voisinage du personnage qui
la préoccupait si vivement, en donnant un but nouveau à sa vie, la condamnait en même temps à une
réserve dont elle était bien résolue de ne jamais se
départir. Elle comprenait bien que, dans l'état actuel des
choses, ses promenades solitaires devenaient impos-
sibles. Si elles n'offraient point un danger absolu,
elles couraient le risque de passer pour une provo-
cation indirecte aux audaces d'un homme qui ne
semblait pas avoir besoin qu'on l'encourageât. S'ils
devaient maintenant se retrouver, elle et lui, sa pudeur de femme ne lui permettait point de paraître
aller au-devant de la rencontre. Elle n'avait plus
qu'une chose à faire, l'attendre chez elle, entre son
père et sa mère... Toute autre façon d'agir eût été
indigne d'une fille comme elle.

Aussi, à partir de ce jour, renonça-t-elle à ses promenades accoutumées. C'était sans doute un véritable ennui pour elle; mais elle comprit qu'il fallait
s'y soumettre.

Un matin que son père et sa mère étaient allés en
ville, et qu'elle se trouvait toute seule au chalet, on
vint l'avertir que son professeur de musique, M. Hermann, arrivait de Grenoble tout exprès pour la voir,
et qu'il l'attendait au salon.

6

Elle descendit aussitôt, mais le cœur lui battait haut dans la gorge. Hermann avait été l'introducteur, c'était peut-être l'ami de l'inconnu : que pouvait-il bien vouloir à M. de Valneige ? Se présentait-il comme ambassadeur d'un autre ? Était-il chargé de porter la parole en son nom ?

Elle jeta, entrant au salon, un coup d'œil à l'honnête professeur — un seul — mais si attentif, et tellement scrutateur, que l'on eût pu croire qu'il voulait pénétrer jusqu'à son âme et connaître ses plus secrètes pensées. Mais elle était trop discrète pour interroger... et elle attendit.

Il est vrai que son attente fut mélangée de quelque impatience.

Ce n'était point le temps de reprendre encore les leçons, et le bon muscien, qui n'était rien moins qu'un homme du monde, n'avait pas l'habitude de faire des visites. Sa venue au chalet avait donc un motif particulier... Et c'était ce motif que M<sup>lle</sup> de Valneige voulait connaître, mais qu'elle ne se permettait pas de demander.

De son côté, le brave Alsacien, qui n'était pas un très grand clerc en diplomatie, trouvant Viviane seule, quand il s'attendait à rencontrer son père, ne laissa point que d'éprouver un certain embarras. La jeune fille s'en aperçut, et ils restèrent quelques instants l'un devant l'autre, chacun gardant pour soi sa préoccupation secrète, et s'efforçant de parler de tout autre chose que de celle qui l'intéressait uniquement.

Ils se rejetèrent sur la musique, qui leur offrait à tous deux un thème inépuisable.

— Avez-vous travaillé, Mademoiselle ? demanda Hermann à son élève.

— Pas beaucoup ! Nous avons voyagé, et les dé-

placements ne sont guère favorables à l'étude... Je
vous attendais pour recommencer.

— Jouez-moi quelque chose! lui dit-il tout à coup.

— Soit! Vous savez bien qu'avec vous je ne me fais
pas prier... Que voulez-vous donc que je vous joue?

— Ce que vous voudrez. Ce que j'en fais, c'est pour
savoir si vous avez toujours vos jolis doigts.

Tout en parlant, il se penchait vers le cahier aux
partitions, afin de choisir un morceau.

M<sup>lle</sup> de Valneige était déjà au piano ; ses mains
tombèrent sur le clavier, et, en guise de prélude, tout
en regardant du coin de l'œil son professeur qui
n'avait pas l'air de l'écouter, elle joua les premières
mesures de cette valse entraînante du *Bacio*, dans laquelle l'artiste, amené par lui au dernier bal du chalet, avait fait preuve d'une virtuosité si étrange.

Hermann releva la tête assez vivement, et, par-
dessus ses lunettes d'or, regarda son élève avec une
attention dans laquelle il y avait un peu d'étonnement.

— Je ne vous ai jamais fait jouer cette valse, dit-
il ; elle n'est même pas dans vos cahiers. Où donc
l'avez-vous prise, ou apprise?

— Nulle part! répondit la jeune fille avec une
naïveté que l'aimable Agnès de l'*École des Femmes*
aurait pu lui envier. Je ne sais même pas ce que
c'est!... Ce sont des lambeaux de phrases qui me sont
venus tout seuls sous les doigts. On a, comme cela,
des réminiscences plein les mains, et si l'on était
obligé d'en dire l'histoire, on serait parfois bien embarrassé.

— Je vous crois! fit le bon Hermann avec un sourire de sphinx ; mais il y a des histoires qui ressem-
blent à des romans!

Il avait pris un recueil de morceaux de Chopin,
qu'ils aimaient autant l'un que l'autre. Il l'ouvrit à
l'une de ces belles mazourkes, dans lesquelles on
peut dire que le poète du piano a mis toute son âme,
et, les yeux demi-clos, assis derrière elle, dans un
recueillement que rien n'aurait pu distraire :

— Allez! dit-il, je vous écoute.

Comme si ses lèvres avaient été touchées par le
charbon ardent d'Isaïe, et qu'elle eût acquis tout à
coup la science jusque-là ignorée de la vie, son jeu
tout nouveau accusa un caractère et un accent que,
dans la candeur de son âme honnête, Hermann
s'avouait à lui-même qu'il aurait été incapable de lui
donner.

— Décidément, se dit-il, on m'a changé mon élève
en route. Je quitte une colombe et je retrouve une
aiglonne !

Hermann avait raison, et, pour être quelque peu
ambitieuse, son image n'en était pas moins vraie.
Instruite par son cœur, Viviane comprenait mieux
qu'elle n'avait encore fait jusqu'alors l'âme pleine de
troubles et d'orages du maître qu'elle interprétait.
Elle saisissait toutes ses nuances, et rendait toute sa
passion en femme qui a su pénétrer dans l'intimité
même de sa pensée.

Comme artiste, Hermann était charmé; comme
professeur, il ne se défendait pas d'un certain étonnement, mêlé peut-être d'un léger soupçon de
jalousie.

— Il y a de bons professeurs à Marseille, dit-il
enfin, en regardant attentivement son élève. Est-ce
que vous avez pris beaucoup de leçons?

— Aucune! Tout ce que je sais, c'est vous qui me
l'avez appris, mon cher maître !

— Moi seul? Je le voudrais! Mais la chose me semble difficile à croire. Vous avez complètement changé votre manière. Mais celle-ci est la bonne, et il faut vous y tenir. Je n'aurais pas pu vous la donner!

— Je l'aurai trouvée en dormant, dit Viviane avec son beau rire de jeune fille, un rire frais et argentin.

— En dormant... ou en rêvant! reprit Hermann, dont l'apparente bonhomie ne laissait point que de cacher parfois un peu de malice.

Il regarda l'heure à sa grosse montre d'argent.

— Vous n'attendez pas mon père? demanda M^{lle} de Valneige.

— Je ne puis! Il se fait tard; il faut que je rentre. Mais je tâcherai de revenir, avant la nouvelle absence que je médite...

— Revenez, mon cher maître, et vous serez le bien venu! Vous savez bien que l'on ne vous voit jamais assez.

Puis, avec son invincible curiosité de fille d'Ève:

— Je ne dois rien dire de votre part à mon père? ajouta-t-elle.

Par cette question brusque, faite ainsi à brûle-pourpoint, elle espérait lui arracher quelque parole propre à l'éclairer. Mais l'artiste était résolu sans doute à se garder à carreau, car il répondit simplement qu'il était venu sans aucune arrière-pensée, uniquement pour rendre ses devoirs à M. et M^{me} de Valneige, et s'informer de l'époque à laquelle sa chère élève comptait reprendre ses leçons. Il ne dit point autre chose.

# XII

Il s'en alla donc, laissant Viviane incertaine, non moins perplexe qu'avant sa visite.

Cependant cette démarche fort inattendue confirmait la croyance où elle était déjà que l'étranger n'était revenu que pour elle. Hermann s'était, sans aucun doute, présenté au chalet parce qu'il était chargé de porter la parole en son nom. N'était-ce pas lui qui l'avait amené à Valneige? Pourquoi? C'était là ce qu'il voulait dire, non pas à elle, mais à son père.

— Il est impossible qu'il ne revienne pas demain!

Cette petite phrase qu'elle murmura, sa lampe éteinte, en se roulant entre ses draps pour attendre le sommeil, fut le résumé. assez fidèle de toutes ses réflexions pendant la longue soirée.

Plusieurs jours se passèrent sans qu'elle entendit parler de rien, et elle commençait à se demander si, une fois encore, elle n'allait pas être la dupe de ses illusions, quand, une après-midi qu'elle se promenait dans le parc avec son père, celui-ci lui dit tout à coup :

— Fais-toi belle, ce soir : nous avons du monde à diner.

— Qui cela, donc? demanda Viviane, qui crut que son cœur allait cesser de battre dans sa poitrine.

— Ton professeur, M. Hermann, et un de ses amis,

qu'il m'a demandé la permission de nous présenter.

M<sup>lle</sup> de Valneige devint très pâle, et demeura quelques instants silencieuse. Puis, sans même regarder son père, et d'une voix qu'elle essaya de rendre indifférente :

— Hermann, dit-elle, a donc des amis qui sont assez de notre monde pour qu'il nous les présente?

— Il faut le croire, répondit M. de Valneige, sans donner à sa fille d'autre explication. D'ailleurs, à la campagne, on n'a pas le droit de se montrer trop difficile! C'est peut-être un touriste qui visite notre pays, et dont il a voulu nous faire faire la connaissance. En tout cas, je t'avoue que je n'en ai pas demandé si long. Hermann est un honnête homme, qui ne peut amener ici que d'honnêtes gens... Et, d'ailleurs, un dîner est bientôt passé et il n'engage à rien.

Viviane n'avait aucune objection à faire à d'aussi sages paroles. Mais, comme elle n'avait pas le plus léger doute sur la personne que son professeur allait présenter le soir au chalet, elle se sentit en proie à une émotion si profonde qu'elle en devenait pour elle un trouble presque douloureux. La seule pensée de revoir celui qui, depuis longtemps déjà, avait su se faire une si large place dans sa vie, la jetait dans une sorte d'angoisse.

Le reste de la journée lui parut se traîner avec une mortelle lenteur, et, ne sachant comment remplir ces heures vides et inoccupées, qui menaçaient de ne pas finir, elle donna l'ordre d'atteler, et sortit.

Elle éprouvait en ce moment je ne sais quel impérieux besoin d'activité, auquel il lui eût été difficile de résister. Elle avait comme une exubérance de forces qu'il lui fallait dépenser à tout prix.

Une fois seule, en pleine nature, en pleine. solitude, elle aspira l'air pur et libre à pleins poumons, heureuse de se sentir jeune et belle, heureuse de vivre, et remerciant Dieu qui lui donnait tous ces bonheurs.

Par un mouvement spontané, instinctif, que comprendront, j'en suis sûr, toutes celles qui ont aimé, elle voulut retourner au petit ermitage de Notre-Dame des Abîmes. Il lui plaisait de revoir les lieux où elle l'avait rencontré pour la dernière fois; où elle avait échangé avec lui les seules paroles qui lui eussent permis d'entendre le son de cette voix, qui lui résonnait encore dans l'âme.

Le site lui parut plus sauvage, parce qu'il n'y était plus; mais elle y retrouva toutes ses émotions, rendues plus intimes et plus fortes encore par l'attente des événements qui se préparaient pour elle. Pieusement élevée, par une mère chez qui la religion était en quelque sorte le fond même de l'âme, elle éprouvait, dans toutes les circonstances graves de sa vie, un réel besoin de se rapprocher de Dieu par l'adoration et la prière. Elle resta donc assez longtemps dans la grotte déserte, répandant son âme aux pieds de la Vierge-Mère, et lui demandant avec une confiance naïve le bonheur de sa vie auprès d'un homme qu'elle était certaine d'aimer.

Elle sortit plus calme du sanctuaire. Les agitations qui soulevaient sa jeune poitrine et faisaient battre son cœur s'étaient calmées peu à peu dans la sérénité de cette atmosphère des hauts lieux, qui semblait la rapprocher du Père céleste; de Celui qui dispense à son gré la douleur et la joie à toutes ses créatures.

Elle revint lentement chez elle au pas des deux

poneys noirs, peu habitués à ces sages et tranquilles
allures.

Mais elle avait son plan arrêté ; elle ne voulait rentrer au chalet que déjà maîtresse d'elle-même, après
s'être retrempée, en quelque sorte, dans cette solitude, dont elle goûtait mieux que jamais le charme
délicieux.

Avant de regagner son appartement, elle traversa
la salle à manger et fut heureuse de ne voir que cinq
couverts. Il ne lui eût pas été agréable de se trouver
ce jour-là en trop nombreuse compagnie : une étroite
intimité lui plaisait davantage.

Sa femme de chambre l'attendait pour l'habiller.

M^{lle} de Valneige était fille de trop de goût pour vouloir, dans une circonstance comme celle-ci, arborer
une toilette à effet, qui lui aurait donné l'air de se
mettre sous les armes pour livrer une de ces batailles
rangées où se décide le sort non pas d'un empire,
mais d'une vie de femme. Son tact exquis et son sentiment parfait des convenances devaient l'empêcher
de tomber dans une telle erreur. Elle se savait d'ailleurs assez jolie, — si modeste qu'elle soit, une jeune
fille a toujours la conscience de ce qu'elle vaut ! —
pour être certaine de plaire sans avoir recours aux
artifices des toilettes pompeuses. Elle se contenta
d'une robe montante, avec un corsage décolleté
carré, qui faisait valoir la souplesse et l'élégance de
la plus jolie taille du monde, tout en laissant voir les
fines attaches du col, et la naissance de deux blanches épaules.

Elle réserva sa coquetterie pour sa coiffure, à laquelle, d'ailleurs, elle apportait toujours le soin le
plus délicat. Elle releva ses tresses superbes de façon
à dégager sa nuque, blonde comme l'ambre, en cou-

ronnant d'un double diadème sa tête fine et mignonne.
Elle piqua hardiment, au-dessus de son oreille gauche,
une rose rouge comme celle qui brillait dans l'or
fauve de ses cheveux le soir de la représentation du
*Trovatore* au théâtre de Marseille, et, après un dernier
coup d'œil jeté à son miroir, qui lui renvoya la plus
adorable image de jeune fille sur laquelle aient jamais
pu s'arrêter les regards amoureux d'un homme, elle
descendit.

M. et M^me de Valneige étaient au salon avec les deux
convives attendus. L'un était le professeur de Viviane,
Hermann, dont le visage rayonnait de plaisir; l'autre,
un homme fort jeune encore, de belle taille et de
fière tournure, qui se leva vivement à l'approche de
M^lle de Valneige.

La jeune fille ne s'était pas trompée dans ses suppositions, et celui qui était maintenant devant elle
était bien l'aventureux inconnu qui, depuis deux mois,
semblait épier toutes les occasions de se rappeler à
son souvenir. Est-ce qu'il ne l'avait point, en quelque
sorte, poursuivie partout dans ses promenades solitaires, à la ville comme à la campagne, au théâtre,
et jusque dans le recueillement de ses prières,
au pied des autels?

Et maintenant, il était là, près d'elle, — chez elle, —
à son foyer et à sa table!... Elle allait enfin savoir
le mot de l'énigme qui l'avait si vivement intriguée;
mais déjà elle se sentait disposée à voir en lui un
de ces hommes auxquels rien ne résiste, et qui savent
imposer à tout le monde leur volonté comme une loi
suprême, à laquelle il faut obéir.

On eût pu être tenté de croire qu'une jeune fille
aussi réservée et aussi fière que M^lle de Valneige se
serait révoltée avec une sorte d'indignation quelque

peu hautaine contre cette prétention à la tyrannie...

Il n'en fut rien.

Elle lui semblait, au contraire, de la part de l'inconnu, chose toute naturelle, et elle était prête à s'y soumettre d'avance avec une bonne grâce parfaite.

— Ma fille! fit M. de Valneige en manière de présentation.

Le jeune homme s'inclina profondément devant Viviane, sans prononcer une parole; mais en se redressant, il lui jeta un regard d'intelligence qu'il lui eût été difficile de ne pas comprendre, car il y mettait toute l'histoire de ces dernières semaines, qui avaient été remplies de sa pensée. Elle pouvait, dans ses yeux éloquents, lire la prière à la fois humble et ardente qu'il lui adressait, en lui demandant d'être bonne, douce et clémente, parce qu'il l'adorait.

Mais cette physionomie, aussi mobile qu'elle était passionnée, ne gardait pas longtemps la même expression. Aussi Viviane retrouva bientôt sur ses traits, d'une arête si ferme, la confiance en lui-même de l'homme qui connaît son pouvoir, qui entend dominer les autres et atteindre, malgré les obstacles, le but qu'il a donné à sa vie.

Viviane, en ce moment, croyait l'entendre lui dire:

« N'essayez pas de me résister, ce serait inutile! Ce que j'ai une fois résolu doit s'accomplir! Voyez plutôt le chemin que j'ai fait depuis le soir où je vous ai vue pour la première fois! J'étais obscur et perdu dans le misérable orchestre qui vous faisait danser. C'est à peine si vous avez daigné m'honorer d'un regard, et quel regard! un mélange de colère, de hauteur et de dédain!... Et maintenant, me voici l'hôte de votre famille, qui me traite comme un égal... Il ne tient plus qu'à moi de vivre près de vous, avec vous peut-être, et vous serez ainsi le prix de la constance dont vous êtes l'objet.

Viviane comprenait tout cela, aussi clairement que s'il le lui avait dit à elle-même, dans un de ces entretiens où les âmes se révèlent et se livrent. Sans se rendre compte des moyens qu'il avait employés pour arriver à ce résultat, elle était forcée de s'avouer qu'une telle conduite ne pouvait avoir pour mobile qu'un sentiment profond, absolu, dominateur... Il lui avait suffi d'une première, d'une seule rencontre pour l'attacher ainsi obstinément à ses pas. C'était l'amour coup-de-foudre, bien connu de nos trop sensibles grand'mères. Mais, après tout, cet amour-là ne valait pas moins que l'autre... Qui sait? peut-être même valait-il mieux.

Et maintenant, comment tout cela finirait-il? Viviane n'en pouvait rien savoir.. Ce n'était pas elle qui conduisait les événements; mais l'espérance lui souriait — l'espérance amie de la jeunesse.

# XIII

Le maître d'hôtel vint interrompre ces réflexions en ouvrant à deux battants les portes de la salle à manger pour annoncer, suivant la formule, que « Madame était servie ».

M^{me} de Valneige prit le bras d'Hermann, et celui qui était encore l'inconnu offrit le sien à la jeune fille.

Il put s'apercevoir que la main fine et mignonne qui s'appuyait sur lui ne laissait point que de trembler un peu. Mais, tout en se rendant à sa place, il lui jeta, à la dérobée, un regard rapide qui l'aida bien à se remettre.

Ils étaient l'un et l'autre trop absorbés par leurs sentiments pour apporter à la conversation un grand appoint d'entrain et de gaité. Mais, si l'inconnu parla peu, du moins il parla bien, avec le tact parfait que donne seul le grand usage du monde; en homme qui sait plus que les jeunes gens ne savent d'ordinaire à son âge, et qui, sans avoir de prétention à posséder l'universalité des connaissances humaines, a, du moins, sur toutes choses, ces vives clartés qui font voir que l'on n'est étranger à rien, mais que l'on se trouve, au contraire, mêlé au plus vif mouvement intellectuel d'une époque.

L'étranger n'adressa que fort rarement la parole à

M^{lle} de Valneige; mais c'était elle qu'il regardait, tout
en parlant aux autres, et il s'établissait entre eux de
secrètes intelligences, desquelles l'un et l'autre pouvaient conclure qu'ils s'entendraient bientôt sur beaucoup de choses.

Après le dîner, qui ne se prolongea pas outre mesure, on rentra au salon, et Hermann, qui prenait ce
jour-là plus d'initiative qu'il ne s'en accordait d'ordinaire, proposa de faire un peu de musique.

— M. Octave est un véritable artiste! dit-il à M^{me} de
Valneige, et, bien que je ne lui aie donné que trop
peu de leçons, je puis dire que je n'ai pas d'élève qui
me fasse plus d'honneur que M^{lle} Viviane et lui. Je
suis sûr, Madame, que vous auriez grand plaisir à les
entendre jouer ensemble.

Le jeune homme ne répondit rien; mais du regard
il consulta Viviane, qui consentit d'un signe de tête.

Hermann posa sur le pupitre un duo de Schumann,
large conception, facture élégante, exprimant harmonieusement la grâce noble et la passion contenue
que ce maître, sage entre tous, a si bien rendues
dans ses œuvres.

— Allez! leur dit-il en battant lui-même la première mesure.

Le dialogue des deux couples de mains commença.

Hermann ne s'était pas trompé : ils étaient vraiment dignes de jouer ensemble. C'était chez tous
deux le même art exquis, la même intelligence des
nuances les plus fines, le même sentiment juste et
profond du plus sympathique de tous les arts.

M. et M^{me} de Valneige écoutaient avec une attention visible et un intérêt véritable.

Quant à Hermann, il donnait des signes non

équivoques de satisfaction. Il n'aurait pas eu plus
de zèle pour sa propre gloire.

— Vous avez joué comme des maîtres! fit-il, quand
le morceau fut terminé, et je ne crois pas qu'il soit
possible de mieux faire!

— Mademoiselle me conduisait, je n'ai eu que le
mérite de la suivre! répondit le jeune homme.

Viviane s'était enhardie, et, pleine d'une confiance
heureuse :

— Est-ce que vous aimez Chopin? demanda-t-elle.

— Si nous ne venions pas de jouer ensemble du
Schumann, je dirais que c'est le seul maître que
j'aime. Il est le poëte du piano...

— Je vois que nous nous entendons bien... en
musique, fit M^{lle} de Valneige avec un doux regard
et un bon sourire.

L'étranger ne fit point la réponse galante mais
banale, qui serait peut-être venue aux lèvres de tout
autre, et Viviane lui sut gré de sa discrétion.

— Voulez-vous jouer la *Marche Funèbre?* lui
demanda-t-elle en se remettant au piano.

— Un peu triste! fit Hermann.

— Peut-être, répondit la jeune fille ; mais si beau
et si grand!

Ils attaquèrent le prélude avec une rare énergie,
et mirent dans l'exécution du morceau tout entier
la poésie entraînante et l'exaltation passionnée qui
font de cette œuvre, à la fois sublime et douloureuse,
une des plus magnifiques inspirations de la Muse
moderne. Ému et ravi comme eux, leur petit auditoire les écoutait dans un recueillement profond.

La musique, cette belle langue sans paroles, si
bien faite pour exprimer tous les sentiments et
toutes les émotions, dans leur délicatesse et dans

leur force, établit entre ceux qui la comprennent
et qui savent la parler je ne sais quelle secrète
intimité dont rien n'égale la douceur et la puissance. Grâce à elle, les âmes prédestinées se pénè-
trent au point de se confondre, et le moment arrive
bientôt où les deux n'en font plus qu'une seule.

Je ne prétends point que ce moment fût arrivé
déjà pour Viviane et pour l'hôte nouveau du chalet
de Valneige ; mais l'art charmant qui leur inspirait à
tous deux le même enthousiasme devait avoir pour
premier résultat d'abréger singulièrement la distance
qui les avait séparés tout d'abord.

Aussi ce fut avec une certitude absolue de n'être
point refusée que la jeune fille, après avoir retiré du
pupitre la *Marche Funèbre*, de manda à celui qui venait
de jouer si bien avec elle s'il ne voudrait point jouer
quelque chose à lui tout seul.

— Je ne suis venu ici que pour vous obéir, répondit-il en s'inclinant courtoisement devant elle.

M^lle de Valneige recula son siège quelque peu, afin
de le laisser maître du piano, et elle parut disposée
à l'écouter avec une attention bien capable d'intimider
un exécutant moins sûr de lui-même.

Après un prélude léger, qui promena sur le clavier
des doigts singulièrement habiles :

— Indiquez-moi donc un morceau à ma portée, dit
le jeune homme à Hermann. Vous me tirerez d'un
grand embarras.

— Vous ne jouez jamais rien mieux que vos propres compositions ! — surtout quand vous les im-
provisez ! fit le professeur d'un ton convaincu. Prenez donc courage, et abandonnez-vous un peu à
vous-même. Vous êtes devant un auditoire sympathique et vraiment digne de vous,

— Eh! c'est précisément mon auditoire qui m'effraie! répondit le jeune homme en regardant M^lle de Valneige; mais enfin, puisque vous le voulez...

Il parut recueillir un instant ses idées; puis, sans tarder davantage, sans lever les yeux au ciel, pour y chercher l'inspiration rebelle, comme font parfois les pianistes incompris, qui ont plus de cheveux sur la tête que d'idées dans le cerveau, simplement, naturellement, comme s'il eût fait la chose la plus aisée du monde, il improvisa un véritable poème d'amour, chanté dans son âme, où la tendresse et la passion semblaient prendre tour à tour la parole. En des phrases sincères, et que la jeune fille comprenait, comme on comprend un beau livre, lu et relu plus d'une fois, il disait la surprise joyeuse de la première rencontre, la tristesse de l'absence, les anxiétés de la recherche, le charme du revoir, la timidité de l'aveu, la prière du désir, l'espoir du succès, et, pour finir, l'explosion triomphale des sentiments partagés, et l'ivresse de deux âmes se possédant après tant d'épreuves, et se reposant dans la confiance et la sérénité d'une affection mutuelle et sûre d'elle-même.

Cette improvisation, toute vibrante du sentiment qu'elle exprimait, fut enlevée avec une verve, un brio, un éclat qui impressionnèrent tout le monde. Quant à Viviane, elle avait tout deviné, tout senti, tout compris. Elle ne se trompait point sur la signification de ce qu'elle venait d'entendre, et il ne lui était point possible de douter que ce ne fût leur histoire à tous deux qu'il venait de mettre en musique. C'était leur âme qui vivait, respirait et chantait dans ces notes si vives et si brûlantes.

Il ne jouait déjà plus: elle écoutait encore. Recueil-

lie en elle-même, elle concentrait en quelque sorte
ses émotions pour leur donner plus de force, en les
empêchant de se répandre au dehors.

Étonné, inquiet peut-être de son silence, le jeune
homme tourna vers elle un regard plein de muettes
questions. Il lui demandait ainsi quelles étaient ses
impressions véritables ; s'il avait été l'interprète fidèle
de ses sentiments ; s'il avait bien traduit leurs impressions à tous deux. L'accord de leurs âmes était-il
rompu, ou leur union plus profonde et plus intime ?

Viviane se rendait exactement compte de tout cela ;
mais il ne lui semblait point que le moment de répondre fût encore venu, et, d'ailleurs, tous les événements de cette soirée l'avaient jetée dans un tel trouble,
qu'elle éprouvait maintenant comme un impérieux besoin de se retrouver seule, pour reconquérir enfin un
peu de calme, et voir clair en elle-même.

Elle comprit, cependant, qu'elle ne pouvait garder
plus longtemps le silence. Elle aurait eu l'air de protester ainsi contre les éloges que chacun avait accordés à ce talent hors ligne.

— Ce que vous venez de jouer là est vraiment beau,
Monsieur, dit-elle enfin, en relevant sur le jeune
homme ses grands yeux humides. Est-ce que vous
êtes artiste ?

— Comment l'entendez-vous, Mademoiselle ? Voulez-vous dire artiste de profession ?

— J'en connais beaucoup qui n'ont pas votre mérite.

— Cette opinion trop flatteuse ne vient que d'un
excès d'indulgence. Tout ce que je puis dire, c'est
que j'aime passionnément la musique, et que je suis
toujours heureux d'en faire. Mon piano est mon confi-

dent : il est parfois mon interprète, et je le charge de dire ce que je pense... quand je n'ose pas parler moi-même.

— Est-ce également lui qui vous répond? demanda M<sup>lle</sup> de Valneige, avec une pointe de malice et un enjouement tout aimable.

— Je le saurai, répondit le jeune homme, en arrêtant sur elle ses yeux interrogateurs et profonds, si vous voulez bien vous mettre à ma place et jouer à votre tour.

— En vérité, je ne saurais! répondit la jeune fille avec un signe de tête qui voulait dire non. Je n'ai pas le don d'improviser, moi, et il faut que je réfléchisse à ce que je veux dire.

— Bien longtemps?

— Jusqu'à ce que je sois sûre de ne pas me tromper.

Il se faisait déjà tard.

Hermann, qui avait amené l'étranger, comprit que c'était lui qui devait donner le signal du départ, et il se leva pour prendre congé.

Son compagnon en fit autant, trouva quelques mots bien sentis pour remercier M. et M<sup>me</sup> de Valneige de leur hospitalité, s'inclina devant Viviane, en se félicitant d'avoir rencontré chez elle un talent si sympathique, et un jeu qui s'accordait si bien avec le sien, et se disposa à sortir.

— J'ai dit qu'on attelât, fit M. de Valneige ; on va vous reconduire à Grenoble.

— C'est une peine que j'ai voulu vous éviter, répliqua le jeune homme, et j'ai moi-même donné des ordres pour que l'on vint nous chercher. Je m'étonne même que l'on ne soit pas ici, continua-t-il en regardant l'heure à sa montre.

Il parlait encore, quand un bruit de roues et un piétinement de chevaux retentit dans la cour d'honneur.

Par un mouvement instinctif, presque machinal, Viviane souleva le rideau et regarda.

Un phaéton — la voiture d'homme par excellence — correctement attelé de deux chevaux vigoureux, harnachés en postiers, avec des queues de renard entre les deux yeux et des grappes de grelots sonnant à leurs colliers de cuir fauve, vint s'arrêter, après avoir décrit une courbe élégante, devant la dernière marche du perron.

Les deux amis prirent congé, montèrent sur le siège de devant, et le rapide attelage, conduit d'une main sûre par l'ami d'Hermann, s'enlevant aux rapides allures, disparut bientôt dans l'ombre nocturne.

— Voilà ce que j'appelle un homme bien élevé et d'une tenue parfaite! dit M. de Valneige, en rentrant au salon, après avoir reconduit ses hôtes jusque sous la véranda.

— Vous pouvez ajouter que c'est un charmant cavalier! dit à son tour la mère de Viviane, en se servant d'une formule quelque peu démodée, mais qui avait du moins le mérite de rendre sa pensée plus fidèlement que toute autre.

— Et c'est de plus un musicien consommé! ajouta la jeune fille qui voulait dire aussi son avis sur le personnage qui l'avait si fort occupée, et dont personne n'avait songé à lui apprendre le nom.

— Toi, fit le père de famille, en lui mettant au front le baiser du soir, si jamais tu te maries, ce dont je doute, tu n'épouseras qu'un professeur de piano!

A ce mot de mariage, qui la trouvait jadis ou hostile ou indifférente, Viviane sentit une rougeur vive envahir son front, ses joues et son cou. Mais elle sut, par un mouvement habile de la main qui tenait la bougie, la dérober à son père, et elle monta chez elle, sans avoir rien répliqué à cette observation malicieuse.

# XIV

Viviane dormit-elle bien cette nuit-là? Il fut permis d'en douter à ceux qui, le lendemain, purent remarquer son teint pâle, et le léger cercle de bistre qui cernait ses yeux fatigués, au moment où elle descendit pour obéir au second appel de la cloche du déjeuner.

Mais cette trace d'émotion nerveuse ne devait donner aucune inquiétude aux parents qui l'idolâtraient, car jamais l'intensité de la vie ne s'était affirmée chez elle avec plus de puissance. Elle avait beaucoup pensé, rêvé davantage encore, et nous n'avons pas besoin de dire quel avait été le sujet de ses pensées et de ses rêves.

Lui ! encore lui! toujours lui !

A coup sûr bien des mystères l'entouraient d'une redoutable obscurité. Comment s'appelait-il? Qui était-il? De quelle race obscure ou illustre était-il sorti? A quelle catégorie sociale, avec tant de distinction personnelle, pouvait-il bien appartenir? Il y a parfois de tels contrastes entre la nature et la destinée, que l'on n'est jamais autorisé à conclure de l'une à l'autre. Pourquoi M. de Valneige s'était-il contenté d'une présentation aussi sommaire? Est-ce que tout le monde s'entendait pour laisser l'inconnu dans cette pénombre, dont lui-même ne paraissait point vouloir sortir? Que ce fût un homme de valeur, la façon dont il prenait

part à un entretien, et parfois même sa manière de le
conduire ; les mots vifs et brillants dont il semait sa
causerie ; les réflexions originales ou profondes qui
lui échappaient à propos de tout, ne permettaient pas
le moindre doute à cet égard.

Viviane n'était pas moins édifiée sur son talent d'artiste ; elle savait maintenant qu'il avait tout à la fois
l'élégance et le savoir, la passion et la tendresse, la
correction et l'éclat... Mais, à de certaines nuances
qu'elle avait remarquées, à certains mots qui lui étaient
échappés à lui-même, elle avait bien vu que l'art
n'était dans sa vie qu'un accident et non pas sa vie
même.

L'idée d'une profession quelconque n'était pas ad-
missible. Sa tenue comme ses allures révélaient un
homme riche. Il n'était pas possible de se tromper
là-dessus. On voyait bien qu'il était habitué à une
existence facile et large, ne connaissant même pas les
ennuis, les embarras et les difficultés qui sont le
tourment de tant d'existences.

Mais bien d'autres questions encore se présentaient
à l'esprit de Viviane, sans qu'il lui fût possible de les
résoudre. Pourquoi était-il venu à Valneige une première fois, et dans une tenue qui ne pouvait être pour
lui qu'un déguisement ? Pourquoi s'était-il introduit en
quelque sorte subrepticement dans une maison où il
entrait maintenant le front haut ? Il y avait là quelque
chose de douteux, dont un esprit aussi net et aussi
franc que celui de M^{lle} de Valneige prenait malaisément son parti. Pourquoi Hermann avait-il demandé
pour l'amener l'assentiment du père de famille ? Il
était bien l'idéal du Prince Charmant auquel rêvent
les jeunes filles ; mais qui donc pouvait l'assurer que
cette apparition ne resterait pas unique dans sa vie,

et que cette fête de son cœur aurait un lendemain?
A cette seule pensée, sa poitrine se serrait comme
dans une angoisse, et elle se demandait, non sans un
secret effroi, s'il était possible qu'en si peu de temps
un être, inconnu jusque-là, devînt à ce point nécessaire à l'existence d'un autre.

M. de Valneige, qu'elle trouva au salon, ne fit aucune
réflexion sur la visite que l'on avait reçue la veille,
et le déjeuner, quelque peu gêné par la présence des
gens de service, n'amena lui-même ni épanchement
ni confidence. Les parents de Viviane se montrèrent
d'une discrétion désespérante.

— Je crois, se dit-elle, en sortant de table, que c'est
la conspiration du silence! Allons voir si mes fleurs
me parleront davantage.

Elle prit un livre et descendit au jardin.

Ce jardin, elle l'aimait beaucoup. C'était pour elle
la promenade favorite entre toutes : elle s'y était ménagé des coins préférés, où, à de certaines heures, on
était sûr de la rencontrer toujours.

Ce jour-là, elle avait choisi, pour abriter ses rêves,
un berceau de jasmins et de clématites, cher à ses
premiers ans, et pour lequel elle avait toujours gardé
une prédilection marquée.

Une allée tournante y conduisait, le prenant à revers, après s'être enfoncée dans les épais massifs du
jardin. La vue s'étendait au loin sur les grands horizons de la montagne, dont les plans successifs re-
montaient doucement jusqu'à leurs cimes brillantes.

Elle s'assit tout au fond du berceau, demeura un
moment pensive et recueillie, en laissant errer ses
regards sur l'espace immense. Puis elle ouvrit lentement le livre qu'elle avait apporté.

C'était la *Psyché* de Victor de Laprade, — un beau

poème antique, tout rempli des inspirations d'une
noble muse et des sublimes amours d'une jeune âme
pour un amant divin. Psyché, n'est-ce pas la femme
à l'aurore de la vie, dans la prime-fleur de son printemps, tout entière à la recherche d'une idéale tendresse? C'est bien là le livre des chastes fiancées,
unissant l'exaltation ardente à la pureté céleste; emportant l'imagination ravie dans ces sphères sereines,
inaccessibles aux natures vulgaires.

Quelle lecture aurait donc mieux convenu à Viviane
dans un pareil moment? Tout en la laissant dans le
courant d'idées dont elle n'aurait pu sortir ni sans
effort ni sans douleur, l'adorable poème lui donnait
peu à peu l'apaisement et le calme dont nous avons
tant besoin, et que nous rendent toujours la contemplation et l'étude d'une œuvre d'art supérieure, qu'il
s'agisse d'un livre, d'un tableau, d'une statue ou
d'une symphonie.

Toute captivée par l'attachant et dramatique récit
des malheurs de l'amante d'un dieu inconnu, M<sup>lle</sup> de
Valneige n'entendit point le bruit des pas de quelqu'un qui s'approchait, en suivant les méandres de
l'allée tournante, mais qui ne pouvait pas encore être
aperçu d'elle.

Bientôt, pourtant, ce quelqu'un arriva au seuil du
berceau, dont l'entrée était assez étroite, et, n'osant
y pénétrer, de peur de causer à la liseuse une surprise
trop vive, il s'arrêta.

Mais, s'interposant entre elle et la lumière du jour,
sa haute taille projeta sous le dôme de verdure, et
jusque sur le livre que M<sup>lle</sup> de Valneige tenait dans
ses mains, une ombre portée aussi intense que soudaine, qui la surprit, et dont elle chercha instinctivement la cause.

Elle releva donc les yeux, et, devant elle, tout près d'elle, debout, immobile, n'avançant pas, mais la contemplant avec une sorte d'attention avide, elle reconnut celui-là même à qui elle pensait en ce moment — son visiteur de la veille — le ravisseur sans le savoir — qui s'était emparé de son âme, et qui la tenait sous son servage, à la fois tyrannique et doux.

L'émotion de Viviane fut si grande qu'elle se leva comme par un sursaut, en laissant échapper le livre qu'elle tenait entre ses mains, et qui roula de ses genoux jusqu'à terre. La pauvre Psyché fit ainsi une seconde chute, presque aussi fatale que la première, bien qu'elle ne fût pas causée par la colère de Vénus.

Le jeune homme mit le chapeau à la main, et salua M<sup>lle</sup> de Valneige avec la grâce élégante et la correction mondaine qu'il apportait à toute chose, aussi simplement, aussi naturellement que s'il l'eût rencontrée dans son salon, comme la veille au soir, entre son père et sa mère...

— Je vous ai fait peur, Mademoiselle, voilà ce que j'aurai grand'peine à me pardonner, dit-il en s'inclinant devant elle.

— Rassurez-vous, Monsieur, répondit M<sup>lle</sup> de Valneige, toujours debout; vous m'avez surprise, voilà tout.

Avec sa réelle puissance sur elle-même, elle s'était déjà remise, et déjà aussi elle paraissait fort calme.

Bientôt, interrogeant à son tour :

— Par où êtes-vous venu, Monsieur, lui demanda-t-elle, et comment se fait-il que vous vous trouviez ici ?

— C'est toute une histoire, répondit-il en essayant de pénétrer sous la tonnelle; voulez-vous me permettre de vous la conter?

— J'allais vous en prier, répondit-elle, car il y a

des choses tellement étranges qu'elles ont besoin de quelques explications. Mais ce n'est pas ici l'endroit pour les donner.

Tout en parlant ainsi, elle fit un pas pour sortir du berceau, dont le nouveau venu semblait garder l'entrée, comme une sentinelle jalouse de faire respecter sa consigne.

— Et pourquoi pas ici, où nous serions si bien? fit-il avec une assurance que rien ne semblait devoir ébranler.

— Parce que... balbutia Viviane, que son premier trouble reprenait, et à qui les mots ne venaient pas pour exprimer ses pensées, et, en quelque sorte, combattue par elle-même et par ses propres sentiments.

Le jeune homme, à qui rien n'échappait, s'aperçut de son émotion, et, habile à profiter de tous les avantages qu'on lui donnait, il poursuivit :

— Où donc, Mademoiselle, pourrions-nous trouver un lieu plus charmant, plus propre à une causerie pleine de douceur et de confiance, comme celle que je voudrais avoir avec vous?

Pareille à l'oiseau charmé, sur lequel le serpent fixe son œil magnétique et puissant, fascinée par la parole et le regard de l'étranger, Viviane, pâle et tremblante, hésitait encore.

Mais lui, comme pour affirmer davantage l'autorité qu'il entendait prendre sur elle, il mit une main sur le bras qu'elle avait étendu en avant afin de l'empêcher d'entrer, puis, l'écartant avec douceur, il pénétra sous le berceau, et, tour à tour impérieux et câlin, la fit asseoir sur le banc, où lui-même aussitôt prit place tout auprès d'elle.

Et comme, tout en lui cédant, elle semblait en proie

à un malaise qui pouvait avoir quelque chose de douloureux :

— N'ayez donc ni crainte ni scrupules, lui dit-il,
en serrant dans une étreinte passionnée deux petites
mains moites et frémissantes, qui n'osaient pas se
dérober aux siennes, vous savez bien que vous n'avez
rien à redouter de moi. Je ne suis près de vous que
pour vous assurer de mon profond respect.

— Cependant, votre présence ici, murmura la jeune
fille d'une voix singulièrement tremblante, s'explique
difficilement...

— C'est votre père lui-même qui m'a permis de venir vous rejoindre.

Ces mots répondaient sans doute à la pensée secrète de M^lle de Valneige, car ils eurent le pouvoir de
dissiper son effroi et de lui rendre le calme dont
elle avait besoin. Elle tourna vers le jeune homme
son beau visage si sincère, et ses grands yeux bruns
si doux, et, d'une voix où il y avait encore un reste
d'émotion :

— Puisqu'il en est ainsi, dit-elle, parlez, Monsieur,
je vous écoute.

L'inconnu ne voulait point, sans doute, profiter
tout de suite de la permission qu'on lui donnait, car
il demeura un instant près de Viviane sans rien dire,
content de la regarder, et s'enivrant en quelque
sorte de sa beauté, ainsi contemplée par lui pour la
première fois face à face.

M^lle de Valneige attendait toujours, n'osant pas interroger ; avide de savoir, et commençant à craindre
que les aveux attendus ne fussent difficiles et bien
terribles, puisqu'il en coûtait tant de les faire.

Le jeune homme pensait sans doute, comme quelques orateurs de l'ancienne école, que les meilleurs

exordes sont les exordes par insinuation, car il débuta
ainsi :

— Je me sentirais sans doute bien embarrassé
devant la confession que je dois vous faire, si je ne
savais que votre âme renferme des trésors d'indulgence et de bonté.

— Ce sont donc des crimes que vous avez à vous
reprocher? dit Viviane d'un ton qui n'avait rien de
décourageant pour le pécheur, prêt à s'accuser, s'il
était animé d'un repentir sincère.

— Des crimes? pas tout à fait, répondit-il; mais
tout au moins des fautes!

Cette fois, M$^{lle}$ de Valneige ne répliqua rien, et il
y eut un moment de silence, pénible peut-être pour
les deux interlocuteurs.

— Mon premier tort, reprit enfin le jeune homme,
c'est de m'être introduit ici en cachant mon véritable
nom.

— Ceci est grave, en effet! Et vous aviez des raisons... sérieuses qui vous obligeaient...

— Très sérieuses, Mademoiselle.

— Alors, je vous plains sincèrement, Monsieur,
dit Viviane avec une émotion réelle. La dissimulation
doit coûter beaucoup à certaines natures.

— Bien plus encore que vous ne le croyez, peut-
être.

— Votre nom... véritable... est donc un de ceux
que l'on ne peut avouer! continua-t-elle, en mettant
une main sur ses yeux, comme on fait en face de
quelque effrayante réalité qu'on ne veut pas voir.

— Au contraire, j'ose dire qu'il est fort honorable
et qu'il a toujours été honorablement porté... jusqu'à
moi !

— C'est donc vous, alors...

— Je ne crois pas avoir fait rougir ceux qui me
l'ont légué.

— Enfin, vous vous appelez? fit M^{lle} de Valneige
avec un peu d'impatience.

— Le comte Octave de Montrégis...

— Un nom du Comtat Venaissin, si je ne me
trompe?

— Vous ne vous trompez pas, Mademoiselle, ma
famille est du Vaucluse, et nous habitons Avignon
depuis trois siècles.

— Alors je ne comprends pas... Veuillez vous expliquer!

— Tout cela tient à une bizarrerie de caractère dont
je m'accuse, mais contre laquelle aucun raisonnement n'a pu prévaloir jusqu'ici. Il y a des choses
qui sont acceptées par tout le monde, et contre lesquelles j'éprouve, moi, une insurmontable horreur...
Ainsi, par exemple, quand il s'agit de mariage, il y a
dans les familles, dans la mienne, — dans la vôtre, j'en
ai peur, — des habitudes, des traditions, des façons
de procéder qui me semblent monstrueuses... et
auxquelles, même s'il s'agissait du plus cher bonheur
de ma vie, je serais incapable de me soumettre.

Viviane écoutait avec une attention profonde, mais
sans donner la moindre marque d'approbation ou d'improbation; elle était silencieuse comme un juge pendant une plaidoirie.

Le comte de Montrégis continua, non sans une
certaine véhémence, dont il lui était impossible de se
défendre, car il s'animait singulièrement en parlant:

— Ces présentations officielles d'un jeune homme
à une jeune fille qu'il ne connaît pas, mais dont les
notaires sont d'accord, parce que les châteaux voi-
sinent, parce que les terres se touchent, parce que

l'un a des bois et l'autre des prairies, en un mot,
ces espèces de marchandages de fortune sont pour
moi quelque chose de véritablement odieux, et qui
me fait horreur. Je m'étais juré à moi-même de ne
pas m'y soumettre. J'aurais mieux aimé, je crois,
ne me marier jamais que de me marier dans de telles
conditions.

Cette résolution, que je ne cachais à personne,
faisait le malheur de ma mère, qui n'a plus que
moi au monde, et qui s'affligeait à la pensée de me
laisser un jour seul dans la vie. Mais elle savait que
ces idées étaient si profondément enracinées chez
moi qu'elle n'essayait même pas de les combattre.
Elle s'en remettait au temps, qui ferait silencieusement son œuvre, et aux événements, souvent plus
forts que la volonté des hommes, du soin de changer mes résolutions, et de les rendre plus conformes
à ses vœux et à ses désirs.

Je dois avouer, cependant, que les choses ne semblaient point s'arranger de façon à lui donner cette
joie. A mesure que j'avançais dans le chemin de la
vie, et que j'arrivais à l'âge où c'eût été pour moi un
droit et un devoir de songer à un établissement, ma
sauvagerie devenait de plus en plus grande. Toute
jeune fille que, autour de moi, on pouvait songer à me
donner pour femme, me faisait, par cela même, l'effet
d'un épouvantail, et je la fuyais comme un danger.

Ma mère voyait tout cela, et s'en affligeait de plus
en plus.

— Tu es un mauvais fils, me disait-elle parfois; tu
ne veux rien faire pour moi... tu seras toujours un
ennemi du mariage!

Je lui jurais — et j'étais sincère — qu'il n'en
était rien, et que je regardais, au contraire, une heu-

reuse union comme la meilleure des choses de ce
monde, et la plus grande des félicités humaines.

— Alors, marie-toi! répondait-elle.

— Je ne demande pas mieux, disais-je à mon tour;
mais, pour se marier, il faut être deux, et je n'ai pas
encore trouvé l'autre.

— C'est que tu ne cherches pas!

— Je l'avoue! mais le hasard est si grand!

— Oui! je sais; c'est le dieu de ceux qui n'en ont pas!

Je ne répliquais rien. A quoi bon envenimer les que-
relles entre une mère et un fils? Mais je n'en restais
pas moins fidèle à mon système, et décidé plus que
jamais à me confier à la destinée pour la plus grande
affaire de ma vie! Je dis volontiers comme les Orien-
taux : « Ce qui est écrit est écrit! »

M$^{lle}$ de Valneige avait écouté ce long récit avec une
attention profonde, et sans interrompre une seule
fois celui dont la parole avait le don de la captiver
tout entière.

— Vous voyez bien que j'avais raison, continua
M. de Montrégis, en la regardant avec plus de tendresse qu'il n'avait osé le faire jusque-là.

— C'est donc le hasard qui vous a conduit ici pour
la première fois, et engagé dans l'orchestre de M. Hermann? demanda la jeune fille avec un sourire empreint
tout à la fois d'une malice innocente et d'une incré-
dulité quelque peu ironique.

— Si je vous disais oui, vous ne me croiriez pas!...
Je veux donc me montrer d'une franchise absolue,
ainsi, du reste, que je vous l'ai promis. Le soir où je
suis venu à Valneige, sous la redingote râpée d'un
pianiste d'occasion, je vous connaissais déjà.

— Moi.

— Vous-même?

— Où donc m'avez-vous vue ?

— Ceci est encore une histoire.

— Racontez-la, puisque vous en avez tant fait!

— C'était à Grenoble : il y a de cela trois mois environ. Tenez! c'était le jour de la Pentecôte, fête solennelle, où il y a de l'encens, des fleurs et de la musique dans toutes les églises. Vous traversiez la grande place, pour vous rendre à la cathédrale. Je vous vois encore, marchant à côté de votre mère, et tenant à la main un paroissien noir, au fermoir d'argent. Dites si je n'ai pas tout vu! Je pensai tout de suite à Marguerite allant à l'église. Mais Marguerite était moins jeune, moins pure et moins belle que vous!... et je ne suis pas Faust, et je n'ai pas Méphistophélès pour confident et pour complice. Toutes deux, vous pénétrâtes sous le grand portail. Je vous suivis. C'est en vain que vous vous enfonciez sous les longues voûtes, essayant de vous perdre — du moins je le croyais — parmi les fidèles aux rangs pressés.

— Mais, pas du tout! nous allions tout simplement à nos places, répliqua Viviane ; car nous avons nos places à l'église, nous, Monsieur!

— Je l'ai bien vu, Mademoiselle! Vous avez des prie-Dieu de velours rouge, à trois rangs de la chaire, et du côté gauche. Je me postai non loin de vous, derrière un pilier, de façon à voir sans être vu, et à ne perdre aucun de vos mouvements. Je vous jure que ce jour-là la grand'messe me parut courte! Vous êtes bien belle quand vous priez, et Dieu doit vous écouter et vous exaucer.

C'était Hermann qui tenait l'orgue. Il joue bien, et vous ne perdiez pas une note de ses sublimes accords. Je fus certain, dès ce jour-là, que vous compreniez et que vous aimiez la musique, qui a toujours été une des passions de ma vie. Je ne sais plus à quel moment il a rendu, en véritable artiste qu'il est, une des plus touchantes inspirations de Palestrina. Il eût été bien récompensé s'il avait pu vous apercevoir comme je le faisais moi-même. Une larme — une perle, que j'aurais voulu recueillir — a brillé un instant entre vos cils; puis elle a coulé lentement sur vos joues pâles. Est-ce bien vrai, tout cela?

— Je le crois, puisque vous le dites. Je reconnais, d'ailleurs, qu'à mes yeux la musique religieuse est une des plus belles formes de l'Art; que j'y suis fort sensible, et qu'il y a des choses que je ne saurais entendre sans éprouver une émotion profonde; mais continuez, je vous prie, votre petit roman...

— Qui sera de l'histoire quand vous le voudrez, Mademoiselle!

— Il faut d'abord que je sache la fin que vous avez imaginée... tous les dénouements ne me conviennent pas, dit Viviane, qui, à mesure qu'elle retrouvait son sang-froid, retrouvait en même temps sa malice et sa gaieté de jeune fille.

A partir de ce moment, continua M. de Montrégis, de plus en plus sérieux, je sentis que je vous appartenais, que vous ne quitteriez plus ma pensée, et, sans oser me demander encore ce que la vie, qui est souvent méchante, déciderait un jour de nous deux, je compris qu'elle ferait de moi un malheureux, si je ne devais pas vous appartenir... Vous pouviez être donnée ou du moins promise à un autre... mais je sentais bien que vous vivriez toujours en moi par le souvenir et le regret.

En entendant ces derniers mots, Viviane releva sur M. de Montrégis un regard sincèrement ému, qui le remerciait.

Celui-ci continua :

— Si mes résolutions sont parfois rapidement prises, je puis dire aussi qu'elles sont poursuivies avec ténacité.

— J'en sais maintenant quelque chose, fit M^{lle} de Valneige, avec un sourire qui n'avait rien de décourageant.

— J'ignorais qui vous étiez; mais je me jurai de le savoir bientôt. Pour commencer je me dis que je ne devais point perdre vos traces. Qui veut la fin veut les moyens! Je me proposais de vous suivre en sortant de l'église. Vous voyez que je suis capable de tout! Je voulais savoir d'abord où vous demeuriez. Une fois muni de ce renseignement, j'aurais obtenu aisément tous les autres. A Grenoble, ville naïve encore, les maisons sont de verre.

Mais, comme vous traversiez la place, Hermann vous vit et vous salua. Je n'avais plus besoin d'interroger personne. Je savais bien que celui-là parlerait. Je le connaissais depuis longtemps. Je ne suis pas précisément son élève; mais c'est une bonne connaissance à moi : nous avons fait de la musique ensemble, et lui-même sait parfaitement qui je suis.

Je le rejoignis dès que vous l'eûtes quitté. Je le mis en deux mots au courant de la situation. Je ne me permis point de lui adresser la moindre question sur vous. Je vous avais vue : c'était assez. Il me semblait que je vous connaissais depuis le jour de votre naissance. Il me parla de votre famille. Votre position répondait aux exigences de l'homme le plus difficile. Il me sembla qu'avec vous j'avais rencontré l'idéal; qu'à partir de ce jour ma destinée était accomplie, et que je n'allais plus avoir qu'à me laisser vivre. Ma situation personnelle étant assez bonne pour que ma poursuite n'eût rien de téméraire, je m'ouvris à cet honnête homme avec une franchise absolue.

Il vous adore et ne tarit pas d'éloges quand il parle de vous. Je crois qu'il me veut aussi du bien, et, sans fermer les yeux sur des défauts que je ne nie point, il croit aussi que j'ai quelques-unes des qualités qui peuvent contribuer à faire le bonheur d'une femme.

Cependant, au lieu d'accueillir mes confidences avec l'expansion heureuse sur laquelle je croyais avoir le droit de compter, il se tint vis-à-vis de moi sur une sorte de réserve défensive qui ne me sembla point d'heureux augure.

— Ce serait un beau rêve, mais je crois que c'est un rêve! me dit-il enfin, après un instant de silence, et comme s'il eût résumé ainsi ses réflexions profondes.

— Eh! pourquoi donc? lui demandai-je, non sans un peu d'étonnement.

— M<sup>lle</sup> de Valneige ne veut point se marier.

D'autres paroles eussent pu me faire plus de peine que celle-là. Si sévère qu'elle fût, elle ne m'ôtait point l'espérance. Il aurait pu m'apprendre des choses plus terribles : que vous étiez engagée, par exemple! Mais, du moment où vous étiez libre, cette hostilité contre le mariage ne me décourageait point... parce que je ne désespérais pas de la vaincre. Peu naturelle, à ce qu'il me semblait, chez une fille de votre condition, elle était tout simplement la révélation d'une âme élevée et délicate, se faisant peut-être du mariage une idée trop haute pour se résigner aux conditions dans lesquelles tant de jeunes filles l'acceptent. Quelque chose me disait que vous ne refusiez tout le monde que pour avoir le droit de choisir quelqu'un. Cette manière de voir était tellement la mienne que je ne pouvais déjà plus douter que nous ne fussions faits l'un pour l'autre.

J'avais appris dans la conversation qu'Hermann vous donnait des leçons; que vous étiez même sa meilleure élève, et qu'il vous voyait souvent.

— Quand me présentez-vous? lui demandai-je, un peu brusquement peut-être, comme si je n'eusse pas voulu lui laisser le temps de la réflexion.

Cette précipitation ne laissa point que de le troubler quelque peu.

— Vous êtes, me dit-il, d'une impatience flatteuse sans doute pour celle qui en est l'objet; mais on n'entre point au chalet de Valneige comme au moulin. La maison est austère et ne reçoit point d'étrangers. Une démarche intempestive ne pourrait que nuire à des projets que je voudrais vous voir mener à bien. Laissez-moi donc vous diriger un peu, et croyez que vos intérêts sont entre des mains dévouées, sinon habiles. Seulement laissez-moi faire, et n'allez pas plus vite que les violons.

J'avais trop besoin de lui pour ne pas le laisser entièrement maître de la situation, et libre d'agir à sa guise. Je n'espérais plus qu'une chose, le désarmer à force de soumission, et l'amener à vouloir lui-même abréger la quarantaine qu'il m'imposait.

Un événement cruel vint se jeter à la traverse de mes projets.

Ma mère tomba gravement malade et me rappela près d'elle. Je confiai, en partant, mes intérêts à Hermann, et je m'en allai, le cœur gonflé de regrets, mais en même temps rempli d'espérances.

Pendant près d'un mois, l'état de ma mère fut assez inquiétant pour qu'il ne fût point possible de songer à la quitter. Je ne vous oubliais point, cependant, et, plus d'une fois, votre image chère et charmante passa, avec un doux sourire consolateur, devant mes yeux, obscurcis par les larmes, auprès d'un lit de douleur.

Pendant ce long mois je ne reçus qu'une lettre me parlant de vous — une seule — et les nouvelles qu'elle m'apporta ne furent point celles que j'attendais. Votre famille, qui n'avait fait que traverser Grenoble, avait regagné la montagne, où elle vivait dans une solitude à peu près inaccessible à l'étranger. Quant à vous, Mademoiselle, vous sembliez plus que jamais décidée à fuir le monde, et toute tentative faite en vue de se rapprocher de vous devait être condamnée d'avance. Il fallait donc, disait-elle en manière de conclusion, remettre à des temps plus heureux la réalisation d'espérances qui m'étaient si chères.

Je ne répondis point à cette lettre; mais quand l'état de santé de ma mère me rendit enfin quelque liberté, je me hâtai d'accourir à Grenoble. A tout prix, je voulais vous revoir. Mais Hermann avait dit vrai : vous n'y étiez plus. J'accablais le malheureux de questions auxquelles il ne lui était guère possible de répondre. En revanche, il me donna sur vos habitudes et votre genre de vie une foule de détails qui n'avaient rien d'encourageant. Il prétendait que les citadelles, en temps de guerre, ne sont pas mieux gardées que ne l'est, pendant toute l'année, le chalet de Valneige. Impossible d'y pénétrer par escalade. Quant à tenter une présentation officielle à votre famille, c'était, s'il fallait l'en croire, le moyen infaillible de perdre à jamais vos bonnes grâces.

— S'il en est ainsi, répliquai-je avec une sorte de découragement, qui n'était point sans quelque amertume, je me demande ce que je suis venu faire à Grenoble.

— Ce n'est pas moi qui vous l'apprendrai! me répondit-il avec une sorte de bonhomie naïve qui me désarma.

Tout en parlant de Valneige, qui était l'objet habituel de nos entretiens, il ne me cacha point que votre famille avait donné quelques fêtes pour vous faire voir un peu le monde, et vous montrer les jeunes hommes du voisinage, parmi lesquels peut-être vous pourriez distinguer un futur mari.

Ces simples mots me firent dresser l'oreille, et je me sentis mordu au cœur par une inquiétude jalouse. Je comprenais que le moment était venu de tenter un grand coup.

— Jusqu'ici, ajouta Hermann, ce mortel fortuné n'est pas apparu aux yeux charmés de M<sup>lle</sup> de Valneige. Mais la famille espère toujours! Elle est si jeune encore! On donnera samedi une dernière soirée, plus nombreuse et plus brillante que toutes les autres. On a lancé les invitations avec une sorte de profusion : il y aura foule. Tous les jeunes gens en disponibilité à dix lieues à la ronde s'y donnent déjà rendez-vous — car M<sup>lle</sup> de Valneige, sans compter qu'elle est charmante, est aussi un excellent parti. Il serait vraiment bien étrange que, dans le nombre, on ne rencontrât pas le merle blanc ou l'oiseau bleu qui doit toucher le cœur de cette belle indifférente. Du moins, les parents s'en flattent.

Les circonstances devenaient trop pressantes pour me permettre la moindre hésitation. Vous pouviez devenir le prix de la course. Je ne voulus point me laisser devancer par un autre.

— Il faut que j'assiste à cette dernière soirée! dis-je

à Hermann d'un ton d'autorité qui ne me semblait point devoir admettre de réplique.

— Je demanderai, si vous le souhaitez, une invitation pour vous, et je suis bien certain de l'obtenir. Mais je m'obstine à penser que ce moyen-là n'est pas le bon pour arriver à votre but. Apparaître pour la première fois aux yeux d'une personne aussi... comment dirais-je bien!... aussi romanesque que M<sup>lle</sup> de Valneige, sous le frac d'un danseur, n'a rien qui soit fait pour rehausser votre prestige auprès d'elle. Si j'étais à votre place, je voudrais trouver autre chose.

— Mais quoi?

— Cherchez!

— Ah! il me vient une idée, et je la crois bonne.

— Naturellement puisque c'est vous qui l'avez eue! mais voyons l'idée?

— C'est vous qui organisez la musique de cette soirée?

— Sans doute. Mais pourquoi cette question?

— Vous le saurez tout à l'heure. Quelle est la composition de votre orchestre?

— Un premier violon qui est votre serviteur, un alto qui est un de mes élèves, une petite flûte que j'emprunte à la garnison, et un piano qui est tenu, pour la circonstance, par le maître de chapelle de la cathédrale.

— Un homme d'église! cela se trouve bien.

Il est avec le ciel des accommodements!

Je le verrai et j'arrangerai les choses de telle façon que l'excellent homme aura, au moment voulu, une indisposition sans danger, mais pleine d'à-propos... Oh! n'ayez peur! ce ne sera pas grave, et je me charge du médecin et de l'apothicaire! Quant à vous,

mon cher maître, assez embarrassé, au dernier moment, pour remplacer ainsi votre confrère au pied
levé, vous m'emmènerez à Valneige, comme bouche-
trou, croque-notes, coureur de cachets, musicien
ambulant, faisant au besoin des extras à Paris, dans
la banlieue et les départements...

C'est en cette qualité que vous me présenterez à
M. de Valneige, près de qui cette petite invention passera comme lettre à la poste. Si nous étions décou-
verts... mais nous ne le serons pas... nous en serions
quittes pour tout avouer au père de famille, qui ne
prendrait point, il faut l'espérer, la chose en mauvaise
part. Emmenez-moi donc, et je fais mon affaire du reste.

Hermann essaya bien de me faire quelques objections, mais seulement pour la forme; j'en eus facilement raison, et il fut convenu qu'il ferait tout ce
que je lui demandais.

Maintenant, Mademoiselle, vous savez le reste et je
crois qu'il est inutile que je continue.

— Continuez, au contraire! dit Viviane; c'est notre
histoire que vous racontez, mais je tiens à savoir si
nous l'avons écrite tous deux de la même façon.

— Vos désirs sont des ordres! dit M. de Montrégis,
en s'inclinant devant Mlle de Valneige. Vous verrez du
moins que, dans notre histoire, comme vous dites si
bien, il n'y a que vous, vous seule et toujours vous!

Viviane remercia par un beau regard clair, très
doux, plein de confiance, vrai regard de femme qui
se sent aimée.

Le comte Octave continua:

— Les choses ainsi réglées suivirent leur cours naturel: engagé dans l'orchestre d'Hermann, un peu
malgré lui peut-être, je dus prendre le costume de
l'emploi et conformer ma tenue à mon rôle. Je ne de-

vais point faire une trop forte disparate avec mes
humbles et modestes compagnons.

Nous arrivâmes à la nuit tombante, dans une car-
riole frétée par notre chef, et encombrée des instruments de ces messieurs. J'étais plus ému que je ne
voulais le laisser voir. Je sentais que le bonheur ou
le malheur de ma vie dépendait de la partie qui se
jouait en ce moment, et dans laquelle ce n'était pas
moi qui tenais les cartes.

A force de volonté, je parvins à dominer mon trouble, et je me glissai derrière le piano sans avoir
attiré l'attention de personne.

Vous parûtes bientôt. Je vous vis venir à nous, et
je tremblai. Après avoir serré la main de votre professeur, vous laissâtes glisser sur moi un regard qui
ne s'y arrêta point. Le mien vous dévorait, Que vous
étiez charmante avec votre robe blanche de jeune
fille, sans un bijou, sans un ruban, vos beaux cheveux
relevés avec une simplicité pleine de grâce! Vous alliez et veniez dans les deux salons, — mes yeux vous
suivaient de l'un à l'autre, — attentive à toute chose, et
jouant à ravir votre rôle de jeune maîtresse de maison
accomplie.

Vos premiers invités ne tardèrent pas à paraître.
Tous semblaient ravis de la cordialité de votre
accueil. Aviez-vous un préféré parmi eux? Je me
promettais bien de le savoir avant la fin de la soirée.

Cependant Hermann prit les partitions et les plaça
sur nos pupitres. Les valses et les quadrilles que nous
devions exécuter en votre honneur n'étaient qu'un jeu
pour moi, et j'avais à peine jeté les yeux sur les premières mesures que je pouvais jouer le reste des
morceaux sans même les regarder. Ceci me permettait de vous observer à mon aise et je n'y manquai

point. Je vous vis gracieuse avec tous, mais sans
préférence pour aucun. Les mots me manqueraient
si je voulais vous dire à quel point je vous en
sus gré. Votre jeunesse, votre beauté, votre charme,
ce je ne sais quoi répandu sur votre personne, comme
un attrait divin, exerçaient sur tout mon être une sorte
de fascination irrésistible, qui aurait fait de moi le
plus malheureux des hommes si j'avais été forcé de
m'avouer que vous aviez donné à quelqu'un des droits
sur votre personne.

Rien ne dut me le faire croire.

J'aurais juré, en sortant de chez vous, que cette
conviction, emportée de votre soirée, aurait suffi à
mon bonheur, car je comprenais bien que je n'avais
pas le droit de demander davantage. Mais il faut que
le cœur de l'homme soit insatiable, car bientôt je
souhaitai plus encore. Je souffrais de n'être pas remarqué par vous... comme si je devais espérer qu'une
jeune fille appartenant à votre monde pourrait jamais
accorder une seconde d'attention à un pauvre exécutant, perdu dans un orchestre, à un pianiste tapo-
tant, pour un louis, son clavier toute la soirée ! La
folie même de mes exigences peut du moins vous
prouver quel empire vous aviez déjà pris sur mon imagination — je n'ose encore dire sur mon cœur !

Mais, avec l'ardeur de désir et l'absence de raison
qui caractérisent trop souvent les âmes violentes
comme la mienne, je m'étais juré d'attirer votre attention, et je me tins parole. Oubliant le rôle modeste
que devait jouer mon instrument dans l'orchestre, et
abusant d'une certaine virtuosité que l'on veut bien
me reconnaître, et que je mis ce jour-là au service
d'une exécution puissante, j'empiétais sur le domaine
des autres, au point d'attirer l'attention de quelques

personnes, et particulièrement la vôtre, — la seule à laquelle je pusse attacher du prix. Le pauvre Hermann, en sa qualité de chef d'orchestre, ne pouvait assister de sang-froid à cette violation de toutes les règles établies, mais il voyait bien qu'il avait affaire à un homme emporté par une passion exaltée, et qu'il n'arrêterait pas aisément, et il prit le parti de tolérer ce qu'il n'eût pas été capable d'empêcher.

Satisfait de ce petit succès, auquel pourtant ma vanité seule trouvait son compte, et certain de n'avoir point passé inaperçu, car je vous avais vue, Mademoiselle, tourner une fois ou deux vers l'orchestre des regards surpris, presque inquiets, je jugeai à propos de rentrer dans l'ordre, au moins pour un moment, ce qui rendit un peu de calme et de tranquillité à ce brave Hermann, que ma fugue avait mis un moment hors de lui.

Mais le bal tirait à sa fin; plusieurs de vos invités avaient déjà demandé leurs voitures. Les premières lueurs de l'aube, argentant les fenêtres et faisant pâlir les bougies, annonçaient que le matin approchait, et, avec lui, l'heure de la retraite; si je voulais que ce bal eût quelque résultat pour moi, c'était maintenant qu'il me fallait brûler hardiment mes vaisseaux.

— Et c'est ce que vous fîtes! murmura Viviane.

— Oui, à peu près!

Votre père vint nous demander une dernière danse, quelque chose comme la *Valse des adieux*.

— Le *Bacio!* nous dit Hermann, avec un signe de tête et un regard qui devaient électriser notre petite troupe.

Le *Bacio!* vous la connaissez, cette inspiration brûlante, qui, en moins de deux semaines, donna au nom d'Arditi une renommée plus qu'européenne, — car

elle a promptement traversé les mers. Il y a véritablement dans ces quelques mesures le souffle de feu de la
passion. C'est la musique des cœurs embrasés. Je le
savais... et j'avais l'audace de vouloir vous l'apprendre.

Pendant que mes confrères arrangeaient leurs cahiers, je jetai sur les touches d'ébène et d'ivoire, que
je sentais déjà frémir, les premières notes d'un prélude nerveux qui vous fit relever la tête.

Tous ensemble, et dans un parfait accord, nous
commençâmes à bercer cette mélodie amoureuse sur
un rythme d'une grâce pleine de mollesse et de langueur. Hermann la jouait à merveille, pressant ou
ralentissant la mesure, selon le sens de la pensée
musicale qu'il avait à rendre ; mais toujours avec le
tact consommé d'un exécutant vraiment digne du
nom d'artiste.

Vous, Mademoiselle, vous ne la dansiez pas, cette
valse adorable; vous regardiez les couples qui passaient devant vous, l'un à l'autre enlacés, et comme
emportés dans un tourbillon; mais, tout à coup, vous
parûtes devenir étrangère à ces folles joies des autres.
A quoi songiez-vous? Pour le savoir, j'aurais donné
ma vie!... Mais votre front, pur et blanc comme la
neige de vos montagnes; mais vos yeux — ces yeux
que l'on appelle le miroir de l'âme — restaient également impénétrables pour moi. Que vous étiez belle,
cependant! que vous me sembliez touchante dans
votre mélancolie rêveuse! Le sourire de l'extase errait
légèrement sur vos lèvres; vos regards s'en allaient
au loin, bien loin, comme perdus dans la distance, et
votre attention visible semblait vouloir saisir dans
l'espace des mélodies que les autres n'entendaient
point. Involontairement, mes yeux épris se rivaient
à votre visage, animé, transformé par une expression

vraiment céleste. Il me semblait que c'était une autre
femme qui m'apparaissait tout à coup, et cette nouvelle image de vous-même, plus belle encore que vous,
se gravait dans mon souvenir en traits ineffaçables...
Je sentais que des liens à la fois puissants et doux
partaient de vous et s'enroulaient autour de mon
cœur.

Tout à coup, sans que je pusse me rendre compte
de ce mouvement de mon être, j'éprouvai un soudain
et irrésistible désir de vous arracher à cette contemplation muette et prolongée, dont je ne connaissais
pas l'objet, et, même au prix d'un effort cruel, de
vous ramener sur la terre où j'étais.

Ce fut alors qu'embrasant le piano de tous les
feux de ma fièvre, et lui donnant la passion qui dévorait mon âme toute vivante, je rentrai dans l'orchestre, que, depuis un moment, je n'accompagnais
plus qu'en sourdine, avec un éclat qui vous fit tressaillir. J'étais redevenu le maître de mes compagnons, que je conduisais à ma guise, et qui se con-
tentaient de me suivre. Je m'emparai de ce thème
brûlant du *Bacio*, et j'en fis mon œuvre. Ce n'était
plus Arditi qui parlait, qui chantait, qui prenait
votre être tout entier... C'était moi! J'ajoutais des
flammes à ses notes enflammées, et je pressais
encore son rythme ardent. Enlevés par la fougue que
je leur communiquais, les valseurs tournaient dans
leur cercle sans fin, cédant à ce mouvement impétueux et croyant peut-être que c'était pour leur plaisir que je jouais follement cette valse folle. Hermann,
un moment dompté, n'attaquait plus que les cordes
harmoniques de son violon; l'alto faisait comme lui.
Je redevenais à moi seul tout l'orchestre, avec la
petite flûte, bien inconsciente du drame intime qui

se jouait près d'elle, et qui accentuait encore mon jeu, en le relevant de ses notes piquées et suraiguës.

Peu à peu, je vous vis revenir des espaces lointains, vers lesquels votre âme s'était envolée. Vous sembliez surprise, et malgré vous peut-être, vous prêtiez à mon jeu une attention flatteuse. Il y eut même un instant où votre curiosité se sentit assez vivement surexcitée pour vous donner l'envie de savoir quel était l'étrange artiste qui se permettait de faire ainsi du piano un instrument révolté, oubliant son rôle effacé et modeste, et usurpant une place qui n'est pas faite pour lui... Vous voulûtes bien vous approcher de nous, et vos mains entr'ouvrirent le rideau de verdure qui nous séparait de vos invités... Est-ce bien vrai, Mademoiselle, tout ce que je vous raconte là? suis-je dans l'histoire ou dans le roman, et trouvez-vous mes souvenirs fidèles?

— Très fidèles, en effet... mais ce que vous ne dites pas, — car vous l'ignorez peut-être, — c'est que, depuis lors, je me suis souvent reproché mon indiscrétion, et que j'ai compris une fois de plus qu'il faut toujours se défier de son premier mouvement...

— Ne le croyez pas, Mademoiselle! avec une nature comme la vôtre, c'est toujours le bon, et vous n'aurez jamais à vous repentir d'y avoir cédé. Nos yeux se rencontrèrent... et j'osai fixer les miens sur les vôtres...

Mon audace vous déplut, car vous vous éloignâtes, grande, fière, hautaine et superbe, étonnée sans doute de m'avoir accordé une seconde d'intérêt, et vous demandant déjà ce qu'il pouvait y avoir de commun entre une fille comme vous et un homme comme moi... et s'il était bien possible que vous eussiez ainsi franchi l'abîme qui nous séparait.

Et comme M^{lle} de Valneige essayait un geste de
protestation silencieuse, dont, en ce moment, la simple
politesse lui aurait fait un devoir :

— Ne vous défendez pas ! lui dit M. de Montrégis,
d'un air bon enfant. Je suis aujourd'hui le premier à
reconnaître qu'il en devait être ainsi. Il n'y a point
tant d'exagération qu'on le pense dans l'image, un peu
hardie mais toujours juste, du ver de terre amoureux
d'une étoile... Et je comprends le dédain des étoiles !

Moi, pourtant, l'âme déjà pleine de cet amour né
d'un regard, je ne vous avais point perdue de vue
un moment pendant cette nuit trop courte, et, quand
vous disparûtes au bras de votre père, je sentis bien
que vous emportiez ma vie avec vous...

M. de Valneige avait fait servir à souper à mes
compagnons, qui acceptèrent avec enthousiasme. Le
vrai musicien a toujours faim et soif. Quant à moi,
vous comprenez, je l'espère, que je ne pouvais manger
votre pain qu'à la condition de le rompre avec vous.
Comme ce n'était pas possible ce soir-là, je partis
sans souper, après avoir serré la main d'Hermann,
encore un peu inquiet du résultat final de ma folle
équipée.

Cependant, une voiture, commandée à Grenoble,
m'attendait à quelque distance du chalet. Je me
hâtai de la rejoindre pour rentrer en ville.

Quand je me trouvai seul dans la montagne, le calme
auguste de la nature encore enveloppée dans ses voiles
nocturnes, la fraîcheur matinale de ces premières
heures du jour renaissant, et le grand silence de toutes
choses rendirent un peu de calme à mes nerfs surexcités, et mirent un terme à la dangereuse exaltation dans laquelle je vivais depuis quelques heures.

De retour à l'hôtel je me jetai sur mon lit, où je

dormis quelques instants d'un sommmeil fiévreux,
plus agité que ma veille, plein de visions et de rêves.
Quand je pus croire qu'il faisait jour chez Hermann,
j'allai le trouver.

Dès qu'il m'aperçut :

— Vous! me dit-il en me menaçant du doigt,
moitié riant, moitié fâché, ce n'est pas près que l'on
me reprenne à vous conduire dans le monde! Vous
vous êtes conduit cette nuit comme un véritable col-
légien. Vous avez failli, à deux ou trois reprises,
désorganiser mon orchestre, et je craignais à chaque
instant de voir venir à moi M. de Valneige pour
m'inviter à vous mettre à la porte.

— Il aurait eu raison! répondis-je sans essayer de
me défendre. Mais alors je me serais nommé, et je
lui aurais dit que j'adorais sa fille.

— C'est aller vite en besogne!

— Il faut pourtant qu'il le sache!

— Vous ne pourrez le lui dire qu'un peu plus tard;
car la famille part en ce moment pour Marseille.

— C'est un long voyage?

— Je l'ignore : on sait quand les gens s'en vont;
on ne sait pas quand ils reviennent. Je n'ai pas reçu
de confidences.

— Alors, adieu! je cours faire mes malles.

Hermann me connaissait trop bien pour essayer
d'ébranler mes résolutions.

— Vous avez peut-être raison, me dit-il. Les
voyages ont des hasards!...

— On les fait naître quand on ne les rencontre
pas! répliquai-je avec assurance. Écoutez, mon cher
Hermann! M{ce sais quand les gens s'en vont;
Je ne veux pas qu'elle puisse m'échapper, et je n'entends point perdre sa trace. Je pars aussi, moi. Je la

9

verrai chaque jour ; elle me rencontrera partout
sur ses pas ; il lui sera bien impossible de ne pas
remarquer un homme qui la suivra comme son ombre,
et qui voudrait se prosterner devant elle, comme un
croyant devant l'image d'une divinité. Au retour,
nous prendrons un grand parti. Vous me conduirez
chez M. de Valneige. Je lui dirai tout, et je sortirai
de cet entretien suprême le plus heureux ou le plus
malheureux des hommes !

— Vos intentions sont si droites, si loyales et si
fermes que je ferai tout pour vous servir ! répliqua
cet excellent homme en me serrant la main.

# XV

Vous partie, je n'avais plus rien à faire ni à Grenoble ni à Valneige. Je pris donc le premier train qui descendait vers Marseille, où j'arrivai quelques heures après vous.

— Vous me faites peur! dit Viviane avec un joli mouvement de tête, tandis qu'un léger frisson courait sur ses épaules, et qu'elle se défendait mal, en effet, d'un certain effroi, devant cette poursuite à outrance, à laquelle, sans doute, il lui eût été difficile d'échapper; c'est une persécution en règle que vous avez organisée contre moi!

— Oui; mais ne tremblez pas... et laissez-vous prendre! dit le comte Octave en s'emparant d'une main qu'il pressa contre ses lèvres.

Viviane essaya de la retirer de son étreinte; il mit une certaine force à la retenir.

— N'essayez plus de me fuir! dit-il avec un certain emportement passionné, qui puisait toute sa force dans une conviction aussi ardente qu'elle était sincère... Chantons plutôt, chantons ensemble l'amoureux duo de Magali... Vous connaissez le dernier vers? continua-t-il avec une sorte d'exaltation passionnée, qu'il n'essayait même pas de contenir :

Je me ferai la terre... et je t'aurai !

Un peu étonnée d'abord, puis effrayée, mais peut-être charmée plus encore par cette violence amoureuse, jusque-là inconnue à sa pure et chaste jeunesse, mais qui avait à ses yeux la meilleure des excuses, je veux dire l'ardeur des sentiments qu'elle inspirait à un homme capable de tous les emportements comme de tous les enthousiasmes, M^{lle} de Valneige, par un mouvement instinctif, se recula jusqu'à l'extrémité du banc rustique sur lequel Octave avait pris place auprès d'elle, et, le front penché, les yeux à demi clos, le menton dans la paume de sa main gauche, elle parut disposée à écouter encore.

— Je vous aurais retrouvée dans un désert! continua le jeune homme. Dans une ville comme Marseille, c'était chose plus aisée. Je ne fis pas la faute de descendre dans le même hôtel que vous. Je mettais de la discrétion dans mon indiscrétion même. Je voulais me montrer à vous assez pour vous empêcher de m'oublier; pas assez — je l'espérais du moins — pour que vous pussiez vous plaindre d'une importunité fâcheuse. Mais, sachant à peu près tout ce que vous faisiez, je m'attachai à choisir mes endroits de façon à ce que mes intentions ne pussent être pour vous l'objet du plus léger doute. Dans les taillis du palais de Longchamps, je vis bien que vous m'aviez reconnu; mais je ne me permis point de vous adresser la parole. Vous parûtes me savoir gré d'un silence qui n'était que la preuve de mon respect.

— C'est vrai! dit Viviane, et, tout d'abord, je craignais que vous n'eussiez la tentation de me dire ce qu'il ne m'aurait pas été permis d'entendre.

— Retirez bien vite cette méchante parole, Made-

moiselle, à présent que vous savez que je ne la
mérite point... Vous ne voulez pas? Je continue,
pourtant! Le lendemain, à cette belle représentation
du *Trovatore*, la musique, — cette musique que nous
adorons tous deux — fut encore une fois comme un
lien tout-puissant entre nos âmes. Je crus un moment que nous comprenions également ce que nous
pouvions être l'un pour l'autre.

— Peut-être, fit M<sup>lle</sup> de Valneige, avec une pudeur
pleine de grâce et d'ingénuité, peut-être m'avez-vous
trouvée ce soir-là imprudente et faible?

— Dites adorablement bonne, Mademoiselle! répliqua M. de Montrégis avec feu. Du moins, au commencement de la soirée..... car plus tard, ce n'était
plus du tout la même chose!

— Eh bien! qu'ai-je fait plus tard?

— Oh! vous êtes redevenue froide et sévère; vous
avez même eu un moment de révolte indignée.

— Je ne le nie point! mais vous devez reconnaître
que vous l'aviez mérité... Avec vos regards si obstinément fixés sur les miens, à travers cette salle en
délire, pleine des passions débordantes du poème et
de la musique, vous avez tenté sur mon humble personne un essai de tyrannie à distance, auquel, par un
sentiment de dignité, — de fierté, si vous voulez, —
j'ai dû me soustraire, sous peine de manquer à ce
que je me dois à moi-même.

— Me permettez-vous, Mademoiselle, demanda le
comte de Montrégis avec une douceur soumise, me
permettez-vous de protester contre de telles paroles?
Croyez-moi! vous m'avez mal jugé, et vos suppositions sont bien loin de la vérité... La vérité, la voici :
En vous retrouvant, en vous revoyant, en m'apercevant que vous aviez peut-être pour moi un commen-

cement de sympathie naissante, j'ai eu, à tort peut-
être, un moment d'exaltation heureuse; — ce sont là
des impressions assez rares chez moi, et contre lesquelles, quand j'ai le bonheur de les éprouver, j'ai le
tort de ne pas me défendre assez courageusement. J'ai
fait ce que j'ai pu pour vous faire comprendre que vous
deviez être à moi, comme j'étais à vous; que je vous
donnais mon âme, mais que je vous demandais la vôtre.

— Rien que cela! à première vue, sans connaître
les intentions de ma famille, sans me faire l'honneur
de supposer que je pouvais bien n'être pas de celles
qui disposent ainsi d'elles-mêmes, dans l'entraînement de la première heure... Mais quelle idée vous
faisiez-vous donc de moi?

— Je n'ai pas pensé à cela tout d'abord, répondit
M. de Montrégis, dont l'attitude presque craintive
démentait quelque peu l'exaltation des paroles qu'il
venait de prononcer.

J'avoue que cette façon d'agir pourrait, à la rigueur,
avoir quelque chose de répréhensible... avec toute
autre jeune fille que vous.

Viviane eut un geste qui dut faire comprendre à
M. de Montrégis que l'exception qu'il faisait en sa
faveur ne lui semblait point flatteuse le moins du
monde.

— De grâce, écoutez avant de juger! reprit le jeune
homme. Par l'indépendance de votre caractère, par
la fierté de vos résolutions, — que je connaissais, —
il était évident pour moi que vous entendiez vous
marier vous-même, et non vous laisser marier par les
autres... Eh! bien, c'était ma déclaration d'amour que
je vous faisais... C'était l'aveu brûlant de mon cœur
— d'un cœur qui s'offrait à vous... C'était mon âme
qui se donnait à la vôtre...

Jamais de tels aveux n'avaient frappé les oreilles de M^{lle} de Valneige; jamais des paroles aussi brûlantes n'avaient jeté le trouble dans sa jeune âme, longtemps ignorante et paisible. Une palpitation si vive qu'elle en était douloureuse souleva sa poitrine, et une ardente rougeur envahit ses joues. Elle se rendit cependant maîtresse de ses émotions, plus vite peut-être qu'on ne l'aurait pensé, et ce fut un regard presque calme qu'elle tourna vers le comte, en lui disant :

— J'étais si peu préparée à de telles confidences que c'est à peine si je vous comprends!

— C'est cependant pour vous les faire que je suis ici! répliqua-t-il avec une certaine assurance.

Mais, grâce à la mobilité singulière d'un visage qui semblait fait pour rendre tous les sentiments, à cette assurance d'un moment, succéda tout à coup une expression d'inquiétude et de doute.

— Je vis bien tout de suite, fit-il avec l'accent d'une humilité sincère, à laquelle une jeune fille comme Viviane devait se laisser prendre, je vis bien que je vous avais déplu; aussi, sans même me demander pourquoi, ne songeant qu'à m'en punir, je quittai immédiatement le théâtre, et, au lieu de vous attendre sous le vestibule, où j'aurais pu échanger avec vous au moins un regard d'adieu, je regagnai mon gîte tristement, emportant, comme un remords, le regret de vous avoir offensée, moi qui donnerais ma vie pour vous éviter l'ombre d'un chagrin.

Un malheur n'arrive jamais seul. Vous partiez le lendemain, et vous partiez sans qu'il me fût possible de savoir si vous m'aviez pardonné... Ah! croyez-moi, Mademoiselle, cette incertitude était presque aussi cruelle pour moi que votre absence même!

— Je ne pouvais pas me douter de tout cela! murmura Viviane avec une adorable candeur, et une émotion qu'elle ne chercha même pas à cacher.

— Vous partie, reprit M. de Montrégis, Marseille, malgré ses deux cent mille Phocéens, Marseille privé de votre présence n'était plus pour moi qu'un désert, et je n'avais plus qu'une idée : le quitter !

Je savais que vous deviez regagner Valneige... Je repris moi-même le chemin de Grenoble. Mon plan de campagne était fait. Je voulais arriver jusqu'à votre famille... jusqu'à vous... tout dire à votre père, et connaître enfin mon sort, — que vous tenez en ce moment entre vos petites mains, Viviane adorée! Il y a des natures pour lesquelles l'incertitude est plus cruelle que le malheur connu... Je suis un peu de celles-là. J'étais donc résolu à tout pour sortir de mon doute... quand même j'aurais dû le regretter plus tard !

Je courus chez Hermann. N'était-ce point par lui que je pouvais entrer au chalet? Il était absent pour quelques jours encore. Je semblais donc condamné à rester tout ce temps sans vous voir. C'était là un ennui que je ne pouvais supporter. Il me semblait maintenant que j'avais besoin, pour vivre, de respirer le même air que vous.

Je vins donc m'établir dans vos environs.

J'obtins d'un paysan du voisinage une hospitalité précieuse, car à la faveur des grands bois qui, comme un immense rideau vert, voilent les pentes de vos Alpes dauphinoises, je pouvais, sans crainte d'être découvert, m'aventurer jusqu'aux lisières de Valneige. Le bonheur de mes journées ne dépendait plus que du hasard de vos promenades.

Quelle joie pour moi quand je pouvais vous voir passer dans ce petit-duc — je le connais bien, allez !

— que vous conduisez avec une crânerie superbe,
droite sur les hauts coussins, la main emprisonnée
dans le gant de peau rouge, la toque à plume de héron
penchée sur l'oreille gauche, guidant, au milieu des
précipices, vos deux poneys noirs, ces petits monstres
sauvages que vous avez assouplis et domptés, —
comme vous dompteriez toutes les créatures du bon
Dieu, charmeuse! avec un regard et un sourire, —
tandis que les deux grands lévriers d'Afrique bon-
dissaient autour de vous, prêts à dévorer l'audacieux tenté d'oublier un instant le respect qui vous
est dû.

Je crois que je m'oriente aujourd'hui dans la montagne aussi bien que vous même! Quand vous partiez
par une route, je savais d'avance par laquelle vous
alliez revenir, et j'avais soin de me trouver sur le
passage de l'aller comme du retour. Je vous voyais
deux fois. C'était ma journée, et je la trouvais bien
remplie. Le reste du temps, je me souvenais de la
veille et j'espérais le lendemain. Pour détourner les
soupçons des braves gens chez qui je demeurais, je
m'étais donné comme peintre, et mon amour du
paysage expliquait suffisamment mes longs déplace-
ments. J'aurais peut-être éprouvé quelque embarras
s'ils avaient voulu voir mon album.

Je me serais fait un crime de troubler la sécurité
de vos promenades, et de vous condamner peut-être
à quelque réclusion sévère. Je n'avais donc garde de
me montrer à vous. Je me contentais de vous regarder de loin, caché dans les fourrés épais, où l'œil
d'un lynx n'aurait pu me découvrir.

J'étais bien résolu à ne rien changer à cette façon
d'agir, tant que l'absence d'Hermann retarderait ma
présentation officielle à votre famille.

Enfin il revint, et, me sentant plus fort de son
appui, j'osai vous aborder, il y a deux jours, et vous
dire quelque mots au seuil même de l'ermitage de
Notre-Dame-des-Abimes. J'avais besoin d'entendre le
son de votre voix! Il me semblait d'ailleurs que je me
plaçais sous le patronage de celle que vous veniez de
prier vous-même. La confiance qu'elle vous inspirait
vous empêcherait peut-être de rien redouter de moi.

Il me fut donné une fois de plus d'admirer la dignité simple qui préside aux moindres actes de votre
vie. Vous êtes partout ce que vous devez être, et,
plus on vous voit, plus il semble que l'on soit obligé
de vous admirer davantage.

Je crus — pardonnez-moi ce jugement, s'il est téméraire! — je crus que vous n'aviez plus douté ce
jour-là du motif qui dictait ma conduite... que vous
aviez compris quelle était la force, vraiment plus grande
que ma volonté, qui me jetait ainsi sur vos pas... et
que, pour étranges que fussent mes façons d'agir,
vous auriez peut-être la bonté de me les pardonner.

Vous savez le reste!

Deux jours plus tard, j'étais présenté à votre père...
et aujourd'hui, avec sa permission, je me présente
moi-même à vous.

# XVI

M. de Montrégis avait achevé sa longue histoire.
Il se tut, regardant la jeune fille, et attendant sans
doute qu'elle lui révélât par un mot l'impression que
son récit avec produite sur elle.

Mais Viviane ne disait rien, et, après avoir écouté
avec une attention profonde, elle semblait plongée
maintenant dans l'abime de ses réflexions, dont elle
ne révélait point le secret.

Malgré son assurance naturelle, le comte Octave
ne laissa point que d'éprouver quelque embarras, en
face de ce silence, et il en voulut connaître la cause.

— Maintenant, Mademoiselle, vous savez tout,
murmura-t-il, en s'emparant d'une main qu'on ne
lui disputa pas. Est-ce que vous pourrez me pardonner ?

— Même en y mettant de la bonne volonté, il me
serait difficile de demander votre tête ! répondit M^lle de
Valneige, avec un sourire aimable. Vous n'avez pas
commis de tels crimes qu'il faille vous envoyer en
cour d'assises. Vous êtes allé à la grand'messe un
jour de fête : je ne vois pas de mal à cela ; vous avez
joué du piano à notre bal pour rendre service à un
artiste indisposé : c'est le fait d'une bonne âme ;
vous avez voulu voir le Château-d'Eau de Marseille :
on prétend que c'est un morceau d'architecture de

premier ordre, et je suis charmée moi-même de m'en
être offert le spectacle ; vous avez applaudi le *Trova-*
*tore* avec enthousiasme : cela prouve que vous aimez
la musique. de Verdi, et c'est un goût que vous par-
tagez avec beaucoup de gens ; vous avez voulu brûler
un cierge devant l'autel de Notre-Dame-des-Abimes :
si c'est pour obtenir du ciel votre conversion, je ne
puis qu'applaudir et souhaiter le succès de votre pèlerinage... Enfin, vous êtes venu hier nous demander
à dîner : c'est un honneur que vous nous deviez bien,
après avoir refusé notre souper le soir du bal ; sans
quoi vous m'auriez donné le droit de supposer que
vous ne vouliez goûter. ni le pain ni le sel de Valneige... Tout cela ne vaut vraiment pas la mort d'un
homme !

— Vous raillez agréablement, répliqua M. de Montrégis, et je crois qu'il est difficile de vous faire dire
ce que vous voulez taire. Veuillez pourtant réfléchir
que je touche à un moment solennel de ma vie — je
n'ose pas dire de notre vie ; — que ma destinée tout
entière dépend du mot que vous allez prononcer... et
que j'attends avec une anxiété profonde. Je n'aurai
certes pas l'outrecuidante prétention de me comparer
à vous... mais il n'en est pas moins vrai qu'il y a
entre nous deux certaines façons de voir, de sentir,
de comprendre les choses qui doivent nous rapprocher l'un de l'autre. Est-ce que nous n'avons pas la
même fierté d'âme, la même délicatesse de cœur? Est-
ce que tous deux nous ne nous révoltons pas contre
les motifs, si souvent misérables, qui déterminent la
plupart des unions dont nous sommes témoins? Est-
ce que, vous comme moi, nous n'étions pas détermi-
nés à nous renfermer dans une solitude éternelle, plutôt que de consentir à un mariage où le don du cœur

n'aurait pas été le premier présent offert à l'autre par chacun des époux? N'y a-t-il point là, pour vous comme pour moi, un avertissement secret que nous sommes destinés l'un à l'autre?

Pour moi, je le compris le jour même où je vous vis pour la première fois, car je sentis que ma vie tout entière vous appartenait. Me donnant à vous, je voulus que vous fussiez à moi, et je le voulus de toute la force de désir et de résolution dont je suis animé quand je veux réellement. Je commençai dès lors cette poursuite éperdue, un peu folle peut-être, qui n'a fini que le jour où j'ai pu arriver jusqu'à vous, — chez vous. Certain que je vous aimais — que je vous aimerai toujours, et que je ne pourrai plus aimer que vous en ce monde — j'ai fait la seule chose que puisse faire un galant homme qui aime une honnête fille : — je suis allé trouver votre père ; je lui ai parlé avec la même franchise qu'à vous... Je lui ai donné sur ma famille et sur ma position des renseignements confirmés par Hermann, et il m'a répondu par ces mots qui font de vous, Mademoiselle, l'arbitre de notre vie à tous deux :

« — Voir notre fille mariée, et bien mariée, c'est là le vœu le plus cher de sa mère et de moi. Mais nous nous sommes promis de la laisser absolument maîtresse de son choix. Je ne vous la refuserais pas ; mais c'est d'elle-même que vous devez l'obtenir. »

C'est pour cela, Mademoiselle, que me voici devant vous, un peu tremblant, attendant comme un suprême arrêt la parole qui va tomber de vos lèvres, pour faire de moi le plus heureux ou le plus malheureux des hommes.

Le comte de Montrégis avait tout dit. Il se tut, et Viviane ne parla pas encore. Elle semblait comme abîmée

dans une réflexion profonde. Les événements qui s'é-
taient déroulés autour d'elle pendant ces dernières
semaines l'avaient troublée profondément. Elle s'était
sentie plus vivement impressionnée qu'elle n'aurait
voulu se l'avouer à elle-même par cette intrigue romanesque dont elle était le but. Il eût fallu vraiment
qu'elle ne fût point femme pour y rester insensible.
Longtemps, mais en vain, elle s'était efforcée d'en percer le mystère. Maintenant la réalité s'offrait à elle,
aussi aimable, aussi charmante, aussi flatteuse que
ses plus beaux rêves. Il ne pouvait venir à sa pensée
de l'accueillir par un refus. Mais sa nature réservée
et timide était de celles qui ne se livrent point tout
d'abord... A force d'avoir souhaité la vie trop complètement et trop poétiquement belle, elle avait
fini par désespérer de l'obtenir jamais ainsi, et, à
l'heure où des événements si étranges qu'ils devaient
être nécessairement inattendus semblaient combler
ses vœux, elle se demandait, avec une sorte d'hésitation craintive, s'il lui était vraiment bien permis
d'y croire.

Mais le comte Octave n'était pas homme à rien
perdre des avantages qu'il avait une fois conquis.

— Vous avez vu, dit-il à M$^{lle}$ de Valneige, les efforts
que j'ai faits pour me rapprocher de vous... Est-ce que
vous m'en ferez un crime?

— Je n'en ai pas le droit, répondit Viviane. Une
femme est toujours flattée de la peine que l'on veut
bien prendre pour lui prouver le cas que l'on fait
d'elle... alors même...

— De grâce, achevez! Vous avez des réticences
cruelles.

— Alors même, poursuivit M$^{lle}$ de Valneige, avec
un sourire qui n'avait rien de désespérant, qu'elle ne

se jugerait pas digne de l'empressement qu'on lui témoigne.

— Pouvez-vous parler ainsi! s'écria le comte Octave, avec tout le feu de la passion qui l'animait. Si j'ai un regret, moi, c'est de n'avoir pas assez fait pour vous prouver quel prix j'attache à votre conquête... quels sacrifices je voudrais pouvoir m'imposer pour vous mériter... et vous obtenir.

— Je n'en doute plus... Je crois même que je n'en ai jamais douté, dit Viviane en relevant sur lui son beau regard, doux, clair et franc.

— Eh bien! encore un mot, — dit-il en se levant et en lui tendant la main, — encore un mot, le dernier — celui qui va nous lier à jamais, et de nos deux vies n'en faire plus qu'une seule. Puisque votre père s'en rapporte à votre sagesse; puisqu'il me permet de vous demander vous-même à vous-même, voulez-vous venir près de lui... à mon bras... déjà ma femme devant Dieu... vous lui direz que vous agréez ma demande... et je vous jure que jusqu'à la dernière minute de ma vie, je n'aurai d'autre souci que de vous rendre cher le souvenir de cette heure bénie.

Il parlait encore quand le tintement de la cloche du dîner arriva jusqu'à eux.

— Comme nous sommes restés longtemps! dit la jeune fille, avec une furtive rougeur sur les joues; que va-t-on penser de nous?

— Ainsi vous ne voulez pas me répondre? fit Octave, d'un ton de reproche qui n'avait pourtant rien d'amer.

Elle prit son bras, et de sa voix d'ange, les yeux dans les yeux :

— Ce n'est donc pas une réponse cela? lui dit-elle.

— Oh! merci! répliqua le jeune homme; mais par-

donnez-moi, car en vérité je n'osais pas comprendre.
Dieu! que c'est donc bon de croire en vous!

Et, emporté par un élan de passion trop sincère
pour que celle qui l'inspirait ne se sentît point disposée
à lui pardonner beaucoup, avec une force à laquelle
il eût été difficile à Viviane de résister, il la ramena
jusqu'au fond de la tonnelle, et, là, au milieu de cet
odorant berceau arrondi au-dessus de leurs têtes par
les clématites, les chèvre-feuilles et les jasmins, passant un bras autour de ses épaules, il l'attira jusqu'à
lui, et, les lèvres sur les lèvres :

— Échangeons nos âmes! lui dit-il; je veux la
vôtre, puisque la mienne est à vous!

Sous cette caresse d'homme, la première qu'eût
jamais reçue son être virginal, Viviane se sentit
presque défaillir, et, par un involontaire abandon
d'elle-même, elle glissa en quelque sorte dans les
bras du comte de Montrégis, qui la retint un moment sur sa poitrine, étroitement embrassée, pendant
qu'il couvrait de baisers passionnés son front pâli,
ses yeux humides, ses cheveux frémissants et dénoués.

— Oh! c'est mal, c'est mal ce que vous faites là!
De grâce, laissez-moi! fit-elle en se débattant, et,
malgré lui, s'arrachant à son étreinte... Je suis fâchée,
Monsieur, très fâchée!... Est-ce donc vous qui devez
me punir de trop de faiblesse et de bonté!

— Ne parlez pas ainsi, ma chère âme! fit le comte
Octave en joignant les mains. Vous savez bien que
j'aimerais mieux mourir que de vous faire jamais la
moindre peine!

— On ne le dirait pas! fit-elle d'un ton de reproche,
tout en essayant, d'une main hâtive et tremblante, de
réparer le désordre de sa coiffure.

— Ne soyez pas en colère contre moi! murmura-
t-il d'une voix suppliante, un genou ployé devant
elle, la bouche collée sur sa main, qu'il avait prise et
qu'il ne voulait plus lâcher. Un élan de tout mon être
m'a jeté vers vous avec tant de force qu'il m'a été
impossible d'y résister.

— Il le faut pourtant! reprit-elle, voulant se montrer sévère encore, mais déjà désarmée.

Il s'éloigna un peu, pour la rassurer, en lui laissant une apparente liberté; mais il reprit bientôt :

—Eh! pourquoi donc lutterais-je contre cet entraînement de mon cœur? Y céder, au contraire, n'est-ce
point la plus douce chose qu'il y ait au monde?

— Pas encore! fit-elle en rougissant. Mais venez,
Monsieur, c'est moi qui vous en prie!

Il fallut bien reprendre le chemin du chalet; mais
malgré les paroles de la jeune fille, oublieuse elle-
même des recommandations qu'elle venait de faire à
son fougueux adorateur, ils ne revenaient qu'à petits
pas, le long des sentiers tournants, ombragés par les
hautes charmilles. Ils ne se parlaient guère, parce
qu'ils sentaient qu'ils avaient trop de choses à se dire;
mais, de temps en temps, ils s'arrêtaient pour se
serrer silencieusement la main.

Quand ils arrivèrent à l'entrée de la grande allée
découverte qui conduisait jusqu'au pied du perron,
Mⁿᵉ de Valneige prit bravement le bras de celui qu'elle
avait maintenant le droit de regarder comme son
fiancé, et, redressant sa belle taille :

— C'est ainsi, lui dit-elle, avec cet air de droiture
et de franchise qui semblait la note dominante de son
caractère, c'est ainsi qu'il faut marcher maintenant
dans la vie, et devant tous.

M. de Valneige, souriant, paternel, mais toujours

élégant et jeune, une rose thé à la boutonnière, les regardait venir en souriant, debout sur le seuil de la maison.

Quand elle ne fut plus qu'à quelques pas de lui, Viviane quitta le bras de M. de Montrégis, franchit légèrement les degrés, et, sans rien dire, tendit le front au baiser de son père.

— Vous me semblez, dit celui-ci, en parfait accord, M. de Montrégis et toi, et la paix me paraît conclue entre vous deux. Nous signerons au dessert les conditions du traité.

La résistance a été suffisante pour sauver l'honneur du drapeau, continua-t-il. Mais la place, bien attaquée, a dû capituler et ouvrir ses portes. C'est ainsi, du reste, que les choses se passent dans presque tous les sièges. Mais, entrons! ta mère est seule et vous attend. Je commençais à croire que vous preniez racine, là-bas, au milieu des charmilles.

Tous trois passèrent au salon, où M^me de Valneige comptait les minutes, qui, depuis un moment, lui paraissaient longues. Elle épiait le retour des deux jeunes gens avec une curiosité qui n'était point exempte d'un peu d'inquiétude.

— Ma chère amie, dit le père de famille, en conduisant vers elle Octave qui semblait vraiment vivre dans un rêve, M. le comte de Montrégis m'a fait ce matin l'honneur de me demander la main de notre fille. Je l'ai autorisé à présenter lui-même sa demande à Viviane... qui ne me semble pas disposée à faire d'objection sérieuse. Mais, dans un ménage comme le nôtre, les résolutions ne sont valables que lorsqu'elles sont prises en commun par le mari et par la femme. C'est donc de vous, maintenant, que dépend le sort de ces enfants.

— Monsieur de Montrégis, dit M<sup>me</sup> de Valneige en tendant la main au jeune homme avec la grâce et la dignité qui donnaient tant de charme à ses façons exquises, je suis toujours de l'avis de mon mari, et je ratifie bien volontiers sa promesse. Voici tantôt dix-huit ans que je travaille au bonheur de ma fille, sans avoir jamais donné un autre but à ma vie. Vous continuerez ma tâche. Je puis vous assurer qu'elle m'a toujours paru fort douce.

— Je sais, Madame, répondit le jeune homme en s'inclinant profondément devant la mère de Viviane, que vous êtes de celles que l'on ne remplace point; mais je n'ai pas de plus vif désir que de me dévouer avec vous à une œuvre si charmante. Nous serons trois maintenant à l'adorer.

— A table! à table! fit M. de Valneige, qui voulait couper court à ces effusions sentimentales. Nous reprendrons au dessert cet entretien intéressant; mais je vous préviens que l'on a déjà sonné deux fois, que vous êtes servis, et que le poëte a raison :

> Un dîner réchauffé ne valut jamais rien !

même si c'est un dîner de fiançailles.

Ce repas de famille fut d'une cordialité charmante, et la causerie de M. de Montrégis d'une vivacité, d'un entrain, d'un intérêt dont Viviane se montra plus d'une fois ravie.

Quant à M<sup>me</sup> de Valneige, naturellement pieuse, et toute portée à se rapprocher de Dieu dans toutes les circonstances graves de sa vie, elle le remerciait dans son cœur d'avoir envoyé à sa fille un homme vraiment digne d'elle. Elle pardonnait maintenant à Viviane d'avoir refusé tant de partis, puisqu'elle agréait la poursuite de celui-là même qu'elle aurait dû choisir entre tous.

— Je voudrais, dit Octave, que ma mère fût ici dès demain. Je suis impatient de lui montrer l'aimable fille que je vais lui donner. Mais elle vient d'être gravement malade et ne fait guère que d'entrer en convalescence. Je vous demande pour elle un crédit de quelques jours. Sa première sortie l'amènera près de vous, où je suis certain qu'elle voudrait être déjà.

— Nous ne la verrons jamais assez tôt, répliqua M. de Valneige; mais puisque nous avons échangé nos paroles, ma maison est la vôtre, et vous êtes notre hôte.

Cette bonne parole mettait le comte Octave au comble de ses vœux, car il était sincèrement et ardemment épris de M<sup>lle</sup> de Valneige. Quant à Viviane, elle ne pouvait croire encore à la réalité de son bonheur, et, par moments, elle craignait de se réveiller d'un songe enchanté.

# XVII

Ce fut vraiment une belle vie qui commença pour
elle. En cette éclosion radieuse du premier amour,
tout un printemps fleurissait et chantait dans cette
belle âme, jeune et pure. Avec l'adorable confiance
des premières années, qu'aucune déception n'a flétries,
qu'aucune trahison n'a découragées, elle s'abandonnait tout entière, et sans rien retenir d'elle-même, à
cette intimité pleine de grâce, à cette tendresse ingénieuse dont elle devinait, sans les craindre, les
ardeurs contenues et discrètes, et qui semblait
prendre toutes les formes pour lui mieux prouver
qu'elle était l'objet d'une adoration de tous les instants. Elle avait ce privilège, si rare dans la vie, de
pouvoir confondre son bonheur avec son amour,
et de se dire que l'homme que Dieu lui-même lui
ordonnait d'aimer était celui qu'elle aurait choisi
entre toutes ses créatures pour en faire son guide et
son appui, le compagnon des bons et des mauvais
jours, l'ami sûr et fidèle dans la fortune favorable
ou contraire. Et cette félicité, la plus grande que le
destin puisse accorder aux habitants de cette vallée
de larmes, Viviane la goûtait avec une intensité d'autant plus grande qu'elle avait longtemps désespéré de
jamais la connaître.

Une sorte de reconnaissance, à la fois exaltée et

profonde, se mêlait chez elle à la passion qu'elle éprouvait pour l'homme qui lui avait révélé cette dangereuse mais ineffable ivresse, dont les capiteuses délices lui donnaient un bonheur si nouveau pour elle.

Octave de Montrégis avait bien, du reste, toutes les qualités requises pour jouer le rôle flatteur et brillant que lui avait attribué M<sup>lle</sup> de Valneige. Son esprit insinuant, souple et facile, s'emparait de celui de Viviane, qui se livrait sans résistance, regrettant seulement de ne point avoir plus encore à lui donner. Grâce à l'habileté d'une mise en scène réussie à souhait, il lui était apparu avec le prestige et la séduction d'un véritable héros de roman. C'était par là qu'il avait tout d'abord frappé son imagination ardente et surexcitée. A force de l'occuper de lui et de se montrer à elle comme l'idéal toujours rêvé, mais qu'elle avait désespéré de rencontrer jamais, il l'avait amenée peu à peu à le regarder comme un être à part de tous les autres, et supérieur à eux. Il l'avait ainsi réconciliée peu à peu avec la pensée du mariage, qui ne lui avait inspiré jusqu'alors qu'une sorte d'effroi inexplicable, mais réel.

Et maintenant, dans cette douce intimité d'une vie presque solitaire, ce lui était une tâche bien aisée que d'achever cette conquête charmante. On lui en donnait du reste tous les moyens. Entre gens d'honneur, les paroles échangées valent tous les contrats du monde. On accordait donc aux fiancés une liberté dont on était certain d'avance qu'ils n'abuseraient pas, mais qui avait l'avantage inappréciable de faciliter cette accoutumance des deux jeunes âmes l'une à l'autre, prélude à la fois doux et nécessaire des mariages qui doivent être heureux. On les laissait vivre à leur guise et comme ils l'entendaient.

Elle, avec une naïveté inconsciente, lui, avec la com-
plète.expérience de la vie, s'arrangeaient pour se
trouver presque toujours seuls, et toujours ensemble.

Le jardin, le parc, le petit bois qui les touchait,
étaient chaque matin les témoins complaisants et
discrets des longues promenades dont on ne revenait
qu'au dernier appel de la cloche du déjeuner. L'après-
midi, on attelait. Octave, qui avait la passion des
chevaux, conduisait souvent les poneys noirs, avec
l'intrépidité d'Hippolyte, fils de Thésée : mais les
dieux n'envoyaient point de monstres sur sa route.
Parfois, au contraire, il remettait les rênes aux mains
de Viviane, non moins habile que lui, et toute charmée de lui faire les honneurs de sa montagne. Elle
lui en montrait les plus beaux sites ; elle lui en
racontait et l'histoire et la légende.

— Est-ce que nous ne retournerons pas à la grotte
de Notre-Dame-des-Abîmes ? lui demanda-t-il un jour.

— J'allais vous le proposer, répondit-elle.

A quelque distance du sanctuaire, ils laissèrent le petit-duc à la garde du jeune groom et des grands sloughis
arabes, et tous deux descendirent vers l'ermitage.

Quand ils se trouvèrent seuls dans l'âpre sentier,

Étroit pour un, large pour deux !

comme dit si bien la chanson, ils échangèrent, par
un même mouvement instinctif, auquel leur volonté
n'eut aucune part, un regard ému, tout chargé de
tendresse.

— C'était-là ! dit Viviane, en s'appuyant sur le bras
d'Octave avec une confiance heureuse.

Et, en contre-haut de la sente, elle lui montrait le
sapin près duquel il s'était réfugié pour lui laisser un
libre passage.

— Je me souviens! répondit-il en lui serrant la main.

Et, tout bas, il ajouta :

— Oh! je vous aimais déjà bien, allez!

— Autant qu'à présent?

— Non, car je vous aime chaque jour davantage... à mesure que je vous connais mieux. Plus aujourd'hui qu'hier, et demain plus qu'aujourd'hui!

— Et ce sera toujours ainsi?

— Toujours! L'amour qui cesse de grandir va bientôt décroître, et il ne méritait pas de naître.

La rustique chapelle était là devant eux, tout ouverte, avec sa grande Vierge au fond, les bras étendus et les mains bénissantes, qui semblait vouloir les inviter tous deux à l'adoration et à la prière.

Comme il regardait du seuil le sanctuaire obscur, car on n'avait pas ménagé de jours dans le rocher, et il ne pénétrait dans la grotte qu'une lumière avare, par la porte d'entrée :

— Venez! lui dit Viviane, l'appelant du regard plus encore que de la parole.

Elle passa la première : il la suivit.

Elle marcha lentement jusqu'à l'autel et là, arrivée aux pieds mêmes de la sainte image, elle s'agenouilla sur la pierre nue et pria.

Elle pria avec ferveur, s'absorbant tout entière dans son invocation ardente, comme si elle eût oublié la présence de celui qu'elle aimait. Il était là, pourtant, à quelques pas d'elle, l'attendant et la regardant.

Qu'elle était belle à contempler ainsi, avec le rayonnement de la foi sur le front et dans les yeux; la tête penchée sur sa poitrine, laissant voir son cou blanc, et sa nuque couleur d'ambre doré, sur laquelle des frisons légers, blondissants, plus clairs que la masse de ses lourdes tresses, se tordaient avec la souplesse des vrilles folles de la vigne, au moment de la première pousse printanière!

La pudique jeune fille devina-t-elle la contemplation muette dont elle était l'objet, et, la devinant, éprouva-t-elle une impression de gêne involontaire? c'est ce qu'elle seule aurait pu dire... et elle ne le dit pas. Mais elle ne s'attarda point en longues oraisons, et, se relevant bientôt, elle montra son doux visage, encore transfiguré par l'enthousiasme sacré que la prière allumait toujours dans son âme.

— Quand vous priez, lui dit-il, je voudrais être le bon Dieu pour exaucer tous vos vœux.

— Merci! Est-ce que vous avez de la religion, Monsieur Octave?

— Oui, Mademoiselle! j'en ai même beaucoup!... Seulement, c'est une religion à moi!

Cette réponse ne parut point plaire absolument à M\ue de Valneige, et le jeune homme put voir dans ses beaux yeux un peu d'hésitation, et quelque chose comme une ombre craintive. Il en éprouva un réel chagrin.

— Rassurez-vous, ma chère aimée, dit-il en prenant doucement les deux mains de Viviane, qu'il retint captives dans les siennes, je ne suis pas un impie, tant s'en faut! Je crois en Dieu; je le prie souvent, et je l'adore toujours! C'est un bon commencement, n'est-ce pas?

— Oui, sans doute! et en me parlant ainsi, vous me faites grand plaisir, car si j'avais été en désaccord avec vous sur ces grandes questions qui, trop souvent, divisent les âmes des hommes et des femmes — les mieux unis d'ailleurs, — je sens que je n'aurais jamais pu me trouver complètement heureuse.

— Et je veux que vous le soyiez, ma chérie, dit-il avec une expression de si profonde tendresse, qu'il lui mit le ciel dans l'âme.

— Oh! je ne demande pas mieux! répondit-elle, en relevant sur lui son beau regard noyé de lueurs humides. C'est si bon le bonheur!

— Oui, reprit Octave, et puis cela vous va bien... Vous n'êtes jamais plus jolie que quand vous êtes heureuse !...

— Taisez-vous, vil flatteur! dit-elle en reprenant son bras. Et, avec sa grâce malicieuse et son espiè-glerie coquette elle ajouta : Il faut rentrer, ne vous déplaise!

— Déjà?

— Sans doute, nous sommes partis depuis le dé-jeuner... Quelle vie je mène depuis que vous êtes le pensionnaire du chalet!

— Vous ne la trouvez pas bonne?

— Au contraire, méchant! je la trouve si bonne que je voudrais ne la voir jamais finir.

# XVIII

Ainsi s'écoulaient leurs jours, dans l'intimité la plus douce qui eût jamais uni deux êtres bien aimants. Ils apprenaient tous deux à se connaître, et ils s'aimaient mieux à mesure qu'ils se connaissaient davantage.

La musique enchantait leurs soirées, pendant lesquelles il ne tenait qu'à eux de se croire aussi seuls que dans la journée. M. de Valneige allait et venait, sans prendre garde à ce qu'ils pourraient bien avoir à se dire, tantôt dans le salon, tantôt sous la véranda, jouissant du calme des belles nuits étoilées d'un incomparable automme. Quant à la mère de Viviane, qui se résignait volontiers aux rôles effacés dans la famille, toujours occupée de quelque travail d'aiguille, elle n'exerçait sur les jeunes amoureux qu'une surveillance trop inoffensive pour être gênante.

Souvent ils ne jouaient que pour accompagner doucement, et comme par un faible murmure d'orchestre, leur causerie familière, enhardie déjà. Parfois, dans ces moments-là, il arrivait bien que la passion surexcitée d'Octave s'épanchait en phrases plus ardentes, que Viviane, dans la céleste candeur de son immatérielle tendresse, ne comprenait pas toujours.

Les heures passaient, rapides, sans leur faire sentir ni leur poids ni leur fuite.

Octave, en si peu de temps, n'avait pu transformer
sa nature au point de devenir un autre homme.
C'était toujours l'être mobile et nerveux que nous
avons connu au début de cette histoire, difficilement
maitre de ses passions, incapable de supporter l'attente, quand il sentait dans ses flancs l'aiguillon du
désir.

Mais il y avait autour de M<sup>lle</sup> de Valneige une
atmosphère de sérénité calme et d'idéale pureté, que
le plus égoïste et le plus personnel des hommes se
serait fait un scrupule de troubler par des empressements trop vifs.

D'ailleurs, l'adorable enfant qui lui donnait à chaque instant les marques les plus touchantes de son
affection, lui offrait assez de compensations pour
qu'il attendît sans se plaindre le moment où il obtien-
drait davantage encore. Et puis, il avait trop d'expérience de la vie pour ne pas savoir qu'il n'y a que
les maladroits qui mangent leur blé en herbe, et qui
cueillent le bouton sans donner à la fleur le temps
de s'épanouir. S'il y eut encore des tempêtes dans
cette âme orageuse et tourmentée, la jeune et charmante créature n'en sut rien. Le lac garda toujours
sa surface calme et paisible, et Viviane, en se penchant sur lui, ne le vit jamais refléter autre chose
que sa tranquille et pure image.

# XIX

Cependant, la comtesse douairière de Montrégis, après avoir fait annoncer plusieurs fois son arrivée, toujours retardée sous le prétexte, trop vrai d'ailleurs, d'une série de rechutes successives, fit enfin son entrée solennelle au chalet de Valneige. Son fils était allé la chercher jusqu'à la station de Grenoble, dans la voiture de gala de sa nouvelle famille.

A la seule pensée de la venue prochaine d'une personne qui pouvait avoir sur sa vie une réelle influence, rien que par la façon dont elle envisagerait le choix de son fils, la jeune fiancée ne pouvait se défendre d'une appréhension à la fois vague et réelle. Comment serait-elle jugée par la mère d'Octave ? Obtiendrait-elle la chaude sympathie dont sa jeune âme, avide d'affection, éprouvait l'irrésistible besoin, ou bien devrait-elle se contenter des relations généralement assez froides qui s'établissent entre les jeunes mariés et leurs beaux-parents ? Telles étaient les questions qui s'agitaient dans l'esprit inquiet de Mlle de Valneige. Les éclaircissements qu'elle avait demandés à son fiancé n'avaient rien éclairci du tout. Elle n'avait compris qu'une chose, c'est qu'Octave lui-même, malgré son sincère attachement pour sa mère, se sentait quelquefois mal à l'aise devant son austérité sombre et morose.

Le premier abord de la comtesse de Montrégis était peut-être de nature à confirmer la jeune fille dans une appréhension qui n'était que trop légitime. La mère d'Octave avait certainement grand air et grande allure; mais il y avait dans toute sa personne un je ne sais quoi qui vous tenait à distance. La démarche qu'elle faisait en ce moment, elle la faisait à la sollicitation de son fils, sollicitation répétée à plusieurs reprises. Mais elle paraissait être sous l'empire d'une certaine contrainte morale, qu'elle était malhabile à cacher complètement.

Ce n'était point d'elle que le fiancé de Viviane tenait sa nature romanesque, et elle n'était plus d'âge à comprendre les passions soudaines et les entraînements impétueux qui avaient bouleversé tout à coup l'âme singulièrement exaltée d'Octave, et qui le rendaient en ce moment capable de tous les sacrifices, et même de toutes les folies, pour obtenir le cœur d'une fille charmante, il est vrai, mais qu'il avait aimée — lui-même ne s'en défendait point — à première vue, et sans s'inquiéter de savoir si elle méritait l'offre et le don de toute une vie. Ces soudainetés dans l'amour ne sont point chose nouvelle, et l'on en peut citer de nombreux exemples dans l'histoire du cœur. Mais il est bien permis à une mère de souhaiter d'autres garanties pour le bonheur de ses enfants.

Le nom de Valneige n'était pas inconnu à la comtesse douairière de Montrégis. Elle savait la famille honorable, et l'armorial de la province relatait ses alliances avec éloge. Mais cette première question tranchée en laissait encore beaucoup d'autres dans l'ombre, et la mère d'Octave eût voulu les voir résolues, avant de tenter la démarche grave — puisqu'elle engageait l'avenir — qu'elle n'avait pu refuser

aux prières de son fils. Elle se demandait, non sans
un certain effroi, si l'imagination quelque peu exaltée du jeune homme ne s'était point laissé entraîner
par des séductions trompeuses et des grâces purement
extérieures, et si, après les enivrantes délices de la
première possession, il ne se trouverait point d'autant
plus fortement déçu que son rêve de bonheur aurait
été plus brillant et plus court.

Disons tout de suite que la simplicité exquise, le naturel parfait, la droiture, la loyauté visibles de Viviane,
cette candeur d'une jeunesse pure, qui s'alliait si bien
à la réserve toujours digne d'une fille de race, produisirent sur M^me de Montrégis leur effet accoutumé.
Le charme opéra sur la mère comme sur le fils. Elle
n'était pas au chalet depuis deux jours que M^lle de Valneige avait vaincu toutes ses préventions. La future
belle-mère aima bientôt sa bru comme une véritable
fille. .

Ravi de la tournure que prenaient les choses, le
comte Octave, très secondé d'ailleurs par M. de Valneige, mit tout en œuvre pour hâter la solution
désirée.

Quant à Viviane, elle laissait faire tout le monde,
bien persuadée que chacun travaillait à son bonheur. Octave était heureux : ne devait-elle point
l'être aussi? Et vraiment, elle l'était à « cœur, que
veux-tu? »

On la vit donc paraître un matin sur le perron du
chalet, vêtue de la robe de satin blanc traditionnelle,
le long voile jeté sur sa belle tête blonde, où la retenait la guirlande de fleurs d'oranger des fiancées virgi-
nales, au milieu d'un petit groupe d'amis intimes, dont
toutes les sympathies lui étaient d'avance acquises et
assurées, pour se rendre, au bras de son père, à l'église

voisine, où elle n'eut que l'embarras de dire un *oui*
timide, mais bien senti, pour être, aux yeux de tous,
devant Dieu et devant les hommes, la comtesse
Octave de Montrégis — c'est-à-dire la femme de
l'homme qu'elle aimait.

# XX

Le soir même du mariage, les jeunes époux partaient pour l'Italie. Ils allaient donc manger à la table d'hôte des hôtels en vogue les rayons de miel de leur première lune, émiettant ainsi, un peu partout, les plus chers souvenirs de leur bonheur et de leur amour. Ainsi le veut la mode, cette souveraine capricieuse du monde.

La nouvelle comtesse ne s'éloignait point sans chagrin des chers parents qui l'adoraient, qu'elle-même aimait tendrement, et dont elle ne s'était jamais séparée. Mais elle se rappela à temps la grande parole du Livre sacré :

« La femme quittera son père et sa mère pour suivre son mari, parce qu'il est l'âme de son âme et la chair de sa chair. »

Elle essuya donc les larmes de l'adieu, et obéit sans murmurer à l'ordre du ciel, si bien d'accord avec le vœu secret de son cœur.

Un tel mariage, accompli dans de telles circonstances, apportait dans sa vie une perturbation si profonde qu'elle était peut-être excusable d'oublier plus tôt qu'on ne l'eût cru tout ce qui n'était pas son amour et son bonheur. Il est parfois difficile aux enfants de n'être pas ingrats.

**FIN DE LA PREMIÈRE PARTIE.**

# DEUXIÈME PARTIE

---

## I

Le voyage d'Italie dura près de deux mois.

Les jeunes époux rentrèrent en France pour aller prendre leurs quartiers d'hiver dans l'ancienne capitale du Comtat, Avignon, la ville des papes, séjour austère, du moins en apparence, de l'aristocratie la plus ancienne et la plus titrée de la Provence.

M. de Montrégis, avant de regagner ses pénates, fit un détour pour permettre à Viviane d'aller embrasser sa mère, dont les lettres tendres et plaintives n'annonçaient que trop clairement qu'elle n'avait pas encore pris son parti d'une séparation si cruelle.

Malgré les froides approches de l'hiver, toujours rigoureux dans les Alpes dauphinoises, les parents de Viviane n'avaient pas encore quitté Valneige. On eût dit qu'ils voulaient rester le plus longtemps possible près du nid abandonné, pour y retrouver, toujours présents, toujours vivants, les souvenirs de l'absente adorée.

Viviane connaissait bien sa mère. Elle savait tout ce qu'il y avait de tendresse émue, intime et profonde

dans cette âme bien aimante. Seule survivante de
cette famille qui s'épanouissait jadis autour d'elle,
Viviane avait été l'unique adoucissement d'une douleur sans bornes. M^{me} de Valneige avait reporté sur
elle seule l'affection qu'autrefois la mère heureuse par-
tageait entre tous ses enfants. Mais, pareille en cela à
toutes celles qui ont subi les cruelles épreuves de la
vie, elle aimait dans la crainte et le tremblement, entourant le dernier bien qui lui restait d'autant d'inquiétude que d'amour.

Aucune de ces nuances n'avait échappé à la clairvoyante observation de Viviane, et son affection s'était
accrue de tous les chagrins dont elle avait vu sa
mère accablée.

L'entrevue des deux femmes fut singulièrement
touchante. La joie de la mère retrouvant son enfant
était si grande qu'elle en devenait parfois presque
pénible par son excès même. Il y a souvent, dans
l'existence, des émotions tellement vives que l'on a
quelque peine à les supporter. On eût dit qu'elle ne
pouvait se rassasier de l'ardente et muette contemplation qui rivait ses yeux au visage de sa fille. Elle
cherchait sur ses traits, aussi bien que dans l'expression de cette physionomie, toujours mobile, mais toujours sincère, la trace des changements que le voyage
et la vie intime pouvaient avoir apportés dans la santé
de son corps et de son âme.

Profitant d'un moment favorable, où M. de Valneige
et M. de Montrégis causaient ensemble, elle prit Viviane par la main, et l'attirant dans l'embrasure d'une
fenêtre, tout inondée de la pure lumière du jour, elle
jeta sur elle un de ces regards perçants et profonds —
vrais regards de mère — auxquels rien n'échappe;
puis, après quelques secondes d'un silencieux examen :

— Tu es encore plus belle qu'autrefois, lui dit-elle
en l'embrassant; mais tu n'es plus belle de la même
façon !

— Cela m'est égal, pourvu que je lui plaise! répondit la jeune épouse, avec l'exaltation passionnée
des femmes bien éprises, qui ne voient au monde que
l'être adoré, et pour qui le reste de l'univers a déjà
cessé d'exister.

Elle ne s'apercevait pas que cette exaltation dangereuse pouvait causer quelque inquiétude à la sollicitude d'une mère clairvoyante, exempte d'égoïsme,
aimant les autres non pour soi, mais pour eux-
mêmes.

L'observation de M^{me} de Valneige était d'ailleurs
profondément juste, car, dans son charme exquis, la
physionomie de la jeune comtesse de Montrégis ne
s'était pas moins modifiée que ses traits, dont la correction toujours pure accusait maintenant un autre
type.

Son joli visage qui, jusqu'au moment du mariage,
avait gardé les rondeurs fermes et pleines de la première jeunesse, s'était allongé, je dirais volontiers
émacié, comme celui des jeunes saintes que l'on voit
dans l'ogive des vitraux de nos vieilles cathédrales, ou
sur les marges de vélin des missels du moyen âge.
Elle avait maigri et pâli; mais, en même temps, elle
était devenue plus femme. Elle portait plus haut son
front toujours superbe sous son diadème de cheveux
d'or; sa bouche, qui avait gardé longtemps une sorte
d'indécision, d'une naïveté enfantine, maintenant, au
contraire, avait des contours plus nets et plus ferme-
ment arrêtés; le sourire, qui venait aussi souvent
qu'autrefois s'épanouir sur ses lèvres, avait cependant des grâces plus sérieuses et plus réservées.

Mais c'était son regard qui révélait le plus clairement les changements significatifs survenus dans tout son être intime. Il était tout à la fois plus ardent et plus profond. Sous l'arc fin et délié du sourcil, c'était comme un jet de vive lumière, qui jaillissait de la prunelle agrandie. L'œil, cerné d'un léger cercle teinté de bistre, s'était singulièrement élargi; il avait l'air de vouloir manger la joue pâle, dont la pommette, plus accentuée qu'au départ de Valneige, s'avivait d'un incarnat brûlant. Les ascètes dévorés de l'amour divin, saint François d'Assise, ou sainte Thérèse d'Avila, devaient avoir, dans la chaleur de l'oraison, cette expression extatique et enflammée. Mais ce n'était pas Dieu qui était de la part de Viviane, l'objet de ce culte enthousiaste; c'était un homme, — son mari, — qu'elle adorait avec une ferveur sans égale, en immolant sans cesse son cœur devant lui, comme une vestale devant un autel dont le feu sacré ne s'éteindrait jamais.

— Je le savais bien, pensa M^me de Valneige, non sans quelques regrets peut-être, que, le jour où elle se donnerait à un homme, cet homme serait le maître absolu de sa vie; mais je ne me doutais pas qu'elle se donnerait si vite.

— Tu l'aimes toujours? demanda-t-elle à sa fille.

— Toujours! fit celle-ci avec une exaltation fiévreuse, et en levant les yeux vers le ciel, comme pour le prendre à témoin de la sincérité de sa réponse.

Et, tout aussitôt, subitement effrayée des perspectives que les paroles de sa mère venaient d'ouvrir devant elle, avec l'accent d'une femme qui a besoin d'être rassurée, elle ajouta :

— On peut donc cesser d'aimer ?

— Cela se voit rarement ! répliqua M^me de Valneige,

ne comprenant que trop de quels ménagements il fallait entourer la délicatesse de cette sensitive : mais enfin, cela arrive quelquefois.

— Oh! moi, dit Viviane, frémissante et même un peu farouche, cela m'est égal ; car je sens bien que si mon mari ne m'aimait plus, je mourrais tout de suite.

Au ton dont ces paroles étaient dites, il était bien impossible de douter qu'elles ne fussent vraies. M<sup>me</sup> de Valneige le comprit, et elle en fut sincèrement effrayée.

— C'est bien imprudent, murmura-t-elle, de tant aimer une créature...

— Si l'on n'aime pas ainsi, l'on n'aime point! répliqua Viviane avec une émotion si sincère, si profonde et si communicative, qu'elle donna brusquement à sa mère comme le pressentiment d'un malheur possible.

— Dieu la préserve d'une catastrophe! pensa la pauvre femme, car je crois qu'elle n'aurait pas la force de la supporter.

Et, tout en se disant, avec sa profonde et sûre expérience de la vie, que ces paroxysmes de la passion n'étaient pas moins dangereux pour les âmes que ne le sont pour les corps certaines maladies que la science n'a pas encore définies, et qui nous emportent dans un accès soudain, elle ne pouvait s'empêcher de reconnaître qu'il y avait là une intensité de sentiment à laquelle il serait malaisé de faire renoncer une créature ardente et vibrante, qui en avait goûté — ne fût-ce qu'un moment — la capiteuse ivresse.

A voir la réalité des choses, la mère de Viviane avait raison, et l'on n'avait pas le droit de traiter ses appréhensions de craintes chimériques. Bien peu d'hommes, en effet, sont dignes d'inspirer des passions aussi exclusives et aussi absolues.

Le mari de sa fille était-il du petit nombre de ceux-là? C'est ce qu'elle se promettait de savoir bientôt, grâce à une observation aussi minutieuse qu'infatigable.

Le jeune ménage, avant de gagner Avignon, devait passer quelques jours au chalet; c'était assez vraiment pour qu'une mère, qui voulait voir et savoir, eût le temps de se faire une opinion certaine et nettement arrêtée.

Cette opinion fut de tout point favorable au comte de Montrégis.

Recevant à chaque heure du jour trop de preuves de l'amour de sa femme pour qu'il eût le droit d'en douter, il avait l'esprit de ne point paraître s'endormir — comme il arrive souvent à des maris trop sûrs d'eux-mêmes — dans les tranquilles délices d'une possession incontestée. Il semblait, au contraire, absolument persuadé de la nécessité où se trouve tout homme qui sait son métier de mari, de refaire chaque jour la conquête de sa femme, comme si ces mobiles créatures, toujours prêtes à se reprendre, ne se donnaient jamais que pour un soir.

Viviane était, du reste, trop charmante pour que deux mois de vie commune eussent pu changer en lassitude l'ardeur du désir qu'elle avait su lui inspirer. Il n'avait pas feint la passion avec elle; il l'avait, au contraire, bien réellement éprouvée, et sa flamme, qui n'était point feu de paille, n'avait rien perdu de ses premières vivacités. Le mari, chez lui, n'avait pas tué l'amant. L'enthousiasme de la passion qui, tout d'abord, avait séduit, transporté, ravi M^{lle} de Valneige, en la jetant tout à coup dans l'atmosphère brûlante où son âme virginale pénétrait pour la première fois, était resté toujours à la même hauteur.

De ce côté-là, du moins, M<sup>me</sup> de Valneige dut être rassurée, et il lui fut permis de croire à la durée d'un amour que n'avaient ni altéré ni refroidi les facilités indulgentes d'un long tête-à-tête. Octave de Montrégis était bien l'époux idéal, tendre, empressé, galant, que toute jeune fille doit rêver, que toute jeune femme doit adorer. M<sup>me</sup> de Valneige n'avait donc qu'à se louer du présent pour Viviane, et, le voyant si beau, à prendre également confiance dans l'avenir. Elle en arrivait à conclure que ses craintes étaient certainement exagérées, peut-être même dénuées de tout fondement. En tous cas, ce n'était point à elle d'éteindre ce beau feu d'amour, qui brûlait dans le cœur de sa fille sans le consumer. Le cœur des femmes aimantes est le phénix éternel, qui renaît incessamment de ses cendres. Avec elles, on peut allumer le bûcher sans crainte.

Après quelques jours passés au chalet dans un véritable ravissement, car elle était heureuse de revoir avec son mari tous ces sites enchanteurs auxquels, jadis, elle avait confié les secrets de sa vie mélancolique et solitaire, elle entendit sonner l'heure de son départ pour Avignon. Sa mère, en la mettant en voiture, ne se défendit point sans doute du regret que l'on éprouve toujours quand on se sépare de qui l'on aime. Mais, du moins, son chagrin ne se mélangeait point d'inquiétude. Viviane obéissait à sa destinée, et c'était, après tout, une destinée heureuse.

Avignon, séjour préféré de la vieille aristocratie du Comtat, fait grande figure dans le paysage provençal. Aperçu dans la distance, il frappe le voyageur par un aspect singulièrement imposant de noblesse et de grandeur, quand il se montre à lui, couronné de tours et de remparts, dressant les uns au-dessus des autres les nombreux étages de ses jardins suspendus en amphithéâtre, que domine de sa masse imposante l'antique palais des papes, — celui que Montaigne, après avoir vu Rome, appelait la plus belle et la plus forte maison du monde. Le mont Ventoux, avec son cône renversé, Villeneuve, avec sa tour carrée et ses cloîtres merveilleux, ajoutent à ce bel ensemble une note majestueuse, tandis que le Rhône dessine dans la campagne, au milieu des oliviers, des mûriers, des amandiers et des vignes, ses méandres capricieux et sans fin, et que les dix-sept clochers de la ville sacerdotale pyramident dans le ciel bleu.

Cette première vue laissa dans l'âme de la jeune femme, saisie par la beauté de son ensemble, une impression heureuse, et adoucit quelque peu pour elle l'émotion inquiète avec laquelle on aborde les lieux inconnus dans lesquels on va vivre désormais.

Du moment où la mère d'Octave, juge infaillible du vrai mérite, eut apprécié Viviane à sa juste valeur, et

subi la séduction de ce charme et de cette grâce qui
lui étaient donnés, comme par suscroit, pour mieux
rehausser encore ses qualités sérieuses, elle fit les
choses avec la grandeur et la générosité qui étaient
vraiment les traits distinctifs de son caractère.

Voulant que son fils eût un état de maison digne de
son nom et de sa naissance, elle renonça avec un dé-
sintéressement sans égal aux droits qu'elle eût pu faire
valoir, et aux reprises assurées par son contrat sur la
fortune de son mari. Elle fit plus encore, car elle abandonna au jeune ménage l'hôtel d'Aigueperse, qui était
un de ses propres, et qui passait à bon droit pour une
des plus belles habitations d'Avignon.

Construit sous Louis XIV par un élève de Mansart,
emmené en Provence par M. de Grignan, l'hôtel d'Aigueperse montrait dans ses détails comme dans son
ensemble la noblesse et la majesté imposantes qui
furent les marques distinctives de cette époque incomparable. Un ameublement du temps, conservé à
miracle, buffets de Boule, tapisseries des Gobelins,
argenterie dessinée par Le Brun, tableaux de Rigaud,
de Le Sueur et du Poussin, en faisaient une des plus
somptueuses résidences du Comtat. Le cadre était
vraiment digne de la gracieuse figure qui venait l'occuper.

L'installation de la jeune comtesse dans sa nouvelle
demeure l'occupa plusieurs jours fort agréablement.
On eût dit un oiseau faisant son nid. De l'oiseau, elle
avait la vivacité et la gaieté, et, dans l'expansion du
bonheur, le gazouillement léger. Toujours en mouvement, le sourire aux lèvres, l'éclair aux yeux, elle
allait et venait, montait et descendait dans la vaste
maison, dont tous les détours ne lui étaient pas encore
familiers. C'était à croire qu'elle était vraiment partout

à la fois. Le mari, amoureux comme au premier jour, et charmé de la voir s'intéresser à toute chose, la laissait faire à sa guise, approuvant tout et ne critiquant rien. Jamais jeune et belle souveraine ne fut plus absolue maîtresse en son empire.

Le chalet de Valneige pouvait, à coup sûr, passer pour une habitation élégante. Mais l'hôtel d'Aigueperse, magnifique comme le palais d'un prince, ne souffrait aucune espèce de comparaison. C'était donc, sous tous les rapports, comme à tous les points de vue, une vie entièrement nouvelle qui commençait pour Viviane, et à laquelle il lui fallait s'initier peu à peu. Mais on sait qu'il y a des grâces d'Etat pour les femmes, et qu'à de certaines natures rien n'est difficile. Il est, d'ailleurs, des habitudes qui ne sont jamais longues à prendre. Les goûts naturellement distingués de la jeune comtesse de Montrégis s'accommodaient bien de ce luxe de grand style, pour lequel on eût dit que le ciel l'avait faite. Il semblait qu'elle n'eût jamais été mieux à sa place qu'au milieu de ces recherches et de ces splendeurs.

Quand tout fut arrangé comme elle l'entendait, chaque chose mise en son lieu, et qu'ainsi elle put désormais se croire tout à fait chez elle :

— Maintenant nous allons vivre un peu pour nous ! dit-elle à son mari, en lui jetant les deux bras autour du cou, après lui avoir fait voir le petit coin de l'hôtel qu'elle s'était réservé pour son usage particulier, — une jolie serre au premier étage, et un petit salon dans lequel elle avait réuni ses meubles préférés et ses livres de choix, avec quelques dessins de maîtres qui valaient des tableaux.

— Ingrate ! tu n'aimes donc pas la vie que nous menons depuis notre mariage ? répondit Octave.

— Je ne dis pas cela, puisque je suis avec toi ! Mais, enfin, nous ne nous sommes pas encore vus chez nous ! toujours chez les autres ; sur les grands chemins, ou dans ces caravansérails ouverts à tout venant, et que l'on appelle des hôtels... Mais à présent que nous voici installés dans notre *home,* et que nous pouvons fermer notre porte, jusqu'ici ouverte à tout venant, nous allons être l'un à l'autre plus complètement que jamais... Il n'y a que cela de vrai, mon ami ! il n'y a que cela de bon !... le reste est duperie et mensonge !... Est-ce que tu en veux, toi, de cette charmante petite vie à deux ?

— Si j'en veux ! dit-il en prenant les mains de Viviane et en l'attirant à lui, comme pour la voir de plus près, et en la regardant droit aux yeux, peux-tu seulement me le demander ?... Mais je ne veux que cela, chère folle adorée. Seulement...

— Seulement... quoi ? demanda-t-elle vivement, déjà inquiète, voulant savoir.

— Eh bien ! il ne faut pas vivre comme des loups !

— Les loups ne sont pas malheureux, s'ils s'aiment bien...

— Nous ne nous en aimerions pas moins, parce que nous verrions quelques personnes...

Viviane fit une petite moue, et ne dit mot.

— Pour rien dans la vie je ne voudrais te contrarier, poursuivit le comte de Montrégis, en la faisant asseoir tout près de lui ; mais tu comprends que je ne puis pas avoir l'air de te cacher, quand tu es si bonne à montrer aux gens.

— Alors, c'est pour les autres que tu m'as épousée... et non pas pour toi ! Eh ! bien, vrai ! je t'aimerais mieux un peu plus égoïste !

— Tu ne crois pas toi-même un traître mot de ce

que tu me contes là, et tu serais la première à me
blâmer si je cédais à ton charmant caprice.

— Tu peux essayer !

— Je n'aurai garde. Je me ferais trop d'ennemis...
On ne parle déjà plus que de toi dans ma bonne ville
d'Avignon ; on veut te voir à tout prix, et tous les
salons attendent impatiemment tes débuts...

— Comme ceux d'une prima donna ! Dis tout de suite
que tu vas me faire annoncer dans les gazettes.

— Je sais plus d'une grande dame à qui ces choses-
là ne font pas peur.

— Ce ne sont pas les filles de ma mère !... Je ne
suis pas une grande dame, moi !

— Tu es de l'étoffe dont on les fait !

— Je n'en sais rien ; mais je sais que je suis ta
femme... et que je ne veux pas être autre chose !...

Après cette escarmouche, d'ailleurs fort légère, et
qui ne troubla pas le moins du monde la bonne harmonie du ménage, il y eut une sorte de trêve entre
les deux époux, et l'on ne parla plus guère des présentations de la petite comtesse, si heureuse dans son
ménage qu'elle eût voulu pouvoir n'en jamais sortir.

Mais M. de Montrégis était sans doute de ceux qui
trouvent que la mariée est trop belle, et qui s'en-
nuient de la perfection qu'on leur apporte en dot, car,
un soir, à brûle-pourpoint, et sans aucune préparation :

— Tu sais que je suis obligé d'aller à Paris ! dit-il
à sa femme.

— Voilà le premier mot que j'en apprends ! répliqua
Viviane avec assez de vivacité. Tu ne m'en avais pas
encore ouvert la bouche, ce qui me surprend un peu...
Enfin ! Tu pars bientôt ?

— Oui, après-demain.

— Ah!... Et tu pars seul? poursuivit la jeune femme,
dont le cœur battait haut dans la poitrine.

— Oui!

Une larme monta aux yeux de la petite comtesse;
mais elle ne dit rien.

— Si pourtant tu consentais à m'accompagner, je
sens que j'aimerais mieux cela! reprit M. de Montrégis
en souriant.

— Et moi aussi! répliqua-t-elle d'un ton qui ne permettait pas de mettre en doute la sincérité de ses paroles... ce sera comme un second voyage de noces!
ajouta-t-elle en frappant joyeusement dans ses petites
mains.

— Gourmande! fit le jeune mari en lui appliquant
sur le cou un baiser plein de conviction.

# III

Deux jours plus tard, le grand Rapide de Marseille déposait le couple amoureux sur le quai de débarquement de la gare parisienne de Paris-Lyon-Méditerranée.

Ils descendirent à l'entresol d'une jolie maison, de fort bonne apparence, dans une des rues élégantes qui avoisinent ce boulevard des Italiens, demeuré, malgré tant d'efforts pour entraver ses destinées, le boulevard parisien par excellence.

C'était l'appartement de garçon du comte de Montrégis, et il l'avait souvent occupé pendant les fréquents séjours qu'il faisait à Paris avant son mariage. Son bail n'étant pas encore expiré, il le conservait comme pied-à-terre et comme en cas. C'était une véritable garçonnière, comme il l'appelait lui-même, disposée, arrangée, meublée et garnie avec le luxe raffiné et l'élégante recherche que les jeunes hommes riches apportent aujourd'hui dans leurs installations.

En pénétrant dans ce *Buen-Retiro* tout intime, mais qui n'avait pas été préparé pour recevoir des femmes comme elle, Viviane ne se défendit point d'un certain étonnement.

Rien de ce qu'elle voyait là ne ressemblait à ce que, jusqu'ici, elle avait pu voir ailleurs. Ce n'était, en effet, ni la simplicité distinguée, mais toujours correcte, du

chalet de Valneige ; ni la belle tenue et l'apparat magnifique de l'hôtel d'Aigueperse, antique séjour des
aïeux maternels de Montrégis, et juste orgueil de
l'aristocratique cité à laquelle le séjour des papes a
donné le cachet de leur incontestable grandeur.

Non, ce n'était pas cela ; c'était tout autre chose.
Des divans très bas, larges et moelleux comme des
lits, des fauteuils trapus, carrés, capitonnés et con-
fortables, entre lesquels s'avançaient des chauffeuses
en peluche, couvertes de broderies, et des poufs re-
haussés d'or et de soie, semblaient vous inviter aux
causeries intimes et aux siestes paresseuses et pro-
longées. Des livres édités avec luxe, enrichis d'illustra-
tions signées des noms d'artistes à la mode, mais que
l'ancienne commission du colportage n'aurait pas re-
vêtus de l'estampille, trainaient sur toutes les tables ;
des coupes en verre de Venise, des flacons d'émail, des
porcelaines de Chine, des jades et des ivoires du
Japon, des bronzes de Clodion et des pâtes tendres
décorées à Sèvres pour la marquise de Pompadour,
disséminés comme au hasard dans un désordre voulu,
encombraient les cheminées, surchargeaient les
étagères, dans un désordre qui n'était pas sans goût,
appelant la main curieuse et attirant l'œil charmé.

Une abondance de tapis, de portières et de tentures
couvrant les murs, drapant les baies largement ouvertes qui faisaient communiquer les pièces l'une
avec l'autre pour les agrandir, et cachant les fenêtres
aux trois quarts, assourdissait le bruit des pas, qui
semblaient s'enfoncer dans de molles toisons, et
mettait une barrière flottante, mais infranchissable,
entre cet appartement étrange et le reste du monde,
avec lequel on eût pu croire qu'il n'avait aucune
espèce de rapport.

Ajoutez que de ces lourdes étoffes, superposées avec
excès, il se dégageait je ne sais quels effluves capiteux,
exhalés par des essences exotiques, venues des îles
lointaines, enivrées de soleil, que baignent les mers
brillantes de l'Orient, et dont la chimie moderne
double encore la puissance en les concentrant. Aussi,
dans cette atmosphère morbide, étouffée comme à
plaisir, épaissie à dessein, où les poumons ne trouvaient qu'un air insuffisant, il y avait, par places et
flottant dans l'air, conme des parfums irritants, qui
vous donnaient des sensations malsaines, et vous
jetaient dans un trouble involontaire, mais réel.

Pour Viviane, accoutumée à l'air libre et pur des
hauts lieux, et aux brises vivifiantes qui se chargent,
sur les cimes alpestres, de la senteur embaumée des
laryx, des mélèzes et des pins, la première impression qu'elle éprouva, dans cette étroitesse de l'appartement parisien, ce fut un malaise vague, mais pourtant réel. On eût dit qu'elle cherchait instinctivement
les grands horizons familiers à ses yeux et à sa poitrine, et que, ne les trouvant pas, elle ne respirait
qu'avec peine et regrettait en vain le souffle large qui
manquait à ses poumons.

— Où sommes-nous donc? demanda-t-elle enfin à
son mari, après avoir promené un instant autour
d'elle des regards surpris, presque inquiets.

— Mais, nous sommes chez moi, — chez nous, par
conséquent, ma chère âme, — dit Octave, qui, après
l'avoir aidée à se défaire de ses enveloppes de voyage,
la fit asseoir à ses côtés sur un divan bas, dont il lui
semblait qu'elle ne pourrait jamais se relever.

— Chez toi, fit-elle lentement, en femme qui a quelque peine à revenir de son étonnement; mais comment as-tu pu demeurer dans ce misérable petit trou?

C'est à peine si tu as la place de t'y retourner... surtout encombré comme il l'est... Vois! je touche presque le plafond avec ma main.

— Tout est relatif, ma mignonne, répondit doucement le comte Octave; un appartement de garçon dans la rue du Helder est rarement aussi grand qu'un château à la campagne, ou un hôtel dans une ville de province. A Paris, vois-tu, on se loge comme on peut, et non comme on veut. Mais, en ce bas monde, tout est affaire d'habitude, et, dans deux ou trois jours, quand tu seras accoutumée à ces murs trop rapprochés et à ces plafonds trop bas, tu finiras par comprendre qu'il n'est pas désagréable d'avoir un pied-à-terre — n'eût-il que dix mètres carrés — à vingt-cinq pas du perron de Tortoni, qui est, assure-t-on, le centre du monde civilisé. Maintenant, allons dîner! Je vais faire de mon mieux pour que tu n'aies pas trop à regretter la cuisine de notre cordon bleu.

Viviane n'était venue qu'une seule fois à Paris, très jeune encore, avec son père et sa mère, dont l'austérité naturelle, attristée par un deuil récent, fuyait les distractions bruyantes et les plaisirs dissipés. La réserve dans laquelle ils élevaient une fille adorée ne leur eût point permis d'ailleurs de l'initier à cette vie pleine d'entraînement, d'animation et d'éclat, vers laquelle, au contraire, son mari se sentait attiré par son âge et par ses souvenirs, comme par ses instincts et son tempérament.

Montrégis, qui s'était chargé avec un véritable bonheur de parfaire, sous tous les rapports, l'éducation de sa femme, et qui trouvait la tâche singulièrement attrayante, était, au contraire, tout disposé à la jeter dans le plein courant de cette existence brillante et répandue, qui n'est qu'une suite de plaisirs variés, que peu de gens connaissaient mieux que lui... et que personne n'aimait davantage.

Ce que la jeune comtesse devait éprouver tout d'abord, dans ce milieu nouveau pour elle, où tout faisait contraste avec la vie qu'elle avait menée jusqu'alors, ce fut une sorte d'éblouissement. Elle fut entraînée et comme fascinée. Elle fut surtout étonnée. Mais, bien que son mari ne négligeât rien pour lui faire goûter ce que lui-même appelait le charme de

Paris, elle ne livra point son âme au grand enchanteur, et ce qu'il y avait de meilleur en elle, — je veux dire sa pureté et son amour, — demeura toujours à l'abri de tout souffle impur et de tout contact mauvais.

Dès le soir de son arrivée, le comte Octave emmena sa femme dîner dans un de ces restaurants du boulevard où la vie semble être une fête perpétuelle, et dans lesquels, sans être invité de la veille, Lucullus serait toujours sûr de pouvoir souper chez Lucullus. Viviane put juger sans peine que M. de Montrégis était un habitué de la maison, car les maîtres d'hôtel, habillés de noir et cravatés de blanc, lui donnaient son titre, et les simples garçons le connaissaient par son petit nom.

De jeunes hommes de haute mine et de fière tournure, ayant à leur bras des femmes d'une élégance un peu trop recherchée, traversaient de temps en temps la salle dans laquelle nos deux voyageurs s'étaient arrêtés, et, gagnant rapidement l'escalier du fond, s'enfonçaient dans sa spirale étroite, où leurs robes, avec un frou-frou d'étoffes froissées, balayaient les marches de leurs longues traînes soyeuses.

Parmi ces couples, dont la légitimité n'aurait peut-être pas été garantie par un observateur bien perspicace, plusieurs saluaient en passant M. de Montrégis du sourire et de la main. Les femmes laissaient parfois tomber sur Viviane, charmante et pleine de grâce, dans sa simple toilette de voyage, des regards curieux jusqu'à l'indiscrétion, qui semblaient ensuite interroger son trop heureux compagnon.

— Tu connais donc tout le monde ici? fit la jeune comtesse, à qui ce petit manège ne pouvait échapper.

— Tout le monde, ce serait peut-être beaucoup dire, reprit Octave en riant; mais j'ai rencontré plus ou

moins la plupart des gens qui viennent ici, parce que
j'y venais beaucoup moi-même. Tu verras qu'on y
dîne bien! Tu sauras un jour que Paris est un ensemble de petites villes, placées les unes à côté
des autres, qui ne communiquent guère entre elles,
mais dont chacune a ses habitudes, et ses habitués,
qui se retrouvent partout et toujours, aux mêmes
cabarets, aux mêmes promenades, aux mêmes théâtres, comme s'ils s'étaient donné rendez-vous pour y
venir ensemble.

— Tout cela est absolument nouveau pour moi,
répliqua Viviane, et je vois bien que mon éducation
serait complètement à faire... ou à refaire, si je voulais devenir une véritable Parisienne.

— Ce qui n'est pas absolument nécessaire, dit
galamment M. de Montrégis : les provinciales comme
toi n'ont rien à envier à personne.

— C'est singulier, reprit Viviane, au bout d'un instant, je trouve que tous les hommes qui viennent ici
sont beaucoup mieux que les femmes dont ils sont
accompagnés.

Cette remarque prouvait peut-être que, chez celle qui
la faisait, une apparente naïveté n'excluait point une
réelle finesse. Quoi qu'il en fût, l'observation ne laissa
point que d'attirer un sourire sur les lèvres du comte
Octave.

— Ces choses-là se voient souvent, répliqua-t-il;
c'est ce que l'on appelle les unions mal assorties.
Mais, en y mettant chacun un peu du sien, on finit
cependant par être à peu près heureux.

La comtesse accepta l'explication pour ce qu'elle
valait et ne fit aucune objection. Mais M. de Montrégis
se dit à part lui que l'initiation de son élève aux
recherches et aux raffinements de Paris ne lui deman-

derait pas beaucoup de temps et ne lui coûterait pas
beaucoup de peine. Elle était de celles qui ne restent
longtemps étrangères à rien. Aucun détail, si léger
qu'il fût, n'échappait à son œil perçant, et son esprit
juste et sagace tirait promptement les conséquences de
ce qu'elle avait vu.

Elle s'acclimata dans le petit entre-sol de la rue
du Helder avec une facilité que n'auraient pas fait supposer peut-être les premières impressions qu'elle avait
ressenties en y entrant. Il est vrai qu'elle avait fait des
rêves couleur de rose dans la chambre à coucher, qui
était la pièce la plus vaste et la plus confortable de
l'appartement de garçon du comte Octave.

— Tu sais, lui avait dit son mari, que je ne t'ai pas
amenée dans une prison; la clef est sur la porte, et je
n'entends pas te retenir malgré toi... Si tu ne te
trouves pas bien ici, nous allons nous installer à
l'hôtel. Rien de plus simple! Si j'ai préféré ce petit
coin, c'était pour éviter la foule et fuir la cohue. Il y
a tant de monde partout, à Paris, à cette époque de
l'année!... C'était, en un mot, pour nous trouver
ensemble dans une intimité plus étroite, tous deux...
et rien que tous deux! Pardonne ce mouvement
d'égoïsme, dont je ne veux pas que tu sois la victime,
à un homme qui ne se trouvera jamais assez avec
toi... ni assez près de toi.

Ces raisons-là étaient de celles qu'une femme aussi
aimante que Viviane devait trouver excellentes, quand
elles lui étaient données par l'homme qu'elle aimait.
Aussi la réponse ne se fit pas longtemps attendre.

— Je te remercie, dit-elle; mais je ne demande
aucun changement. Je me trouve maintenant très
bien ici; je sens que je m'y plairai. Je m'y plais déjà,
et j'y demeurerai tant que tu voudras.

— Toujours charmante! Mais nous ne resterons pas longtemps à Paris, où je me propose de te ramener au printemps. Cette fois, ma chérie, si tu le veux bien, nous ne ferons que toucher barre!

— Mais, tes affaires... ces affaires dont tu me parlais l'autre jour, que tu ne m'as pas expliquées, et qui, cependant, motivaient ton voyage?

— Mes affaires... c'est toi! dit Octave en riant, et, en ce moment, je n'en ai pas d'autres... J'ai employé cette petite ruse — tu me le pardonneras, je l'espère, — pour t'amener ici, où je veux tout simplement te faire habiller par les bonnes faiseuses.

— Ah! tu ne me trouves donc pas bien comme je suis?

— Adorable, au contraire!... mais pour moi. — Pour les autres, tes petites toilettes de Grenoble, exquises à Valneige, laisseraient peut-être quelque chose à désirer. Toutes ces dames d'Avignon, celles que tu verras, nos parentes, nos amies, nos simples connaissances, enfin toutes les femmes du monde auquel tu appartiens, ne livrent qu'aux artistes parisiens leurs grâces, qui ne valent pas les tiennes. Il faut faire comme elles. Crois bien, ma chérie, que ce n'est pas pour moi que je te parle ainsi; tu n'aurais pour cachemire que la feuille de figuier de notre première mère, pour manteau de cour que tes longs cheveux dénoués, et, pour bijoux, que les coquillages des jeunes princesses de la Polynésie, que tu n'en serais pas moins à mes yeux la plus parfaite et la plus accomplie des personnes de ton sexe. Mais tu dois te conformer aux usages des gens avec qui tu es appelée à vivre. J'espère bien que cela ne te semblera pas trop pénible!

— Tu es mon seigneur et maître, et je n'ai été créée

et mise au monde que pour t'obéir! répondit Viviane, avec une bonne humeur et une bonne grâce qui prouvaient clairement que l'obéissance, quand on aime, n'est pas une vertu difficile.

C'est toujours un véritable plaisir pour une jeune et jolie femme que de chiffonner des étoffes, d'essayer des chapeaux, de choisir des colliers et des pendants d'oreilles, en un mot de s'occuper de ces mille petites choses qui s'appellent les modes, et dont Paris possède le monopole brillant et incontesté. Viviane trouva donc assez courtes des journées si bien remplies. Il est vrai que son mari, qui semblait avoir une assez grande expérience de toutes les choses qui regardent la vie des femmes, ne l'avait menée qu'aux bons endroits, chez ces artistes de premier ordre, créateurs en leur genre, qui ont fait une science du costume, et de la toilette un art, où se révèle souvent un véritable génie. Les autres couvrent la femme, l'enveloppent d'étoffes plus ou moins magnifiques, mais sont bien incapables de l'habiller. Ceux-ci, au contraire, savent voiler ses imperfections, mettre ses grâces en lumière et ses beautés en relief. Ils allongent, cambrent et assouplissent la taille amincie, creusent les reins, arrondissent les hanches, font tomber les épaules et donnent à la personne tout entière le galbe, la ligne et la désinvolture. Ils trouvent ou ils inventent la coiffure séyante, qui laisse toute sa valeur au profil classique comme au minois mutin, au front rêveur ou à l'œil espiègle et vif; ils chaussent le pied menu d'une mule ou d'une bottine, qui, sans être de vair, comme la pantoufle de Cendrillon, n'en serait pas moins capable de faire tourner la tête au fils de roi qui aurait le bonheur de la trouver. La femme qui se livre à ces enchanteurs, dont la vie est consacrée au culte de sa beauté, sort de leurs mains complètement transformée. De l'œuvre de Dieu, trop souvent imparfaite, ils ont fait une autre œuvre, où la nature, idéalisée à force d'art, semble plus naturelle encore.

La jeune comtesse de Montrégis, qui n'avait qu'un désir au monde, plaire à son mari, et faire en toute chose toutes ses volontés, se laissa conduire partout où il eut l'idée de la mener. Elle éprouva bien tout d'abord un peu d'étonnement en voyant ce que l'on allait faire d'elle; mais Octave était là, qui l'encourageait d'un regard ou d'un sourire; qui, au besoin, savait donner le bon conseil d'un expert en ces choses délicates et galantes. Elle laissa donc opérer, sans résistance et sans contrôle d'aucune sorte, ceux à qui le comte Octave l'avait confiée, et qui firent d'elle cette merveille de la civilisation au dix-neuvième siècle qui s'appelle une Parisienne.

Avec ce secret instinct de coquetterie inhérent au sang et à l'âme de toutes les filles de cette première femme qui, se trouvant en tête-à-tête dans le paradis avec le seul homme qui fût encore au monde, ne put se défendre d'écouter le serpent, Viviane, bien qu'elle eût conservé, même au milieu des entraînements du mariage, la pureté de cœur qu'elle devait à son éducation non moins qu'à sa naissance, ne put cependant se défendre d'un secret et involontaire plaisir en voyant qu'on la faisait si belle, parce qu'elle se disait qu'elle en serait plus aimée.

Mais une réflexion chagrine et mêlée d'une nuance d'inquiétude se présenta bientôt à son esprit. Elle se demanda si Octave trouvait qu'elle eût, en effet, besoin de tant d'attirail, d'accessoires si nombreux, et d'arrangements si compliqués pour être sûre de plaire, et si le temps était déjà passé où sa grâce, sa jeunesse et la

beauté que le ciel lui avait données, suffisaient pour
le captiver et le charmer.

Dans ces moments-là, elle avait avec lui de ces re-
tours soudains et de ces brusques échappées vers la
vérité, fort capables de déconcerter un homme qui ne
l'aurait pas aimée sincèrement.

Mais ceci n'était point le cas du comte de Montrégis, nature ardente, singulièrement passionnée,
chez qui les premières et folles ivresses de la possession
n'avaient point apaisé la soif du désir.

Peut-être, avec un peu plus de clairvoyance, et si
elle-même n'eût pas cédé à un entraînement aussi
vif, une femme comme elle, douée des instincts les
plus délicats, et de la réserve la plus pudique, eût
préféré être aimée d'une autre façon. Mais elle était
certaine de l'être : après tout, c'est là le grand point!
Que pouvait-elle donc bien répondre à ce mari toujours amoureux, quand, avec des paroles enflammées,
il lui disait que rien n'était trop beau pour sa beauté,
que c'était à son intention que les hommes avaient
fait le velours et la soie, et Dieu les perles et les
diamants ; qu'on avait mis un bijou entre ses mains,
à lui, et qu'il ne serait pas digne de son bonheur
s'il négligeait de le sertir dans l'or fin?

Elle répondait par un sourire et laissait faire. Seulement, elle pensait que tant de soins et tant de dé-
penses cachaient chez son mari des intentions secrètes qui se dévoileraient plus tard. Ce n'était point
uniquement pour embellir leur tête-à-tête dans le
grand hôtel solitaire de la rue des Papes qu'il avait
mis à contribution les plus habiles faiseuses, et les
couturiers les plus en vogue. C'en était donc fait —
elle ne le prévoyait que trop — de leur douce intimité :
Octave allait l'emporter avec lui au milieu de ce tour-

billon mondain, qui, dans les villes de province, n'a
qu'une durée assez restreinte, mais qui prend parfois
un caractère de folie intense pendant les quelques semaines qui précèdent le Carnaval. Cependant, elle
voyait le maître de sa vie et l'idole de son cœur si
confiant et si heureux qu'elle n'eût pas voulu le troubler dans ses joies par quelque question indiscrète.
Elle laissait donc faire, et elle attendait.

La transformation de celle qui avait été l'adorable
Viviane de Valneige en comtesse de Montrégis, portant fièrement au front les neuf perles de sa couronne
héraldique, et qui était maintenant digne d'être citée
comme le modèle de toutes les élégances parisiennes,
avait demandé, pour s'accomplir, à peu près une quin-
zaine de jours. On conviendra que ce n'était pas trop.
Au bout de ce temps, le comte Octave n'eut plus
qu'une idée, ce fut de regagner le Comtat, dont, à ce
moment, les brises tièdes lui semblaient préférables
à la bise aiguë qui, soufflant de l'est sur Paris, chassait
devant elle les feuilles jaunies des arbres dépouillés.

Il donna à sa femme quarante-huit heures de repos,
dont, à coup sûr, elle avait grand besoin après les
interminables séances des mesures à prendre, des es-
sayages à faire et des retouches, — il y en a toujours, — à exécuter sur le vif, et il annonça le départ pour le surlendemain.

Bien que le séjour à Paris, si occupé, si mouve-
menté, si accidenté, et que M. de Montrégis s'était
efforcé de rendre agréable de toutes les façons à sa
jeune compagne de voyage, n'eût pas eu pour elle
le plus petit moment d'ennui, Viviane, mobile comme
la jeunesse, eût déjà voulu se voir dans le wagon
qui devait l'emporter vers le soleil et sa chère solitude à deux.

# V

La veille du départ, un peu avant l'heure du dîner, Octave n'étant pas encore rentré, elle se trouvait seule à l'attendre, dans le petit entresol de la rue de Helder. On avait allumé les lampes, et, pour tuer le temps, qui nous tue si bien, elle feuilletait des livres à images. Les grands rideaux, négligemment baissés, ne retombant qu'à demi et laissant filtrer la lumière jusque dans la rue déjà sombre, faisaient voir que l'appartement était habité.

Un coup de sonnette assez brusque interrompit sa lecture.

Viviane tressaillit et se leva. Elle ne savait encore ce qu'elle allait faire. Octave avait une clef et ne sonnait jamais. Le valet de pied était en course et la femme de chambre venait de sortir. Un second coup qui avait quelque chose de nerveusement impatient mit fin aux irrésolutions de la comtesse, et elle marcha rapidement vers la porte.

À peine avait-elle ouvert qu'une femme de haute taille, de belle tournure et d'assez grand air, passa devant elle comme un tourbillon, et, sans la regarder — probablement sans la voir — traversa l'antichambre obscure, et pénétra dans le salon, absolument comme elle serait entrée chez elle.

— Ah ! fit la nouvelle venue, d'une voix sèche et

vibrante, il parait que la porte est mieux défendue qu'autrefois! On s'enferme donc aujourd'hui quand je viens?

Viviane avait suivi jusque dans le salon l'étrange visiteuse qui s'introduisait chez elle avec ce sans-façon par trop audacieux.

Sa première impression fut celle d'une surprise réelle et profonde... Elle ne comprenait pas... elle se demandait comment cette femme... une inconnue, une étrangère... pouvait se permettre de faire ainsi une véritable irruption chez elle. Elle crut tout d'abord à quelque erreur, et ceci était bien la plus vraisemblable des suppositions. Mais en voyant cette nouvelle venue jeter autour d'elle des regards familiers, indiquant bien qu'elle connaissait les êtres à merveille, et qu'elle tenait à s'assurer que toute chose était bien à sa place, un doute affreux traversa son esprit.

Tout à coup elle porta la main à son cœur, comme si un fer aigu l'eût traversé, en lui laissant une sensation mortelle.

C'est qu'une lumière soudaine venait de se faire dans son esprit. C'est qu'un soupçon étrange, après l'avoir troublée tout d'abord, venait tout à coup de se changer pour elle en la plus cruelle des certitudes... Cette femme, c'était une maîtresse..., oui, ce ne pouvait être qu'une maîtresse de son mari!

A cette pensée, tout un passé funeste — un passé où elle n'était pas, un passé qui appartenait à une autre, — à cette créature — se dressa devant elle. En une minute elle souffrit comme d'autres peut-être n'ont pas souffert dans toute une vie. Sans se faire l'illusion d'une pureté immaculée chez l'homme à qui elle s'était si complètement, si absolument

donnée, elle se détournait de ces choses regrettables,
quand elles se présentaient à son esprit, et elle
se faisait un devoir de les laisser dans une ombre
discrète, où elle ne permettait point à sa pensée de
pénétrer. Elle traitait ce mauvais passé par le mépris,
en s'efforçant parfois de croire qu'il n'avait jamais
existé.

Mais il est difficile de persister dans ce parti pris
d'illusion volontaire quand la réalité se dresse devant
vous, présente et terrible, indéniable et vivante. La
comtesse de Montrégis éprouva donc un moment
d'inexprimable angoisse. Il lui sembla qu'elle assis-
tait à l'écroulement de tout son être... et qu'elle en
avait conscience. C'était tout à la fois le présent et
l'avenir qui sombraient dans un insondable abîme.
Et cette catastrophe était d'autant plus terrible que
Viviane n'avait pas même eu l'idée qu'elle eût jamais
pu être soumise à pareille épreuve.

Ce ne fut là qu'une crise, terrible, sans doute,
mais de courte durée, et, grâce ·à l'énergie de sa
nature, elle parvint à la dominer.

S'appuyant à une table, car elle sentait encore ses
jambes fléchissantes, prêtes à se dérober sous elle,
elle se redressa de toute sa hauteur, et debout, hautaine et froide, regardant l'étrangère bien en face,
d'une voix dans laquelle on devinait un accent d'incontestable autorité :

— Qui êtes-vous, Madame, et que voulez-vous?
lui demanda-t-elle.

— Qui je suis, Madame! répliqua l'autre, avec une
assurance que rien ne paraissait devoir déconcerter,
mon nom ne vous l'apprendra pas, car je ne suis
connue que dans l'intérieur des fortifications, et vous
me semblez venir de plus loin...

Ce que je veux... Eh! bien, je veux, ou plutôt *je voulais* voir le comte Octave...

En entendant une autre femme avouer ainsi, avec une franchise qui, pour elle, n'était autre chose que de l'audace, qu'elle venait pour voir son mari, M^{me} de Montrégis eut un moment de stupeur qui lui coupa la parole.

L'étrangère s'en aperçut, et, comme si elle eût été décidée à profiter de l'avantage qu'on lui laissait prendre, pour dire tout ce qu'elle avait sur le cœur :

— Je m'appelle Léa de Vivedieu, continua-t-elle.

Viviane haussa les épaules d'un air de souveraine indifférence, comme si ce nom, prononcé pour la première fois devant elle, ne lui apprenait absolument rien.

Celle qui s'appelait ou se faisait appeler M^{me} de Vivedieu était trop fine pour ne pas s'apercevoir de la hauteur quelque peu méprisante que lui montrait une femme, dans laquelle déjà elle sentait une rivale, et pressentait une ennemie. Aussi voulut-elle lui rendre trait pour trait.

— Je crois, dit-elle, en fixant sur Viviane son regard noir, mais très vif et très perçant, que ma visite est inopportune, et que je vous gêne, Madame.

— Les gens qui me gênent ne restent pas longtemps chez moi, répliqua la comtesse avec assez de sang-froid, car je les prie tout simplement d'en sortir.

— Ah! vous êtes chez vous? fit l'impétueuse Léa, en mordant ses lèvres minces jusqu'au sang... Vous pourriez dire chez *nous*, alors...

— Madame !

— C'est comme cela, Madame ! et, telle que vous me voyez, j'ai régné plus d'un an dans ce ravissant entresol, auquel son maître semble vouloir donner

aujourd'hui une autre locataire — ce qui, du reste,
est parfaitement son droit — car nous n'avons jamais été mariés que de la main gauche...

Elle ajouta bientôt, avec un geste d'une singulière
insouciance :

— J'aurais bien dû m'attendre à ce qui m'arrive,
car il est d'humeur changeante, le comte Octave, et
il serait difficile de savoir le nombre de ses victimes ;

— heureusement que l'on ne meurt pas toujours de
ses infidélités, et que beaucoup de celles qu'il a tuées
se portent assez bien !

Chacune des paroles de Léa de Vivedieu s'enfonçait comme un trait empoisonné dans l'âme de Viviane. Si énergique qu'elle fût, elle se sentait incapable d'articuler une phrase de trois mots. Enfin,
retrouvant, par un puissant effort de volonté, son
empire sur elle-même, avec une dignité qui mettait
un abîme entre elle et la malheureuse qui venait
ainsi, sans vergogne, avec une légèreté à la fois
étourdie et coupable, apporter jusque dans sa maison l'outrage et la honte :

— *Mademoiselle*, dit-elle à Léa, en lui montrant la
porte, avec un geste de reine offensée, je suis la
comtesse de Montrégis, et j'espère que vous ne me
forcerez point à vous avertir qu'après les paroles que
vous venez de prononcer, votre place n'est plus ici.

C'était sans aucun doute la première fois de sa
vie que cette demi-mondaine, célèbre par sa beauté
et son aplomb, se trouvait en présence d'une femme
du vrai monde. Le désavantage trop évident de la
situation, et la façon à la fois correcte et hautaine
dont M^me de Montrégis venait de l'exécuter, ne laissèrent point que de lui causer un instant de gêne
et de malaise.

13

Mais ce ne fut là qu'une émotion passagère, dont elle ne tarda pas à se remettre, et, convaincue qu'au point où elle en était, il ne lui restait plus, comme ressource suprême, qu'à payer d'audace :

— Il faut avouer, dit-elle en accompagnant sa phrase d'un mouvement d'épaules, qui voulut être dédaigneux et qui ne fut qu'impertinent, il faut avouer que, pour un homme qui se pique de savoir-vivre, M. le comte de Montrégis a manqué à toutes les convenances. Il aurait dû savoir qu'une femme comme moi méritait au moins une lettre de faire part. En me l'envoyant, il nous aurait épargné, à l'une et à l'autre, une rencontre à laquelle, je ne le cache point, j'étais loin de m'attendre, et qui ne doit pas être plus agréable pour M$^{me}$ de Montrégis que pour M$^{me}$ de Vivedieu, car si vous êtes le présent, Madame, rien ne peut m'empêcher, moi, d'être le passé !

Et, sur cette petite phrase, qu'elle avait lancée comme une flèche de Parthe, et dont elle ne laissait point que d'être assez satisfaite, Léa fit à Viviane une révérence de comédie, après quoi elle s'en alla comme elle était venue.

Cet incident assez fâcheux laissa dans l'âme de la jeune comtesse une trace profonde et douloureuse. C'était le premier chagrin réel qu'elle eût éprouvé depuis son mariage, et elle le sentait vivement.

Cette femme, qui était là tout à l'heure devant elle, près d'elle, chez elle, elle avait eu des droits sur l'homme qu'elle adorait, son mari, son bien, son tout, sa vie même... Il l'avait aimée, cette femme !... Ce souvenir que rien n'effacerait de son âme, dût-elle vivre des milliers d'années, ce souvenir serait maintenant pour elle — pour elle, l'épouse outragée —

une douleur éternellement renaissante; une pensée
affreuse à laquelle elle ne voulait point s'arrêter, mais
qui, malgré elle, obstinément, revenait sans cesse
à son esprit. Elle était belle, cette Léa, avec son front
de marbre, sa fière chevelure noire, sa bouche hautaine et ses yeux pleins de flammes... Octave l'avait
aimée.., la chose, pour Viviane, ne faisait pas un
doute. Qui donc pouvait assurer qu'il ne l'aimait pas
encore? A cette seule supposition, un véritable désespoir s'emparait de tout son être. Elle étreignait son
front avec une sorte de violence sauvage, dont personne ne l'aurait crue capable — son mari moins que
personne ! — et elle cachait sous ses mains, pour ne
plus rien voir, ses yeux tour à tour humides et
brûlants.

Il y aurait donc, se disait-elle.., il y avait peut-être
déjà des moments où cette image belle et fatale se
glissait entre elle et son mari, pour les séparer...
au moins pendant quelques instants... Et, pour elle,
cela seul c'était déjà trop! Cette M<sup>me</sup> de Vivedieu —
cette Léa, pour lui rendre le nom que, sans doute, il
lui avait donné bien des fois — elle devait avoir vécu
avec Octave dans une bien grande intimité, pour se
croire le droit de venir chez lui, comme chez elle...
et pour s'étonner d'y voir une autre femme... comme
si la maison lui eût appartenu à elle seule... Que fût-
il arrivé pourtant, si, au lieu de la femme c'eût été
e mari que cette créature audacieuse et sans scru-
ules avait rencontré?... Et, s'ils se retrouvaient ail-
eurs, pouvait-elle dire ce qui arriverait? Qui pouvait
a garantir contre la renaissance d'un passé maudit?
st-ce que des feux, mal éteints peut-être, ne pou-
aient point se rallumer à l'éclair de ces grands yeux
ux prunelles ardentes ? Il n'était pas jusqu'à la sou-

daineté de passion dont son mari lui avait donné des
preuves à elle-même, qui, dans ces circonstances critiques, ne lui parût un péril de plus !

— Que je suis donc malheureuse ! murmura la pauvre créature, en enfonçant sa tête échevelée entre les
coussins du divan, tandis que de véritables sanglots
soulevaient sa poitrine et ses épaules, et la secouaient
toute, comme le vent d'orage secoue la feuille qui
tremble au bout des rameaux. Des larmes bienfai-
santes la soulagèrent quelque peu, en apportant à
cette crise la seule solution qu'elle fût en ce moment
capable de recevoir.

Combien de temps demeura-t-elle livrée à cette douleur amère et silencieuse ? Elle-même n'aurait pas pu
le dire, car elle avait perdu le sentiment de la durée
et la mesure du temps.

# VI

Tout à coup elle se sentit saisie par deux bras puissants qui l'enlevaient du divan. Elle retourna la tête assez vivement, et se trouva face à face avec son mari, à qui elle montra son visage baigné de larmes.

Deux cris s'élancèrent à la fois de deux poitrines oppressées :

— Tu pleures? dit Octave.

— Tu l'aimes? cria Viviane.

Montrégis avait appris par sa portière qu'une femme était montée chez lui. La dame au cordon, ne le sachant pas absent, n'avait pas cru devoir arrêter la visiteuse au passage... d'autant plus qu'elle savait bien que monsieur...

Octave ne lui donna pas le temps d'en dire davantage, et il franchit en deux bonds les quinze ou vingt marches qui conduisaient à son entresol.

Tout de suite, par une sorte d'intuition immédiate, le mari de Viviane avait redouté des malheurs. On ne lui avait dit aucun nom; mais il avait sur la conscience assez de cas douteux pour ne pas être trop certain que la personne qui venait de se rencontrer avec sa femme devait à coup sûr porter ombrage à une nature aussi délicate et aussi craintive que Viviane de Valneige. Tout lui faisait donc craindre un grand ennui, et l'état dans lequel il retrouvait sa femme ne lui permettait pas de douter que ses prévisions ne fussent justifiées.

— Eh! non, je ne l'aime pas! fit-il avec un emportement et un éclat qui devaient convaincre Viviane. Non, je ne l'aime pas; je n'aime que toi!... Avant de te connaître, je ne savais même pas ce que c'était que d'aimer!

— Merci! tu me fais du bien!... Si tu savais ce que je souffre depuis une heure!...

— Chère folle! Mais tu ne vois donc rien?... Tu ne comprends donc rien?... Tu ne sens donc pas que je t'adore?

— Si... maintenant... Mais, autrefois?... Cette Léa de Vivedieu?...

— Eh! ma pauvre âme, cette Léa est une de ces créatures comme il y en a des milliers dans Paris, pour la distraction des oisifs.

— Et tu étais un de ces oisifs, toi?

— Oui, pour mon malheur! Il me fallait toi pour faire de l'amour l'occupation de ma vie, ou, pour mieux dire, ma vie même! Quant aux femmes comme cette Léa de Vivedieu, on les prend et on les laisse, sans même en garder le souvenir. Elles circulent et passent de main en main comme une monnaie banale. Mais, quand on a quelque hauteur dans l'âme, et quelque délicatesse dans le cœur, on se garde bien de s'attacher à elles, et, quand on les a quittées, on ne se souvient même plus qu'elles existent.

La petite comtesse essuya ses joues encore humides, et, à travers les larmes dont ses yeux étaient pleins, attachant sur son mari un regard fixe et profond :

— C'est bien vrai, lui demanda-t-elle, ce que tu me dis là? Ce serait si mal, si tu me trompais!

— Doute de tout, mais ne doute jamais ni de moi, ni

de mon amour! s'écria Montrégis, avec une sorte
d'exaltation enthousiaste qui fut pour Viviane — si
tendrement et en même temps si ardemment éprise,
— comme un dictame divin posé sur sa blessure.

— Je te crois! dit-elle, en laissant tomber sa belle
tête sur la poitrine de son mari, et il est bien heureux
que je te croie, car, je le sens là — et elle montra
son cœur — le jour où je n'aurais plus confiance en
toi, rien ne pourrait plus me rattacher à la vie!...
Je mourrais de désespoir!...

— Chère folle adorée! que de mal tu te fais! que
de mal tu nous fais à tous deux, sans cause et sans
raison! murmura-t-il, en baisant longuement et doucement ses belles paupières, maintenant gonflées et
brûlantes.

— Que veux-tu, dit Viviane, sans chercher encore
à se dégager de son étreinte, mais, au contraire, en
se pressant plus étroitement contre lui, si tu savais
comme elle avait l'air chez elle! J'ai vu l'heure où
j'allais être forcée de lui céder la place...

— Toi, à elle! Mais comment peux-tu parler ainsi?
Tu n'avais qu'à lui dire ton nom.

— C'est ce que j'ai fait. Mais ce nom, on eût dit
vraiment que je lui avais volé, et que je lui prenais sa
place à ton foyer... Je n'ai jamais vu pareille audace!
Elles ne sont donc pas faites comme nous, ces malheureuses?

— Grâce à Dieu! il n'y a aucune espèce de rapport
entre elles et toi; c'est ce qui fait que tu n'as pas
le droit de t'en montrer jalouse. Tu ne dois même
pas savoir qu'elles existent. Nous avons tort, nous
autres hommes, de leur donner quelque chose de nous
avant de vous connaître, vous qui allez devenir nos
épouses et les mères de nos enfants; mais, crois-le

bien, ma chérie, elles laissent chez nous si peu de
trace de leur passage qu'auprès de vous, qui êtes
l'âme de notre âme et la vie de notre vie, elles sont
vraiment comme si elles n'étaient pas! Ce sont les
nébuleuses de l'amour; elles disparaissent quand le
soleil se lève...

— Après avoir éclairé vos nuits! répliqua Viviane
avec un sourire pâle.

La réflexion était juste. Octave ne chercha point à
y contredire. Il avait mieux à faire, et il le comprit.
Par de tendres paroles et d'affectueuses caresses, il
s'efforça de détourner la pensée de Viviane de ce
passé mauvais où elle n'était point, et vers lequel —
il fallait bien qu'elle en eût la ferme conviction — elle
ne pouvait retourner sans danger.

La jeune comtesse, après cette crise, qui avait eu
pour elle de si cruelles angoisses, ne demandait plus
qu'à être persuadée. Elle le fut.

— Quitte pour la peur! murmura le mari, que cet
incident pénible avait assez vivement contrarié. Mais
c'est égal! continua-t-il en se parlant à lui-même, je
ne voudrais pas voir recommencer l'épreuve. Je vais,
dès ce soir, laver la tête à mon portier. C'est un
franc imbécile de laisser monter mes maîtresses chez
ma femme.

Le portier n'était pas un imbécile, et, s'il avait péché,
c'était uniquement par défaut de surveillance. Léa
de Vivedieu avait vu éclairée la fenêtre de l'entresol
dans lequel le comte Octave l'avait reçue tant de
fois, et elle était montée sans rien dire à personne.

Elle en avait le droit, car c'était elle qui avait charmé
les derniers mois du célibat de Montrégis, alors qu'il
ne songeait pas encore à M{^lle} de Valneige, qui, à cette
époque de sa vie, était une inconnue pour lui. Ils

avaient passé ensemble quelques mois de cette folle
vie de la bohème dorée, où l'amour est une fleur sans
racines, aussitôt cueillie qu'elle est éclose, et qui
souvent ne laisse après elle ni souvenirs ni regrets,
ni parfums ni remords. Ce n'est point dans ce mi-
lieu-là que, d'ordinaire, on rencontre les passions
profondes.

Ces deux amoureux pour rire s'étaient quittés
comme ils s'étaient pris, légèrement, galamment,
avec le laisser aller qui fait le plus grand attrait,
de ces liaisons faciles à nouer, et faciles à dénouer,
sans déchirement et même sans secousses. Octave
avait envoyé, en guise de carte P. P. C. une croix de
corsage, émeraudes et diamants, qui avait consolé
cette nouvelle Ariane de l'abandon de son infidèle.
Puis, après s'être généreusement acquitté envers elle, il
n'y avait pas plus songé qu'aux autres créatures, plus
ou moins séduisantes, avec lesquelles il avait signé
tant de fois un bail résiliable à la volonté réciproque
des deux parties.

Il y avait d'autant moins songé que Viviane,
apparue tout à coup dans sa vie avec le prestige
dont l'entourait son existence recueillie et presque
solitaire, sa grâce virginale et le doux rayonnement
de sa beauté, suave et idéalement pure, avait pris
sur lui un tel empire qu'il avait oublié tout ce qui
n'était pas elle.

Quant à Léa de Vivedieu, les habitudes d'une vie
dans laquelle le hasard ou l'imprévu avaient toujours
joué un si grand rôle, son passé, les exemples que
lui donnaient chaque jour ses brillantes et folles
amies, ne lui permettaient pas de se faire de grandes
illusions sur la durée de ses amours avec le comte
Octave.

Elle n'en éprouva pas moins un certain dépit, —
eût-elle été femme si elle ne l'eût point ressenti? —
en apprenant le mariage de M. Montrégis, de la
bouche même de la comtesse, et ce dépit sera peut-
être l'excuse des paroles amères qu'elle n'avait pas
su retenir en face de l'épouse surprise et irritée.

Le résultat le plus net de l'aventure fut de donner
à Viviane l'envie de quitter Paris le plus vite possible. A vrai dire, elle n'était pas encore arrivée à
beaucoup aimer la grande ville, dont elle n'avait pas
voulu subir l'enchantement. Bien que son mari se
fût ingénié à lui en montrer les côtés les plus cha-
toyants, les après-midi au Bois et les soirées dans
les grands théâtres, sa droite et ferme raison ne se
laissait point prendre à cette griserie, trop semblable à
celle qui provient des boissons frelatées. Elle aperçut
tout de suite le vide de cette existence, dans laquelle
l' « être » tient à coup sûr moins de place que le
« paraître ». La province — où elle n'avait jamais
connu que d'honêtes gens — lui paraissait meilleure,
plus sincère et plus saine.

Ce fut donc avec un véritable sentiment de délivrance
qu'elle monta dans le vagon qui l'emportait vers le Midi.

Octave, comme s'il eût beaucoup de choses à se
faire pardonner, ou du moins à faire oublier à sa
femme, l'entoura, au retour, des prévenances les plus
tendres et des attentions les plus délicates. Ils re-
trouvèrent ainsi toute la douceur des premiers jours
de leur mariage, et, dans ce long enivrement de
l'amour heureux, qui comble la mesure des félicités
accordées à l'homme sur cette terre, les impressions
si pénibles qu'elle avait éprouvées la veille de son
départ de Paris s'effacèrent peu à peu et furent bientôt
oubliées.

Il est vrai qu'en rentrant dans Avignon, elle ne trouva guère de loisir pour s'abandonner aux souvenirs et aux rêves.

Pour elle, c'était une nouvelle vie qui commençait.

Son mari lui avait parlé de visites à faire et à recevoir, de présentations indispensables auxquelles ils étaient tenus, enfin, de tout ce qu'il appelait les obligations de la vie mondaine, et il déploya, pour les grandir à ses yeux, une telle autorité et une telle conviction, que Viviane comprit qu'il ne lui restait qu'à s'exécuter, sans retard et sans murmure.

La mère d'Octave, qui avait trop de tact pour s'imposer — ce qui est parfois un des plus insupportables inconvénients des belles-mamans — avait, au contraire, assez de bonté, de grâce et d'esprit pour faire souhaiter sa présence, même par sa bru. Elle l'accompagnait donc un peu partout, principalement dans les maisons où Octave, depuis longtemps exilé volontaire de sa ville natale, était moins connu, et dont l'accueil aurait pu sembler froid à une femme charmante mais timide.

Viviane y gagna tout de suite de prendre sa part de la grande considération dont jouissait la douairière de Montrégis, qui donnait le ton à la ville, et se faisait écouter comme un oracle dans le monde où la jeune comtesse allait faire ses premiers débuts.

Aussi fut-elle accueillie partout comme une petite princesse des contes de fées; il ne tint qu'à elle de devenir, dès le premier hiver, la véritable reine d'Avignon, et l'on sait qu'il n'y a point d'empire comparable à celui des jeunes et jolies femmes, parce qu'il est fondé sur la grâce, et que leurs sujets ne leur obéissent qu'à force de les aimer.

Toutes les fêtes de cette année-là furent données

pour elle, et l'on en donna beaucoup. Elle y brillait
par le charme dont la nature l'avait douée, par
sa radieuse beauté, et aussi par l'élégance, l'originalité et le bon goût des toilettes, ou pour mieux
dire des costumes qu'elle avait rapportés de Paris ;
car, aujourd'hui, les femmes ne s'habillent plus :
elles se costument. Les artistes auxquels le comte
Octave l'avait confiée s'étaient, du reste, montrés
à la hauteur de leur tâche : ils avaient réalisé son
idéal. Partout où elle allait, Viviane était la plus
belle.

Avignon est une grande et noble ville, pleine de
souvenirs et de traditions. Elle est, à coup sûr, la cité
la plus aristocratique du Midi. Mais, au point de vue
des plaisirs mondains, il lui manque une chose absolument nécessaire à leur vivacité, à leur entrain et à
leur éclat : je veux dire l'élément jeune et vivant.

Là, comme dans un trop grand nombre de villes
de province, les hommes de vingt-cinq à trente ans
ont, en effet, déserté leurs pénates, qui ne leur
offrent plus, comme autrefois, des centres d'attraction et d'activité suffisantes. Ils n'y reviennent que
plus tard, quand ils sont lassés des joies mauvaises
de Paris ; quand ils se marient, ou qu'ils ont trouvé
une position pouvant leur assurer le repos et le bien-
être. Mais alors, ce ne sont plus des jeunes gens, ce
sont des hommes mûrs. Les conséquences d'un tel
état de choses étaient faciles à prévoir.

Après les premières soirées et les premiers bals de
l'hiver, il se fit dans les plaisirs de la ville une subite et trop complète accalmie. Les choses reprirent
donc bientôt leur allure accoutumée, ou, pour mieux
dire, retombèrent dans leur torpeur habituelle, qui
paralysa tout élan vers les plaisirs de haut goût, dont

l'arrivée de la jeune et belle comtesse de Montrégis
avait donné le signal. Après cette animation, quelque peu factice, chacun revint à la monotonie chronique de sa vie de tous les jours, interrompue de
temps en temps, jusqu'au commencement du carême,
par ces diners plantureux, auxquels il serait peut-
être malaisé de faire renoncer la province ennuyée
et gourmande.

C'était peu de chose pour le comte de Montrégis,
dont la vanité aurait eu besoin de triompher chaque
soir dans la personne de sa femme, et qui eût voulu
pouvoir réunir, tous les jours de la vie, une véritable
cour d'amour autour d'elle, selon les anciennes cou-
tumes de la Provence, pour avoir le plaisir d'entendre saluer sa royauté. La beauté aussi ne donne-
t-elle pas des couronnes?

Mais ce qui ne suffisait point encore au mari semblait déjà excessif à la femme, toujours disposée à
trouver que l'on faisait trop pour elle, et qui aurait
donné toutes les fêtes, tous les bals et tous les diners
pour une simple soirée en tête-à-tête avec son Octave,
dans ce joli hôtel d'Aigueperse, dont tous deux, à
l'envi, avaient su faire un nid délicieux pour leurs
amours.

La seule compensation que la jeune femme eût pu
trouver à l'ennui résigné avec lequel, sans que personne s'en doutât, elle subissait ces représentations
de la vie en public, c'était la ferveur plus grande des
démonstrations de tendresse que lui prodiguait son
mari au retour de ces fêtes, où tous semblaient s'être
entendus pour la proclamer la plus belle. Mais sa
délicatesse l'empêchait de prendre un plaisir sans
mélange à des preuves d'amour qu'elle avait la conscience de devoir à d'autres qu'à elle-même — à elle

seule! Les autres! est-ce qu'elle en avait besoin, elle,
pour trouver son mari charmant?

— Décidément, se disait-elle en manière de conclusion, les femmes savent mieux aimer que les
hommes!

# VII

Certaines personnes qui se targuent de leur expérience — et, dans le nombre, on trouverait une quantité assez considérable de mères de famille, — s'imaginent que la première qualité requise pour être un bon mari dans l'âge mûr, c'est d'avoir été un mauvais sujet dans sa jeunesse. On appelle cela avoir vécu, et de bonnes âmes naïves prétendent que, dans cette vie menée à outrance, la jeune fille innocente et ignorante, qui n'a jamais quitté l'abri de la famille, trouve des garanties de bonheur que ne lui offrirait point le fiancé sorti victorieux des tentations et des épreuves de la vingtième année.

Il est une autre prédiction, qui se trouve peut-être tout aussi vraie et qui se résume par ce vieux proverbe : « Qui a bu boira! » c'est-à-dire que ceux qu'aucun scrupule n'arrêta pour satisfaire la soif de changement qui dévora leur première jeunesse, altéré de plaisirs nouveaux, se résigneront difficilement plus tard à n'approcher leurs lèvres que d'une seule coupe. Il leur est malaisé de renoncer tout à coup à la variété dont ils se sont fait une dangereuse habitude. Chez ceux-là, toujours, après un sommeil plus ou moins profond, le vieil homme se réveille, avec ses anciens goûts, qui n'étaient qu'endormis, et ses exigences accoutumées, devenues plus ardentes encore.

C'est à cette catégorie qu'appartenait le mari de Viviane, qui, peu de mois avant d'épouser M^{lle} de Valneige, faisait partie de la compagnie, à coup sûr plus élégante que vertueuse, de ces grands viveurs parisiens, qui tantôt demandent un bonheur d'apparence sérieuse aux liaisons mondaines, et tantôt dissipent leur cœur dans des intrigues plus ou moins durables, avec des femmes comme celles dont Léa de Vivedieu avait offert le type à la fois banal et brillant à la surprise et à l'indignation de la jeune et pudique comtesse de Montrégis. La nature du danger varie; mais il y a des dangers partout.

Aucune de ces créatures n'avait certainement inspiré à Octave un sentiment aussi vif que celui qu'il avait éprouvé pour sa femme. La comparaison n'eût pas été possible. Il n'y avait eu pour elles que des caprices plus ou moins vifs, tandis qu'il avait été entraîné vers M^{lle} de Valneige par une passion vraiment irrésistible. Il en avait bien donné la preuve par la ténacité de sa poursuite, par l'ingéniosité des moyens qu'il avait employés pour se rapprocher d'elle, et surtout par cette flamme d'amour qui avait tout à la fois ébloui la jeune fille et charmé la jeune femme.

Mais, à cause des événements qui, à une époque antérieure, avaient traversé et quelque peu bouleversé sa vie, peut-être était-il de ceux qui ne peuvent se contenter d'une possession assurée et tranquille, que personne ne leur dispute. Peut-être lui fallait-il, comme un piment nécessaire, l'inquiétude qui naît d'une conquête disputée, et les ardeurs de la lutte, aiguillonnée par le doute et la crainte, en même temps que par le désir....

L'anniversaire de ce mariage, jusque-là heureux entre tous n'avait pas encore été célébré que Viviane s'apercevait qu'elle n'était plus, de la part de son mari, l'objet d'empressements aussi vifs que dans les premiers temps. Les femmes ne se trompent point à ces premiers symptômes, qui les avertissent, comme des avant-coureurs fâcheux, qu'il y a dans l'air des menaces de malheur. Avant même que son mari ne changeât, Viviane sentit qu'il allait changer. Mais si elle était trop tendre pour ne pas souffrir, elle était en même temps trop fière pour se plaindre. Elle renferma donc en elle-même ses terreurs et ses angoisses, avec la discrétion de ces femmes de haute race et de chasteté fière, qui aiment mieux mourir de leurs blessures que de les montrer — même à celui qui pourrait les guérir.

Elle résolut donc de se taire, d'observer et d'attendre.

Mais son observation, si attentive qu'elle fût, ne put lui montrer que des infiniment petits — par cette excellente raison qu'il n'y avait pas encore autre chose. Tout se réduisait ici à une affaire de nuances. Il est vrai qu'aucune de ces nuances ne lui échappait — ni les plus légères ni les plus fugitives. Elle avait les délicatesses de ces plantes de serre chaude, qui meurent d'un courant d'air, et les frémissements de la sensitive, qui se replie sur elle-même à la seule approche de ce qui pourrait la blesser. Elle n'avait pas même besoin de voir pour savoir : elle devinait.

Paris, avec ses réceptions, ses bals, ses soirées, ses théâtres, ses dîners, ses fêtes de toutes sortes, vit dans un carnaval de douze mois, qui n'a d'autre entr'acte que les quelques jours consacrés par les chrétiens de bonne compagnie aux grands deuils de la Semaine sainte.

En province, les choses se passent autrement. Dès

14

que le mercredi sombre par lequel s'inaugure la période de pénitence que, dans la langue dévote, on appelle la sainte quarantaine, a déposé sur le front des pécheurs repentants la pincée de cendres qui leur rappelle la poussière dont ils sont sortis, les Plaisirs, les Jeux et les Ris s'envolent pour un an, et, avec eux, les jeunes Amours. Les violons se taisent; on ferme les pianos, et on relègue au fond des tiroirs le carnet de bal inutile, dont les dernières feuilles ne sont pas encore remplies. Les relations sociales sont suspendues, et ceux qui se voyaient tous les soirs se résignent à ne plus se voir du tout. Il faut vivre maintenant dans la demi-solitude de la famille. Les couples qui s'aiment ne s'en plaignent pas : ceux-là ne se plaignent jamais de rien; il leur semble, au contraire, qu'ils se retrouvent après s'être perdus, et ils sont heureux que le monde ne puisse plus rien leur dérober d'eux-mêmes.

Mais ceux à qui ne suffit point cette douce intimité de la vie à deux se sentent tout d'abord dépaysés dans un intérieur trop calme. Ils ont des fourmis dans les jambes, à l'heure où, la veille encore, ils entendaient le prélude de l'*Invitation à la valse*.

Telles étaient les dispositions d'esprit du comte Octave devant sa jeune et charmante femme, au moment où celle-ci, sortant de la vaste salle à manger pour s'enfermer dans le petit boudoir capitonné où l'on était si bien à deux, se disait tout bas, en regardant son mari, d'un œil plein de tendresse câline :

— Quel bonheur! nous allons passer la soirée seuls ensemble!

Cette perspective semblait peut-être moins attrayante au comte de Montrégis qu'à sa femme, car, tout en s'allongeant sur une chaise basse auprès du feu, il ré-

prima un léger bâillement, et murmura, en réponse à
la pensée de celle-ci :

— Je crois, en effet, que nous n'avons rien à faire
ce soir.

Viviane le regarda avec un peu d'étonnement dans
ses beaux yeux, et répliqua :

— Nous avons à rester ensemble! Est-ce que cela ne
te suffit pas!

— Mais si! mais si! Tu me cherches là une méchante
querelle, quand tu sais bien, chérie, que je n'aime
rien au monde plus que notre chère solitude à deux.

— A la bonne heure, Monsieur! c'est parler cela,
et voilà précisément ce que je voulais vous faire dire.

Et Viviane se leva, et vint gaiement apporter son
front aux lèvres de son mari.

Octave la baisa longuement sur les yeux, non sans
tendresse, et, du bout de ses doigts, lissa les beaux
cheveux qui se soulevaient sur les tempes par ondula-
tions molles.

Puis il alla vers le petit guéridon, chargé de livres
et de journaux, prit une revue nouvellement arrivée,
et la coupa avec une lenteur distraite. Viviane, de son
côté, chiffonna dans sa corbeille à ouvrage, dont elle
retira un de ces petits travaux d'aiguille qui laissent
a pensée libre, tout en occupant les doigts. Elle était
prête maintenant à écouter son mari, qui lui faisait
parfois la lecture, et qui lisait bien.

Celui-ci feuilleta la brochure d'un air assez indiffé-
ent, et, la remettant bientôt sur la table :

— Mauvais numéro! dit-il; il n'y a vraiment rien là-
edans! Si cela continue, je ne renouvelle pas mon
bonnement.

— Tu ne trouves donc pas la suite du roman? ré-
liqua la jeune femme; il m'intéressait!

— Moi, non! Les romans qu'ils écrivent là-dedans,
c'est toujours la même chose. Je n'aime, en fait de
romans, que ceux que je fais — les romans en action
— comme le nôtre, qui est une histoire.

— Ceux-là ne sont pas à la portée de tout le monde,
et je serais bien fâchée si tu publiais celui qui con-
tient ma vie tout entière, dit Viviane, vaguement inquiète, sans savoir pourquoi. Veux-tu que je te fasse
un peu de musique?

— J'allais te le demander! fit Octave, qui mit une
main sur ses yeux, comme pour se recueillir dans une
attention plus profonde.

Viviane était déjà au piano.

Heureuse d'être si bien écoutée par l'homme qu'elle
adorait, elle égrena comme elle eût fait des perles
d'un collier, les plus jolis bijoux de son écrin mélo-
dique. Elle joua pour lui seul, comme elle l'eût fait
pour l'auditoire le plus nombreux, le plus sympathique et le plus choisi, avec la même verve, le
même feu, la même poésie entraînante.

— Tu as vraiment des doigts de fée! dit-il, quand
elle eut fini.

— Les doigts ne sont rien, le cœur est tout... même
en musique! répliqua Viviane, un peu fiévreusement.

— Alors, doigts de fée, et cœur de femme! fit
Octave, en lui baisant la main avec une galanterie
d'ancien régime. Es-tu contente, à présent?

— Ravie! enchantée! charmée! aussi tu vas avoir
ta récompense!

Il était dix heures : elle sonna pour le thé.

C'était Rosette, une jeune et jolie villageoise de
Valneige, élevée par elle à la dignité de femme de
chambre, et chargée du service intime, qui apportait
d'ordinaire le plateau tout préparé. Sa maîtresse n'avait

plus qu'à verser l'eau bouillante sur les feuilles parfumées, qui se dépliaient lentement sous l'action de la chaleur humide.

— Ah! voici une lettre que tu as mise avec les gâteaux, petite tête folle! fit la comtesse, en retirant de l'assiette aux *Alberts* une enveloppe qui sentait bon.

Elle jeta les yeux sur l'adresse, ne reconnut point l'écriture, et, s'adressant à son mari :

— C'est pour toi! fit-elle.

Tout en disant ces mots, elle passa le billet au comte Octave.

— Eh! depuis quand ne lis-tu plus mes lettres? demanda celui-ci, tout en faisant sauter le cachet de cire qui portait une empreinte armoriée.

— Depuis que tu me l'as permis! répondit Viviane avec sa gaieté et son espiéglerie d'enfant... Mais n'aie pas peur! si tu me le défendais, je les ouvrirais tout de suite!

— Parce que la femme doit obéissance à son mari.

— Précisément!... Et puis aussi parce que, depuis notre grand'mère Ève, nous aimons le fruit défendu... Mais lis donc! Qui peut bien t'écrire à de pareilles heures? Cette lettre n'a point le timbre de la poste. Elle a été apportée...

— C'est d'André de Meillan.

— Que te veut-il?

— Rien! ou plutôt si! il veut moi!

— Cela se trouve mal, car je ne consens pas à te donner! Je t'ai pris... et je te garde!

— Merci!... mais il ne s'agit que d'un emprunt... Vois, toi-même!

Viviane prit la lettre.

M. de Meillan, un des meilleurs et des plus anciens amis d'Octave de Montrégis, lui écrivait ceci :

« *Carissimo*,

« Jacques de Rosen traverse Avignon, en route
pour Monte-Carlo, où il veut essayer une martingale,
qui doit faire sauter la banque infailliblement... à
moins que ce ne soit la banque qui le fasse sauter
lui-même! Il va nous expliquer le coup ce soir, au
Petit-Cercle, où nous lui offrons le punch de l'étrier.
La chose vient de s'improviser tout à l'heure chez
les Villeneuve, et je t'écris sans perdre une minute.
Si tu n'es pas remonté au perchoir quand cette lettre
arrivera chez toi, viens! Tu ne peux pas manquer à
cette réunion intime, où ta place est marquée d'avance.

« Tibi,<br>« André. »

— Que vas-tu faire? demanda Viviane en regardant
son mari, avec une inquiétude très visible, dans ses
beaux yeux :

— Mais, ma chérie, je vais d'abord prendre le thé
avec toi...

— D'abord, oui! mais après?

— Tu sais bien que je ne fais jamais que ce que tu
veux bien me permettre!

— Merci! alors tu vas rester?

— Certainement... Cependant, je crois...

— Ah! tu vois bien que tu cherches déjà des raisons...

— Je fais même mieux que de les chercher, je les
trouve. Rosen est un de mes plus vieux camarades;
je ne l'ai pas vu à l'époque de notre voyage à Paris,
parce que, ne voulant pas te laisser seule, je ne te
quittais guère plus que ton ombre. Mais tu comprends

bien, quand il n'est ici que pour quelques heures, que
je ne puis guère refuser d'aller lui serrer la main.
D'ailleurs, tous nos amis seront là, et manquer à
l'appel d'André de Meillan ce serait déclarer publique-
ment que j'entends rompre avec eux. Toi-même, j'en
suis sûr, tu y regarderais à deux fois avant de me le
conseiller.

— Oh! ce n'est pas si sûr que cela! Mais tu oublies
une chose.

— Laquelle, donc?

— C'est qu'en te mariant tu as donné ta démission
de membre de ce cercle, pour me faire plaisir... et ne
jamais sortir le soir... tu me l'as dit, du moins. Est-
ce que ce n'était pas vrai?

— Tout ce qu'il y a de plus vrai, au contraire!
Mais ils m'ont gardé comme membre honoraire, ce
qui me rend bien difficile de refuser la première politesse qu'ils me font. Je te laisse juge toi-même de
la situation.

— La situation n'est pas bonne... pour moi! répliqua la jeune comtesse, un peu soucieuse; mais je ne
veux pas t'empêcher de prendre un plaisir auquel tu
sembles attacher tant de prix. Va donc à ce cercle,
où tu m'avais promis de ne plus retourner; laisse-moi
seule, puisque tu en as le courage; mais pense que
je ne suis pas gaie quand tu n'es pas là, et ne rentre
pas trop tard, si tu peux, car je sens bien que je ne
pourrai point fermer l'œil tant que tu seras dehors.

Le mari, en rupture de ban conjugal, pour la première fois depuis son mariage, était trop heureux de
pouvoir allonger quelque peu sa chaîne — une chaîne
de fleurs, cependant! — pour ne pas promettre tout
ce que l'on voulait.

Il promit donc... et partit.

# VIII

Restée seule dans ce boudoir désert, où l'on était si bien à deux, Viviane se défendit mal contre des impressions d'une mélancolie vague — mais réelle pourtant. C'était la première absence volontaire que faisait son mari : c'était la première soirée qu'il passait loin d'elle. Mais il y a commencement à tout. Elle se vit, en pensée, au début d'une vie d'isolement et d'abandon. Elle eut peur ; elle frissonna, et elle sentit que des larmes montaient de son cœur à ses yeux. Elle les laissa couler lentement sur ses joues. Personne n'était là pour les essuyer.

Il était près d'onze heures au moment où le comte Octave avait quitté l'hôtel d'Aigueperse.

— Je vais l'attendre! se dit la jeune femme, un peu nerveusement peut-être. Il ne doit pas s'attarder bien longtemps dans une soirée d'hommes. Je lui fais crédit de deux heures... En deux heures, on peut serrer bien des mains et boire beaucoup de verres de punch... Mais que ce doit être long deux heures!

Rosette reparut bientôt, pour enlever les tasses et le plateau, et prendre les ordres de sa maîtresse.

— Couche-toi, mon enfant, lui dit Viviane ; je veillerai peut-être longtemps, et je n'ai pas besoin de tes services. Je me déferai sans toi. Va!

Bientôt, seule éveillée dans la maison silencieuse

et endormie, Viviane se demanda ce qu'elle pourrait bien faire pour trouver le temps moins long. Elle essaya de se remettre au piano et de retrouver son cher confident d'autrefois ; mais il ne naissait, ce soir-là, que des accords tristes sous ses doigts; elle le ferma, et revint s'asseoir près du feu, où les sarments de vigne et les racines de buis brûlaient avec des flammes vives et des pétillements joyeux. Elle en approcha ses belles mains blanches et froides, et suivit du regard les étincelles voltigeant au-dessus du foyer, rouge comme une fournaise. Mais elle trouva bientôt que cette distraction, par trop oisive, ne donnait à ses pensées qu'un trop maigre aliment. Elle se leva donc avec un mouvement brusque, parcourut le boudoir cinq ou six fois dans tous les sens et finit par prendre sur la table la revue un peu trop dédaigneusement rejetée par son mari.

Le numéro débutait par un roman intime, très étudié, racontant un drame de la vie réelle, ayant pour acteurs deux époux dont la situation n'était pas sans quelque analogie avec celle de son propre ménage.

Viviane lut jusqu'à la dernière ligne, passionnément, fiévreusement, et, quand elle eut fini, elle laissa tomber le livre... et rêva.

Comme beaucoup de femmes qui ont été parfaitement heureuses, et que quelque chose avertit qu'elles vont l'être moins, elle s'attardait, avec une dangereuse complaisance, au milieu de ces images d'un passé qui peut-être ne reviendrait plus. Elle se demandait pourquoi son mari était changé, alors qu'elle restait toujours la même. Est-ce qu'il aurait songé, autrefois, même pour une heure, à quitter sa maison? Qu'était-il besoin de revoir des amis de passage, ou

des camarades qui, depuis son mariage, tenaient si
peu de place dans sa vie? Cette sortie du soir, c'était
la première qu'il se permettait; mais on assure qu'il
n'y a que le premier pas qui coûte... Peut-être allait-
il prendre de nouvelles habitudes... Aurait-elle la
force de les tolérer? Il le faudrait bien... Est-ce que
les femmes peuvent rien empêcher? Est-ce qu'elles ne
sont point, au contraire, condamnées à tout souffrir?
Est-ce que les hommes ne peuvent pas tout, tandis
qu'elles ne peuvent rien?

Quel était ce M. de Rosen? Elle n'en avait jamais
entendu parler... Son nom ne lui rappelait rien; on
ne l'avait jamais prononcé devant elle... Mais celui
qui le portait arrivait de Paris; sans aucun doute il
connaissait Léa de Vivedieu..., cette Léa dont Octave
ne prononçait jamais le nom, par cela même qu'il
l'avait trop aimée..., mais qu'il ne pouvait, hélas!
avoir oubliée... Ils allaient probablement parler d'elle.

La pensée de cette femme, qu'à force de volonté et
de persistante énergie elle était parvenue à éloigner
de son esprit, se présentait maintenant à elle avec
une puissance de réalité si grande qu'il lui semblait
l'apercevoir encore, là, devant elle, tout près,
comme le jour où elle l'avait vue entrer, audacieuse
et superbe, dans le petit entresol de la rue du
Helder... Et c'étaient alors toutes sortes d'idées
attristantes qui tourbillonnaient autour d'elle, comme
un vol de papillons noirs. Il lui semblait voir son
mari, au milieu des dissipations frivoles, des fêtes
entraînantes ou des plaisirs coupables de sa folle
jeunesse... Et partout, et toujours il avait à son bras
cette Léa de Vivedieu, séduisante comme une sirène,
mystérieuse comme un sphinx, attirante comme un
abîme.

Elle se leva tout à coup, fit quelques pas dans la chambre, puis, étreignant son front dans ses deux mains :

— Serais-je assez malheureuse si j'étais jalouse! murmura-t-elle à demi-voix...! Hélas! oserais-je dire que je ne le suis pas...? Et qu'est-ce donc que l'émotion poignante qui, en ce moment, me tord le cœur?... Jalouse! oh! ce serait là, je le sens, une douleur au-dessus de mes forces.

Elle regarda la pendule.

— Deux heures! et il n'est pas là! A présent, je ne puis plus savoir quand il rentrera... Après le punch, il y aura peut-être un souper... Heureusement que dans notre bonne petite ville honnête, il n'y a point de Léa!... Et s'il y en avait... si je pouvais croire!... ah! je serais alors capable de tout. J'irais jusqu'à son cercle! oui, au milieu de la nuit, toute seule, j'irais! je le ferais demander! je me montrerais à lui, et je le prierais si bien qu'il ne pourrait pas me refuser, et je le ramènerais avec moi...

Elle s'arrêta un instant, puis revenant à sa pensée :

— Et s'il ne voulait pas? se dit-elle. Ah! s'il ne voulait pas... Après tout, le Rhône n'est pas loin... et l'on ne meurt qu'une fois...

Elle eut tout de suite conscience de son exaltation folle, et comprit qu'elle était aussi dangereuse que peu justifiée. Elle eut peur et elle eut honte d'elle-même. Aussi fit-elle, pour se calmer, un effort vraiment méritoire.

— Les choses ne sont pas encore à ce point désespérées, pensa-t-elle, et une femme n'est pas perdue, parce que son mari aura pris une fois par hasard la permission de minuit. C'est à moi de faire en sorte qu'il n'ait pas envie de recommencer.

Pendant qu'elle se faisait à elle-même ces tardives mais sages réflexions, le temps marchait toujours. Ceux qui avaient passé debout la nuit blanche commençaient à ressentir la fraicheur désagréable qui signale presque toujours l'approche des heures matinales. Un frisson courut dans ses veines, et il lui sembla qu'un manteau de glace tombait sur ses épaules.

Elle essaya de rallumer le feu; mais elle n'avait rien de ce qu'il eût fallu pour cela, et elle ne put y réussir. Ce qu'elle aurait eu de mieux à faire, à coup sûr, c'eût été de se mettre au lit. Mais elle s'était dit que son mari la trouverait veillant et l'attendant, et elle voulut se tenir parole.

Elle se jeta sur son fauteuil, s'entoura d'un long plaid de voyage, et, la fatigue aidant, elle finit par s'assoupir.

Quand elle se réveilla, quatre heures sonnaient à la pendule de son boudoir, et, en ouvrant les yeux, elle aperçut Octave, qui venait sans doute d'arriver, car il n'avait pas encore retiré son pardessus. Il était debout à deux pas d'elle, la regardant.

En quelques secondes, elle fut sur ses pieds, toute droite, en face de lui, attendant les premières paroles qu'il allait lui dire. Mais il ne disait rien, cherchant à deviner ce qui pouvait bien se passer en ce moment dans la cervelle de cette créature nerveuse à l'excès, dont il devinait le trouble et le frémissement.

Ce fut elle qui rompit le silence, plus grave parfois entre époux que les reproches mêmes.

— Comme tu rentres tard! lui dit-elle.

— Eh! ma chérie, tu ne t'en serais pas aperçue, si, comme je t'en avais prié, tu avais bien voulu ne pas m'attendre...

— C'eût été bien inutile! tant que tu aurais été
dehors, je n'aurais pas pu fermer l'œil...

— Eh bien! fit-il, un peu nerveux, maintenant
que je suis là, viens dormir!

Pour l'emmener plus sûrement, il lui passa un
bras autour des épaules, et, s'apercevant qu'elle était
glacée et frissonnante, il l'étreignit contre sa poitrine,
malgré certaine velléité de résistance en lui disant :

— Chère folle adorée, comme tu te fais du mal...
et pour rien!

— Ce n'est pas ma faute! C'était la première fois
que tu me laissais seule... Cela m'a semblé bien
pénible. J'ai cru un moment que tu ne reviendrais
pas!

— Tu es malade, ma pauvre âme! dit Octave, avec
un sentiment de commisération sincère, tendre et
profonde. Il faudra que nous soignions cela!

— C'est inutile, reprit-elle avec son beau sourire,
déjà vaincue, et se serrant contre lui ; maintenant
que te voilà revenu, je suis bien! Ta présence, vois-
tu, voilà ce qu'il me faut! Elle remplace tout, et rien
ne la remplace... J'ai besoin de toi... Quand tu n'es
plus là, je souffre... et je ne sais pas souffrir! Je sais
bien que ce n'est guère raisonnable tout ce que je te
dis là! Mais ce n'est pas par ma raison que je t'ai
plu... de la raison, j'avoue que je n'en ai guère! c'est
par ma tendresse, qui est sans bornes! Ah! tu as
voulu te faire aimer... eh bien! tu as réussi, je
t'aime! mais je t'aime avec toutes les exigences et
toutes les exaltations de ma nature... Je te fais peur,
n'est-ce pas? ajouta-t-elle avec un sourire pâle, dans
lequel il était possible de voir un peu d'égarement, et
en fixant sur lui des yeux agrandis et brûlant de
fièvre. N'oublie jamais que le jour où tu ne m'ai-

meras plus, je mourrai! Maintenant, viens, car je
tombe de fatigue.

Elle prit le bougeoir, et, marchant la première,
gagna la chambre à coucher qu'ils habitaient tous
deux.

Tout en la suivant, la tête basse et à pas lents,
Octave ne pouvait se défendre de réflexions inquiètes.

— Certainement, se disait-il, c'est bien bon d'être
aimé ainsi; mais, à la longue, cela peut devenir dangereux. Me voici condamné à rester sur un éternel
« Qui-vive? » Dieu sait que je l'adore, cette chère
enfant, comme elle mérite de l'être... mais il lui faut
l'adoration perpétuelle, et quel homme peut donc
bien se vanter d'en être capable à toutes les heures
de sa vie? Je mourrais plutôt que de lui causer une
peine volontaire. Mais elle est bien capable de se
faire à elle-même, et sans que je m'en mêle, tous les
chagrins possibles. Pourrai-je l'en empêcher?

— Tu ne viens donc pas? dit, en se retournant,
Viviane, déjà sur le seuil de la chambre.

# IX

La jeune comtesse de Montrégis, contrairement à ses habitudes, se leva fort tard le lendemain. La longue insomnie l'avait fatiguée, et, quand elle descendit pour le déjeuner, il ne fut pas difficile à son mari de retrouver sur son visage les traces d'une mauvaise nuit. Ses joues étaient plus blanches que les dentelles de son peignoir.

Octave, lui, revenait de la salle d'armes; il avait pris une douche, après un rude assaut, et fait la réaction à l'aide d'une marche forcée : aussi les couleurs de la vie rayonnaient sur son visage mâle, et toutes les ardeurs de la jeunesse brillaient dans ses yeux pleins de feu.

Beaux tous deux, l'un d'une beauté sensuelle et passionnée, l'autre d'une beauté immatérielle, presque céleste, — la beauté de l'âme visible, — ces époux, qui s'étaient librement choisis l'un l'autre, formaient le contraste le plus frappant qui puisse régner entre deux créatures. Mais l'harmonie ne peut-elle naître des contrastes?

Viviane, en retrouvant son mari si calme et si reposé, quand elle-même, au contraire, ressentait encore si vivement le contre-coup des orages de la veille, comprit que la nature de l'homme qu'elle adorait était autrement puissante que la sienne, et, tou-

jours sous l'influence du profond amour qu'il lui
avait inspiré, elle ne put s'empêcher de l'admirer
sincèrement, dans l'orgueil et le triomphe de sa
jeunesse et de sa force.

Lui, au contraire, la voyant si délicate en sa grâce
un peu maladive, si touchante dans sa langueur de
femme amoureuse, énervée par l'excès même d'une
tendresse qui pouvait si aisément devenir dangereuse
pour elle, ne put s'empêcher de la trouver charmante, idéalement jolie comme aux premiers temps
de leur rencontre, alors que, si passionnément épris
d'elle, il avait juré de renverser tous les obstacles
qui les séparaient, et de la faire sienne.

Elle lui semblait en ce moment plus attrayante
que jamais, et, comme il était toujours l'homme de
ses impressions, celle qu'il éprouvait maintenant se
traduisit aussitôt dans sa manière d'être avec Viviane.

Ce fut donc un véritable baiser d'amant qu'il mit
sur la main fluette, moite — et brûlante encore —
qu'elle lui tendit à son entrée dans le boudoir.

Tout en y collant ses lèvres, et en attachant sur
les yeux de sa femme un regard qui voulait aller
jusqu'à son cœur :

— Ah! murmura-t-il, comme en se parlant à lui-
même, ce serait vraiment affreux que de faire souffrir cette adorable créature!

Viviane, avec cette intuition profonde et infaillible
que la nature a donnée à tous les cœurs aimants, comprit sans doute ce qui se passait en lui, car elle le
remercia par la tendresse de son sourire.

— Comment te trouves-tu ce matin? lui demanda-
t-il, en gardant toujours dans la sienne la main qu'il
avait prise.

— Encore un peu fatiguée, mais beaucoup mieux qu'hier. Hier, j'étais un peu folle, n'est-ce pas? Mais dis que tu me pardonnes! fit-elle avec une grâce câline, et je te promets que je ne le ferai plus...

— Eh! que veux-tu que je te pardonne, mon pauvre ange! Va! jamais un homme n'a eu le droit d'en vouloir à une femme de ce qu'elle a pu faire en cédant aux inspirations d'un amour vrai. Eh! d'ailleurs, qu'as-tu donc fait dont je puisse me plaindre? Tu m'aimes d'une tendresse exclusive, un peu jalouse, ombrageuse peut-être... Si ce sont là des fautes, un mari n'a pas besoin de les pardonner, puisqu'il est heureux de les voir commettre... Je te voudrais plus coupable encore!

— Oh! dit la petite comtesse, avec un sourire charmant, je te jure que je le suis assez comme cela.... pour ton bonheur et pour le mien!

Il y eut entre eux comme un renouveau de ces ardentes délices du mariage d'amour, qui sont l'enchantement de la jeunesse, et qui nous donnent des souvenirs pour le reste de notre vie.

Après cette secousse violente, qui l'avait remuée si profondément, la jeune femme avait besoin de calme et de paix. Il lui fallait maintenant vivre dans une atmosphère sereine, bercée sur la poitrine et dans les bras d'un homme pour qui elle fût tout, qui répondit à toutes les aspirations, et qui la récompensât de son amour par un amour égal.

Même pour un mari, c'était là un beau rôle à jouer, puisque l'acteur le jouait à son bénéfice, et que Viviane était assez jolie pour que l'on fît le personnage en conscience.

Ils eurent donc ensemble quelques jours d'une intimité si pleine de grâce, de douceur et de charme, que, même au prix d'une réelle souffrance, Viviane n'aurait pas cru le payer trop cher.

Quant à Octave, personnel par nature, léger par caractère, et changeant par tempérament, comme le sont du reste trop souvent les hommes de son âge et de sa génération — mais qui, du moins, n'était point corrompu jusque dans ses moelles — en la voyant si heureuse, il se disait qu'il serait vraiment le plus coupable des hommes — et le plus aveugle — s'il cherchait jamais son bonheur autre part que dans le bonheur qu'il donnait lui-même.

C'étaient là de bons sentiments et des résolutions excellentes. Octave en fut récompensé, car, un matin, à l'heure du déjeuner, qui était pour eux le moment choisi des épanchements intimes et des communications affectueuses, Viviane, à la fois ravie et timide, se pencha sur l'épaule de son mari, comme pour cacher une rougeur furtive, et, tout bas, murmurant les mots à son oreille :

— Sois heureux, lui dit-elle, tu vas être père !

Octave, à ses heures, avait des idées de famille. Je ne prétendrai point qu'il eût beaucoup réfléchi aux responsabilités sérieuses qu'entraîne avec elles la paternité. La paternité crée à l'homme des devoirs nouveaux et des obligations étroites, et, à ceux qui comprennent toutes les conséquences du nouveau rôle qu'ils vont jouer dans la vie, elle fait entrevoir, dans cette autre phase d'existence, des perspectives qui leur étaient demeurées inconnues jusque-là.

Pour Octave de Montrégis, elle ne se présentait point avec ce cortège d'idées graves et de soucis précoces. L'enfant, pour lui, c'était comme un joujou nouveau dont il n'avait pas encore fait l'essai — rien de plus ! Les événements, quels qu'ils fussent, ne pou-

vaient lui donner une maturité qui n'était point dans
son caractère. La vie était pour lui chose légère, qu'il
portait légèrement. On ne change point sa nature, et
l'on avait beau le regarder avec attention, on ne
trouvait dans toute sa personne rien qui pût lui
donner l'air paternel. Il était de ceux qui passent
toujours pour les frères de leurs fils.

Viviane était trop éprise de son mari pour saisir
toutes ces nuances. Elle était tout entière à la joie
qu'elle venait de lui donner, et dont, en ce moment,
tous deux goûtaient l'ivresse avec le même transport.
Octave avait l'émotion communicative et l'expansion
entraînante, il doubla donc le bonheur de sa femme
par la façon dont il sut le partager avec elle. La belle-
mère renchérit encore sur les démonstrations de
son fils, de telle sorte que, pendant quelque temps,
l'existence de Viviane ne fut plus qu'une longue suite
de fêtes intimes, entremêlées de présents généreux.

La comtesse douairière de Montrégis, mondaine de
haute race, qui, du vivant de son mari, et même depuis sa mort, avait tenu le sceptre de la royauté des
salons — ce sceptre qui est un éventail, — semblait,
depuis le mariage de son fils, avoir complètement
abdiqué son premier rôle pour se réfugier dans les devoirs austères de la maternité, devoirs augustes, si
bien faits pour les grands cœurs et les nobles âmes.
A la nouvelle de la grossesse de sa bru, elle lui donna
d'un seul coup tous les diamants de famille qui avaient
rehaussé si longtemps sa majestueuse beauté, ne se
réservant que quelques perles noires, et les voiles de
dentelles qui parent si bien les belles vieillesses des
femmes.

Tout le reste fut pour Viviane.

Celle-ci accepta avec toute la reconnaissance dont

son bon petit cœur était capable. Mais le plaisir donné
à son innocente coquetterie était bien effacé par le
bonheur qu'elle éprouvait à la pensée d'être mère;
par l'orgueil qu'elle ressentait à l'idée de donner un
fils — car ce serait un fils — elle en était sûre! — à
l'homme qu'elle adorait, et de voir se perpétuer,
grâce à elle, une lignée brillante, dont tout le pays était
fier. Il n'y avait donc point, en ce moment, dans tout
le Comtat une femme plus heureuse que Viviane de
Montrégis.

Les premiers mois de la grossesse déclarée furent
particulièrement cléments. La jeune femme y gagna
comme une recrudescence de beauté, qui ne lui était
certes pas nécessaire, mais à laquelle, pourtant, elle
ne pouvait pas rester insensible. Son buste acquérait
l'ampleur qui lui avait manqué trop longtemps; sa
taille, toujours élégante, prenait assez de force pour
porter le doux fardeau que lui confiait la nature; son
joli visage, qui avait gardé trop longtemps les mai-
greurs adolescentes de la première jeunesse, avait
maintenant des contours plus arrêtés, des méplats
plus fermes, et une certaine plénitude dans les lignes
correctes de son ovale toujours pur, annonçant la
force et la santé.

Les conditions de sa vie morale n'étaient pas moins
satisfaisantes.

# X

La présence presque continuelle de son mari, qui l'entourait d'une sollicitude pleine de tendresse, lui donnait cette sécurité dans l'amour sans laquelle tout bonheur lui eût semblé impossible. Et maintenant, rassurée sur la seule chose qui pouvait être pour elle un sujet d'inquiétude, elle s'abandonnait toujours avec une confiance naïve à la douceur de sa destinée.

Ce fut peut-être là le meilleur temps de sa vie. Ces grossesses sans souffrance, qui semblent promettre une maternité sans douleur, remplissent l'âme des femmes d'une sérénité profonde. L'avenir, dont il semble qu'elles n'ont rien à craindre, vient à elles plein de sourires et de promesses.

Peu à peu, cependant, les derniers mois devinrent plus pénibles, et Viviane passa presque sans transition, de la pleine santé, à un état vraiment maladif. Elle eut besoin de soins spéciaux que son mari ne pouvait point lui donner. Ce n'est point besogne de mains viriles. La mère d'Octave vint offrir son assistance avec une bonne grâce empressée, et un dévouement qui ne demandait qu'à faire ses preuves. Leurs maisons étaient voisines, et elle pouvait se trouver chez sa bru à toutes les heures du jour et de la nuit, dès que sa présence serait nécessaire.

Tout le monde comprenait — et Viviane comme

tout le monde, — qu'un homme de l'âge d'Octave,
accoutumé au mouvement de la vie du dehors,
ne pouvait passer ses journées dans l'atmosphère
énervante d'une chambre de malade, et comme sa
femme, en ce moment très éprouvée, assez faible et
condamnée à la vie horizontale sur sa chaise longue,
ne pouvait guère l'accompagner, il en résulta qu'il fut
obligé de sortir presque toujours seul.

C'était un danger.

Ces sorties furent d'abord courtes et rares, et n'eurent jamais lieu que si la mère d'Octave était là, de
façon à ce que Viviane ne restât jamais seule. Elle
attendait, du reste, le retour de son mari avec une si
visible et si flatteuse impatience que celui-ci se faisait
une sorte de scrupule de rester dehors trop longtemps.

Peu à peu, cependant, la position de Viviane, sans
donner d'inquiétude à personne, fut attristée par une
suite de malaises de plus en plus rapprochés qui finirent par amener une sorte de souffrance presque continue, qui eut pour conséquence un véritable éner-
vement moral, accompagné souvent d'invincibles
tristesses. Elle éprouva le désir d'avoir auprès d'elle sa
mère, qu'elle aimait tendrement, et qu'elle n'avait
point revue depuis son mariage.

Octave n'avait rien à lui refuser ; il consentit de grand
cœur, et M^me de Valneige vint s'installer à l'hôtel d'Aigueperse.

Les deux belles-mères aimaient trop leurs enfants
pour que l'on ne fût point certain d'avance qu'elles
s'entendraient fort bien ensemble. Si, à partir de ce
moment, la douairière de Montrégis se montra un
peu moins assidue à côté de sa bru, ce fut uniquement
parce qu'elle comprenait que la première place appartenait maintenant à la véritable mère. Elle n'en venait

pas moins chaque jour aux nouvelles, et l'on faisait
de bonnes et douces causeries autour du lit ou de la
chaise longue de la belle dolente, qui écoutait, en
regardant ses mains fluettes et de jour en jour pâlis-
santes, ou bien en jetant un coup d'œil furtif à l'aiguille qui, sur le cadran de la pendule, mesurait les
heures lentes, et comptait les minutes de l'absence.

— Elle avance ! disait M$^{me}$ de Valneige.

Il faut bien reconnaître que ces absences devenaient
de jour en jour plus fréquentes, en même temps
qu'elles se prolongeaient davantage.

Viviane était trop discrète pour se plaindre, — soit
devant sa mère, soit devant la mère d'Octave. Mais,
quand elle était seule avec son mari, elle trouvait de
bonnes paroles, à la fois tristes et tendres, pour lui
faire comprendre qu'elle ne pouvait pas vivre hors de
sa présence, et qu'il emportait son âme avec lui. Et
tout cela était dit avec un tel accent de sincérité qu'il
n'était point permis à Octave de douter un seul moment de la vérité de ses aveux. Il ne répliquait rien,
promettait tout ce que l'on voulait, fermait les lèvres
de sa femme avec un baiser, qui était pour elle un
argument sans réplique, puis, le soir venu, quand, après
le dîner, qui avait amené un peu d'animation, et par cela
même un peu de fatigue sur le joli visage de Viviane,
il la voyait mollement assoupie sous la garde de sa
mère, il prenait son chapeau, faisait un signe de la
main à M$^{me}$ de Valneige pour lui recommander le silence, et, profitant de ce que celle-ci n'osait rien tenter
pour le retenir, discrètement, souple comme un chat,
léger comme une ombre, passant entre les meubles,
sans déranger ni une table ni un fauteuil, il s'es-
quivait.

Une fois sorti de l'hôtel, quand il se voyait dans

la rue, seul et libre, la poitrine effacée, les épaules
élargies, il respirait à pleins poumons, comme si on
l'eût tout à coup délivré d'un poids accablant. Parfois
le pluie lui cinglait le visage ; parfois le mistral le
fouettait de ses lanières aiguës. Il ne sentait ni le
mistral ni la pluie ; il était libre! C'était du bonheur
pour toute la soirée.

— On ne vit pas, dans cette boîte, se disait-il à lui-
même, en se retournant vers le grand hôtel silencieux
par une sorte de mouvement instinctif, comme s'il
eût craint de voir quelqu'un courir après lui pour le
ramener dans sa prison dorée. Oui, certes, Viviane est
très gentille! continuait ce modèle des maris, en poursuivant son monologue ; mais passer toute la soirée à la
regarder dormir, en écoutant les histoires de belle-
maman, qu'elle recommence régulièrement tous les
deux jours, c'est peut-être un peu long, et il ne faut pas
m'en vouloir d'aimer mieux autre chose... D'ailleurs,
je ne fais pas de mal, et je rentre tous les jours à
minuit.

Il est vrai qu'il rentrait à minuit, et que jusqu'ici,
pour nous servir de sa propre expression, il n'avait
pas encore fait de mal.

# XI

Où donc allait ainsi tous les soirs le comte Octave de Montrégis? Il allait à son club, dont il avait repris peu à peu l'habitude. On l'avait accueilli comme un revenant que l'on est heureux de revoir, de retrouver et de reprendre, et dont on avait gardé la place, parce que l'on était bien certain qu'il viendrait la redemander un jour.

Le Petit-Club, pour lui donner son nom, était le cercle le plus aristocratique d'Avignon. On y rencontrait la meilleure compagnie, et l'on y jouait un jeu fort modéré. Le seul inconvénient qu'il pût avoir pour le comte de Montrégis, c'était donc de l'attirer hors de la maison et de lui créer un autre centre, en dehors de cet intérieur sacré de la famille, où l'homme doit chercher son bonheur — parce que c'est là qu'il se trouve en effet — près du foyer domestique, entre une femme et un enfant.

Il y avait un jour beaucoup de monde à la partie de cinq heures. Une chouette de dix louis, somme énorme pour la province, entretenait une animation assez vive autour de la table d'écarté. Les oisifs, les flâneurs, les causeurs même s'étaient groupés dans cette salle élégante et préférée, laissant les autres à peu près désertes.

— A propos, vous savez la nouvelle? dit tout à

coup de sa voix de Méridional, pleine, sonore et bien
timbrée, un des plus jeunes membres du cercle, le
vicomte Hector d'Amblie, celui-là même que l'on
avait surnommé la « Gazette parlée » parce que, ne
sachant que faire de ses nombreux loisirs, il les em-
ployait à porter d'un bout de la ville à l'autre les
bruits divers qu'il recueillait à peu près partout.

— Quelle nouvelle? demandèrent à la fois deux
ou trois curieux en relevant la tête.

— La nouvelle la plus inattendue à coup sûr, et
la plus surprenante du monde...

— Dites-la donc sans phrase!

— Eh bien! les de Noves sont revenus!

Après avoir jeté ces mots, qu'il n'accompagna
d'aucun commentaire, M. d'Ambli, certain d'avoir
produit son effet, n'ajouta point une parole, et prit
négligemment un journal de la veille, qui traînait
sur une table.

Il lui fut aisé de voir qu'il avait atteint son but,
car tous les regards se tournèrent vers lui, et toutes
sortes d'exclamations, qui se croisèrent par-dessus
la tête des joueurs, prouvèrent assez l'intérêt qui
s'attachait pour tout le monde à cet entrefilet de la
« Gazette parlée ».

Quant au comte Octave, qui en ce moment donnait les cartes, il eut un haut-le-corps involontaire,
qui fut remarqué de tout le monde, et il éprouva un
trouble assez grand pour oublier, au risque de compromettre sa partie, de marquer le roi qu'il avait en
main.

Un de ses adversaires, placé en face de lui, et le regardant avec une certaine attention, vit passer sur
ses pommettes une rougeur vive comme une flamme,
— mais fugitive comme un éclair.

— Tiens! tiens! se dit-il, Hector d'Ambli vient de lancer une petite phrase grosse de tempêtes... et, d'ici peu, nous aurons peut-être du nouveau dans Avignon. Ce pauvre Montrégis serait un bien mauvais diplomate! On ne se trahit pas comme cela! Il fait voir à tout le monde qu'il a été remué jusque dans ses moelles... Ces jeunes gens, cela ne sait rien cacher! Est-ce que les anciens feux, que tout le monde croyait éteints, voudraient se rallumer? En ce cas, la petite comtesse n'aurait qu'à se bien tenir, car c'est une terrible enjôleuse que M$^{me}$ la marquise de Noves! Quand elle tient, elle tient bien, et je me demande comment le comte Octave a pu sortir de ses mains...

Des réflexions de toute sorte, très vives et très animées, suivirent la nouvelle apportée par le vicomte d'Ambli. On avait beaucoup parlé, il y avait de cela trois ou quatre ans, de la disparition presque subite et difficilement explicable du marquis et de la marquise de Noves, qui avaient quitté Avignon sans tambour ni trompette, pour entreprendre, à l'étonnement de tout le monde, un grand voyage en Orient.

Tout faisait prévoir qu'on ne parlerait pas moins de leur retour.

Il donna lieu, en effet, dans les salons du Petit-Club comme ailleurs, aux suppositions les plus variées, que chacun faisait, il faut le dire, avec une grande liberté de paroles, parce que l'on se trouvait entre soi, et tout à fait en confiance les uns avec les autres. Il n'était douteux pour personne que le retour du couple voyageur allait prendre dans une ville inoccupée toute l'importance d'un événement.

Octave laissa passer ce flot de commentaires sans

la moindre remarque de son cru. Depuis le commencement de cet entretien, qui remuait profondément l'intérêt et la curiosité de tous ceux qui l'écoutaient, il ne perdait pas un mot de la conversation,
mais il n'y prenait aucune part. Il mena sa partie
nerveusement, fiévreusement, en homme qui songe
moins à gagner quelques louis qu'à reconquérir sa
liberté, perdit, régla ses différences, passa la main et
quitta la table, où sa pensée n'était plus.

Mais, comprenant que son départ, en un tel moment, pourrait donner lieu à des interprétations qui
ne lui plairaient point, au lieu de s'éloigner sur-le-
champ, il prit un journal — qu'il ne lut point —
et, quand il vit que l'émotion de la nouvelle donnée
par M. d'Ambli commençait à se calmer et que
l'on parlait d'autre chose, il prit son chapeau et s'es-
quiva, espérant que son départ ne serait point remarqué.

Il se trompait, du tout au tout, car dès qu'il ne fut
plus là, on ne s'occupa que de lui.

— Montrégis a du plomb dans l'aile! dit M. de
Rocas, un des joueurs qui avaient gagné contre lui.

— Ce qui ne l'empêche pas de voler encore assez
haut, reprit un autre interlocuteur. Je ne sais pas,
fatuité à part, lequel de nous aurait fait en si peu
de temps la conquête d'une fille comme Mlle de Valneige. Cette jolie Viviane est vraiment charmante.

— Charmante, si tu veux... Mais l'autre est charmeuse, ce qui est bien pis! On a prétendu dans le
temps qu'elle l'avait ensorcelé...

— Le philtre était bon, car il opère encore. Avez-
vous vu comme il a changé de couleur, quand d'Ambli nous a parlé de cet étonnant retour?

— Le fait est qu'il n'avait pas l'air du tout à son

aise. Il regardait du côté de la porte comme s'il se
fût attendu à la voir entrer tout à coup.

— Nous n'allons pas nous ennuyer d'ici quelque
temps, car nous assisterons bien certainement à
quelque plaisante comédie. Je retiens un fauteuil
d'orchestre.

— Ce sera peut-être un drame dans la manière
noire, dit un grand jeune homme pâle, qui avait
écouté tous ces racontars avec une gravité triste,
sans se mêler à cette conversation quelque peu légère.
M. de Noves est mon parent, je le connais bien, et
quand il est dans une affaire, je puis vous assurer
qu'il aime assez que les rieurs soient de son côté.

— Messieurs, il y a cinq louis en chouette! dit fort
à propos le garçon des jeux.

# XII

Cependant, le comte de Montrégis, en quittant le cercle, s'était trouvé en proie à une émotion aussi vive que profonde.

Il n'eut garde de rentrer chez lui dans l'état où il se trouvait. Il sentait bien qu'il n'avait pas le droit d'apporter les troubles, les frémissements et les passions de son âme orageuse dans son intérieur calme et pur, près d'une femme qui, confondant son bonheur et son devoir, ne demandait qu'à vivre dans la sérénité — j'allais dire dans la sainteté — de son unique amour. Il sentait qu'il lui eût été difficile de paraître en ce moment devant elle, sans lui laisser soupçonner les orages qui bouleversaient son âme. Il voulait, auparavant, reconquérir le calme qu'il avait perdu.

Aussi, faisant un détour pour ne point passer devant l'hôtel d'Aigueperse, d'où il aurait pu être aperçu dans sa fuite par sa femme ou par sa belle-mère, il gagna le fleuve, en s'enfonçant dans les quartiers excentriques que ne fréquentent guère les gens de son monde, franchit le pont historique, le fameux pont d'Avignon, que domine si fièrement le château des Papes, prit la route ombragée des Angles, qui court entre des haies de sureaux et de mûriers sauvages, et s'enfonça dans la campagne déserte.

Il éprouvait en ce moment un impérieux besoin de solitude et de silence.

La marquise de Noves, celle-là même dont on venait d'annoncer le retour dans sa bonne ville d'Avignon, avait été la première passion ou, pour mieux dire, la seule passion du comte de Montrégis avant son mariage. Elle avait allumé les flammes de sa jeunesse; elle en avait embrasé les désirs et rempli les rêves.

A coup sûr, une telle femme était bien faite pour inspirer l'amour. Plusieurs l'avaient adorée, à commencer par son mari, un des plus riches propriétaires du Comtat, qui avait fait, en l'épousant, un de ces mariages que l'on appelle d'inclination, dans lesquels on n'écoute que son cœur; dont les commencements sont toujours adorables, mais dont la suite est parfois moins heureuse, parce que rien n'est plus rare, chez l'homme comme chez la femme, que la persévérance et la durée dans les sentiments extrêmes.

Imperia Castelli, des princes Castelli-Avellano, était le sang romain, — et même troyen! — disait-elle parfois, avec la fierté des vieilles races, quand les douairières d'Avignon discutaient devant elle ces questions passionnantes d'alliances et de généalogies, qui occupent encore les loisirs de certaines provinces. Elle appartenait à une de ces anciennes familles italiennes, qui se transplantèrent en France à la suite des papes, quand les successeurs de saint Pierre quittèrent les bords du Tibre pour les rives du Rhône.

Les Castelli firent souche dans le Comtat, s'allièrent aux plus nobles maisons de la Provence, couvèrent le pays à leur goût, et, quand les souverains pontifes, après des années d'épreuves vaillanment supportées, regagnèrent leur antique séjour près du tombeau des apôtres, ils ne voulurent point quitter leur nouvelle patrie, et ils s'établirent en France, non plus comme des exilés qui suivent leurs maîtres par dévouement et fidélité, mais pour y fixer leur perpétuelle demeure.

La France leur sut gré de ce choix et de cette adoption. L'armée, la magistrature et l'Église ouvrirent leurs rangs pour les recevoir, et ils servirent l'État avec une intelligence et une bravoure qui valaient des lettres de grande naturalisation. Leur nom seul révélait encore chez eux l'origine étrangère.

Au milieu de ces races provençales dont le type garde si bien l'accent du Midi, leurs traits et leurs expressions physionomiques accusaient plus fortement encore leur incontestable origine.

Le premier des Castelli, qui s'était fixé à Rome, vers le milieu du douzième siècle, arrivait des maquis de la Corse, et toute sa race avait gardé les signes caractéristiques de sa sauvage et puisante origine. A travers les croisements qui devaient nécessairement résulter de tant d'alliances diverses, l'antique aïeul, par la force même du sang, les avait transmis à tous ceux qui descendaient de lui : œil d'aigle, au regard perçant, et dans lequel brûlait un feu sombre ; front étroit, au modelé ferme et net, anonçant l'énergie d'une volonté opiniâtre; chevelure superbe, si noire qu'elle en paraissait bleue; bouche charmante, mais qui pouvait devenir aisément cruelle, avec ces lèvres rouges, dont l'arc, en s'entr'ouvrant, laissait voir l'éclair des dents blanches, petites, aiguës, bien rangées. Ajoutez un profil de camée antique, pur, mince et fin, d'une correction singulière.

Tel avait été le premier des Castelli. Telle était, au moment où Octave de Montrégis l avait rencontrée, Impéria, marquise de Noves, la dernière de sa race. Le portrait du Corse du douzième siècle, conservé avec un soin pieux dans la galerie des ancêtres, offrait une telle ressemblance avec la Française du dix-neuvième, qu'en voyant celle-ci près de celui-là, on avait l'illusion d'un père et d'une fille.

La fortune seule avait, de tout temps, manqué à la famille, qui n'avait pas reçu du ciel cette habileté pratique, nécessaire, dit-on, pour faire les bonnes maisons. Puis la race était prolifique, et l'on sait que même les gros héritages s'amincissent terriblement quand on les a trop souvent partagés. On se relevait une fois ou deux par siècle, à l'aide de quelques beaux mariages, faits tantôt par les hommes, chefs du nom et des armes, et tantôt par les femmes, dont la beauté toujours étrange et la grâce toujours captivante semblaient dignes des plus brillantes alliances.

Cette histoire, commune à plusieurs de ses aïeux, était également celle de la jeune Impéria, la dernière fleur héraldique éclose sur l'arbre trop fécond des Castelli. On peut dire qu'à seize ans elle tenait la tête de ce brillant escadron d'admirables filles qui boivent les eaux bleues du Rhône depuis Arles-la-Belle jusqu'à Lyon-la-Superbe.

A ce moment de leur histoire, diverse et changeante au point de vue de la fortune, le Pactole ne coulait point à pleins bords dans le domaine des Castelli.

Mais Impéria était si belle qu'il ne fallait désespérer de rien.

Elle était belle dans un pays où la beauté est une

puissance et une richesse; sur une terre où le soleil
exalte les passions, brûle le sang, enflamme le cerveau et donne à l'amour un empire et une force qu'il
n'aurait pas dans nos régions plus froides.

Impéria Castelli, dans ce radieux épanouissement de
sa première jeunesse, inspira donc au marquis de
Noves une passion ardente et profonde.

M. de Noves portait un des noms les plus justement honorés du Comtat, un nom qui brillait encore,
même après des siècles, d'un vif reflet de gloire
littéraire, et qu'entourait toujours de je ne sais quelle
auréole amoureuse celle qui fut l'objet de la flamme
immortelle et pure d'un grand poète, la noble dame
adorée de Pétrarque. — Cette Laure aux cheveux
blonds, qui revivra éternellement dans ses vers, cette
Laure de Noves, devant laquelle s'agenouilla toute
une génération de chanteurs amoureux, comptait
parmi les aïeules du marquis, et il était justement
fier de cette noble origine. Elle séduisit la fille des
Castelli, qui se sentit heureuse de porter ce beau
nom.

Le futur époux d'Impéria comptait peut-être à son
avoir un peu trop d'automnes pour s'associer sans
crainte et sans danger aux jeunes printemps de cette
trop séduisante créature. Mais lui-même avait été
fort beau, et les cruelles années ne lui avaient point
tout ôté. Il n'avait rien perdu de sa belle taille,
encore svelte et mince; de sa tournure élégante
et désinvolte, de son élégance un peu hautaine, mais
dont la hauteur, avec les femmes, était toujours tem-
pérée par une bonne grâce aimable et caressante.
Sa grande fortune devait, d'ailleurs, aux yeux de
beaucoup de gens, offrir une large compensation à
quelques désavantages dont la belle fiancée ne

semblait point s'être préoccupée trop vivement jusque-là.

Le mariage se fit donc, sans aucune objection de la part de celle qui s'y trouvait le plus intéressée. Les toutes jeunes filles ne sont pas celles qui s'appesantissent davantage sur les inconvénients qu'entraînent parfois avec elles ces disproportions d'âge. Elles les comprennent mieux quand elles ont déjà une connaissance plus exacte de la vie.

Impéria n'en était point encore arrivée là. Elle allait être riche : on l'appellerait « Madame la marquise! » Celui qui devenait son mari semblait l'adorer. C'en était assez vraiment pour qu'une fille de seize ans ne se mît point martel en tête à propos de malheurs ou d'ennuis que rien ne lui faisait ni craindre ni prévoir. Les roses épanouies du présent lui cachaient les épines du lointain avenir.

# XIII

Les premières années de ce mariage furent heureuses — d'un bonheur calme, mais qui suffisait à la jeune marquise. La vie ne lui avait point appris à être exigeante, et, comme la plupart des femmes de sa race, elle était au-dessus de ces manèges de la coquetterie mondaine, qui ont perdu si souvent les filles d'Ève. Ce n'est pas avec une pomme que le serpent l'aurait séduite.

Si elle devait jamais succomber, elle tomberait victime, non d'un caprice ou d'une fantaisie — elle était au-dessus de ces tentations vulgaires, qui ne lui inspiraient que le plus fier dédain — mais d'une passion, dans le sens le plus pur du mot, une de ces passions ardentes et profondes, implacables, qui s'emparent de toute une vie... qui brûlent le sang et dévorent le cœur. Le caractère même de la beauté souveraine d'Impéria, frappée, comme certaines têtes antiques, du sceau de la fatalité, semblait indiquer qu'avec elle, si cette solution était possible, toute autre était inacceptable.

Quand une femme est ainsi mise en lumière par tant de qualités qui la rehaussent, qui attirent sur elle tous les regards, sans lui permettre de rester un seul instant dans l'ombre, et qu'elle apparaît tout à coup dans une ville remplie d'une jeunesse riche,

oisive, élégante, au-dessus des soucis matériels de
l'existence, ne vivant guère que pour les plaisirs, et
faisant de l'amour sa préoccupation unique et absorbante, la venue de cette femme attire l'attention de
tous, et elle devient, à coup sûr, le but secret des
désirs de beaucoup.

La marquise de Noves ne fit point exception à la
loi commune. On s'occupa d'elle ; nous pouvons
même dire que l'on s'en occupa beaucoup. Nous devons ajouter que l'on s'en occupa fort inutilement.
Elle écoutait, avec un sourire indifférent et un léger
mouvement d'épaules, les propos les plus passionnés,
et se jouait au milieu des plus brûlants hommages
de ses adorateurs avec la même insouciance que la
salamandre héraldique s'ébat dans les flammes inoffensives des blasons. Son honnêteté fière se lisait
sur son beau visage, et ceux-là mêmes qu'irritaient
parfois la sécurité confiante et la sérénité superbe
de ce mari trop heureux étaient cependant forcés de
s'avouer que ces vertus conjugales n'étaient que
trop bien fondées chez lui.

Douze années — un bien long espace dans la vie
d'une femme, — s'étaient écoulées ainsi, sans qu'aucun incident fût venu apporter le moindre trouble à
ces félicités paisibles, monotones peut-être, mais qui
paraissaient suffire à ces deux époux, assez satisfaits
l'un de l'autre pour n'avoir besoin d'appeler personne
en tiers dans leur intimité.

Mais, pour grand qu'il soit, le bonheur des hu-
mains est toujours fragile, et l'épée symbolique de
feu Damoclès est éternellement suspendue sur leurs
têtes par ce fameux fil que le plus petit couteau peut
trancher.

La marquise de Noves eut son heure de crise.

La crise est à l'état latent dans toute existence fé-
minine. Elle n'attaque point toutes les femmes; mais
elle peut les attaquer toutes. Cette perspective suffit
à jeter une ombre sur le bonheur de la vie à deux.
La crise est caractérisée par l'ennui de ce que l'on
a et le désir de ce que l'on n'a pas. C'est un état
vague et maladif de l'âme, alors même que le corps
se porte bien. C'est une indéfinissable langueur,
pour laquelle ni les homœopathes ni les allopathes
n'ont encore trouvé de spécifique... par cette excellente raison qu'elle n'en a point. La femme elle-même,
qui se débat sous l'étreinte de ce mal étrange, n'en
sait pas le nom. Elle sent bien qu'elle souffre; mais
il lui serait impossible de définir sa souffrance.

Ce fut à cette époque dangereuse de son été commençant — quand elle se demandait ce qu'elle pouvait bien faire dans la vie, et peut-être même si elle
avait vécu — que la fière Impéria — elle avait alors
vingt-huit ans, âge terrible pour les crises — rencontra sa destinée sous la forme vraiment séduisante
d'Octave de Montrégis.

Mme de Noves était alors dans le plein rayonnement de sa beauté. La vie lui avait déjà tout donné
et ne lui avait encore rien pris. Plus jeune qu'elle
de quelques années, le comte de Montrégis ne donnait pas encore tout ce qu'il promettait, mais jamais
peut-être jeunesse d'homme n'avait montré plus de
fleurs ni plus d'espérances. Sa mère, qui avait pour
lui une affection profonde, mais intelligente et sans
faiblesse, avait tout fait, comme elle le disait elle-
même en son langage un peu mystique, pour le pré-
server de ce qu'elle appelait la corruption du siècle.
Elle l'avait entouré d'une surveillance qui, pour être
discrète, n'en était pas moins attentive. L'éducation

de ce fils, élevé avec toutes les précautions que l'on
eût pu prendre pour une fille, avait été faite, à grands
frais, dans la maison maternelle, qu'il n'avait pas
quittée, sous la direction de maîtres excellents, payés
fort cher. Un organiste d'une habileté rare, tout à la
fois exécutant et compositeur, avait cultivé ses dispositions exceptionnelles pour la musique, et il en
avait fait un artiste bien plus qu'un amateur.

Quand cette éducation sérieuse fut une fois terminée, la mère d'Octave prit un grand parti, digne de
son caractère hardiment résolu et de sa fermeté virile.

Sachant bien que, dans la condition sociale où se
trouvait son fils, elle ne pouvait point l'astreindre
aux rigoureux devoirs d'une profession quelconque ;
comprenant aussi que les sentiments bien connus de
sa famille, et des traditions qui, pour les siens,
avaient force de loi, ne lui permettaient ni de solli-
citer ni même d'accepter une position officielle dans
l'État, à une époque où l'État se montrait systémati-
quement l'ennemi des classes supérieures ; ne pouvant
songer à le marier, quand il avait encore ses dernières
gouttes de lait sur les lèvres, et, d'autre part, craignant pour lui les mauvais conseils de l'oisiveté, si
dangereuse pour la jeunesse ardente et riche ; sous
le prétexte habilement trouvé de parfaire son éducation par les voyages, elle l'enleva un beau matin
d'Avignon, où le guettaient de trop aimables compagnons de plaisirs, et, pendant trois ans, elle le promena à travers tous les pays de l'Europe, le conduisant de ville en ville, lui faisant connaître tous les
peuples, l'initiant à toutes les civilisations, lui faisant comprendre et admirer les merveilles de tous
les arts, qui font des grandes capitales comme autant
de musées offerts à la curiosité des gens de goût.

# XIV

Quand elle le ramena dans sa bonne ville d'Avignon, Octave de Montrégis avait vingt-cinq ans, et l'on peut dire qu'il offrait le type le plus accompli du jeune homme bien né, mieux élevé encore, pour la perfection duquel la nature et l'art se sont efforcés à l'envi de dire leur dernier mot. Ajoutez aux dons extérieurs, qui ont bien leur prix, surtout aux yeux des femmes, une distinction exquise, une rare élégance, et un visage sur lequel la correction des traits s'alliait au charme de l'expression. Et toutes ces grâces étaient encore rehaussées et comme embellies par je ne sais quelle fleur d'honnêteté, dont il semblait qu'en l'approchant on respirait le parfum. La vie, la vie cruelle, qui en a flétri tant d'autres, parmi les plus jeunes et les plus beaux, avait respecté celui-là. En lui rien de louche, de bas ou de douteux; rien de cette ombre terne et malsaine, que le mal accompli, tenté, désiré, entrevu, ou seulement rêvé, laisse sur le front hâve de tant d'hommes de ce siècle maudit, victimes de ces désordres précoces qui laissent leurs traces sur toute une existence. Un regard franc, droit et loyal, miroir d'une âme qui n'avait rien à cacher, achevait heureusement cette physionomie sympathique entre toutes. Pas une mère qui pût, en le voyant, s'empêcher de porter envie à celle qui avait su mener à bien avec un

si rare bonheur cette tâche difficile qui s'appelle l'é-
ducation d'un homme, et qui, d'ailleurs, montrait son
œuvre avec un visible mais légitime orgueil à ses
amis comme à ses ennemis.

Plus heureuse encore que fière de ses succès, la
mère d'Octave ne souhaitait plus maintenant qu'une
chose, pour couronner le grand œuvre de sa vie,
c'était de récompenser la docilité avec laquelle son
fils s'était prêté à tous ses désirs, en lui faisant faire
un mariage d'inclination avec une riche héritière. Un
cœur et une dot, n'est-ce pas le vœu le plus ardent de
toutes les mères soucieuses du bonheur de leur enfant?

Ce beau rêve était de ceux qui avaient toutes les
chances possibles de se changer en bonne et solide
réalité. Il semblait à la comtesse qu'elle n'avait qu'à
choisir entre les filles les plus charmantes et les plus
opulentes du Comtat. Laquelle donc ne serait pas
heureuse de devenir la femme d'un homme comme
Octave de Montrégis?

# XV

Il a raison, toujours raison, le vieux proverbe enregistré dans ce livre qui s'appelle la sagesse des nations :

« Il y a loin de la coupe aux lèvres! »

Octave rencontra la marquise de Noves dans une soirée que donnaient en l'honneur de Pétrarque les félibres provençaux, et, à partir du moment où il eut reçu dans l'âme l'éclair de ses yeux noirs et profonds, ce fut une nouvelle vie qui commença pour lui.

Sa mère ne tarda point à s'en apercevoir. Là où elle n'avait jamais trouvé que l'obéissance passive et la soumission absolue du modèle des fils, tout à coup elle vit se dresser devant elle la résistance inébranlable et la fermeté invincible d'un homme qui vient d'apercevoir tout à coup le vrai but de sa vie, et qui veut l'attendre, sans que rien l'en puisse détourner.

C'est qu'il était aimé et qu'il aimait.

Dans cette éclosion soudaine d'une passion mutuelle, il y eut bien véritablement ce coup de foudre dont nos grand'mères alléguèrent plus d'une fois la toute-puissance, pour justifier leurs trop soudaines et trop fréquentes faiblesses. Et ce coup de foudre les frappa tous deux en même temps. Il eût été impossible de dire lequel des deux aima le premier. L'un et l'autre, du reste, étaient également bien préparés et prêts pour l'amour : elle, dans toute la puissance de la vie, après une jeunesse contenue, pleine d'attente, dont rien n'était venu satisfaire les aspirations secrètes et persistantes ; lui, avec toute la fougue de ces premiers désirs qui font bouillonner le sang dans les veines de l'homme, comme les chaleurs d'avril font monter la sève dans la plante enivrée de soleil.

Il n'y eut entre eux ni manèges mondains ni coquetteries de salon. Ils obéirent à l'instinct et non au raisonnement, et ce fut chez tous deux un même élan, également passionné et sincère, également impétueux et inconscient, qui les jeta dans les bras l'un de l'autre.

Impéria ne lui avait demandé ni serments ni promesses ; elle s'était donnée sans condition — pour le simple bonheur de se donner, — ne comprenant même pas que l'on pût se reprendre ; persuadée que ce qui doit finir ne devait pas commencer, et que la première condition d'un sentiment digne du nom d'amour était la certitude, chez tous deux, de son éternelle durée.

Tout permettait de supposer que le jeune comte de Montrégis n'avait point à ce sujet d'autre manière de voir. Il était, d'ailleurs, à cet âge heureux où l'on ne se perd point dans les subtilités des analyses quintessenciées. Il avait mieux à faire. Livré tout entier aux délices d'une possession pleine de charmes, il s'y abandonnait sans arrière-pensée, trop heureux du présent pour se préoccuper de l'avenir, et ne demandant à la vie que ce qu'elle lui donnait en ce moment.

# XVI

Malgré les précautions infinies dont les amours coupables sont obligées de s'entourer partout, mais plus encore dans la province jalouse, qui les épie et les surveille de ses cent yeux toujours ouverts, il transpira bien au dehors quelque chose de cette liaison pleine de périls. Si grande que fût la réserve que leur imposait une situation que pouvait compromettre l'événement le plus fortuit et la circonstance la plus insignifiante en apparence, même au milieu du monde, comme font trop souvent les amants bien épris, ils échangeaient, au risque de se perdre, des regards chargés de flammes. On ne savait rien encore, mais déjà l'on se doutait de tout. Il avait transpiré des bruits : des rumeurs vagues circulaient. Tous ceux dont la beauté d'Impéria Castelli avait jadis allumé les feux, et qui ne s'étaient résignés à sa vertu que parce qu'ils la savaient vertueuse contre tout le monde, maintenant qu'ils avaient le soupçon de sa faiblesse pour un autre, sentaient se réveiller leurs anciennes ardeurs, et mettaient toute leur clairvoyance au service de leurs rivalités mécontentes.

La marquise avait l'intuition trop juste et la perception trop nette de ce qui se passait autour d'elle pour ne pas deviner quel était en ce moment l'état des esprits à son égard. Mais, si condamnée qu'elle fût à

la prudence, la fierté de sa nature et l'audace de sa
race ne lui permirent point d'en tenir compte. Son
amour était tout pour elle, et le reste n'était rien.
Une voix secrète l'avertissait, d'ailleurs, que tout se
paye en ce monde, et qu'il faut acquitter la rançon du
bonheur. Elle se soumettait à cette loi commune, et
s'attachait plus fortement à sa passion, par cette raison
même qu'elle pouvait lui coûter davantage.

Ils continuèrent donc à vivre comme par le passé,
sous l'empire d'une exaltation fiévreuse : lui, dans une
trompeuse sécurité; elle, dans une sourde inquiétude,
qu'elle s'efforçait de dissimuler à son jeune et imprudent ami; ayant parfois des accès de terreur qui projetaient leur ombre sur ses joies; s'imposant un jour
les précautions d'une réserve oubliée le lendemain,
bravant les dangers, mais poursuivie par la pensée
de cet éternel péril.

La mère d'Octave, qui avait trop d'intérêt à observer son fils pour laisser rien échapper de ce qui se
passait autour de lui, eut bientôt le soupçon, puis la
certitude de sa liaison en règle et, pour ainsi dire,
déclarée avec M^{me} de Noves.

Elle en éprouva une réelle et profonde douleur.
Tout le fruit de ses longs efforts pouvait être compromis en un instant, perdu peut-être, par une irré-
parable imprudence. Mais elle devinait si bien le
caractère de cette passion implacable, elle se rendait
si parfaitement compte de l'empire qu'une femme
comme cette belle Impéria Castelli devait avoir pris
sur son fils, qu'elle sentait d'avance inutiles toutes
les représentations qu'elle voudrait lui faire. Elle crut
qu'il valait mieux se taire que de compromettre en
vain son autorité maternelle. Elle savait que c'est
surtout dans les âmes restées longtemps chastes que

brûlent les flammes vives de la passion, et que les
plus pures jeunesses sont souvent la proie des plus
ardentes amours. Et, parce qu'elle savait tout cela,
elle savait aussi que tout ce qu'il y avait à faire
pour elle, en ce moment, c'était de se résigner et
d'attendre.

Elle attendait!

Mais il y a des moments où la patience est difficile
et cruelle. De jour en jour la comtesse de Montrégis
suivait sur le visage de son fils la trace des émotions
à travers lesquelles il passait. Si grande qu'eût été
d'abord sa sécurité, Octave avait cependant fini par
ressentir quelques craintes. Quand le prochain s'oc-
cupe un peu trop de nous, d'une façon plus ou moins
malveillante, il est rare que nous n'en soyions point
instruits par quelque intervention malicieuse ou cha-
ritable, — on ne sait jamais bien au juste. C'est un
nuage sombre sur le front de ceux qui vous aiment;
c'est un sourire ironique sur les lèvres de ceux qui
ne vous aiment pas ; c'est une parole aigre-douce
dans la bouche d'une rivale; c'est une allusion
piquante, enveloppée dans la phrase, en apparence
inoffensive, d'un indifférent; c'est un conseil d'une
bienveillance féline; c'est une commisération douce-
reusement hypocrite de quelqu'un qui n'a pas le
droit de vous blâmer et qui s'arroge celui de vous
plaindre; ce sont enfin les mille formes plus ou
moins ingénieusement variées du supplice que le
monde inflige, avec toutes sortes de raffinements, à
celle qui aime en dehors des lois sociales, dont on a
imposé le code inique à la femme, tout en permet-
tant à l'homme de s'y soustraire.

Aucune de ces petites tortures morales ne fut
épargnée à la marquise de Noves. Nous n'étonne-

rons personne en disant qu'elle les supporta avec
un courage stoïque — ne se plaignant jamais de
souffrir, pourvu qu'elle souffrît seule ; ne demandant qu'une chose : conserver cet amour dans lequel
elle avait mis sa vie. Quand elle voyait Octave soucieux, presque triste, elle relevait son courage, rail-
lait ses craintes et riait de ses inquiétudes.

— Que peuvent nous faire, lui disait-elle alors,
avec un sourire qui lui ouvrait le ciel, ces sots et ces
méchants? Aimons-nous et méprisons-les !

Octave, pour ne pas l'affliger davantage, s'efforçait
de reprendre un front calme et serein ; mais quand
il se trouvait loin d'elle, il n'avait pas toujours assez
d'empire sur lui-même pour dérober à tous les yeux
— surtout aux yeux de sa mère — le trouble secret
dans lequel le jetait la seule pensée de la catastrophe
suprême où s'engloutirait leur cher bonheur.

Les deux coupables ne prononçaient jamais le nom
de M. de Noves. Ils n'étaient pas de ceux qui raillent
l'homme qu'ils offensent. Mais son souvenir, toujours
présent à leur esprit, se levait souvent entre eux,
comme une image menaçante et terrible. Les fautes
que l'on croit les plus secrètes ont ainsi leur intime
et inévitable châtiment.

On dit parfois que les maris sont toujours les derniers informés des malheurs qui les frappent. M. de
Noves semblait confirmer cette règle fâcheuse.

On eût dit qu'il ignorait le premier mot des propos
regrettables qui couraient sur son ménage. Mais personne n'osait se charger de la tâche odieuse de lui
dessiller les yeux.

C'eût été d'ailleurs une peine inutile, car, bien
qu'il n'en fît rien voir, depuis longtemps déjà il
était sur ses gardes.

Mais jamais diplomate n'avait montré à l'observateur un visage plus impénétrable. S'il en était
encore seulement au soupçon, il faut convenir que
ce soupçon était singulièrement éveillé. Il entourait
le couple suspect d'une surveillance à laquelle il se
flattait que rien n'échapperait. Mais ses mortelles
inquiétudes faisaient de lui un homme aussi malheureux qu'il soit possible de l'être en ce monde.
Cependant, il ne voulait rien hasarder tant qu'il
n'aurait point une certitude complète. Il savait le
ridicule qui s'attache à ces sortes de malheurs, tant
qu'on n'en a pas tiré une vengeance sanglante, et
cette vengeance même était-elle possible, tant qu'il
subsisterait encore un doute dans son esprit?

D'autres raisons le contraignaient à la patience
et à l'attente. Il aimait celle qui le faisait tant
souffrir. Oui, ce mari trompé aimait sa femme! Sa
passion pour elle, un moment endormie dans les
tranquilles délices d'une possession sans inquiétude et
sans trouble, s'était réveillée avec toutes les ardeurs
des premiers jours, depuis qu'il avait vu quels dangers menaçaient son bonheur et son honneur. C'était
à croire qu'il n'avait jamais mieux compris la valeur
de son trésor qu'au moment où l'on voulait le lui
ravir. Il avait donc tout intérêt à se dominer et à se
contenir, s'il ne voulait point s'aliéner à tout jamais
le peu d'affection que le cœur de cette trop séduisante créature pouvait lui garder encore. Il savait
trop bien quelle révolte soulèverait contre lui, dans
cette âme implacable et fière, un éclat qui la perdrait également, innocente ou coupable.

Toutes ces raisons — qu'il comprenait — et auxquelles il obéissait — n'en rendaient que plus terrible son courroux contre celui qui était venu apporter

un tel trouble dans sa vie. Son seul regret maintenant était de ne pouvoir le supprimer sans scandale
et sans bruit.

# XVII

Cependant, les trésors de colère qui s'amassaient en lui allaient enfin déborder. Il arrive toujours un moment où l'homme le plus ferme, et possédant le plus d'empire sur lui-même, devient impuissant à contenir ses ressentiments et ses colères.

Une circonstance particulière vint modifier ses résolutions et ses projets.

Il rencontra un jour en visite, dans une maison amie, la mère d'Octave de Montrégis.

Il leur suffit à tous deux d'un regard pour se pénétrer et se comprendre l'un et l'autre. Ils ne voyaient que trop clairement qu'ils ne pouvaient rien se cacher. Il est des moments où l'on sent que toute dissimulation est inutile, et que la franchise s'impose, — si pénible qu'elle puisse être. Leur parfaite possession d'eux-mêmes, leur grand usage du monde et leur savoir vivre pouvaient seuls sauver la situation. Ils la sauvèrent, en effet, et, à les entendre échanger les propos légers qui sont la monnaie courante en usage dans les salons, il eût été difficile de soupçonner les orages qui grondaient dans leurs âmes tourmentées.

M$^{me}$ de Montrégis se disait :

— Cet homme veut peut-être tuer mon fils...

Et M. de Noves se répondait à lui-même :

— Le fils de cette femme est peut-être l'amant de la mienne!

Et ils étaient l'un devant l'autre, calmes tous deux, et ils se parlaient le sourire aux lèvres. Le monde a de ces héroïsmes... qui sont peut-être des lâchetés.

M<sup>me</sup> de Montrégis se leva pour sortir. M. de Noves, sans affectation aucune, mais le plus naturellement du monde, prit congé presque en même temps, la rejoignit dans l'antichambre, et, s'autorisant de la familiarité ancienne de leurs familles à tous deux, sollicita l'honneur de la mettre en voiture.

M<sup>me</sup> de Montrégis accepta de bonne grâce, et, quand le marchepied fut abaissé, passant rapidement la première :

— Veuillez monter, Monsieur, lui dit elle, le mistral souffle en tempête et vous toussez. Je veux vous mettre à votre porte.

Sans rien répondre, le mari d'Impéria s'assit près d'elle.

— Chez M. le marquis! dit la mère d'Octave au valet de pied qui attendait ses ordres.

— Vous avez à me parler, Monsieur? dit-elle, sans chercher d'ambages, et en relevant la glace.

— En effet, Madame. Le moment est venu, je crois, d'une explication entre nous. Cette explication est difficile sans doute, mais elle est nécessaire.

La comtesse acquiesça d'un signe de tête.

— Elle sera peut être pénible, continua M. de Noves, mais je la crois inévitable.

— Je ne la fuis point! répliqua M<sup>me</sup> de Montrégis, étant de celles qui ont l'habitude de regarder tout le monde en face... même le malheur!

Cette phrase si nette, si brève, si parfaitement en situation, fut suivie d'un instant de silence.

Le mari d'Impéria parut se recueillir, comme s'il eût cherché le mot juste, disant assez et ne disant pas trop, par lequel il pourrait bien entamer cet entretien plein de périls.

Mais bientôt, redevenu maître de lui par un effort tout-puissant de sa volonté, et, regardant la comtesse bien en face :

— Il y a longtemps qu'on l'a dit, fit-il d'une voix basse et triste :

Le plainte est pour le fat, le bruit est pour le sot.

M^me de Montrégis connaissait le vers qui rime avec celui-ci; mais elle n'eut garde d'achever la citation.

Le marquis continua, lentement, en homme qui pèse chacun des mots dont il se sert, qui sait ce qu'il doit dire, et qui ne veut pas que l'expression, allant plus loin, trahisse sa pensée :

— Je n'entends pas me plaindre et je ne suis pas lisposé à faire de bruit, poursuivit-il; mais nous nous trouvons, M^me de Noves et moi, dans une situation fâcheuse, à laquelle il est de mon devoir de mettre un terme.

— Je ne comprends pas bien où vous voulez en venir, avec cette confidence qui me surprend! balbutia M^me de Montrégis, sans pouvoir se défendre d'un certain trouble, involontaire mais réel.

— Il doit pourtant vous être facile de deviner ce que je ne voudrais pas vous dire? poursuivit le marquis d'un ton plus ferme.

Ma femme est compromise par votre fils, ou elle se compromet avec lui... Je ne discute pas sur les mots, ne voulant voir que les choses. Dans un cas comme dans l'autre, la situation est également fâcheuse pour moi... et j'entends la faire cesser... par tous

les moyens possibles, continua-t-il avec une fermeté
d'accent qui annonçait chez lui une résolution désormais inébranlable.

La comtesse le voyant si bien instruit des choses,
et comprenant à quel point il était dans le vrai, ne
trouvait véritablement aucune bonne raison à opposer
aux siennes. Cependant, comme elle savait bien qu'en
pareil cas le silence est le plus compromettant des
aveux, et qu'il fallait bien répondre quelque chose :

— Le monde est méchant, dit-elle; que de femmes
ont été victimes de la calomnie! Combien d'irrépro-
chables créatures se sont vues injustement frappées!
Ce n'est pas agir sagement que de faire un éclat sur un
simple soupçon.

— Une marquise de Noves ne doit pas plus être
soupçonnée que la femme de César! répondit le mari
de la belle Impéria, avec une dignité dont M$^{me}$ de Montrégis fut frappée. Mais, rassurez-vous, Madame! je
hais le scandale autant que vous pouvez le détester
vous-même... et je saurai l'éviter... à cause de mon
nom... et à cause d'elle, que je ne veux point perdre...
car j'ai la faiblesse de l'aimer toujours... malgré des
torts... dont la gravité réelle m'est encore inconnue.
Pour la sauver, je vais prendre un parti héroïque,
mais dont le succès ne dépend pas de moi seul. J'ai
besoin que vous m'aidiez!

—Parlez, Monsieur. Je suis prête à tout. Votre cause
est la mienne... et vous pouvez être certain que je ne
sépare point nos intérêts. Qu'attendez-vous de moi?

— Peu de chose, en vérité! Je ne vous demande pas
une lettre de cachet contre M. de Montrégis; la République n'en donne point, ce qui est peut-être un tort,
car les lettres de cachet ont du bon quand on n'en
abuse pas. Je me contenterai d'un ordre d'exil... oh!

pas très long! un exil de trois jours seulement... trois
jours sont bientôt passés, et j'ai besoin, pendant ce
laps de temps, de toute ma liberté d'action... Pouvez-
vous me la garantir?

— Absolument... ou bien, c'est que mon fils se
mettrait en révolte ouverte contre sa mère, ce dont
je lui fais l'honneur de le croire incapable.

— Alors, Madame, je réponds de tout. Mais, je ne
me dissimule point que nous touchons au moment le
plus terrible de la crise. Nous n'avons plus une minute
à perdre. Quand pourrez-vous éloigner votre fils?

— Demain, à midi, il aura quitté la ville, où nous
ne rentrerons que dimanche. Je ne puis vous promettre une plus longue absence. Je l'emmène : il ne
refusera pas de m'accompagner. Cela, j'en suis sûr.
Mais je le connais trop pour ne pas craindre, si je voulais le retenir plus longtemps, qu'il ne revînt sans
moi. Le danger serait alors plus grand qu'aujourd'hui.
Les ennuis de la séparation deviendraient pour lui
comme un nouvel aiguillon... et j'aurais peur...

— Qu'il ne me contraignît à l'emploi des moyens
violents?... Non, Madame, rassurez-vous! mes mesures sont bien prises, et, dans trois jours, je n'aurai
plus rien à craindre de lui... Mais me voici à ma
porte. Il ne me reste plus qu'à vous remercier de
votre précieux concours! N'oubliez pas que nous
sommes maintenant des alliés!

— Soyez certain que vous n'en aurez pas de plus
fidèle que moi! Est-ce que vos intérêts ne se confondent point aujourd'hui avec les miens?

— Ceci est la base de tous les traités! fit M. de
Noves, en saluant Mme de Montrégis.

# XVIII

Le marquis rentra chez lui assez calme en apparence. Il se voyait, depuis trop longtemps déjà, dans la pénible nécessité de dissimuler sans cesse ses impressions, pour n'avoir pas conquis un empire absolu sur lui-même. Il en eut besoin dans cette circonstance; il eut besoin aussi de toutes les ressources de son esprit vif et brillant, pour maintenir la conversateur que sa femme laissait tomber à tout bout de phrase. On peut dire que, ce soir-là, Impéria était visiblement nerveuse, inquiète, frémissante, comme si elle eût vu passer dans son ciel des nuées sombres, messagères de quelque orage. On eût dit qu'elle se sentait menacée dans son bonheur. Peut-être n'avait-elle point assez vu dans la journée celui qu'elle aurait voulu voir toujours.

Après le dîner quelques amis vinrent prendre le thé, et la soirée s'acheva sans incidents.

Impéria rentra dans ses appartements privés en proie à de sombres pressentiments. Sa nuit fut mauvaise. Elle dormit peu, et les rares instants de sommeil qui lui furent accordés furent troublés de rêves pénibles. Elle se voyait à la lisière d'un bois. Deux hommes — Octave et son mari — allaient en venir aux mains... Un groupe de témoins se mêlait à eux... Puis elle voyait les deux combattants, un pistolet à

la main, marcher l'un vers l'autre. Elle eût voulu
s'élancer entre eux, empêcher le combat... Mais elle
sentait que ses pieds se rivaient au sol, comme si elle
y prenait racine, et que les paroles s'arrêtaient dans
sa gorge desséchée. Puis on commandait le feu. Elle
entendait les paroles. Elle avait peur, et cachait sa tête
dans ses mains... Tout à coup, une détonation retentissait. Machinalement, elle ouvrait les yeux et
apercevait un des deux combattants couché sur le
gazon, la poitrine trouée, tout sanglant... Lequel?
De si loin elle ne pouvait pas voir! Etait-ce son
mari? Etait-ce l'autre? Doute horrible, qu'il lui était
impossible d'éclaircir, car, au moment où elle voulait s'approcher du blessé, un témoin venait à elle,
et, lui parlant avec une certaine rudesse, lui ordonnait de s'éloigner... Et elle demeurait ainsi dans le
trouble de l'incertitude et dans l'angoisse du doute.

Elle se réveilla plus fatiguée qu'on ne l'est après
une nuit blanche.

Son mari entra chez elle de bonne heure, s'informa
de sa santé avec une sollicitude presque tendre, lui
trouva de la fièvre, et, sous prétexte de la soigner,
s'arrangea de façon à ne pas la quitter d'un instant,
et surtout à ne pas la laisser seule avec sa femme
de chambre, une fine mouche douée du génie de
l'intrigue, dont il avait quelque raison de se défier.

Impéria était sur les épines. Elle eût beaucoup
donné pour éloigner cette surveillance ombrageuse,
par laquelle, depuis l'arrivée de son mari, elle se sentait embarrassée et gênée. Mais les maris sont parfois
tenaces, et, quand ils ont des soupçons, il n'est pas
bon de les changer en certitudes.

Ce supplice de la présence perpétuelle dura jusqu'à
l'heure du déjeuner, dont rien ne vint troubler le

tête-à-tête. Le marquis savoura son café, un peu plus lentement peut-être que d'habitude, alluma un cigare, et sortit pour aller lire ses journaux au Petit-Club, ainsi qu'il faisait à peu près tous les jours.

Quand elle fut certaine d'être seule M^{me} de Noves sonna.

— Ce n'est pas vous que je demande! dit-elle au valet de pied qui venait prendre ses ordres. Envoyez-moi Toniella.

Cette Toniella, vis-à-vis de laquelle le marquis jugeait à propos de se tenir continuellement sur ses gardes, était la femme de chambre d'Imperia. C'était une fille des maquis, dont le père avait eu des ennuis après une vendetta, declarée et poursuivie dans le plus pur style du pays. A la suite d'un coup malheureux, grâce auquel il avait logé une once de plomb dans la cervelle d'un propriétaire des environs, le pauvre homme avait été obligé de prendre la campagne, et Toniella, restée seule toute petite auprès du foyer désert, se serait trouvée dans la peine, si Impéria, alors en Corse, où elle faisait avec son mari son voyage de lune de miel, n'avait eu pitié de cette misère imméritée. Elle prit l'enfant, l'emmena avec elle en France, et se chargea de son avenir.

Ces âmes corses, ardentes et profondes, sont également capables du bien et du mal, et on les trouve aussi entières dans la haine que dans l'amour. La reconnaissance de Toniella, devenue grande et déjà jeune fille, pour la maîtresse à qui elle devait tout, n'eut d'égal que son dévouement. Ce dévouement fut complet et absolu. On peut dire qu'elle l'aimait jusqu'au crime — inclusivement. Je me trompe! Quand la marquise avait parlé, il n'y avait plus ni crime ni vertu : il y avait sa volonté, qui était tout pour Toniella; il y avait ses ordres souverains, qu'il fallait exécuter, coûte que coûte! sans raisonner..., sans réfléchir! La jeune Corse, qui semblait avoir perdu en grandissant la conscience du bien et du mal, était devenue en peu de temps l'âme damnée de la marquise de Noves. Impéria savait qu'elle pouvait tout lui demander et tout lui commander. Quand il s'était agi pour elle d'établir avec Octave de Montrégis des communications dont elle ne pouvait confier le secret à tout le monde, elle avait trouvé, dans sa camériste, la messagère la plus docile et la plus sûre.

Le valet de pied n'avait pas quitté le boudoir depuis une minute que Toniella y entrait à son tour.

Comme si elle eût su d'avance ce que l'on attendait d'elle, elle avança la main silencieusement.

— Voici un billet pour le comte, dit M^{me} de Noves d'une voix caressante. Va, cours, vole... Et surtout reviens!... Il me faut sa réponse dans dix minutes... Je ne vivrai pas jusqu'à ton retour!

— Il y a donc du nouveau, maîtresse? fit la jeune fille, tout en serrant délicatement le billet dans son corsage.

— Non! mais je suis inquiète... On dirait que monsieur a des soupçons... Il ne m'a pas quittée d'une minute depuis le déjeuner... Ceci n'est pas dans ses habitudes... et j'ai peur! Oui, j'ai peur,... moi! Cela t'étonne, n'est-ce pas? Je préviens M. de Montrégis. Il faut, — tu m'entends, *il faut* — qu'il ait ce billet tout à l'heure!

— Je ne fais qu'un bond d'ici à l'hôtel d'Aigue-perse... Grâce à Isaure, la femme de chambre de M^{me} la comtesse, dont j'ai fait mon amie, afin qu'elle vous serve mieux, je puis entrer à toute heure... Ne vous impatientez pas trop! Je jure de revenir bientôt, avec une bonne petite lettre, qui vous fera grand plaisir, et que vous baiserez cent fois, après l'avoir lue, comme celle de dimanche!

— Tais-toi, petite masque... et va-t'en! tu devrais être déjà de retour.

Toniella partit sans ajouter une parole, laissant la marquise en proie à toutes sortes d'impressions pénibles, et se défendant malaisément contre ses noirs pressentiments. Ses yeux impatients ne quittaient pas l'aiguille de la pendule, qui lui semblait se traîner dans le cercle des heures avec une lenteur inaccoutumée.

— Elle me fait mourir, cette Toniella! murmurait-elle d'une voix qui passait à peine entre ses dents serrées.

Enfin, la camériste revint, rouge, essoufflée, n'ayant pas perdu une seconde, mais ne rapportant pour toute réponse que le billet même dont la marquise l'avait chargée.

— Comment! tu n'as rien?... Pourquoi? Qu'est-il donc arrivé? Où est-il? Ne l'as-tu pas vu?

Toutes ces questions se pressaient à la fois sur les lèvres tremblantes de la marquise, dont l'impatience ne laissait point à celle qu'elle interrogeait le temps de lui répondre.

— Il est parti! il est parti! dit enfin Toniella, dès qu'elle put parler.

— Parti? parti? fit la marquise, comme un vain écho, répétant sans les comprendre les sons qu'il entend.

Ses joues étaient devenues vertes comme l'herbe; après avoir dit ces deux mots, elle resta un moment sans paroles, comme perdue dans ses pensées, pleine d'incertitudes et de doutes.

Puis, tout à coup, se rapprochant vivement de la
jeune fille et lui mettant une main sur l'épaule, avec
une brusquerie qui n'était pas sans violence, comme
pour s'emparer d'elle et mieux la contraindre à
l'écouter et à lui répondre :

— Que dis-tu là? fit-elle, en la regardant fixement,
les yeux dans les yeux... Parti? lui!... Sans me prévenir... Sans un mot d'adieu... Tu te trompes, Toniella. C'est impossible!

— Il est parti! répéta la jeune fille...

— Où est-il à présent?

— Je ne sais pas!

— Eh! de qui tiens-tu cette nouvelle?

— De Victor, le premier cocher, qui est allé les conduire à la gare.

— Les? qui, les? il n'est donc pas parti seul?

— Non! M^{me} la comtesse était avec lui.

— Ah! c'est avec sa mère?

— Oui! Isaure accompagne sa maîtresse. Je n'ai
donc pu la voir.

— Comment! Elle emmène sa femme de chambre!
C'est donc un déplacement de plusieurs jours, alors,
se dit M^{me} de Noves, tirant ainsi leur conséquence
forcée des plus légers détails.

Puis, se retournant vers Toniella, qui, debout devant elle, attendait toujours :

— Quel train ont-ils pris?

— Celui de midi vingt minutes.

— Le grand express de Paris?

— Ah! pour cela, je ne sais pas! Je crois avoir entendu parler de Lyon...

— C'est étrange! murmura la marquise, le coude
appuyé sur la tablette de marbre de la cheminée, son
menton reposant sur la paume de sa main, dans l'atti-

ude d'une réflexion profonde... Oui, c'est étrange,
nvraisemblable!... Hier encore, il n'était pas même
question de ce voyage... et le voilà parti!

Il paraît que cela s'est décidé tout d'un coup! dit
lloniella. C'est au moment de se mettre à table pour
déjeuner, que M^me la comtesse a dit à M. le comte
qu'elle allait l'emmener. Il paraît que M. le comte n'a-
vait pas l'air content du tout... Il devait être si mal-
neureux de quitter Madame!... Mais il a dû partir
out de même... Lorsque la mère a parlé, dans cette
maison-là, il faut que tout le monde obéisse! Elle est
errible, cette comtesse!

— Et il ne m'a pas même fait prévenir! murmurait
impéria, dont les sourcils bruns, se rapprochant par
une contraction brusque, donnaient à toute sa physionomie une expression farouche.

Ce départ si brusque, qui avait des airs de rupture,
lui inspirait des inquiétudes et des craintes contre
lesquelles sa raison et sa fermeté habituelles étaient,
quoi qu'elle fît, impuissantes à la défendre. Mais la
réflexion survenant lui rendit un peu de calme. Elle
se dit qu'elle n'avait pas droit de douter d'Octave...
et elle n'en douta plus... Il était la victime de quelque
circonstance imprévue, ayant amené dans sa vie de
famille des complications contre lesquelles il ne lui
aurait pas été possible de lutter. Il ne tarderait pas
sans doute à revenir... Il serait peut-être ici le lendemain... et tout s'expliquerait, et elle serait la première
rire de ses terreurs folles... peut-être!

Mais une chose dont elle ne riait point, c'était de son
absence, qui allait être sans consolation... parce qu'elle
serait sans nouvelles de lui. Octave ne lui écrivait
jamais directement. Pouvait-on savoir entre quelles
mains serait tombée une lettre adressée chez elle? La

province use peu des complaisances de la poste restante. Dans une ville où tout le monde est connu, la
poste restante a le tort de compromettre trop aisément la femme qui se permet d'y recourir. L'échange
des tendres messages n'avait donc lieu pour Octave
et Impéria que par l'intermédiaire du mari d'Isaure
et de Toniella. Leur correspondance amoureuse ne
connaissait point d'autre facteur.

Le départ de la femme de chambre de M$^{me}$ de Montrégis rendait donc impossible pour Impéria toute correspondance avec Octave. Elle savait bien qu'elle ne
pouvait espérer le moindre billet de sa part pour
l'aider à prendre patience jusqu'au retour. N'ayant pas
même prévu la possibilité d'une séparation si complète, ils n'avaient pas songé à chercher un expédient
capable de rendre pour eux cette épreuve moins
cruelle. Si quelque chose peut, en effet, nous donner
pour un moment l'illusion de la présence de ceux qui
ne sont plus près de nous, ce sont les lettres dans
lesquelles ils épanchent leur âme. Si l'on n'a pas
même ces lettres, on n'a rien. Jamais M$^{me}$ de Noves
ne l'avait mieux compris qu'à présent, et cette pensée ajoutait comme un nouvel aiguillon à son désespoir.

Elle éprouva bientôt un irrésistible désir d'être
seule, pour mieux réfléchir, sans doute, à la gravité
d'une situation qui avait le double tort de lui sembler
inextricable dans le présent, et de ne pouvoir se prolonger sans lui causer, dans l'avenir, un supplice
qu'elle se sentait vraiment incapable de supporter.

— C'est bien! merci! laisse-moi! dit-elle à Toniella;
si j'ai besoin, je t'appellerai. Va, mon enfant!

Docile comme les esclaves, pour qui entendre et
obéir ne font qu'un, la jeune Corse disparut sur la

pointe du pied, légère et silencieuse comme une ombre.

Impéria resta seule comme elle l'avait voulu.

Mais, en un tel moment, la solitude lui était mauvaise, car elle la livrait comme une proie à ses pensées désolantes. De quelque côté qu'elle se tournât, elle ne voyait à l'horizon que des perspectives sombres. Depuis qu'elle aimait Octave de Montrégis, c'était la première fois qu'ils étaient séparés, et ces âpres douleurs de l'absence lui semblaient d'autant plus cruelles que le moment du revoir était plus incertain.

Vingt fois pour une, dans cette interminable après-midi, elle prit la plume pour écrire à M. de Montrégis, et, autant de fois, elle la laissa retomber sur sa table avec un geste découragé. A quoi bon écrire, se disait-elle, quand on ne sait même point à quelle adresse envoyer sa lettre !

Attentive à tous les bruits qui pouvaient troubler le calme de sa maison, — ce calme qui contrastait si fort avec les orages de son âme, elle épiait avec des frémissements nerveux les moindres indices qui pouvaient, du dehors, parvenir jusqu'à elle. Le marteau soulevé de la porte cochère la faisait tressaillir. Elle espérait à chaque moment voir arriver quelque message d'Octave, lui apportant de ses nouvelles. Il lui semblait vraiment impossible qu'il ne trouvât point le moyen de lui en donner, d'une façon plus ou moins indirecte. En mettant les choses au pis, ne pouvait-il point lui adresser quelques lignes sous le couvert de l'oniella? Rien de plus simple que cela! Sans aucun doute il allait le faire!

Cette idée, qu'elle se reprochait de n'avoir pas eue plutôt, la réconforta quelque peu, et elle ne songea plus qu'à guetter l'heure des courriers.

Il n'en vint aucun.

Certain de n'avoir rien à craindre pour ce jour-là, M. de Noves avait cru d'une bonne politique de laisser sa femme quelque temps seule avec elle-même. Il ne voulut point la troubler dans le sombre recueillement de sa douleur.

Il rentra cependant un peu avant l'heure du dîner, alla tout droit au boudoir de la marquise, et lui tendit une main que celle-ci ne prit qu'en frémissant, mais qu'elle fut bien forcée de prendre.

— Est-ce que vous êtes malade? lui demanda-t-il avec toutes les marques du plus tendre intérêt, et en lui mettant au front un baiser qui voulut se faire calme comme un baiser de père, mais que l'épouse coupable ne reçut qu'avec un sentiment de malaise visible.

— Moi! pas le moins du monde! Je suis très bien, répondit-elle. Pourquoi me demandez-vous cela?

— Parce que vous avez la main moite et fiévreuse.

— Ce n'est rien! un peu de fatigue; j'ai mal dormi la nuit dernière : voilà tout.

— Tant mieux! Je suis complètement rassuré. Une bonne nuit est le remède d'une mauvaise. Nous ne sortirons pas ce soir, si vous le voulez bien. Vous vous coucherez à neuf heures, et ne vous réveillerez qu'après avoir fait le tour du cadran : demain matin, vous serez fraîche comme une rose.

Le marquis parlait encore quand un valet de pied entra, apportant un papier mince et bleu.

— Une dépêche! fit-il en présentant le plateau à son maître.

Impéria jeta un regard rapide, furtif, involontaire, sur le pli clos par un léger pointillage, qui renfermait peut-être le secret de sa destinée. Par un geste instinctif, dont elle ne fut point la maîtresse, mais qu'elle parvint pourtant à contenir et à réprimer, elle avança la main à demi, comme pour la saisir, et satisfaire plus tôt l'âpre curiosité qui la dévorait.

Le mari, fin observateur, et, en ce moment, trop attentif pour que rien lui échappât, vit le geste de sa femme et admira l'empire sur elle-même dont elle venait de faire preuve, en résistant à une curiosité qui, s'il en pouvait juger par le jeu de sa physionomie, devait être chez elle singulièrement vive; mais il agit absolument comme s'il n'avait rien remarqué.

Il prit lentement le papier, le tourna et le retourna, à plusieurs reprises entre ses doigts, lut la suscription avec une attention scrupuleuse, et, quand le valet de pied eut quitté la pièce :

— C'est pour moi! dit-il, sans regarder sa femme.

Impéria changea de couleur, mais elle ne fit aucune réflexion.

M. de Noves ouvrit le pli méthodiquement, en suivant avec une ponctualité docile les indications libellées par l'administration des Postes et Télégraphes, et, le jour baissant, il s'approcha de la fenêtre pour lire plus aisément.

Tapie au fond d'un de ces grands fauteuils moelleux, ouatés, capitonnés, que nos pères appelaient des ganaches, et qui semblent vous inviter au repos, en endormant chez vous toute espèce d'activité; immobile, concentrée en elle-même, les yeux à demi clos, mais voyant tout à travers le fin rideau de ses longs cils abaissés, Impéria n'avait pas perdu un seul des mouvements de son mari. Captivée invinciblement par l'envie de savoir ce que pouvait bien contenir cette dépêche, elle cherchait, pendant qu'il lisait, à surprendre dans les émotions de son visage le secret de sa lecture.

M. de Noves, qui, de son côté, n'observait pas moins
attentivement sa femme, vit sa tête pâle dans la glace,
et malgré la colère qui grondait en lui sourdement, il
ne put se défendre d'un sentiment de pitié.

— Je crois, pensa-t-il, qu'il ne tiendrait qu'à moi
de la faire mourir en ce moment d'un accès de curiosité rentrée.

— Voilà, lui dit-il enfin, tout en gardant entre ses
mains le papier officiel, une dépêche qui me fait
l'effet de s'être trompée d'adresse.

— Comment cela?

— C'est à vous plutôt qu'à moi que l'on aurait dû
l'expédier.

En entendant ces mots, qui lui faisaient assez clairement comprendre que c'était elle qu'intéressait le
télégramme lu par son mari, et qu'une distraction
d'employé l'avait peut-être empêchée de recevoir personnellement, une émotion profonde s'empara d'elle,
et un flot de sang rouge envahit son visage, qui se
teinta d'un incernat vif comme une flamme, pour reprendre bientôt sa pâleur première.

— Alors, donnez, puisque c'est pour moi! fit-elle
en tendant la main d'un geste lent, calme, à force de
volonté, pour prendre la dépêche.

Le marquis la lui donna; elle la lut d'un coup d'œil,
qui dévora les trois lignes en même temps; puis.
sans faire aucune réflexion, elle la remit sur un guéridon à portée de sa main.

— Vous avez un beau sang-froid! lui dit M. de Noves, et j'admire à quel point les événements les plus
graves vous laissent indifférente. Ce pauvre Raffaële
Saffari, dont on vous annonce ainsi la mort soudaine
et inexpliquée, était cependant de votre parenté, je
crois?

— Oh! un cousin fort éloigné... D'ailleurs, en Corse, nous sommes tous cousins...

— Il administrait vos biens avec une probité et un dévouement rares ; nous le remplacerons malaisément.

La marquise eut un léger mouvement d'épaules ; mais ce fut toute sa réponse.

— Votre fortune, ou du moins vos revenus, poursuivit M. de Noves, se ressentiront cruellement de cette mort.

— Nous n'y pouvons rien ! dit Impéria, sans sortir de son calme.

— Il faut, au contraire, que nous y puissions quelque chose ! répliqua le mari, en homme positif et sérieux. Vous en prenez à l'aise avec ces questions de chiffres qui vous paraissent, sans doute, indignes de votre attention ; sous ce rapport, vous êtes vraiment femme ! Mais je suis obligé, moi, de leur accorder toute la mienne. Si bien ordonnée que soit notre maison, nous avons besoin de toutes nos ressources, pour continuer à mener le train auquel vous êtes habituée !

— Et dont je me passerai fort bien, veuillez le croire, quand vous m'annoncerez qu'il en faut rabattre ! dit Impéria avec un détachement sincère.

La marquise disait vrai. Elle n'avait jamais placé son bonheur dans le luxe, qui ne sert qu'à éblouir et humilier les autres. En ce moment, elle eût pris volontiers pour devise le titre d'une romance sentimentale : « *Une chaumière et un cœur !* »

— Grâce à Dieu, nous n'en sommes pas encore là ! fit M. de Noves, et, en prenant les mesures énergiques — et immédiates — que nous commandent les circonstances, nous n'aurons rien à changer au genre de vie que je vous ai arrangé depuis votre mariage, et qui

a eu longtemps l'honneur de vous plaire. Seulement,
il faut savoir faire la part du feu : nos affaires là-bas
vont se trouver un peu en souffrance, par suite de cette
mort... On a besoin de voir de temps en temps l'œil
du maître dans vos domaines à moitié sauvages. Il est
nécessaire que j'aille passer quelque temps à Sartène.

M. de Noves, après avoir prononcé cette dernière
phrase du ton indifférent d'un homme qui n'attache
pas beaucoup d'importance à ses paroles, releva tout
à coup les yeux sur sa femme.

Il surprit un éclair joyeux, brillant dans ses prunelles noires, pendant qu'une palpitation vive soulevait sa poitrine, qui battait plus librement, dégagée
enfin du poids qui l'oppressait.

De tels symptômes étaient trop significatifs pour
qu'un homme, depuis longtemps mis en défiance, n'en
tirât point tout de suite les conséquences nécessaires.
Il ne put douter du bonheur que la seule pensée de
son départ donnait par avance à l'épouse ingrate. La
mort d'un serviteur fidèle et dévoué — d'un parent —
ne lui paraissait point payer trop cher quelques jours
de liberté, dont elle espérait bien faire un mauvais
usage.

— Voilà pourtant comme elles sont toutes!... ou
presque toutes !... se dit-il avec une secrète amertume,
qui lui monta tout à coup du cœur aux lèvres.

Il porta au passif de sa femme le mauvais point
qu'elle venait de mériter, et, voulant la punir sans
retard de ce qu'il appelait une joie coupable :

— Comme j'aurai besoin de votre présence là-bas,
et probablement de quelques signatures indispensables, pour certaines dispositions que nous arrêterons
ensemble, lui dit-il, je vous serai obligé de prendre
vos mesures pour que nous puissions nous mettre en

route demain à trois heures. Nous arriverons à Marseille pour diner, et nous nous embarquerons le soir sur le *Sampieri*. Je vais télégraphier à l'agence de la Compagnie Valéry, pour retenir nos cabines.

La foudre tombant aux pieds d'Impéria ne lui eût pas causé une stupeur plus grande que la détermination aussi soudaine qu'inattendue dont son mari lui donnait connaissance en termes si nets, si formels et si absolus. Tous ses projets se trouvaient ainsi bouleversés. Au lieu de la complète liberté qu'elle avait entrevue — pendant la durée d'un éclair — c'était un voyage qu'il lui fallait entreprendre, et dans des conditions particulièrement odieuses, — un voyage c'est-à-dire une prolongation indéfinie de l'absence dont les premières heures lui paraissaient déjà insupportables. On sait toujours quand on part; on ne sait jamais quand on revient. Elle essaya bien quelques objections: aucune ne porta; elle offrit une procuration générale, et une autorisation formelle de faire en son nom tout ce qui serait nécessaire : son mari refusa, en alléguant qu'il ne voulait rien obtenir d'elle qu'en parfaite connaissance de cause, et que l'on ne pouvait raisonnablement prendre aucun parti à moins de se trouver sur les lieux.

Voyant qu'elle ne pouvait rien obtenir de ce côté, elle voulut du moins gagner un délai de quelques jours. Elle prétendit qu'elle était souffrante, et que le voyage, en ce moment, serait à coup sûr dangereux pour elle.

— Vous vous trompez, répliqua le marquis; la mer n'est pas malsaine; on la conseille aux malades.

Et comme Impéria tentait encore quelques moyens de résistance :

— Prenez garde, ma chère, fit-il, en cherchant à

lire dans les yeux de sa femme; car, en vérité, vos refus injustifiables pourraient me faire croire que vous avez pour rester ici des motifs... qu'il nous serait également difficile, à moi de deviner et à vous d'expliquer.

— C'est bien, je partirai quand il vous plaira, répliqua la marquise avec assez de hauteur, mais permettez-moi de vous dire que c'est peut-être la première fois que l'on contraint une femme de ma condition à se mettre ainsi en voyage, sans même lui donner le temps de faire ses préparatifs de départ.

— Eh! mon Dieu! nous n'allons pas au bout du monde, répliqua M. de Noves. Mettez dans une malle ce qui vous tombera sous le main, et, si vous avez besoin d'autre chose, vous l'achèterez en route.

# XIX

En face de la perspective désolée qui s'ouvrait devant elle, Impéria, quelle que fût son énergie, se sentit véritablement atterrée. Mais son mari s'était exprimé d'une façon si ferme et si résolue qu'elle comprit bien l'inutilité de sa résistance. Cette résistance intempestive, compromettante et maladroite, n'aurait eu d'autre résultat que de retarder peut-être son retour. Aussi ne répondit-elle que par une phrase sèche et brève.

— C'est bien, demain, à trois heures, je serai prête!

Rassuré du côté d'Octave, trop éloigné d'Avignon pour qu'il eût, en ce moment, rien à redouter de lui, M. de Noves jugea fort inutile d'entourer sa femme d'une surveillance taquine. Il jugea de meilleur goût de lui laisser une liberté dont il savait bien qu'elle ne pourrait pas abuser, malgré l'envie qu'elle en pourrait avoir.

Il sortit donc après le dîner et la laissa seule.

Dès qu'elle fut certaine de n'avoir plus à redouter la présence de l'être qui lui était en ce moment le plus antipathique au monde, — c'est son mari que je veux dire! — elle sonna sa femme de chambre pour la charger d'une mission de confiance.

— Va, lui dit-elle, à l'hôtel d'Aigueperse et restes-y le temps nécessaire, mais rapporte-moi des nouvelles;

il m'en faut... j'en veux! Ah! tu sais, nous partons
demain.

— Moi aussi?...

— Oui!

— Et nous allons?

— En Corse.

Un éclair de joie fit briller les yeux sombres de
Toniella.

— Ah ! fit la marquise, tu es contente, toi, de revoir
le pays? Ce qui fait le désespoir des uns fait le bonheur des autres!

— Madame la marquise sait que je la suivrais jusqu'au bout du monde! répondit la jeune fille, en abais-
sant ses longues paupières sur ses prunelles en feu.

— Ne va pas si loin ce soir, et tâche de me rapporter
ce que j'attends!

Cette veillée solitaire, dans un douloureux tête-à-
tête avec ses tristes pensées, parut mortellement longue à la malheureuse créature. De quelque côté qu'elle
tournât ses regards, elle n'apercevait que des sujets
d'inquiétude et d'ennui. Elle espérait bien que le marquis expédierait promptement ses affaires; elle était,
pour son compte, disposée à tous les sacrifices qui
pourraient hâter son retour, et elle lui faisait l'honneur de croire qu'il n'avait pas envie de la condamner
à mourir de langueur au fond des maquis. Mais elle
ne s'en disait pas moins que, si courte qu'elle soit,
une absence est toujours terrible; l'absence, c'est
l'imprévu et l'inconnu! Est-ce que l'on ne doit point
toujours trembler pour l'autre, — quand on est loin
de lui? Elle tremblait bien aussi pour elle. Il était
si jeune! De combien de pièges, de combien de séductions ne serait-il pas entouré?... Puis, à force de
creuser la même idée, elle en arrivait à reconnaître

qu'il y avait quelque chose d'assez mystérieux dans cette disparition subite de l'homme qu'elle aimait, précisément le jour où elle-même était forcée de quitter la ville. Mille suppositions étranges traversaient son cerveau, et elle avait comme un soupçon vague de quelque effrayante machination, ourdie dans l'ombre contre elle et contre lui. L'incertitude même de sa destinée semblait la lui rendre plus terrible.

Elle demeura livrée à ses réflexions, qui n'étaient certes pas couleur de rose, pendant un laps de temps dont elle-même n'eût pu apprécier la durée. En ce moment elle ne mesurait plus les heures. Elle était sous l'empire d'une sorte de somnolence accablée...

Les douze coups de minuit, retentissant sur le timbre de la pendule du boudoir, la mirent tout d'un coup sur ses pieds. Elle bondit comme dans un sursaut.

— Si tard! fit-elle; j'ai donc dormi bien longtemps... Mais que peut donc faire cette Toniella?

Elle sonna vivement.

La jeune fille parut aussitôt.

— Où es-tu? que fais-tu? d'où viens-tu? Pourquoi n'es-tu pas entrée tout de suite? lui demanda-t-elle, avec une impétuosité qui laissait à peine à celle-ci le temps de lui répondre.

— Je suis ici; je ne fais rien; je viens de l'hôtel d'Aigueperse : j'attendais que Madame sonnât.

— Il fallait venir tout de suite.

— Je suis venue : Madame dormait; je n'ai pas osé la réveiller.

— Tu le pouvais! Mais parle vite! Quelles nouvelles?

— Mauvaises!

— Comment?

— Monsieur le comte n'a rien fait dire. On ne sait rien! Je n'apporte rien!

— C'est à n'y pas croire! murmura la marquise, en regardant sa cameriste, avec des yeux démesurément ouverts, dans lesquels peut-être un médecin aliéniste aurait pu déjà lire les signes précurseurs d'un véri-table trouble d'esprit.

Toniella, pour toute réponse, eut une pantomime muette, mais expressive. Elle leva légèrement les épaules, et laissa tomber languissamment ses deux bras le long de son corps, en ouvrant les mains, comme pour bien faire voir à M$^{me}$ de Noves qu'elles ne contenaient aucun secret.

— Tu n'as donc vu personne?

— Personne par qui je puisse apprendre quelque chose. Isaure, la femme de chambre de la comtesse et mon amie, est partie avec sa maîtresse; le valet de chambre de M. Octave est à Marseille chez ses parents; les gens de la maison profitent de leur liberté pour s'amuser un peu — ce qui est bien naturel — ils étaient tous en ville. Il ne restait au logis que la vieille Nora, la cuisinière, à leur service depuis vingt ans, muette comme un poisson, fermée comme une tombe, et que le bon Dieu lui-même ne ferait pas parler, si elle avait juré de se taire. Impossible de rien en tirer. J'ai vu tout de suite que je ne l'entamerais pas. Cependant, j'avais tant à cœur de rapporter des nouvelles à madame la marquise que je n'ai pas voulu abandonner la partie. Je suis donc allée acheter différentes choses dans le voisinage, chez les fournisseurs de l'hôtel. Mais je n'ai pu, malgré tous mes efforts, obtenir le plus petit renseignement. Ils ne m'ont rien dit — non par discrétion, car j'ai bien vu qu'ils n'auraient pas de-mandé mieux que de parler — mais parce qu'ils ne

savaient rien — rien de plus que ce que j'ai dit ce
matin à Madame. J'ai appris seulement par quelqu'un
qui les a vus monter en voiture que M. le comte avait
l'air fort triste.

— Ah! on t'a dit cela?

— Oui, Madame, et quelqu'un qui paraissait bien
sûr de la chose!... On a même ajouté qu'ils ne tar-
deraient pas à revenir — qu'ils soient à Lyon ou à
Paris — ce que personne n'a pu m'assurer — parce
qu'ils n'avaient emporté que très peu de bagages.

— Oui, pensa la marquise, en tordant ses mains
dans un véritable accès de désespoir, il reviendra dès
que je serai partie... Quelle fatalité! Ce n'est qu'à
moi que de pareilles choses arrivent!

Un sanglot souleva sa poitrine. Elle le comprima
par un généreux effort, pour ne pas montrer sa
faiblesse à Toniella, qui n'avait pas quitté le boudoir.

— C'est bien! tu peux te retirer, dit Impéria, qui la
congédia par un geste accusant chez elle autant
d'abattement que de lassitude. Je n'ai pas besoin de
tes services; je me déferai bien toute seule.

Bien certaine de ne pas dormir, car elle était dévorée par une fièvre intense, — fièvre du corps et
fièvre de l'âme, — nerveuse, frémissante et vraiment
désolée, elle avait tout d'abord pris le parti de passer
la nuit debout; mais bientôt, vaincue par la fatigue,
elle se mit au lit, espérant trouver dans la fraîcheur
de sa couche quelque adoucissement à sa brûlante
insomnie.

Le lendemain, qui était le jour fixé pour le départ,
M. de Noves ne sortit point de l'hôtel. Il craignait que
sa femme, poussée à bout, ne prît quelque parti
extrême, pour empêcher ou retarder un voyage dont

la seule annonce l'avait jetée dans un tel trouble. Un secret instinct l'avertissait que, dans un tel moment, il ne devait, à aucun prix, la laisser seule et livrée à elle-même. Il l'entoura donc d'une surveillance qui, pour être occulte et parfaitement discrète, n'en était pas moins assez sévère pour que rien ne lui échappât.

La femme du cocher, qui gardait la porte de l'hôtel, et en qui, depuis longtemps déjà, il avait une confiance absolue, reçut l'ordre de ne laisser sortir sous aucun prétexte la pauvre Toniella, qui se trouva ainsi prisonnière pour la première fois de sa vie. Il n'ignorait point son dévouement absolu aux intérêts d'Impéria, et il comprenait que si les précautions qu'il avait si bien prises pouvaient être déjouées par quelqu'un, ce quelqu'un-là, c'était elle!

Quant à sa femme, il la croyait certes fort capable, dans un paroxysme de colère ou de douleur, de prendre un parti extrême — quitte à s'en repentir plus tard — et c'était précisément pour l'empêcher d'en arriver là qu'il n'avait pas voulu la quitter. Il savait bien qu'elle serait contenue et maintenue par sa présence.

La dernière matinée qu'elle passa chez elle se traîna donc pour Mᵐᵉ de Noves dans une véritable angoisse... et, cependant, elle eût voulu pouvoir arrêter la marche des heures. Avec chacune de ces dernières minutes, que le temps emportait, c'était une partie de ses dernières espérances qu'elle sentait s'en aller aussi. L'inquisition silencieuse — mais réelle et évidente — que son mari exerçait sur elle lui paraissait particulièrement odieuse. Elle comprenait bien qu'elle était sa prisonnière, et les femmes haïssent leurs geôliers à l'égard de leurs bourreaux. Mais elle se rendait trop exactement compte de la situation pour ne pas comprendre que M. de Noves était le plus fort, et elle ne trouvait aucun moyen d'échapper à cette tyrannie, si indigne d'elle qu'elle pût lui paraître.

Cependant, comme au milieu même de nos plus grands malheurs, il est de l'essence de l'humaine nature de se flatter toujours de quelque secrète et consolante illusion, Impéria se disait, avec une obstination que rien ne parvenait à vaincre, qu'il était impossible qu'on l'emmenât ainsi; que c'était un crime que l'on commettait contre sa personne; un véritable attentat à sa liberté... que son mari avait pu l'en menacer, mais qu'il n'accomplirait point sa menace... Quelqu'un viendrait, ne fût-ce qu'au dernier moment, pour la défendre et la délivrer.

De telles espérances ne montraient que trop clairement dans quels rêves vivait la pauvre femme, et dans quelle complète ignorance elle était des conditions de l'état social où elle se trouvait.

Le libérateur attendu et désiré ne vint point, — et, quand même il serait venu, qu'aurait-il donc pu faire pour elle et contre son mari?

Rien, en vérité! Le mari, quand, par malheur, éclate la lutte ouverte dans un ménage, a pour lui la force et la loi!

Tout s'accomplit comme M. de Noves l'avait annoncé, et ses ordres furent exécutés de point en point. Les deux époux, qui n'eurent d'autre suite que Toniella, partirent par l'express de l'après-midi, dînèrent à Marseille, et prirent place à sept heures à bord du paquebot, sur lequel les bagages avaient été embarqués d'avance.

Au moment où la jeune femme mit le pied sur le

bateau qui allait l'emporter loin de la France où elle
laissait derrière elle tout ce qu'elle aimait, il lui sembla
qu'il s'opérait en elle quelque chose comme un déchirement, et qu'on lui arrachait la moitié de son
cœur.

## XX

La nuit était belle et la mer était bonne. Mais il
soufflait du large une brise assez fraîche, et les hommes d'équipage convenaient bien entre eux que ceux
de leurs passagers qui n'avaient pas le pied marin
ne jouiraient pas sur le pont de beaucoup d'agrément.

— Si vous me permettez de vous donner un conseil,
dit le marquis à sa femme, avec sa courtoisie de grand
seigneur, je vous engagerai à descendre dans votre
cabine. Je vous ai fait préparer la meilleure du bord,
et vous ferez peut-être bien de vous y installer avant
l'heure du tangage et du roulis.

M^{me} de Noves qui, en ce moment, ne désirait rien
plus vivement que d'être seule, descendit chez elle,
suivie de Toniella, partagée entre le chagrin de voir
sa maîtresse malheureuse et la joie de revoir sa Corse
ou adorée.

La nuit ne fut point sans quelque trouble. A la
sortie du golfe de Lyon, le navire, assez vivement
secoué, dansa sur la cime des flots. Le calme ne se
fit qu'assez avant dans la matinée, et il était déjà tard
quand les plus hardis parmi les passagers se hasar-
dèrent sur le pont. La Méditerranée, qui est la plus
capricieuse des mers, s'était calmée peu à peu, et le
paquebot filait maintenant sans secousse, rapidement,
traçant son sillage au milieu des vagues apaisées.

Un peu remise des émotions du départ et de la fatigue des premières heures de la traversée, encore pâle, mais toujours belle, Impéria parut vers midi.

D'un pas incertain d'abord, mais qui devait bientôt se raffermir, elle se dirigea vers l'avant du navire, et jeta un regard triste sur la mer immense. Elle se voyait comme perdue entre deux abîmes, le ciel en haut, la mer en bas. Aussi loin que ses yeux pouvaient fouiller la vaste étendue, rien que ces deux grandes choses, qui semblaient s'unir comme pour mieux l'emprisonner. Pas la moindre côte : rien qui rappelât ou qui fît espérer la terre.

Dans ses prévisions, qui du reste étaient assez justes, il semblait à la marquise qu'elle aurait déjà dû apercevoir les côtes italiennes, et rien, rien à l'horizon, rien que le vide de l'immensité déserte ! A ce moment elle éprouva quelque chose comme une vague inquiétude : un pressentiment sinistre la jeta dans un véritable trouble.

— Quand donc arriverons-nous ? demanda-t-elle avec une hâte fiévreuse à un homme de l'équipage qui passait près d'elle.

— Dans cinq jours et demi, Madame, si le temps se maintient au beau comme à présent ; ce qui est à croire, car le vent est bien placé : dans six ou sept, si nous avons des contrariétés, répondit le loup de mer, un peu étonné de la question.

— Comment ! Que dites-vous là ? fit Mme de Noves, en posant sa main fine sur le bras robuste du marin, pour l'empêcher de s'éloigner. Dans six ou sept jours ? Mais où donc allons-nous ?

— Mais, Madame, vous devez bien le savoir, répliqua l'autre, de plus en plus surpris... Nous allons en Egypte, ou du moins à Alexandrie... mais c'est la même chose !

— Comment! nous n'allons pas en Corse?

— Non, Madame! en Égypte, comme je vous l'ai déjà dit.

— Mais nous nous arrêterons? nous faisons escale dans différents ports d'Italie... Ajaccio, par exemple, est sur notre itinéraire... et nous devons y toucher aujourd'hui même?

— Non, Madame! ce bateau-ci ne fait que les voyages directs...

— Vous en êtes sûr?

— Tout ce qu'il y a de plus sûr! Voici tantôt deux ans que je navigue avec lui... C'est assez pour le connaître, n'est-ce pas? Le *Simoïs* file droit comme un boulet de canon, et avale sa route en deux bouchées. Il ne touche qu'en Sicile pour prendre de l'eau et des vivres frais.

— Le *Simoïs!*... dites-vous? Mais, mon ami, vous devez vous tromper!... Je croyais que nous étions sur le *Sampieri?*

— Oh! non, Madame! Le *Sampieri* est plus petit d'un tiers... Il appartient à la Valéry, et, nous autres, nous sommes des Nationales... Mais, pardon, Madame, on m'appelle là-bas! A votre service, une autre fois.

La mer s'entr'ouvrant tout à coup sous les yeux d'Impéria pour engloutir le paquebot, son équipage et ses passagers, ne lui aurait pas causé une terreur et une stupéfaction plus grandes que ces paroles indifférentes d'un matelot dont elle ne pouvait soupçonner la bonne foi.

Ainsi, ce n'était point en Corse que son mari la conduisait... C'était en Égypte... Qui sait? plus loin peut-être!... en Orient, sans doute? Oui, dans cet Orient immense et silencieux, où l'on efface si aisément toute trace de l'être humain que l'on veut faire disparaître.

19

Elle eut tout de suite comme une intuition aussi sûre
que rapide de ce qui lui arrivait. Elle se vit enlacée
dans une trame perfide, ourdie par son mari avec
une habileté machiavélique.

Avant même de quitter Avignon, elle avait bien eu
un moment le soupçon d'un complot, ayant pour but
de la séparer brusquement d'Octave de Montrégis;
mais cette œuvre ténébreuse était empreinte d'une
telle noirceur qu'elle avait fait tout d'abord à l'homme
dont elle portait le nom l'honneur de n'y point croire...
A présent la chose éclatait avec une telle évidence
que le doute même n'était plus possible. La vérité se
présentait à son esprit dans toute son horreur. Ce
voyage, dont elle ne connaissait ni le but ni le terme,
puisqu'on l'avait enveloppé dans un tissu de mensonges, était arrangé, prémédité, machiné depuis
longtemps. La mort de Raffaele Saffari n'était qu'une
invention comme le reste... Le départ d'Octave avait
été déterminé par quelque motif également imagi-
naire, auquel, dans sa crédulité naïve, le malheureux jeune homme avait ajouté foi, et c'est ainsi
qu'on les avait perdus tous deux. Ah! c'était bien
là le triomphe de la ruse dans ce qu'elle a de plus
infernal, et de la duplicité dans ce qu'elle a de plus
odieux.

Et elle était la femme d'un tel homme! A cette
seule pensée, elle sentait comme une révolte sourde
et indignée de tout son être...

Sa femme! Mais non, ce n'était pas assez dire...
Pendant de longs mois... est-ce qu'elle savait seulement pendant combien de temps?... loin des siens —
seule — sans aucune protection qu'elle pût invoquer
à l'heure du péril — elle allait être l'esclave, la chose,
le souffre-douleur torturé de l'être qu'elle abhorrait

le plus en ce monde... n'était-ce point vraiment à devenir folle de colère et de terreur?

Et lui, Octave, le cher adoré, pendant ce temps d'épreuves sans nom, qu'allait-il devenir? Se rendrait-il exactement compte de ce qui leur arrivait à tous deux? N'allait-il point la croire coupable d'oubli... de légèreté, de trahison? Cette supposition, si vraisemblable en face du silence qu'elle était contrainte de garder envers lui, lui faisait parfois, au milieu des exaspérations violentes de sa nature, désirer la mort, qui lui semblait vraiment préférable à une telle vie. De quels dangers allait-il être entouré? A quelles embûches exposé? En proie à quelles séductions?... Le retrouverait-elle jamais? Et si elle le retrouvait, que serait-il encore pour elle?

Ces réflexions, commandées, inspirées par la situation, soulevaient dans sa tête bouleversée de véritables tempêtes... Il lui semblait que, si son mari s'était présenté à elle en ce moment, elle l'aurait foudroyé, anéanti d'un seul de ses regards chargés d'éclairs.

# XXI

Le marquis se doutait-il des dispositions qui animaient contre lui, au milieu de tant d'épreuves, son irascible moitié? Il était trop intelligent pour qu'il fût possible de croire qu'il n'en avait pas au moins le soupçon!

Mais il était trop fin politique pour en laisser rien paraître; car, à l'instant même où l'altière Impéria formulait contre lui cet anathème implacable, il quittait sa cabine et montait sur le pont, calme et tranquille, — du moins en apparence — et ne laissant rien deviner du trouble de sa conscience... si sa conscience était effectivement troublée.

Il aperçut sa femme à l'avant du navire, appuyée contre la muraille de tribord, froide et rigide comme une statue, sans qu'une émotion visible altérât l'impassible sérénité de son profil de camée. Les tempêtes, chez elle, étaient toujours intérieures, et l'on n'en voyait rien à la surface. Ses yeux, ses grands yeux pleins d'un feu sombre, étaient fixes et tournés du côté des rives italiennes, que lui dérobait la distance.

M. de Noves avait un sentiment trop net, trop juste et trop vrai de la situation, pour ne pas comprendre qu'une explication, si pénible qu'elle pût et qu'elle dût être, en de telles circonstances, était devenue

nécessaire entre eux. Il pourrait peut-être la retarder;
il ne pourrait pas l'éviter. Autant à présent que plus
tard! Il était homme de résolution prompte et de décision rapide; il avait pour devise : *En avant!* et la
mettant en pratique, il ne reculait pas plus devant les
emportements d'une femme..., même quand cette
femme était la sienne, que devant l'épée d'un homme!
Il était de ces natures bien trempées, également braves
contre les dangers et contre les ennuis. Quand il lui
était prouvé qu'une chose, même pénible, devait être
faite, il ne songeait plus qu'à la faire, et le plus
promptement possible : aujourd'hui plutôt que demain! Il n'eut donc pas l'idée de retarder la scène
vraiment conjugale qui l'attendait.

Il marcha assez rapidement vers sa femme, toujours immobile à son poste d'observation.

Au bruit de ses pas, qu'il n'amortissait point, Impéria se retourna par un mouvement brusque, automa-
tique en quelque sorte; puis elle releva la tête. Leurs
yeux se rencontrèrent, et leurs premiers regards se
heurtèrent et se choquèrent comme des lames d'épée.

Puis elle se dressa en pied, et se tint debout devant lui, droite et menaçante.

# XXII

Elle était effrayamment belle, — d'une beauté vraiment terrible. Son œil, démesurément ouvert, avait en ce moment les teintes glauques et changeantes des vagues qui fuyaient en déferlant le long des flancs du navire. Son front superbe, obstiné, volontaire, semblait sculpté par la main d'un grand maître dans la blancheur glacée d'un marbre de Paros. Ses narines mobiles, transparentes, animées et frémissantes, palpitaient sous le souffle de la passion. La bouche mince, irritée, nerveuse, laissait voir les dents petites, aiguës et cruelles. On devinait qu'elle était également capable d'inspirer la terreur et le désir, et l'on ne savait point s'il fallait l'aimer plus ou la craindre davantage.

Elle entama l'explication avec une brusquerie voulue.

— Où suis-je? demanda-t-elle à son mari d'une voix qui sifflait en passant entre ses dents; où me menez-vous? où m'emportez-vous? Quelle excuse justifiera jamais, de votre part, des procédés aussi odieux vis-à-vis d'une femme comme moi? Me direz-vous enfin quels projets cache une telle conduite? Voyons, Monsieur, parlez! mais parlez donc!

— Vous ne m'en laissez guère le temps! répliqua M. de Noves, opposant le calme de la froide raison aux emportements et à l'exaltation d'Impéria.

— Je vous écoute, fit-elle au bout d'un instant, en reprenant, non sans peine, possession d'elle-même : parlez !

— Je vous emmène fort loin d'ici, dit le marquis. Pour combien de temps ? je l'ignore moi-même. Cela dépendra de beaucoup de choses... de vous surtout ! Cependant, je dois dès aujourd'hui vous déclarer, avec une entière franchise, que nous resterons hors de France tant que je le croirai nécessaire pour vous... et pour moi.

— Ainsi, vous disposez de ma personne, de mes actions, de ma vie, sans même me consulter !

— Il le fallait bien ! Si je vous avais demandé votre permission pour partir, j'ai tout lieu de croire que vous ne me l'auriez pas accordée.

— Eh ! pourquoi partir ? fit-elle avec une certaine audace, en redressant sa belle taille.

— Il y avait à cela une raison majeure.

— Et laquelle, je vous prie ?

— Dispensez-moi de vous la dire ! Je suis le gardien de votre honneur... et du mien, et c'est notre honneur à tous deux qui exigeait ce départ.

— Ah ! voici maintenant que vous ajoutez l'insulte à la violence... vis-à-vis d'une femme... de la vôtre !... C'est complet ! Et vous prétendez m'aimer ! ajouta-t-elle avec une explosion soudaine de tous les sentiments qui bouillonnaient dans son âme : douleur, indignation, colère et fierté !

— Je vous ai adorée, et je vous aime encore ! fit-il avec une mâle franchise, et en la regardant bien en face... Et c'est parce que je vous aime que je vous ai enlevée à de trop réels dangers.

Elle voulut se récrier.

— Ne m'interrompez pas, car je ne dis rien dont je

ne sois certain! fit-il, en prenant tout à coup une autorité singulière, presque solennelle. Je ne vous crois
pas coupable des dernières fautes, continua-t-il, sans
pouvoir se défendre d'une certaine émotion qui fit
trembler sa voix... Si je le croyais, il y aurait un
homme de trop dans ce monde, et j'ose dire que celui-
là aurait bientôt cédé la place à l'autre. Il ne doit
point y avoir sous le ciel deux êtres vivants qui vous
aient possédée... Non! cela ne se peut pas! Mais vous
étiez sur la pente qui conduit aux abîmes. Il était de
mon devoir de vous arrêter quand j'avais le bonheur
de croire qu'il en était temps encore. Veuillez être
bien persuadée que M. de Montrégis, — c'était la
première fois qu'il prononçait ce nom devant elle, et il
le prononça avec calme et sans colère, — soyez bien
persuadée que M. de Montrégis n'exciterait pas mes
inquiétudes si je n'avais à me préoccuper que de lui.
Bien que j'aie peut-être le double de son âge, si jamais
nous nous trouvions l'épée à la main à trois pas l'un
de l'autre, ce n'est pas moi qui aurais peur... Vous
savez bien, j'imagine, que je ne suis pas d'humeur
vantarde et fanfaronne; mais je sens qu'il m'appartient, et que, le jour où je voudrai sa vie, je l'aurai... Je
l'aurais déjà prise... si vous n'aviez pas été là... Mais
j'entends que vous ne soyez éclaboussée ni par le
sang ni par la boue. Vous me condamnez donc à une
prudence, à une réserve, à une modération qui ne
sont pas dans mon caractère, et que les circonstances
m'imposent... mais dont il est bon pourtant de ne
pas abuser. Je sais à quel point la réputation d'une
femme est chose délicate et fragile. Vous défendre...
même quand on est votre mari..., c'est vous perdre à
moitié! Le monde a des façons à lui de juger les
choses sur lesquelles on le fera difficilement revenir...

Aujourd'hui, grâce aux assiduités sans mesure de ce jeune homme sans précaution, vous êtes une femme dont on parle. On ne formule pas encore, que je sache, des accusations qui comportent la mort d'un homme, ou la honte d'un autre... mais déjà le soupçon vous effleure... C'est trop pour la femme qui porte mon nom. Mais, comme il y a des accusations qu'il est impossible de combattre, par cela même qu'on ne peut pas les saisir, j'ai pris le seul parti qui me restât dans les circonstances fatales où je me suis trouvé, par suite de fautes qui ne sont pas les miennes.

— La fuite !

— Vous l'avez dit, et je ne le nie pas !

— Oui, la fuite devant l'ennemi... une fuite qui, pour beaucoup de gens, est l'aveu même de la faute... et voilà ce que vous appelez me défendre !

— Trouvez-moi donc une façon d'agir qui vaille mieux que celle-là !

— Si vous n'en connaissiez point, il fallait ne rien faire du tout !

— Je crois que vous vous trompez ! Allons au fond des choses ! A tort sans doute, il a couru des bruits qui rendent votre présence impossible dans une ville où demeure celui qui en a été la cause... ou l'occasion. Je n'avais donc qu'une alternative ; ou vous emmener... ou le tuer. J'ai trouvé que, pour le moment, le premier parti était moins compromettant que le second... et je l'ai adopté. L'autre, d'ailleurs, reste toujours à ma disposition, et je fais à M. de Montrégis l'honneur de croire qu'il m'accordera, quand je le voudrai, les satisfactions que j'ai le droit de lui demander.

M<sup>me</sup> de Noves en entendant ces mots sentit un

léger frisson courir entre ses épaules, et elle eut froid
jusque dans ses moelles.

Ces signes d'une involontaire mais réelle terreur
n'échappèrent point au mari d'Impéria, mais il ne
parut point les avoir remarqués, et il continua, du
même ton calme et froid qu'il avait su garder pendant
tout cet entretien :

— J'ai trouvé un moyen de colorer notre départ
et de justifier notre absence. Je compte parmi les
membres du gouvernement un vieux camarade, avec
lequel j'ai gardé des relations affectueuses. Vous
voyez qu'il peut être bon d'avoir des amis partout. —
Le Président du Conseil m'a donné, dans l'extrême
Orient, une mission aussi vague quant à son but
qu'indéfinie quant à sa durée. Elle a commencé quand
j'ai voulu : elle finira quand je voudrai. Je l'abrégerai
ou je la prolongerai selon que je le croirai utile à
mes intérêts, qui se confondent avec les vôtres —
puisque nous portons le même nom, et que rien de
ce qui touche l'un de nous ne saurait être indifférent
pour l'autre. Sachez donc bien, dès maintenant, et
n'oubliez jamais que nous ne rentrerons dans le
Comtat qu'après avoir laissé aux honnêtes gens d'Avignon le temps d'oublier ces méchants bruits, et
quand nous serons certains de n'y plus rencontrer
l'imprudent qui a failli vous compromettre. Je dois
vous dire que, sous ce rapport, ma résolution est
formellement prise, et qu'elle sera irrévocablement
tenue. J'ai charge d'âme et garde d'honneur !

A la façon dont parlait son mari, à la netteté de sa
phrase, à la fermeté de son accent, la marquise dut
comprendre, et elle comprit en effet, qu'elle allait se
heurter à une volonté implacable. Il se fit en elle
comme une lumière soudaine ; elle vit clairement la

situation telle qu'elle était, et elle comprit qu'elle était mauvaise. Elle ne se dissimula point que M. de Noves avait pour lui la raison et le droit, la logique et la force.

Sans même aller jusqu'au fond des choses, et en se tenant aux seules apparences, il n'était que trop certain qu'elle avait été imprudente, et M. de Montrégis téméraire. Elle n'ignorait point qu'en ces derniers temps on avait parlé d'elle un peu plus qu'il n'aurait fallu, et elle comprenait bien que son mari, qui était le premier intéressé dans l'affaire, ne voulût point permettre que l'on fît litière de sa dignité et de son nom.

La nuit, la longue nuit du bord, la nuit sans sommeil, au roulis de la vague, lui avait déjà porté conseil. Elle avait fini par s'avouer qu'il y avait dans ce monde d'autres droits que ceux de la passion, et qu'elle s'était mise en révolte ouverte contre les prescriptions de l'éternelle morale. Elle voyait bien maintenant que le moment arrive toujours où la loi divine et humaine, un moment offensée, reprend le dessus, et s'impose aux plus orgueilleuses et aux plus fières.

Ceci ne diminuait en rien ni sa douleur, qui était sans bornes comme elle était sans consolation; ni son amour, dont elle avait fait sa vie même. Mais son audace et sa force de résistance n'en étaient pas moins quelque peu entamées.

Elle comprenait bien, d'ailleurs, que, loin des siens, sans secours, sans appui, et surtout dans des pays où l'homme est considéré comme un maître absolu, investi du commandement suprême, et la femme, au contraire, comme une esclave qui ne doit qu'obéir, elle ne trouverait nulle part le moindre appui pour la

soutenir dans sa résistance — pas même celui des consuls français, qui, le Code à la main, répondraient à
ses appels que la femme doit suivre partout son mari,
et qu'elle n'a droit de réclamer son indépendance et
sa liberté ni sous les glaces du pôle ni sous les feux de
l'équateur. Elle se rendit enfin un compte exact de la
situation, et, ne pouvant faire mieux, elle courba la
tête, n'ajouta pas un mot, et s'enferma dans une
protestation muette et indignée. Si elle ne pouvait
sauver que sa dignité, elle saurait du moins la garder
intacte.

Satisfait de ce premier point, gagné peut-être plus
aisément qu'il ne l'aurait cru, M. de Noves pensa, non
sans raison peut-être, que ce qu'il avait de mieux à
faire maintenant, c'était de laisser Impéria livrée à ses
réflexions : elles ne pouvaient être que salutaires. Le
temps et la raison aidant, il lui semblait impossible
qu'elle ne finît point par comprendre que ses véritables intérêts lui commandaient la résignation et le
calme.

Aussi, après avoir fait cette première démonstra-
tion plus vigoureuse peut-être qu'on n'aurait pu
l'attendre de la part d'un homme qui avait si ardemment aimé sa femme, et dont l'amour n'avait jamais
été exempt d'une certaine crainte, il se retira dans sa
cabine.

Restée seule, et n'étant plus soutenue par ce sentiment d'orgueil qui nous ordonne impérieusement de
cacher notre faiblesse à ceux qui causent notre douleur, Impéria laissa tomber sa tête dans ses deux
mains, et ses larmes coulèrent lentement sur ses
joues pâlies, pendant que le *Simoïs*, à pleine vapeur,
filait ses quinze nœuds, l'emportant vers cet Orient
lointain où l'attendaient des destins inconnus.

# XXIII

Pendant que la pauvre créature, vraiment déses-
pérée, était livrée à ces angoisses, celui pour qui elle
souffrait n'était pas plus heureux.

Fidèle au pacte conclu avec M. de Noves, la comtesse de Montrégis avait emmené son fils.

Forte de la soumission à laquelle, depuis la plus
tendre enfance, elle avait su plier et accoutumer l'âme
docile d'Octave, elle n'avait senti le besoin de recourir
à aucun subterfuge, et ne s'était pas vue condamnée,
comme le mari d'Impéria, à s'adresser à elle-même
un télégramme complaisant et menteur pour s'or-
donner un voyage qu'elle entendait faire, parce que
cela lui plaisait. Elle eût dédaigné ces ruses, et elle
s'applaudissait de savoir qu'elles lui étaient inutiles.

Elle fit faire les malles de son fils par le valet de
chambre, sans même en parler à celui-ci, et, au moment où elle le vit prendre son chapeau, pour sa
promenade habituelle, après le déjeuner :

— Ne sors pas, je te prie, lui dit-elle.

— Ah! Pourquoi cela, mère? Avez-vous besoin de
moi ?

— Oui! Je vais partir dans un instant pour un petit
voyage indispensable, et je désire que tu m'accom-
pagnes !

— Tout de suite, comme cela, sans me prévenir?...

— Mon Dieu, oui! c'est une véritable improvisation.
Moi-même, ce matin, en me levant, je ne me doutais
de rien.

— Et nous allons?

— Pas bien loin... tout près de Lyon, à la Butte-aux-
Pèlerins.

— Chez mon oncle Édouard?

— Oui, j'ai une petite affaire à régler avec lui, une
question d'héritage, qui n'a pas plus d'importance que
cela, mais que je tiens cependant à terminer. Tout
doit finir en ce monde!

— Et ma présence est vraiment nécessaire là-bas?

— Nécessaire? Non! Mais agréable! Ton oncle t'a-
dore, et tu sais que j'ai la faiblesse de ne pouvoir me
passer de toi... Mais ne crains rien! Nous ne serons
pas longtemps partis; je te ramènerai à la fin de la
semaine, après avoir fait aux environs de Lyon deux
ou trois visites, depuis trop longtemps différées, à
des parents que nous avons eu le tort de négliger.
Il y a des successions sous roche!

M^{me} de Montrégis disait tout cela d'un air indifférent, comme choses les plus naturelles du monde,
bien certaine d'ailleurs de ne trouver chez son fils ni
refus ni objections.

Octave n'en était pas moins très contrarié. Si encore
il avait eu le temps de prévenir la marquise, de lui
expliquer la cause de son départ, et d'échanger avec
elle les joies amères de l'adieu! Mais rien de tout cela
ne lui était permis. Il était littéralement enlevé.

Il pensa bien à écrire. C'est la première chose à
laquelle on pense. Mais cela même ne laissait point
que d'avoir ses difficultés et ses périls. Il ne fallait
point songer à la poste. On ne confie à la poste que ce
qui peut s'égarer sans péril. Il n'avait point de commis-

sionnaire sous la main, et, d'ailleurs, un commissionnaire, à pareille heure, aurait éveillé à l'hôtel de Noves une attention dangereuse pour la marquise. Il n'y avait vraiment que deux facteurs possibles, parce qu'ils étaient incorruptibles et sûrs pour cette poste aux amours : Isaure chez lui, et Toniella chez M^{me} de Noves.

Mais la comtesse de Montrégis, comme si elle eût voulu rendre impossible toute tentation ayant pour but de déjouer ses projets, avait, depuis le matin, confisqué l'aimable Isaure, qu'elle occupait dans son appartement et sous ses yeux. Toutes les communications se trouvèrent donc forcément interrompues.

Octave partit, vraiment désespéré, impuissant contre une volonté plus forte que la sienne, et contre une habileté qui le mettait dans une réelle impossibilité d'agir.

Une fois arrivé à la Butte-aux-Pèlerins, il se refusa obstinément à toutes les distractions qu'on lui offrait, préférant à tous les plaisirs la solitude avec ses pensées, et le recueillement dans ses souvenirs. Il ne voulut point avoir avec sa mère une explication qu'il jugeait d'avance inutile, et qui pourrait devenir pénible. L'héritage qui avait motivé ce déplacement intempestif ne devait pas être d'une grande importance, car il n'en avait pas été une seule fois question depuis leur arrivée à la Butte-aux-Pèlerins. N'osant point écrire à M^{me} de Noves, dans la crainte que sa lettre ne tombât entre des mains auxquelles il ne l'avait point destinée, il chargea Isaure de donner de ses nouvelles à Toniella, sachant bien que celle-ci ne les garderait point pour elle seule, et qu'elle renverrait aussitôt à son amie un bulletin, dans lequel la marquise ne serait point oubliée.

Isaure, qui avait pour son jeune maître un dévouement d'esclave volontaire, écrivit en effet sous la
dictée du comte; mais sa lettre resta sans réponse, par
cette raison excellente que la jeune Corse n'était plus
à l'hôtel de Noves. Elle avait quitté Avignon en même
temps que sa maîtresse. Il était donc, en ce moment,
absolument impossible au comte Octave d'avoir des
nouvelles de celle qu'il avait si brusquement quittée,
et dans des circonstances si pénibles.

C'était la première fois qu'il s'éloignait d'elle, et,
pour les jeunes âmes bien éprises, l'absence a des
rigueurs terribles. Son inquiétude allait donc croissant de jour en jour, et il se livrait à toutes sortes de
conjectures, dont aucune ne lui semblait rassurante.

On rentra en ville à l'époque fixée par la comtesse,
qui, déjà certaine du départ de Mᵐᵉ de Noves, n'avait
aucune raison de prolonger son absence. La mère et
le fils revinrent par un train de nuit. L'impétueux
jeune homme attendit avec une impatience voisine de
l'angoisse qu'il fît assez jour pour envoyer Isaure à la
chasse aux nouvelles.

Celle-ci partit sur-le-champ, avec l'ardeur d'un bon
chien que l'on met sur une piste chaude, et qui ne
veut pas que son maître revienne bredouille, après
avoir fait buisson creux.

Hélas! les nouvelles qu'elle rapporta étaient cent
fois pires que l'incertitude.

Mᵐᵉ de Noves était partie, acconpagnée de son mari,
et emmenant avec elle Toniella, sa fidèle cameriste.
Personne à qui demander des nouvelles! Isaure avait
seulement appris dans le voisinage que l'homme d'affaires du marquis avait réglé tout le monde et démonté
la maison, comme on fait en prévision d'une longue
absence. C'était au vieux jardinier, blanchi au service

de son maître, que l'on avait confié la garde des lieux.
Mais Isaure, une fine mouche pourtant, et qui excel-
lait à faire parler ceux-là mêmes qui voulaient se
taire, n'avait pu tirer de lui que ces minces renseignements, Octave les reçut avec un frémissement de
colère.

Il était vraiment accablé par ces fâcheuses nouvelles,
mais peut-être n'en n'était-il point aussi surpris que l'on
eût pu le croire. Les événements auxquels il avait été
mêlé depuis quelques jours étaient tellement mystérieux, qu'il lui semblait vivre dans un rêve, au cours
duquel tout pouvait arriver.

Mais, pour être moins mélangée de surprise, sa
douleur n'en fut pas moins grande. Elle atteignit
bientôt un paroxysme terrible. La crise fut si forte
que lui-même en fut effrayé, et qu'il ne voulut point
qu'elle pût avoir de témoins. Il s'enferma donc dans
sa chambre, prétexta une forte migraine, et fit prier
sa mère de l'excuser s'il ne paraissait point au déjeuner.. Il avait un impérieux besoin de silence et de
solitude. Il voulait réfléchir en paix à tout ce qui lui
arrivait d'étrange et d'inattendu.

M^{me} de Montrégis ne se trompa point sur le caractère de cette migraine complaisante, à laquelle, sans
aucun doute, elle aurait pu donner son véritable nom.
Mais elle était trop fine pour imposer sa présence, en
un tel moment, à celui qui paraissait rechercher si
avidement la solitude. D'ailleurs, elle ne s'effrayait
point de la retraite dans laquelle il s'enfermait. Elle
avait une trop grande expérience de la vie pour ne
pas savoir que l'isolement est nécessaire aux grandes
douleurs : il faut qu'elles s'épuisent et s'usent elles-
mêmes par leur propre excès. C'est par le diamant
seul qu'on lime le diamant.

Elle abandonna donc son fils à lui-même, se réservant de lui parler raison un peu plus tard, quand elle le croirait capable de l'écouter.

Octave, cependant, était en proie à un véritable accès de désespoir.

— Partie! partie! se répétait-il à lui-même, d'une voix haletante, entrecoupée de sanglots, sans pouvoir rien ajouter à ces deux mots, qui contenaient pour lui tout un poème de douleur.

Mais sur ce thème lugubre, il brodait toutes sortes de fantaisies sombres.

Vers quatre heures, affamé de nouvelles, et voulant à tout prix avoir des détails qui ne seraient pas venus le trouver chez lui, il sortit sous prétexte de prendre l'air, alla voir quelques amis qu'il savait être en relations intimes avec l'hôtel de Noves, et finit par entrer au Petit-Club.

Les bruits qu'il recueillit çà et là ne laissaient point que d'être assez contradictoires.

Impéria était partie. C'était là le fait brutal, matériel, incontestable... Mais pourquoi était-elle partie?.., Dans quelles conditions?... vers quelles régions s'étaient dirigés les deux époux?... Voilà où commençaient des incertitudes que personne ne pouvait dissiper. Les uns prétendaient qu'il y avait eu entre le mari et la femme une scène véritablement terrible, et que le marquis, dans un accès de jalousie à outrance, s'était porté contre la belle Impéria à des actes indignes d'un homme de son rang; on ajoutait qu'à la suite de ces sévices graves, Mme de Noves avait pris la fuite. D'autres, au contraire, assuraient que le marquis, aussi jaloux qu'amoureux, avait littéralement enlevé sa femme pendant la nuit, pour la soustraire à des galanteries qu'il ne pouvait pas tolérer; qu'il l'avait transportée à bord d'un

navire frété par lui ; que ce navire les avait conduits
en Corse, et que là il n'avait pas craint d'enfermer sa
trop coquette moitié dans un vieux donjon appartenant
depuis des siècles à la famille Castelli, aussi susceptible sur le point d'honneur conjugal que pouvait l'être
l'époux lui-même de la belle et coupable créature.

Quelques-uns, et ceux-là étaient les amis du mari,
— peut-être aussi de la femme, — traitaient de fables
tous ces racontars, et juraient leurs grands dieux que
la bonne harmonie n'avait jamais été troublée entre
les deux époux, et que c'était d'un commun accord
qu'ils étaient partis ensemble pour l'Orient. On savait
que, depuis lonptemps déjà, M. de Noves, épigraphiste
distingué, était chargé, par le ministre de l'instruction
publique et des beaux-arts, d'une mission officielle
pour le pays où le soleil se lève, et où l'on trouve des
inscriptions gravées sur la pierre avec des têtes de
clou en guise de lettres.

Ces renseignementssi divers, ou, pour mieux dire,
si opposés, qui se combattaient les uns les autres,
n'étaient point faits pour diminuer la douloureuse perplexité du comte de Montrégis. Impéria était partie...
partie pour toujours peut-être. Il ne la reverrait plus,
jamais, jamais ! Tout un monde de douleur tenait dans
ces quatre mots. Que lui importait le reste ?

Un homme vraiment jeune, et vraiment amoureux,
ainsi séparé, brusquement, tragiquement, de la première femme qu'il ait aimée, alors qu'il l'aime encore
avec toute sa force, toute l'ardeur, toute la confiance
des belles années, avec cette fraîcheur printanière des
sentiments complets, qui se croient éternels, tombe
fatalement dans le désespoir, un désespoir profond,
et qui semble immortel comme l'amour même qui
en est la cause.

Ce fut le cas d'Octave de Montrégis. Une maladie qui l'aurait mis aux portes du tombeau ne l'eût pas changé davantage. Il faisait peur à ses amis, et, en le regardant, sa mère tremblait.

Pendant de longs jours, elle respecta cette douleur, toujours silencieuse, souvent farouche.

Le jour vint, pourtant, où elle crut pouvoir faire entendre à ce grand désespéré une parole de raison.

— Tu souffres beaucoup, mon pauvre enfant ! dit-elle à son fils, et je ne voudrais pas ajouter l'ennui de mes leçons à la peine qui te vient d'ailleurs. Je te plains de toute mon âme, et je voudrais avoir la main assez délicate et assez ferme pour sonder et panser tes blessures saignantes.

Ici la comtesse fit une pause, comme pour laisser au jeune homme le temps de réfléchir et de lui répondre.

Octave ne dit rien. Sa mère reprit :

— Je n'ai pas à revenir sur le passé. Rien que d'y penser est pour moi chose trop pénible. Si, cependant, tu veux réfléchir un peu, tu comprendras bien vite que tu étais engagé dans une voie qui devait te conduire fatalement aux fautes les plus graves... Je serais tentée de dire qu'elle n'avait point d'autre issue... car tu n'étais pas homme à revenir sur tes pas... tu étais donc condamné aujourd'hui au malheur, plus tard au désespoir et au crime ! Je te sais trop brave pour que l'idée d'un danger à courir puisse avoir sur toi la moindre influence... Mais enfin, M. de Noves n'est pas un lâche non plus, lui ! et, le jour où les soupçons qu'il nourrissait contre toi se seraient changés en certitudes, il y aurait eu trois existences humaines compromises.

— Comment ? trois !

— Eh! sans doute! la tienne et la sienne, tout
d'abord! puis celle de sa femme!

Ici le comte Octave fit un geste de surprise et d'in-
crédulité.

— Oui, celle de sa femme, je sais ce que je dis!
reprit la comtesse, et je ne dis que ce que je sais!
As-tu jamais bien regardé le marquis? Non! eh bien!
tu as eu tort! c'est par là qu'il aurait fallu commencer!... Mais tu n'avais d'yeux que pour sa femme. Moi,
qui n'étais pas absorbée à ce point, je l'ai observé
plus d'une fois, et je puis t'assurer que, sous ce masque d'homme du monde, poli et contenu, se cache
l'âme inflexible d'un de ces barons bardés de fer des
temps féodaux, qui vouaient à leur honneur un culte
si exalté et si fier qu'aucune considération ne les arrê-
tait quand il s'agissait de le défendre... ou de le venger!
Un scandale doublé d'un malheur vous attendait tous
trois à courte échéance... Je ne puis, moi ta mère, que
remercier Dieu de nous l'avoir épargné, quoi qu'il
puisse t'en coûter maintenant.

Satisfaite d'avoir jeté dans l'âme endolorie de son
fils un germe de consolation qui, sans doute, se déve-
lopperait plus tard, et, persuadée que ce qu'il y avait
de mieux à faire en ce moment c'était de l'abandonner
à ses réflexions, la comtesse n'ajouta rien à cette première insinuation.

# XXIV

Ici, comme partout, le temps fit encore son office accoutumé, à la fois nécessaire pour notre bonheur et humiliant pour la prétendue constance de nos sentiments.

Le désespoir d'Octave, si amer d'abord, finit par s'adoucir quelque peu, et sa douleur, qui avait été si profonde, prit, sans qu'il s'en rendît exactement compte, le caractère d'une mélancolie qui n'était ni sans grâce ni sans douceur. M<sup>me</sup> de Noves, très étroitement surveillée, dans des pays étranges où les femmes ne sortent pas seules, et où la poste ne fait point placer de boites au coin de toutes les rues, n'avait pu lui écrire une seule fois. Il était donc absolument sans nouvelles.

Il ne put attribuer qu'à une seule cause ce silence dont il avait été tout d'abord aussi désolé que surpris... et il pleura la chère absente, comme on pleure une morte adorée. Puis, peu à peu, une sorte d'apaisement se fit en lui.

La mère, toujours attentive à ce qui l'intéressait si fort, nota ce changement comme un symptôme heureux. Ce n'était pas encore la guérison; mais c'était un premier pas que l'on faisait vers elle.

Au bout de six mois, le front du jeune homme, chargé d'abord d'épais nuages, parut s'éclaircir. Il était sorti de la période aiguë. Mais un immense ennui vint s'abattre sur sa vie oisive et inoccupée. Son désœuvrement, dont il était difficile de le faire sortir — il ne faisait même plus de musique depuis qu'il avait tant souffert — ses chants n'auraient été que des sanglots — le livrait comme une proie à des tristesses soudaines, qui, pour n'avoir plus la continuité des premiers chagrins, n'en étaient pas moins fâcheuses.

— Il faut aviser! dit le médecin de la famille, dont la comtesse avait invoqué la lumière et l'expérience. Il y a du mieux, je le reconnais, dans la situation générale; mais la guérison n'est pas complète, et la rechute est toujours possible.

— Que conseillez-vous, ou plutôt qu'ordonnez-vous? demanda M$^{me}$ de Montrégis; vous savez si je vous obéirai!

— Eh! que vous dirai-je? Ce sont surtout des remèdes moraux qu'il nous faudrait.., et ceux-là, on ne les trouve pas dans les pharmacies!

— Où croyez-vous donc qu'il faille les chercher?

— Un peu partout! Je veux dire partout où il y a des distractions, des amusements, des plaisirs... Enfin, de la vie!... car il ne vit pas, ce jeune homme! Un voyage lui ferait du bien, j'en suis sûr!

— Qu'à cela ne tienne! Je suis prête, s'il le faut, à le conduire jusqu'au bout du monde!

Devant cet élan d'affection maternelle, le docteur resta muet. La comtesse crut même remarquer chez lui une certaine hésitation...

— Qu'avez-vous donc? lui demanda-t-elle; vous ne me trouvez peut-être pas suffisante comme garde-malade?

— Je ne dis pas cela, fit-il avec une courtoisie d'homme du monde; mais enfin, si vous daignez me pardonner ma grosse franchise, j'aimerais mieux voir M. le comte partir tout seul qu'avec vous!

— Eh! pourquoi cela? fit la mère d'Octave, non sans quelque surprise.

— Parce que je pense que, dans l'état moral où il est maintenant, il y a quelque chose qui vaut mieux pour lui que votre compagnie — c'est la solitude... entendons-nous, la solitude au milieu du monde!

— Je ne vous comprends pas! dit la comtesse.

— Alors, je vais m'expliquer, bien que ce ne soit peut-être pas très facile. Je trouve — pardonnez-moi, Madame, en songeant à ma vieille expérience : je ne suis pas né hier, et j'ai été mêlé à la vie de beaucoup de gens! — pardonnez-moi, si je vous dis que vous n'avez pas donné au comte Octave une éducation suffisamment virile — l'éducation qui convient aux hommes de son temps et de sa génération. En revanche, vous lui avez donné trop de nerfs, et pas assez de muscles! C'est au point de vue moral que je parle, bien entendu. Il ne connaît pas suffisamment ses contemporains, ce qui lui causera un réel désavantage dans cette lutte, à laquelle il lui faudra bien prendre part un jour — comme tout le monde — et qui s'appelle la bataille de la vie. Il ne faut pas que l'enfant, qui, plus tard, doit être un homme soit couvé trop longtemps sous les jupes d'une femme — cette femme fût-elle sa mère! et une mère comme vous! — Laissez-le être lui-même, laissez-le se heurter quelque peu à la réalité des choses, comme doit le faire celui qui est appelé à vivre dans cette dure société moderne, qui a détruit tous les privilèges, et qui n'admet plus les classes et les hiérarchies de l'ancien monde. Elle a pris pour devise : « Chacun pour soi! » sans ajouter, comme on faisait aux siècles croyants : « Et Dieu pour tous! » Voilà ce qu'il faut que nous sachions, nous autres chefs de famille, si nous ne voulons point condamner nos enfants à une véritable infériorité, au jour du grand combat — le combat pour la vie!

— Enfin, pour conclure, que voulez-vous?

— Eh! Madame la comtesse, vous savez bien qu'avec vous je ne me permettrai jamais de rien vouloir! Mais je désire, dans l'intérêt de votre fils, que vous vous sépariez de lui pour quelque temps.

— C'est dur! Moi qui ne l'ai jamais quitté!

— Voilà bien le malheur! Il est temps, croyez-le, qu'il vive un peu de lui-même, et par lui-même.

Je ne prendrai pas sur moi d'affirmer que la comtesse fût absolument convaincue de l'excellence des théories du docteur, mais elle était bien forcée de s'avouer que les siennes ne lui avaient pas trop bien réussi. Elle aurait donc mauvaise grâce à refuser d'en essayer d'autres.

Octave, aux premières ouvertures qui lui furent faites, ne montra qu'une indifférence découragée. Il se laissa gagner, cependant, par les instances de sa mère, et, bien convaincu qu'il n'aurait nulle part une existence plus triste que dans cette ville morte d'Avignon — où *Elle* n'était plus — il consentit à un déplacement.

Mais, dans la disposition d'esprit où il était, les voyages ne lui disaient absolument rien. Il préféra passer un hiver à Paris.

Jeune, riche et beau, il devait y trouver toutes les distractions que réclamait son état moral, et tous les plaisirs qui peuvent tenter un homme de son âge. Les amis qu'il y rencontra, et les jeunes hommes fort lancés, auxquels ceux-ci ne tardèrent pas à le pré-

senter, lui ouvrirent à deux battants les portes du
monde où l'on s'amuse. Il y entra, ou plutôt il s'y
précipita, sans regarder derrière lui, avec toute la
fougue de son âge, et toute l'impétuosité de ses passions longtemps contenues.

Au milieu de cette existence nouvelle, souvent orageuse et troublée mais dans laquelle, du moins, il
sentait une intensité d'émotions que la province ne
lui avait jamais donnée, l'image d'Impéria, envolée
aux pays lointains et inconnus, se présentait bien
encore parfois à sa pensée, mais de jour en jour plus
affaiblie, et comme voilée de longs crêpes.

Peut-être était-il plus excusable de ce demi-oubli
qu'on n'eût été tenté de le croire au premier abord... Le
silence absolu gardé par M<sup>me</sup> de Noves — depuis son
départ muette comme la mort — lui permettait de
croire qu'il ne la reverrait jamais. Elle était bien perdue
pour lui, et, sans elle, il avait le droit maintenant de
se regarder comme seul dans la vie... Ajoutez que la
sève fiévreuse de la vingt-cinquième année lui montait au cerveau, et, qu'autour de lui, des créatures
trop charmantes ne demandaient qu'à lui verser dans
des coupes d'or l'ivresse des plaisirs faciles.

Cette ivresse, il la goûta dans sa plénitude, comme
une nouveauté capiteuse, qui ne se comparait point
sans doute au charme plus contenu et plus épuré de
la passion romanesque, telle que les femmes du monde
la comprennent, mais qui avait bien aussi ses heures
folles et ses irrésistibles entraînements.

Pendant trois années qu'il passa seul à Paris, ne faisant près de sa mère que de rares et courtes apparitions,
il vécut dans les flammes de cette vie à outrance, aimant, aimé, cherchant sans cesse, dans des conquêtes
nouvelles, ce repos dans le bonheur qu'aucune femme

ne put lui donner, et toujours prêt à tenter une expérience de plus, parce qu'à l'exemple de l'immortel phénix, il se sentait renaître éternellement de ses cendres.

# XXV

L'heure vint, cependant, pour Octave de Montrégis —
comme elle vient pour tous ceux qui cherchent le
bonheur là où il n'est pas — l'heure fatale, où l'homme
qui n'a vécu que pour le plaisir rencontre enfin la
goutte amère qui se trouve, dit-on, au fond de tous
les flacons.

Il y eut chez lui une réaction violente comme sa
nature même. Condamné sans doute par la destinée à
ne connaître que les extrêmes de toutes choses, il
se détourna des amours faciles avec une résolution
implacable, qui ne se pouvait comparer qu'à la
fougue et à l'emportement qu'il avait mis à les pour-
suivre.

Mais, comme il était né pour aimer, et que, dans la
vie, l'amour seul lui paraissait une suffisante raison
de vivre, il se retourna vers les pures et chastes tendresses, et rêva d'une jeune fille dans la prime-fleur
de son printemps, dont l'œil ne se serait jamais arrêté
sur un autre homme, et dont l'âme ne se serait jamais
ouverte à des pensées mauvaises. A ses lèvres brûlées
par le punch enflammé des nuits d'orgie, ce qu'il
fallait maintenant, c'était la fraîcheur d'un sorbet
virginal.

Ce fut à ce moment décisif dans sa vie, que le hasard
— mais un hasard qui avait pour lui quelque chose de

vraiment providentiel, — lui fit rencontrer M^lle Viviane de Valneige.

Si jamais jeune fille sembla faite pour réconcilier un homme avec la vie honnête, c'était bien cette suave et angélique créature, douée de toutes les séductions, parée de toutes les grâces, embellie de tous les charmes qu'une nature généreuse peut prodiguer à une enfant de la terre.

La première vue lui donna le coup de foudre. Il comprit qu'il l'aimerait; peut-être même il sentit qu'il l'aimait déjà, et il se jura à lui-même que rien ne lui coûterait pour l'obtenir et la faire sienne.

On peut dire qu'il se tint parole.

Nous avons vu comment tous les obstacles s'aplanirent devant sa volonté, si énergique et si persistante; comment il parvint à toucher le cœur de la fière jeune fille, à se concilier la faveur de sa mère, la sympathie de M. de Valneige, et à devenir le mari de la créature la plus accomplie dont un homme pût rêver de faire la compagne adorée de sa vie entière.

Il y avait bientôt un an — un an de bonheur sans nuage — qu'il était le mari de Viviane, quand la nouvelle du retour de la marquise de Noves éclata tout à coup dans le calme de son existence paisible, comme la foudre dans la matinée bleue d'un jour de printemps. Jamais plus terrible orage n'avait menacé sa paix intérieure.

Ce n'était point qu'Octave de Montrégis eût l'intention coupable de tromper sa femme et de retourner à ses anciennes amours. Loin de là ! Il avait toujours pour Viviane une affection aussi tendre que profonde, et la seule pensée de l'infidélité lui semblait, en ce moment, odieuse à l'égal d'un crime.

Mais, bien qu'il ne connût d'une façon positive

aucune des circonstances particulières du départ ni
du voyage de M^me de Noves ; bien qu'il ne sût absolument rien de ce qu'elle avait pu faire pendant cette
longue absence, et qu'il ignorât également dans quelles
conditions elle se trouvait vis-à-vis de son mari, une
voix secrète — mais si puissante qu'il lui était impossible de ne la point entendre — si ferme et si assurée,
qu'il lui était si difficile de ne pas la croire — lui répétait
incessamment que le retour aussi soudain qu'inattendu de cette femme — qui était maintenant pour
lui une femme abandonnée — mais qui avait occupé
très longtemps une si grande place dans sa vie, —
devait être un réel danger pour son bonheur, pour la
sécurité de son ménage ; et, qui peut savoir ! peut-être
aussi pour la tranquillité de celle qu'il avait mission
de protéger et de défendre contre tous.

C'était pour songer à ces choses graves. embarras-
santes et tristes, qu'en sortant du cercle, où il les
avait apprises, au lieu de rentrer dans sa maison,
jusque-là paisible, où il ne voulait apporter ni son
trouble ni ses inquiétudes, il s'était, en quelque sorte,
enfui dans la campagne. Il avait, en ce moment,
besoin de calme, de liberté, et surtout de solitude.

En réfléchissant à ces événements dont, à coup sûr,
il ne se dissimulait point la gravité, il se demandait,
avec un serrement de cœur voisin de l'angoisse,
quelle allait être sa conduite vis-à-vis d'Impéria. La
reverrait-il, ou bien, au contraire, devrait-il à l'avenir
éviter avec elle toute espèce de rapports ? Mais s'il
venait à la rencontrer — et il était peut-être difficile
que les hasards de leur vie mondaine à tous deux
n'amenassent point cette rencontre — quelle serait
sa manière d'être avec elle ? La traiterait-il comme
une étrangère ? Mais alors, que penseraient d'une

conduite si singulière ceux qui les avaient connus jadis ?
N'y aurait-il point un contraste trop saisissant entre
la froideur du présent et les ardeurs du passé ? Pourrait-il se dispenser de conduire madame de Montrégis
chez madame de Noves, quand les deux femmes
étaient destinées à se retrouver souvent dans les
mêmes salons ? Et, s'il les mettait officiellement en
rapport, pouvait-il prévoir ce qui arriverait le jour
où quelque amie, indiscrète ou méchante, mettrait
Viviane sur la trace d'une intimité malheureusement
connue de trop de gens ?

Toutes ces pensées qui venaient l'assaillir, comme
un tourbillon, l'occupèrent pendant toute la durée de
sa promenade. Mais toutes les solutions qui se présentaient à son esprit, après qu'ils les avait longtemps
et vainement cherchées, ne pouvaient le satisfaire. La
délicatesse exquise de Viviane, poussée parfois jusqu'à
l'exagération, faisait des souvenirs du passé la perpétuelle menace de l'avenir. Bien qu'il ne lui eût jamais
donné aucun sujet de plainte, il savait à quel point
cette nature délicate et tendre pouvait aussi devenir
ombrageuse et jalouse, et il tremblait en songeant
à toutes les éventualités possibles qui, d'un moment à l'autre, lui montreraient partout de mortels
dangers.

Le résultat de ces longues réflexions fut purement
négatif. Il comprenait trop bien qu'il n'avait pas le
moyen de faire pour l'avenir aucun plan de conduite.
Des événements imprévus pourraient à chaque instant
modifier profondément ses meilleures et ses plus
sages résolutions. C'était d'eux seuls que dépendaient
maintenant et sa conduite et son avenir.

L'ombre qui descendait du ciel, enveloppant déjà
la terre, l'avertit qu'il était temps de rentrer au logis.

Il était inutile, en vérité, d'exciter à l'avance les inquiétudes de sa femme.

Elle l'attendait, frémissante et nerveuse, comme elle était toujours quand il se trouvait en retard...

— Je commençais à me sentir inquiète, dit-elle en lui jetant un regard profond, interrogateur, qui semblait vouloir fouiller jusque dans les plus intimes replis de son être.

— Inquiète! et de quoi donc, ma chère âme, dans une ville honnête et tranquille comme celle-ci? fit-il en lui mettant un baiser au front.

— C'est bien difficile à dire, fit-elle, en frissonnant sous sa caresse. J'ai peur de tout et de rien. Vois-tu, quand tu devrais être là et que tu n'y es pas, ce qui arrive peut-être un peu trop souvent maintenant, j'éprouve je ne sais quelles terreurs folles, contre lesquelles je me sens impuissante à me défendre. Elles sont plus fortes que ma raison, plus fortes que ma volonté. Je m'imagine tout de suite que tu as été la victime d'un accident, peut-être d'un crime... et j'en arrive bien vite à croire que je ne te reverrai jamais.

— Chère folle adorée!

— Voilà ce que c'est que d'avoir épousé une sensitive!

La mère d'Octave, qui se tenait debout devant la glace, nouait les brides de son chapeau, déjà prête à partir. Elle se retourna pour envoyer à sa belle-fille un sourire aimable.

Mais elle fit à Octave un imperceptible signe que la jeune femme ne vit point. Son fils s'approcha d'elle.

— Viens me rejoindre dans la salle à manger, lui dit-elle; j'ai à te parler. Prends pour prétexte mon mouchoir, que je vais oublier sur la table à ouvrage!

Octave suivit les instructions de la douairière de Montrégis d'une façon si naturelle que sa femme ne put avoir l'ombre d'un soupçon.

Quand ils furent seuls dans la pièce voisine :

— Tu sais, dit la comtesse à son fils, que M^{me} de Noves est de retour?

— Oui, je l'ai appris tantôt au Petit-Club.

— Il y a là un danger pour vous deux! Veille sur toi! il le faut! Il faut aussi ne pas oublier un seul instant que, dans l'état de santé où se trouve ta femme, une émotion trop violente peut la tuer.

— Soyez tranquille, ma mère! je suis résolu à tout pour éviter un malheur que je ne redoute pas moins que vous. J'adore Viviane, et sa vie m'est cent fois plus précieuse que la mienne.

— C'est bien dit! Agis comme tu parles, et nous n'aurons rien à redouter de personne. Mais retourne auprès de ta femme : elle est ce soir un peu surexcitée... comme si elle se doutait. Sans savoir pourquoi, elle prend ombrage de tout... et même de rien! Il faut la ménager. N'oublie pas que si elle perdait sa tranquillité, elle perdrait en même temps son bonheur... Ah! vois-tu, une impression est plus forte qu'un raisonnement... Cette Impéria me fait peur!

— Et à moi donc! fit Octave avec un accent qui ne permettait pas de douter de la sincérité de ses paroles.

— Il faudrait pouvoir la renvoyer à Memphis ou à Babylone.

— Elle ne s'y laisserait pas aussi aisément reconduire.

Octave se hâta de retourner vers sa femme qui l'attendait, non sans quelque impatience.

— Qu'est-ce donc que ta mère te disait? lui demanda-t-elle.

21

— Que tu es charmante; que je suis trop heureux d'avoir une petite femme comme toi, et que je serais le dernier des hommes si je ne faisais pas toutes tes volontés !

— Elle a raison ! dit Viviane en riant... Seulement je trouve qu'elle t'a gardé un peu trop longtemps.

Les époux passèrent la soirée ensemble, dans un tête-à-tête qui leur parut doux. Octave gâta sa femme comme aux premiers temps de leurs jeunes et belles amours.

Il passa près d'elle la plus grande partie de la journée du lendemain. On eût dit qu'il ne pouvait se résoudre à la quitter — ni à sortir de sa maison, — comme s'il eût craint que le malheur ne guettât son départ pour s'y glisser à sa place.

Si Viviane eût été plus vaillante, il l'aurait emmenée avec lui, tant il éprouvait comme un besoin instinctif de ne pas la laisser un seul instant livrée à elle-même et de l'entourer de sa protection et de sa présence.

Ce fut Viviane qui, dans sa parfaite bonté, lui ménagea une sortie.

— Tu n'es, lui dit-elle, prisonnier que sur parole, et je t'ouvre la porte. Je n'entends pas te tenir enfermé toute la journée. Je t'accorde la permission de sept heures. Tout ce que je te demande, c'est de rentrer pour dîner. Tu es une plante vigoureuse, toi, il te faut l'air libre... Tu t'étiolerais dans cette serre chaude !

— Tu as raison ! les serres chaudes ne sont faites que pour les fleurs comme toi !

Mais, comme il avait peur qu'elle ne se ravisât, après quelques bonnes paroles, qui n'avaient pour but que de la rassurer sur son prochain retour, il partit.

Quelqu'un qui l'aurait vu passer à ce moment dans

la rue n'aurait pas eu besoin de le regarder à deux
fois pour être bien certain qu'il n'était pas dans son
assiette ordinaire. Au lieu de marcher le front haut, le
nez au vent, l'œil grand ouvert et quêtant l'aventure,
libre, aisé, confiant, n'ayant rien à craindre ni du ciel
ni de la terre, il avait, au contraire, quelque chose de
timide et d'embarrassé, qui n'était point, à coup sûr,
dans ses allures habituelles; il glissait sans bruit,
comme un fantôme, rasant les murailles, fouillant
l'espace au loin, comme s'il eût craint à chaque instant de voir apparaître au coin d'une place ou au
détour d'une rue quelque fantôme éploré ou terrible,
lui reprochant sa trahison avec des larmes, ou le
menaçant de ses vengeances, et lui, que dix hommes
n'auraient pas fait reculer d'une semelle, tremblait
à la pensée d'une femme... C'est que cette femme
allait avoir pour auxiliaire contre lui... sa propre
conscience.

Comme tous ceux qui veulent savoir et prendre
langue, Octave se rendit au cercle. Le cercle n'est-il
pas, en effet, le point central vers lequel, dans une
petite ville, convergent et viennent aboutir tous les
bruits mondains, toutes les nouvelles et toutes les
rumeurs dont se remplit la longue journée des oisifs ?

Le jeune comte de Montrégis n'avait point encore
fait trois pas dans la salle de jeu, où il n'y avait pas
grand monde à cette heure, que celui qui, la veille, lui
avait appris le retour de M$^{me}$ de Noves vint à lui, la
main ouverte, le rire dans les yeux, et des questions
plein les lèvres.

— Eh bien! tu l'as vue? demanda-t-il à Octave.

— Qui cela? Qui ai-je vu? Je vois beaucoup de
monde tous les jours!

— Eh! ne fais donc pas le mystérieux! reprit

l'autre. Qui veut trop prouver ne prouve rien! Mais
puisqu'il faut, avec toi, mettre les points sur les i, et
nommer les gens en toutes lettres, celle dont je te
parle, et dont la pensée est dans ton esprit, encore plus
que dans le mien, c'est la belle marquise de Noves, dont
le retour, si tu n'es pas le plus changeant des hommes,
doit te remplir aujourd'hui de la joie la plus vive.

— Ce n'est pas moi qui ai changé! fit le comte de
Montrégis avec une gravité que l'on n'eût pas attendue
de son âge, et qui, d'ailleurs, n'était guère dans ses
habitudes, ce sont les choses qui ont changé autour
de moi!

— Je ne sais pas, fit l'autre, avec un rire assez
ironique, si la marquise comprendra la distinction
elle me semble assez subtile, et je doute fort, en tout
cas, qu'elle la trouve de son goût.

Octave en doutait bien aussi; mais comme il n'était
pas disposé à soutenir en plein cercle une discussion
sur ce point délicat, il ne releva point le propos. Ce
pendant, comme il ne voulait pas non plus paraître
redouter un sujet de conversation qui, par la force
même des choses, serait souvent abordé devant lui, il
demanda à ce causeur indiscret s'il avait déjà vu le
marquis.

— Eh! le pauvre! je crois que bien peu de gens le
verront.

— Comment! il serait mort? fit Octave avec une
sollicitude anxieuse, que bien certainement la santé
du mari d'Impéria ne lui aurait pas inspirée jadis.

— Non! il n'est pas mort; mais il n'en vaut guère
mieux.

— Qu'a-t-il donc?

— La Faculté le dira peut-être quelque jour. Mais
pour mon compte, je n'en sais absolument rien! (

fait courir à son sujet toutes sortes de bruits... Il en faut prendre, et il en faut laisser! Toniella, la petite femme de chambre qui les a suivis dans leurs voyages, et qui est revenue avec eux, dit qu'il s'est passé là-bas des choses de l'autre monde... Il paraît que la belle Impéria lui a fait mener une vie qui lui comptera plus tard pour deux ou trois cents bonnes années de purgatoire. Le fait est que lui, qui était encore jeune au moment de son départ, il a maintenant tout à fait l'air d'un vieillard. Il est cassé, voûté, vanné. Ses cheveux sont tout blancs, et il s'appuie, en marchant, sur une canne à bec de corbin. Si nous étions encore au temps des Borgia, je dirais qu'Impéria, aussi habile et non moins scélérate que Lucrèce, lui a fait prendre ce fameux poison avec lequel on faisait boire aux gens une mort lente mais sûre. C'est un tout autre homme que celui que nous avons connu jadis, ou, pour mieux dire, ce n'est plus un homme du tout.

Cette révélation rendit Octave quelque peu rêveur. Il se demandait s'il n'y avait point dans Impéria une seconde femme qu'il ne connaissait pas encore, à côté de la première qu'il connaissait si bien, — une femme qui s'était révélée tout à coup... et qui lui faisait peur. Ce que lui racontait son ami mettait en lumière un côté nouveau et terrible de la séduisante créature qu'il avait tant aimée. Il voyait maintenant son avenir tout plein de dangers, et il se demandait s'il lui serait possible de les conjurer.

La redoutable créature qu'on lui dépeignait sous des couleurs si terribles, poursuivant avec une rigueur implacable des vengeances dont rien ne la détournait, se souvenait sans doute!... Elle se souvenait, alors que lui, hélas! il avait oublié! Elle essayerait de le reprendre. Entre eux ce serait, à bref délai, la guerre déclarée.

Octave, bien que fort jeune encore par les années, avait acquis cependant, assez d'expérience pour ne point se payer d'illusions. C'est assez dire qu'il entrait maintenant dans une période d'inquiétudes croissantes, allant parfois jusqu'à l'anxiété, et qui projetaient sur son visage l'ombre visible d'une préoccupation qui ne lui était pas ordinaire.

Trop clairvoyante pour ne pas s'apercevoir de ce changement, et trop aimante pour ne point s'en affliger, Viviane s'en ouvrit un jour à sa belle-mère.

Une après-midi que les deux femmes se trouvaient seules ensemble :

— Je ne sais, lui dit-elle, ce que peut avoir Octave, mais je le trouve bien changé. Il est souvent triste, et toujours soucieux. Est-ce que j'aurais le malheur de ne le point rendre heureux? Je fais pourtant bien, je vous le jure! tout ce que je puis pour qu'il le soit.

— Et il l'est, en effet, ma chère enfant; j'en suis trop sûre pour vous permettre d'en douter. Mais, voyez-vous, un homme encore jeune, qui va être père pour la première fois, est toujours sous le coup de certaines préoccupations, trop naturelles pour que vous ne les compreniez point.

— S'il en est ainsi, j'espère qu'il sera bientôt rassuré, dit Viviane, dont un divin sourire illumina le joli visage. Et, vraiment, j'ai besoin qu'il le soit, continua-t-elle; car, voyez-vous, ma mère, son bonheur est nécessaire au mien.

— Je le sais, ma chérie, répondit la comtesse en lui mettant un baiser au front; je sais aussi que vous êtes bonne comme les anges, et que, même en vous adorant de toutes ses forces, celui qui a le bonheur d'être aimé de vous ne vous aimera jamais assez!

— C'est à lui qu'il faut le dire! répliqua Viviane en serrant la main que sa belle-mère lui avait cordialement tendue.

Quelques jours se passèrent dans une paix absolue pour le ménage. Jamais Octave n'avait montré à sa femme une sollicitude plus grande; jamais il ne l'avait entourée de plus de soins et de tendresse. Jamais surtout il n'était resté plus constamment près d'elle. On eût dit qu'il avait un besoin incessant de sa présence. N'est-ce point là une des plus grandes preuves d'amour que puissent se donner deux êtres attachés l'un à l'autre? Viviane trouvait si bien son compte à cette renaissante intimité des premiers jours qu'elle en oubliait les tristesses vagues et les préoccupations, instinctives plus que raisonnées, par lesquelles, depuis quelque temps, sa belle âme s'était laissé envahir et assombrir. Aussi c'était avec une joie redevenue confiante qu'elle s'abandonnait à ce renouveau d'une vie heureuse.

L'infortunée créature était loin de se douter qu'au moment même où elle regardait l'avenir avec plus de sécurité, où le calme et l'apaisement s'étaient faits en elle, elle était cruellement menacée dans l'essence même de son bonheur.

# XXVI

Un soir, à l'instant où Octave mettait le pied sur le seuil du Petit-Club, une femme voilée, sortant de l'ombre qui la cachait, s'approcha de lui rapidement, et, avant qu'il eût pu rien faire pour prévenir son mouvement, elle se plaça résolument devant lui, barrant la route.

Craignant l'indiscrétion des valets de pied, — toujours de service dans l'antichambre, et qui pouvaient devenir aisément les témoins d'une scène dont il n'était pas permis de prévoir encore toutes les péripéties, — le jeune comte se saisit avec vigueur du bras de l'inconnue, qui venait de se jeter ainsi à sa rencontre, la contraignit de rentrer avec lui dans l'ombre dont elle sortait, et, fixant sur son visage des yeux dont la flamme devait lui brûler les prunelles :

— Qui donc êtes-vous, et que me voulez-vous ? lui demanda-t-il d'une voix sévère.

— Oh! laissez-moi! vous êtes méchant! pourquoi me faites-vous du mal! dit l'inconnue, avec un accent légèrement étranger ; vous ne devez pas craindre que j'aie envie de m'enfuir, puisque je suis venue vous chercher jusqu'ici!...

Tout en disant ces mots, l'étrange créature entr'ouvrit le voile qui cachait ses traits, et Octave reconnut, avec autant de surprise que d'émotion, Toniella, la trop fidèle et trop obéissante camériste de M^me de Noves.

— C'est toi, dit-il, d'une voix très basse, et en relâchant le bras qu'il avait jusque-là tenu captif dans son étreinte ; par quel hasard ?

— Eh ! monsieur Octave, vous savez bien que ce n'est pas un hasard ! dit la jeune fille, en relevant sur le comte de Montrégis son regard singulièrement pénétrant. Ce n'est jamais par hasard que je vous ai rencontré. On m'a dit de venir vous attendre ici... et j'y suis venue... et je vous attendais...

— Très bien ! mais, à présent que ta commission est faite, il faut te retirer. Nous ne pouvons rester à causer ainsi dans la rue, où tout le monde peut nous voir...

— Oh ! cela ne me fait rien, monsieur Octave ! Je n'ai rien à cacher, et je ne crains personne.

— C'est possible ! mais il n'en est pas ainsi pour moi... J'ai des convenances à garder... J'ai des gens à ménager... Adieu ! retire-toi, je te prie. Nous nous reverrons une autre fois, et autre part... A présent, laisse-moi !

— Non, monsieur Octave, répondit Toniella, avec une douceur obstinée, et une grâce câline, dans laquelle on devinait une extrême fermeté. Je ne puis pas vous quitter ! Je suis venue vous chercher. J'ai ordre de vous ramener... il faut que vous me suiviez !

— Et si je refuse ?

— Oh ! vous ne refuserez pas, monsieur Octave ! Souvenez-vous d'autrefois ! Ah ! autrefois, tout ce qu'ELLE voulait, vous le vouliez aussi !

Ces paroles si nettes, et qui ne semblaient point admettre de réplique, ne laissèrent point que de jeter le mari de Viviane dans un certain trouble.

Il entraîna vivement la jeune fille dans une rue voisine, à peu près obscure, et, à cette heure, absolument déserte, où personne ne devait venir interrompre leur entretien.

Là, regardant Toniella bien en face et lui posant une main sur l'épaule :

— Où veux-tu me conduire comme cela? lui dit-il.

— Vous ne me l'auriez pas demandé jadis! répondit la jeune Corse, avec une flamme dans ses yeux sombres, et un sourire farouche, singulièrement amer, sur ses lèvres minces. En ce temps-là vous m'auriez suivie sans rien dire, et vous auriez été bien heureux de me suivre!

— Oui, en ce temps-là! répéta comme un écho le comte de Montrégis.

— Les hommes changent donc? murmura la jeune fille, avec une sorte d'exaltation, visible sur son visage expressif... il n'y a vraiment que les femmes qui ne changent pas!... pour leur malheur! Mais venez, pourtant! il le faut!... elle vous attend!

Octave, en entendant ces mots, éprouva un moment d'hésitation cruelle; une sueur froide perla tout à coup à la racine de ses cheveux, et un frisson courut dans ses nerfs. Il crut voir se dresser devant lui, comme un pâle fantôme, l'image douce et plaintive de sa femme, tendant vers lui ses belles mains suppliantes et ses yeux pleins de larmes, et lui criant, entre deux sanglots :

— N'y va pas! n'y va pas! Oublie-la! tu l'as juré! et souviens-toi de celle qui t'aime jusqu'à mourir de ton abandon!

Oui, il croyait l'entendre. Mais il entendait aussi celle qui lui dirait :

— Venez! venez donc, Monsieur Octave!

— Jamais! jamais! ce serait infâme! murmura-t-il,
comme en se parlant à lui-même.

Il étreignit violemment son front dans ses deux
mains, et, tout à coup, avec le geste d'un homme qui
vient enfin de prendre une résolution inébranlable :

— C'est impossible! dit-il à Toniella, dis-lui que
c'est impossible : je n'irai point.

— Ce qui est impossible, dit Toniella, c'est de ne
pas venir!

Et elle saisit les mains de M. de Montrégis, avec
plus de force que l'on n'eût cru pouvoir en attendre de
sa frêle et délicate personne, tandis qu'elle essayait
de l'entraîner avec elle.

Il eut un instant d'irrésolution, comme chancelant,
entre deux volontés également puissantes, qui le
tiraient en sens contraire.

La jeune Corse s'aperçut de ce qui se passait en
lui, et elle comprit que le moment était venu d'emporter d'un coup toutes ses résistances.

— Vous ne connaissez donc pas ma maîtresse? fit-
elle, en laissant voir sur son petit front, étroit, bas et
bombé aux tempes, son indomptable énergie... Mais
si! vous la connaissez!... et vous le savez, Monsieur
Octave, quand elle veut, celle-là, elle veut bien! Si
vous n'êtes pas auprès d'elle dans un instant, elle est
capable de venir vous chercher!

— Me chercher? et où cela? demanda M. de Montrégis, déjà frémissant à la pensée d'un scandale public,
dont le contre-coup ne manquerait point d'atteindre
sa femme, cette adorable Viviane, aussi malheureuse
qu'innocente.

— Où cela? reprit la jeune Corse; mais ici, partout,
chez vous, s'il le faut! Ah! vous ne savez point de
quelle pâte Dieu nous a pétries, nous autres, les

femmes des maquis, ni quel feu circule avec le sang dans nos veines!

Octave le savait trop bien, au contraire, et quelque chose lui disait qu'il avait maintenant tout à craindre de celle dont il avait jadis tout espéré.

— Où est-elle? demanda-t-il tout à coup, en relevant la tête, et en regardant Toniella droit aux yeux, bien en face!

— Chez elle... où elle vous attend avec la même impatience qu'autrefois.

— Mais... le marquis?

— N'en ayez ni souci ni crainte!

— Comment cela?

— Le marquis n'existe plus!

— Comment! mort? lui, M. de Noves! On m'avait assuré...

— Non! pas mort! répondit la jeune fille, aussi indifférente aux émotions qu'elle causait que l'acier d'un poignard peut l'être aux blessures qu'il fait; non pas mort, malheureusement! mais il n'est pas plus gênant aujourd'hui que s'il dormait dans sa tombe.

— C'est bien! marchons! dit Octave, qui se sentait vaincu par une force plus grande que sa volonté.

Sans ajouter une parole, Toniella se dirigea rapidement vers l'hôtel de Noves. M. de Montrégis la suivit par une route qu'en d'autres temps il avait parcourue bien des fois. Mais alors c'était la jeune et souriante espérance qui marchait devant lui... Et maintenant, c'était une crainte indéfinissable; c'étaient des appréhensions vagues, quelque chose, en un mot, comme l'attente du malheur — et le remords déjà, — le remords même avant la faute commise, — qui lui faisaient comme une sombre et sinistre escorte.

# XXVII

Situé dans une rue écartée et lointaine, au milieu
de vastes jardins, qui faisaient autour de lui une véritable solitude, dans un quartier de la ville à peu près
désert, l'hôtel de Noves, pendant cette nuit sans
étoiles, avait un aspect sombre et morne, bien fait
pour inspirer une sorte de terreur à une âme déjà
sous l'empire de préoccupations attristantes.

Après une marche assez longue, Toniella, qui conduisait le comte, s'arrêta devant une porte massive,
hérissée de gros clous à pointes de diamant, qui lui
donnaient un aspect aussi imposant que sévère.

— Vous vous reconnaissez? dit la jeune cameriste,
en se retournant vers Octave.

— Oui, fit le comte ; tu sais trop bien que je n'ai
rien oublié.

— Vous seriez bien ingrat s'il en était autrement,
poursuivit-elle en levant la main, car il y a là-haut
quelqu'un qui se souvient... et qui vous attend !

Tout en parlant, elle souleva le heurtoir. Il retomba
sur sa plaque de fer avec un bruit sourd, qui se prolongea, comme un écho plaintif et long, dans l'intérieur de l'hôtel.

La porte s'ouvrit aussitôt, et Octave se trouva à
l'entrée d'un large vestibule, aboutissant à une vaste
cour plantée, touffue comme un jardin.

Instinctivement il se dirigea vers un angle de cette cour, ayant sortie sur une autre rue, où se trouvait un escalier de service, par lequel, plus d'une fois, Toniella l'avait fait pénétrer chez la marquise.

— Pas par ici, dit la jeune fille, en lui mettant une main sur le bras. A présent, M^me la marquise n'entend point que vous vous cachiez. Elle veut vous recevoir à la face de tous. C'est par l'escalier d'honneur et les grands appartements que je vais vous introduire auprès d'elle.

— Au fait, j'aime mieux cela! pensa M. de Montrégis, qui bien souvent, malgré son amour pour M^me de Noves, n'avait pu se défendre d'un certain ennui, en se disant qu'il pénétrait dans sa maison comme un laquais ou comme un voleur, par les entrées secrètes. Puis, comme il voyait les choses de plus loin, il se disait aussi que, du moment où la marquise le recevait ostensiblement et à la face de tous, c'est qu'elle avait bien compris qu'une nouvelle vie avait commencé pour eux, et que le passé — ce passé plein d'orages — dont aujourd'hui il redoutait tant le retour, était mort à jamais pour tous deux.

Il franchit assez lestement les quatre ou cinq marches d'un perron monumental, et se trouva dans un grand vestibule, gardé par un valet de pied en petite tenue.

Celui-ci se leva à l'approche du comte, cueillit délicatement et silencieusement le pardessus sur ses épaules, et se rassit devant sa table. Ce n'était pas lui qui était chargé du service intérieur chez la marquise.

— Si monsieur le comte veut bien me suivre! dit Toniella, qui, passant la première, s'engagea dans le grand escalier.

Elle fit entrer M. de Montrégis dans un salon superbe, mais triste, qui ne semblait point habité, et, lui
montrant un siège :

— Une minute seulement, dit-elle : je vais prévenir
madame la marquise.

Elle sortit, le laissant seul.

Il jeta les yeux autour de lui et reconnut sans peine
la porte du boudoir où il avait passé tant d'heures
enchantées. A ce moment, ses souvenirs lui revinrent
en foule. Il lui sembla qu'un nuage passait devant ses
yeux ; une palpitation ardente souleva sa poitrine, et
son cœur battit avec tant de force qu'il en éprouva
une sensation douloureuse. L'attente a parfois de ces
angoisses, qui deviendraient insupportables en se
prolongeant.

Celle du comte Octave ne fut que de courte durée.

Toniella revint bientôt vers lui, et, sans rien dire,
ouvrit la porte du boudoir et disparut.

Il entra.

Impéria, assise dans un angle, sur un divan bas —
le même qu'autrefois — se leva vivement à l'approche du jeune homme, et ces deux êtres, qui s'étaient
si passionnément aimés, se virent en face l'un de
l'autre, — tout près.

Ils se regardèrent un instant sans rien dire, s'exami-
ant, cherchant tous deux s'ils allaient se retrouver ;
silencieux, et comme hésitants, devant le premier mot
qu'ils allaient prononcer.

Octave, qui sortait à peine des années adolescentes
quand il avait connu la marquise, était maintenant
dans tout l'éclat et dans toute la fleur de sa brillante
jeunesse, n'ayant rien perdu, gagnant encore, et tout
près d'atteindre le radieux épanouissement de la force
et de la beauté viriles. Jamais peut-être femme amou-

reuse n'avait pu se parer d'une plus flatteuse conquête. Ajoutez que le bonheur intime dans lequel il
vivait répandait sur ses traits je ne sais quelle lueur
d'auréole. La physionomie des gens vraiment heureux ne s'illumine-t-elle pas toujours du reflet de
leurs joies intérieures?

Un peu plus âgée que son ami, la marquise n'avait
pas été traitée aussi doucement que lui par la vie.
Après la douleur sincère et vive qui avait suivi le
dénouement tragique de ses premières amours, il
avait, lui, accepté assez promptement les consolations
que la destinée indulgente offre toujours aux hommes riches, pour leur faire oublier leurs premiers
chagrins.

Elle, au contraire, dans cette solitude de l'Orient
désert, elle avait porté sévèrement le deuil de son
bonheur. En tête-à-tête avec l'homme qu'elle regardait comme son plus cruel ennemi, et qu'elle détestait de toutes les forces de son âme vindicative e
altière, parce qu'il l'avait blessée tout à la fois dan
sa passion et dans son orgueil, elle avait, pendan
ces trois longues années d'un exil qu'elle pouvait re
garder comme un martyre, souffert, en vérité, tout c
que peut souffrir une femme. Il lui en était rest
comme une ombre sur le visage.

Elle était toujours belle, sans doute; mais le
étrangetés de son type, en prenant plus d'accent, dor
naient à sa physionomie un je ne sais quoi de fat;
dans la passion même. Elle était, à coup sûr, plt
capable de troubler les âmes que de charmer le
cœurs.

Un seul regard jeté sur elle par l'homme qui l'ava
tant aimée ne devait pas permettre à celui-ci de s
tromper, et le comte Octave ne s'y trompa point, e

effet. Il devina la profondeur et la durée de ses souffrances, et il se reprocha tout bas de s'être consolé si
vite.

Ce fut là sa première impression... et elle était
juste.

La belle Impéria, renommée jadis pour le luxe et
la recherche de sa mise, avait adopté ce soir-là une
tenue des plus modestes. Pas une fleur, pas un bijou,
pas un ruban : une simple robe de chambre, en laine
blanche, largement drapée, et tombant à longs plis
droits de sa nuque jusqu'à ses talons. Cette tenue
austère, qui avait je ne sais quoi de monacal, voulu
peut-être et arrêté à dessein, faisait songer à ces
grandes amoureuses du temps passé, transportées
par quelque coup soudain, imprévu et brusque, dans
l'*in-pace* d'un couvent, où l'on pouvait emprisonner
leur beauté, mais sans éteindre les flammes immor-
telles qui les dévoraient comme des holocaustes.

Montrégis se rendit compte de tout cela, et sentit
tout son être envahi par une sorte d'attendrissement
qui, chez un homme jeune et ardent, pouvait, avec
une femme comme la marquise, devenir, à un moment donné, singulièrement dangereux.

Impéria prit sa main, et, d'une voix basse, douce
comme une musique :

— C'est donc vrai ? lui dit-elle.

Octave comprit bien la question et ne se trompa
point sur le sens que la marquise y attachait; mais,
profitant de ce qu'elle avait d'un peu vague, dans sa
concision même, pour n'y pas répondre comme Impéria l'eût voulu :

— Ce qui est vrai, dit-il, d'une voix que l'émotion
faisait trembler, c'est que je suis bien heureux de vous
revoir.

22

— Vous n'en avez pas l'air! fit-elle avec une certaine ironie.

Il sentait trop bien à quel point elle avait raison pour mettre beaucoup de conviction dans sa réplique. Ce qu'il éprouvait, en effet, c'était un mélange de crainte, de remords et de malaise, qui lui faisait souhaiter bien vivement de mettre un terme à l'entrevue qu'il avait eu l'imprudence d'accepter.

Impéria était trop perspicace pour ne pas deviner ce qui se passait en lui. Elle en éprouva une amertume secrète et une sorte d'irritation contre lui dont elle ne fut pas la maîtresse. Il monta de son cœur à ses lèvres comme un flot de paroles brûlantes. Son âme, trop longtemps contenue, avait besoin de s'épancher, et les pensées qu'elle retenait captives depuis trois ans — trois ans d'un silence mortel — se firent jour enfin avec une violence impétueuse et sauvage.

Elle tenait encore les mains de M. de Montrégis. Elle l'entraîna vers le divan bas qui garnissait le fond du boudoir, et, avec une force singulière contre laquelle il n'essaya même pas de lutter, parce qu'il sentait la lutte inutile, elle le fit asseoir à ses côtés, puis, après un instant de silence, silence rendu plus imposant encore par le calme profond de la maison endormie, qui leur permettait d'entendre le battement de leurs cœurs :

— En effet, reprit-elle avec un accent si passionné que le jeune homme se sentit frémir tout entier, ce moment du revoir eût été pour nous deux le plus doux de notre vie, si vous aviez gardé mon souvenir comme j'ai gardé le vôtre, fidèlement, saintement... Mais...

Elle n'acheva point, attendant sans doute pour voir un peu ce qu'il allait lui répondre.

Il murmura ces mots de fatalité, de force des choses, de volonté supérieure, et autres banalités de
même valeur, par lesquelles on essaie de remplacer
les bonnes raisons qu'on n'a pas... Il dit qu'après un
départ dont il n'avait pas connu les motifs, et pendant
une absence qui, restant sans nouvelles, lui semblait
une éternelle séparation, il s'était senti pris, au bout
de quelques mois, d'un découragement sans espoir,
parce qu'il était sans consolation. Il avait cru ne la
revoir jamais, et, dans cette ruine de sa vie, et dans
cet effondrement sans remède de ses plus chères illusions, alors qu'il avait renoncé à des joies qu'aucune
autre créature ne semblait devoir jamais lui rendre,
il avait, de guerre lasse, laissé sa mère maitresse
absolue de sa destinée. C'était elle qui l'avait marié à
son gré, après trois ans d'une attente vaine et déses-
pérée.

— Incapable de rien vouloir, j'ai fait, dit-il, ce
qu'elle a voulu !

— Ce n'est point ce que l'on assure, reprit M^{me} de
Noves, avec une certaine vivacité ; des gens qui vous
connaissent bien prétendent que votre mariage a été
un véritable roman d'amour, et que vous êtes fou de
votre femme !

— Je crois que l'on n'est fou qu'une fois dans sa vie,
et vous savez bien de qui je l'ai été ! reprit Octave,
plus troublé qu'il n'eût voulu le laisser voir, ému des
souvenirs qu'Impéria réveillait et rallumait dans son
âme, et, par ce reniement d'une affection sacrée, pré-
ludant, sans en avoir conscience, à des trahisons plus
graves.

— Nous verrons bien ! dit la marquise, en lui dar-
dant la flamme de ses yeux noirs dans les prunelles.

Il y eut entre eux un nouveau silence, qui fut pour

Octave plein de gêne et de contrainte. On eût dit que
M^me de Noves devinait son embarras, et qu'elle en
ressentait une véritable joie — joie cruelle, qu'elle
savourait comme une première vengeance. Cependant,
ce fut elle, la première, qui reprit la parole, lentement,
pesant ses mots, et les laissant tomber l'un après
l'autre.

— Pendant que vous cherchiez le plaisir dans les
amours, et le bonheur dans le mariage, mon mari,
qui m'avait violemment arrachée à cette ville — à la
France — à l'Europe — m'emmenait au fond de l'Asie,
moitié par ruse, moitié par violence. Outre l'appui du
pouvoir qu'il était certain de trouver toujours contre
moi dans des pays où les religions elles-mêmes con-
sidèrent la femme comme un être inférieur, né pour
obéir et pour servir, il avait encore, pour me maintenir dans' son servage, la peur qu'il avait su m'inspirer. Oh! la peur pour vous... non pour moi!... pour
moi, Dieu sait que je ne l'aurais jamais craint!

— Eh! comment cela? fit Octave, singulièrement
ému.

— La vie de celui que vous aimez est entre vos
mains! me répétait-il sans cesse. Si vous restez paisiblement ici à mes côtés, je le laisserai vivre en France,
comme il voudra, suffisamment rassuré que je suis
par la distance qui vous sépare... Si, au contraire,
vous parvenez à échapper à ma surveillance — ce
que, d'ailleurs, je crois difficile, — je serai là-bas aussitôt que vous — plus tôt peut-être — et je tuerai
sans scrupule celui à qui vous aurez donné une preuve
d'amour aussi compromettante et aussi folle!

Ces paroles, si habilement calculées, produisirent
sur moi l'effet que M. de Noves s'en était promis. En
se servant de vous, il avait sur moi une prise qui le

rendait mon maître. Je devins son esclave, et pour
vous sauver, je consentis à me perdre. Ceci n'est-il
pas l'histoire de plus d'une femme? Pendant trois ans
il a fait de moi ce qu'il a voulu, me conduisant d'une
ville à une autre... et quelles villes! des villes mortes,
qui n'ont de grand que leur nom sonore et menteur,
mais souvent, en réalité, de misérables bourgades,
s'élevant au milieu des ruines... Et il fallait vivre là...
avec lui... et sans vous!... Sans vous, dont l'image,
toujours présente, remplissait mon âme... ne sachant
pas même où vous étiez, ce que vous faisiez, ce que
vous deveniez... si vous m'aimiez encore. Ah! ce
doute, ce doute seul suffisait à mon supplice.

Ce que j'ai souffert pendant trois années — des
années longues comme des siècles — je ne vous le
dirai point. Vous ne seriez pas capable de le comprendre... puisque vous avez été capable de m'oublier.

— Non! non! je ne vous ai pas oubliée! fit Octave,
en proie à une émotion trop puissante pour qu'il pût
se défendre contre elle ; le voulant, je ne l'aurais pu ;
le pouvant, je ne l'aurais voulu !

— Si vous ne m'aviez pas oubliée, seriez-vous
marié?

Impéria jeta ces mots, comme le cri même de la
passion vraie.

Et ils étaient si justes et si bien en situation que le
jeune homme courba la tête et ne répliqua rien.

La marquise reprit, avec plus de hauteur encore et
plus de fermeté :

— Si la créature humaine n'avait pas au fond de
l'âme je ne sais quelle force ou quel instinct, qui fait
que, chez elle, l'immortelle espérance résiste aux plus
grands malheurs, quand j'ai vu la terrible perspective qui s'ouvrait devant moi, je me serais tuée...

Je vois maintenant que je l'aurais dû faire ! Mais
quelque chose me disait que les plus durs exils ne
sont pas éternels; que tout finit en ce monde ; que
ma patience lasserait les colères de cet homme, et
que, quoi qu'il fît, je vous reverrais un jour...

Vous revoir, Octave! vous revoir aimant, fidèle,
désirant le retour avec la même ardeur que moi-
même, ah! cette seule pensée, avec les enivrantes
délices dont elle m'apportait la promesse, oui, cette
pensée était pour moi la consolation de toutes mes
douleurs... Une minute... une seule, aurait suffi pour
me payer au centuple de vingt siècles de tortures !
Tu pouvais me donner le ciel sur la terre, toi! Ah!
sentir comme autrefois, que tu es la vie de ma vie...
échanger encore nos serments d'amour, mais pour
les tenir, à présent! unir nos âmes et nos lèvres dans
un baiser qui ne finirait plus... Octave! Octave! cette
felicité sans bornes, elle pouvait être la nôtre... et tu
ne l'as pas voulu! Pourquoi faut-il que je me sois
réveillée d'un tel rêve?

En prononçant ces paroles ardentes, entrecoupées
par des sanglots, et arrosées de ses larmes, Impéria,
emportée par la fougue d'une passion dont elle n'était
pas la maîtresse, tomba, palpitante, éperdue, sur la
poitrine du jeune homme, non moins troublé qu'elle-
même. Ses longs cheveux dénoués, qu'il avait ca-
ressés tant de fois, le couvrirent de leurs ondes parfumées, et les effluves enivrants qui s'échappaient de
cette tête si longtemps adorée lui versèrent une irrésistible ivresse. Il oublia la foi jurée à une autre ; ses
bras se refermèrent sur celle qui se pressait contre
sa poitrine... et ne s'ouvrirent plus, — et, pour un
instant, le rêve d'Impéria devint une réalité.

Réalité terrible pour le comte de Montrégis, car il

venait de commettre un des plus grands crimes —
pour qui se place au point de vue d'une haute et pure
morale — dont un homme puisse charger sa conscience. Il venait de trahir la foi jurée à une femme
dont il était adoré — et qu'il aimait — à sa femme —
à la compagne de sa vie, unie à lui dans le bonheur
et dans le malheur — pour le temps et pour l'éternité
— dans la vie et dans la mort! — Ce lien, le plus
saint que les hommes aient jamais pu former, il
venait de le profaner, de le souiller, de le briser!

La faute était grande ; mais le châtiment ne se fit
pas attendre.

A peine l'ivresse de cette possession sacrilège s'était-
elle dissipée, à peine fut-il revenu du transport où
l'avait jeté la passion presque irrésistible de M$^{me}$ de
Noves, que l'horreur de son acte lui apparut tout
entière.

— Je suis un misérable! murmura-t-il d'une voix
sourde et basse, comme s'il eût craint de s'entendre
lui-même.

Il étreignit entre ses deux mains convulsées son
front pâle, humide d'une sueur froide, tandis qu'il
contemplait d'un œil sombre, presque hagard, Impéria, livrée tout entière encore à l'extase de son bonheur retrouvé.

— Qu'as-tu donc, mon amour? tu me fais peur! dit-
elle en se redressant tout à coup, et en prenant dans
ses mains les mains glacées du jeune homme.

— Si je vous fais peur, je me fais horreur! répliqua
celui-ci avec une âpre amertume.

La marquise lui jeta un regard profond, dans lequel
il y avait tout à la fois de l'amour et de la pitié, et,
le contraignant à s'asseoir auprès d'elle, doucement,
avec des câlineries de jeune mère, elle essaya de

ramener un peu de calme dans cette âme faible et
troublée.

Puis, quand elle le vit un peu plus maître de lui :

— Je crois vraiment que tu deviens fou ! lui dit-elle.
C'est au moment où nous nous retrouvons, après
une séparation si cruelle, au moment où une nouvelle vie, — une vie de tendresse et de bonheur, —
si tu veux, — peut recommencer pour nous, que tu
oses te plaindre et t'accuser, comme si en te con-
damnant, tu ne me condamnais pas moi-même ! Te
crois-tu donc le droit de le faire ?

— Je ne suis pas libre ! murmura Montrégis.

— Ah ! tu n'es pas libre, la belle raison ! L'étais-je
davantage quand tu m'as aimée ? Tu viens de tromper
ta femme comme j'ai trompé mon mari... nous
sommes à deux de jeu !... Mais, sache-le bien ! tu
n'avais pas le droit de te reprendre après t'être donné
à moi pour toujours ! Est-ce que ce fatal amour qui
nous unit, cimenté par notre faute, et purifié par nos
malheurs, ne devait pas être éternel ? Va ! mon cher
aimé, tu m'as coûté assez cher pour que j'aie le droit
de te garder... et je te garde !

Tous ces sophismes, qu'une raison sévère n'eût pas
laissé subsister un seul instant, présentés avec l'entraînante éloquence que la passion donne parfois aux
femmes — ces créatures nerveuses, chez lesquelles
l'impression du moment est toujours dominante, —
ébranlèrent quelque peu les scrupules du comte, qui,
sur le moment, ne trouvait rien à répondre à ces
arguments captieux, auxquels la beauté et la passion
d'Impéria donnaient une nouvelle force à ses yeux.

Cependant, sa conscience, dont il ne parvenait
point à étouffer la voix, parlait toujours pour Viviane,
faisait valoir ses droits, et, même dans l'atmosphère

enivrante du boudoir de la maîtresse, évoquait puissamment l'image de l'épouse outragée.

— Je vais être père! murmura-t-il enfin, en invoquant ainsi une raison suprême, pour se retenir sur la pente fatale où il se sentait rouler.

— Quoi! s'écria la femme au sang corse, ardente et jalouse comme toutes celles de sa race, tu lui donnes un enfant... et tu la plains! Je l'envie, moi! et, trahie, abandonnée comme je le suis, j'accepterais plus de malheur encore à de telles conditions! Ah! si j'étais mère! si je pouvais tenir dans mes bras un fils de ton amour!... Crois-moi! je m'estimerais si heureuse que je ne demanderais plus rien à la vie. Sois juste, Octave, toi qui as à juger entre nous deux! ne donne pas tout à l'une et rien à l'autre! Songe à ce que j'ai souffert! Songe à ce que tu m'as coûté! Oh! je ne te reproche rien, grand Dieu! J'aurais voulu te donner cent fois plus encore, eût-il fallu pour cela cent fois plus souffrir! Mais, enfin — tu vois que je foule aux pieds tout orgueil, moi, jadis si fière, et que, pour te toucher, je me fais bien humble et bien petite! — regarde au fond de quel abîme je suis tombée... Tout le monde connaît ma déplorable histoire! Ma vie est brisée et perdue! Il ne me reste plus que toi... toi seul au monde!... Ne te reprends donc pas tout entier!

Tout cela était dit avec tout le feu de la passion et tout l'élan de la tendresse qui peuvent animer l'âme d'une femme. Comment un homme jeune et ardent, qui avait profondément aimé cette belle créature, et dont les lèvres étaient encore brûlantes des baisers donnés et reçus, ne se serait-il point senti remué jusque dans les fibres les plus intimes de son être?

Vaincu par ce mélange de douceur et d'énergie, par cette exaltation du cerveau et par ces entraînements

du cœur, qui faisaient parfois de M^me de Noves une
sirène irrésistible, vraiment pleine de séductions et
d'enchantements, Octave laissa tomber sa tête accablée sur la poitrine palpitante de sa folle maîtresse,
et, d'une voix si faible qu'Impéria, pour l'entendre,
fut obligée de se pencher sur lui :

— Que veux-tu donc que je fasse?...

— Oh! tout ce qu'il te plaira... pourvu que je te voie
toujours!

— Toujours! mais c'est impossible cela ! C'est vouloir nous perdre... Toi, d'abord, après ce qui s'est
passé, et qui n'a été connu, hélas! que de trop de
monde.

— Ne t'inquiète donc pas de moi! laisse dire et faire
ceux qui auront envie de m'attaquer. Je suis placée
trop haut pour que leurs coups arrivent jusqu'à moi,
et je suis assez forte pour me défendre contre tous.

— Mais... votre mari?...

Un sourire à la fois cruel et superbe passa sur les
lèvres minces et fièrement arquées d'Impéria.

— Mon mari! fit-elle avec un mouvement d'épaules
singulièrement dédaigneux, n'en prenez donc pas plus
souci que moi-même... il n'est plus de ce monde!...

— Comment! mort? M. de Noves? Mais on m'avait
dit, au contraire, qu'il était revenu, qu'il était avec
vous, ici même, dans cet hôtel?

— En effet, il n'est pas mort... Mais il n'en vaut
guère mieux... Il serait même préférable pour lui
qu'il fût mort en effet! L'Orient, qu'il avait choisi
pour être mon éternel exil, a été le tombeau de son
intelligence... Il n'a pu résister à la vie qu'il m'avait
imposée, et il s'est trouvé que la victime a été plus
forte que son bourreau. Dans cette vie en commun,
dans ce tête-à-tête incessant, qui mettait chaque jour

en présence sa jalousie, ses colères... et son amour
— car il m'aimait encore, car il m'aimait toujours! —
avec mon implacable froideur, il est devenu.....

— Achevez! vous me faites peur!

— Eh bien! il est devenu fou! il a laissé sa raison
là-bas... Je l'ai ramené, sans qu'il se doutât seulement qu'il revenait à la place même d'où il m'avait
arrachée, il y a aujourd'hui trois ans. Et maintenant,
je le garde dans une chambre de cette maison, où il
dort... comme dans un tombeau. J'ai fait cela pour
l'honneur de son nom... que je porte. Il est d'ailleurs paisible et inoffensif... Du jour où il devien-
drait gênant, je n'aurais qu'un mot à dire, qu'un geste
à faire, pour en être débarrassée...

Tout cela avait été articulé par la marquise avec
une netteté, une fermeté, qui impressionnèrent le
jeune homme plus qu'il n'aurait voulu se l'avouer à
lui-même.

— Ah! murmura-t-il, avec une sorte de terreur
naïve, il paraît que celles qui savent bien aimer
savent bien haïr aussi.

Impéria, qui suivait sur le visage du comte de Montrégis les impressions de son âme, à la fois faible et
mobile, voulut assurer sa victoire.

Elle se rapprocha donc de lui, prit ses deux mains
dans les siennes, comme pour s'emparer en quelque
sorte de sa personne, et, le tenant ainsi, comme l'oiseau captif dans la serre de l'aigle, palpitant et frémissant sous son regard :

— Tu vois bien, lui dit-elle, que nous sommes, toi
et moi, les maîtres de la situation. Nous pouvons ce
que nous voulons, car nous n'avons de comptes à
rendre qu'à nous-mêmes. Si tu ne m'accordes pas ce
que je te demande, je ne pourrai imputer tes refus

qu'à toi-même, et, en ce cas, ta malheureuse amie
n'aura même pas pour se consoler l'ombre d'une illusion. Elle sera forcée de croire que tu ne l'aimes
plus... que tu ne l'as peut-être jamais aimée... malgré
les mots d'amour que, tout à l'heure encore, tes
lèvres murmuraient sur les miennes.

A ces raisons si décisives que M^{me} de Noves rendait plus puissantes encore par la façon dont elle les
présentait, Octave, vaincu d'avance, ne trouvait rien
à répondre. Impéria le voyait... elle était déjà certaine
qu'elle n'aurait plus désormais qu'à dicter ses volontés,
— quelles qu'elles fussent. Elle serait docilement
obéie.

— Je comprends bien, dit-elle, avec une douceur
clémente, qu'il faut savoir tenir compte des faits
accomplis. Ton mariage est une chose déplorable, —
qui a déjà fait, qui fera toujours le malheur de ma
vie... et de la tienne! Mais je ne veux briser l'existence
de personne... pas même de celle qui a brisé la
mienne... Je ne veux pas surtout être la cause d'un
nouveau scandale, — le scandale, chose toujours déplorable et fâcheuse pour des gens de notre monde...
mais je ne veux pas non plus te perdre de nouveau!...
Non! tu m'as coûté trop cher pour que j'y puisse
jamais consentir. Seulement, je ferai des concessions... pour ne pas troubler ta paix domestique.
Oui! je te ferai litière de mon orgueil. A elle les
triomphes visibles, mais à moi les compensations
secrètes! Reste le jour dans ton ménage, où tout le
monde te verra... ce sera d'un bon exemple! mais
que, du moins, tes soirées m'appartiennent comme
autrefois... Personne ne le saura! mais je n'ai pas
besoin qu'on le sache pour être heureuse. Je n'ai pas
d'amour-propre, moi! je n'ai que de l'amour!

Et, comme Octave faisait un geste qui traduisait naïvement son effroi, en même temps que l'impossibilité où il se trouvait de faire ce que lui demandait son exigeante maîtresse.

— Cet arrangement, lui dit-elle, est aussi facile que juste. Je connais ta vie comme si mes yeux te suivaient partout — minute par minute... Je sais que tu vas au cercle tous les soirs... Eh bien! tu n'iras plus... et tu viendras chez moi... Tu vois comme c'est simple!

— Pas tant que vous le croyez! Je ne sors, au contraire, que très rarement le soir... et je ne puis changer brusquement mon genre de vie sans provoquer un éclat qui compromettrait... qui peut-être perdrait tout...

— Tu n'es pas un homme! dit la marquise avec sa dédaigneuse ironie.

— Il y a des moments où je crois le contraire! Mais je suis aussi un mari et un père... Ma femme, bonne et douce...

— Je ne veux pas que tu me chantes ses louanges! fit Impéria, dont les fins sourcils noirs eurent un froncement de mauvais augure.

— Ma femme, reprit Octave avec une fermeté dont il n'eût pas été juste de ne point lui tenir compte, n'est pas la personne que je redoute le plus.

— Ah! qui donc peux-tu craindre plus qu'elle?

— Ma mère.

— Elle nous a fait assez de mal déjà, ta mère! C'est elle qui, jadis, arrangea avec M. de Noves ton départ d'Avignon, et c'est pendant cette fâcheuse absence que l'on me fit partir pour l'Orient. Va! je serais restée si tu avais été là pour me soutenir et me défendre.

— Ma mère sait votre retour; elle s'en inquiète, et m'entoure de son ombrageuse surveillance.

— Oh! je ne la crains plus maintenant.

— Peut-être avez-vous tort, car si elle se sentait bravée, si elle croyait en danger le bonheur de celle qu'elle aime aujourd'hui comme une fille, elle ne reculerait point devant l'éclat que vous paraissiez redouter tout à l'heure. Tâchez donc d'avoir confiance, et persuadez-vous bien que je ferai tout au monde pour concilier la prudence qui m'est imposée avec le bien vif désir que j'ai de ne pas vous déplaire.

— Rassure-toi, tu ne me déplais pas! fit-elle avec son sourire d'enchanteresse.

Puis, tout à coup, reprenant l'air fatal qui, depuis un moment, avait abandonné sa physionomie mobile, mais faite surtout pour les expressions tragiques :

— Tâche de réussir, lui dit-elle, car j'ai besoin de toi... Un tel besoin que, si j'étais certaine que tu me dis ce soir le dernier adieu, c'est le bruit de ma mort qui te réveillerait demain matin.

Mme de Noves avait prononcé ces mots avec un tel accent de sincérité et de volonté indomptable, que le comte de Montrégis n'eut pas même la possibilité de douter de ses sentiments. Mais cette persuasion n'était pas faite pour le rassurer, et ce ne fut point sans un véritable effroi qu'il entrevit les difficultés et les périls de la vie nouvelle qui allait commencer pour lui.

La pendule du boudoir, qui sonna minuit, le fit tressaillir, et il se leva si brusquement du divan qu'on eût dit qu'un ressort l'avait poussé et planté tout à coup sur ses pieds.

Impéria fut debout aussitôt que lui, et lui prenant, avec une certaine violence, la tête dans les deux mains, elle le baisa longuement sur les yeux.

— Surtout, à demain! lui dit-elle en manière d'adieu.

— Si je puis! fit Octave, qui ne voulait pas s'engager.

— Oh! tu sais, il faut pouvoir! A demain!

# XXVIII

Une fois seul dans les rues noires, silencieuses et désertes de la ville endormie, le mari de Viviane frissonna sous le froid de la nuit, fouetté par le mistral, qui se jetait sur la ville, ouverte à ses coups, après avoir traversé les étroites et longues coulées des Alpines. La transition était dure pour qui sortait du boudoir tiède et capitonné de la marquise. Mais ce malaise physique, qui allait se dissiper promptement dans l'action bienfaisante de la marche, n'était rien vraiment, comparé aux tortures morales qu'éprouvait le mari de Viviane.

C'était la première fois qu'il trompait sa femme !

Quand un homme n'est pas encore corrompu jusque dans ses moelles ; quand il n'appartient pas à cette race de pécheurs endurcis dont parle l'Écriture, qui boivent l'iniquité comme l'eau, cette première faute, dont on aperçoit l'horreur, a toujours, dans l'âme égarée mais non perdue, un retentissement long et cruel.

Le cri de la conscience est plus terrible encore, si l'épouse irréprochable n'a justifié, ni par sa conduite ni par son humeur, une infidélité que tant de maris, juges dans leur propre cause, excusent trop aisément en la qualifiant de justes représailles ; si elle a été, au contraire, pour l'homme volage et léger, un modèle de tendresse et de dévouement; si elle a fait de votre bonheur le but unique de sa vie; si vous comprenez, si vous savez, si vous sentez que ce crime, commis contre elle, et connu d'elle, va porter à sa confiance et à la pure sérénité de son amour un coup qu'elle n'oubliera jamais, dont elle souffrira toujours, dont elle mourra peut-être...

Et c'était bien le cas de M. de Montrégis, dont chacun enviait le bonheur, et qu'une créature trop audacieuse et trop séduisante, trop habile aussi à ressaisir son empire d'autrefois, venait de rejeter au fond de l'abime, où il allait maintenant se débattre dans les transes et les angoisses.

Si encore la faute avait été pour lui sans lendemain; s'il s'était dit que ce moment d'oubli serait isolé dans sa vie; que celle qui aurait eu le droit de s'en plaindre ne le saurait jamais, et qu'il expierait et réparerait sa faute par un redoublement de tendresse! Mais il prévoyait bien qu'avec Impéria les choses allaient marcher d'un autre train; il savait quelle était la ténacité de ses volontés et la fermeté de ses résolutions; il pressentait, entre elle et lui — s'il n'obéissait pas en esclave, — d'effroyables luttes, et il se demandait, avec un véritable effroi, si le contre-coup de ces luttes n'aurait point pour effet de tuer le bonheur de Viviane, — ce bonheur auquel il avait juré de consacrer sa vie.

Ces pensées le jetaient dans une perplexité vraiment cruelle, et, voyant partout des impossibilités ou des dangers, il ne savait plus à quel parti s'arrêter.

— Et si tard! murmura-t-il en entendant sonner le quart après minuit à l'antique horloge du Château des Papes... Et moi qui avais promis à Viviane de rentrer de bonne heure... Ah! la pauvre enfant, qu'elle a dû être inquiète! Que vais-je donc pouvoir lui dire pour la convaincre et la consoler? Voilà l'ère des mensonges qui va commencer... c'est affreux!

S'il y avait en ce moment une femme au monde contre laquelle le comte Octave éprouvât de véritables emportements de colère, c'était celle-là même — amère ironie de la destinée! — qu'il avait si follement aimée jadis... et qui venait encore de réveiller en lui ses anciens transports... Mais, à présent, dans le calme de la passion apaisée, il se révoltait contre le joug qu'Impéria voulait lui imposer de nouveau.

Il se hâta vers sa maison, dont il était absent depuis trop longtemps déjà.

Une voiture stationnait devant sa porte.

Il reconnut tout de suite le cocher et les chevaux de sa mère.

— Dieu! pensa-t-il, avec un mouvement d'inquiétude, qui devint presque de l'angoisse, ma mère chez ma femme!... à cette heure! Que se passe-t-il donc? Est-ce que Viviane serait souffrante? M'aurait-on envoyé chercher au Petit-Club... sans m'y trouver?

Il eut la précaution de ne pas sonner, mais d'ouvrir avec la clef qu'il portait toujours sur lui.

— Ma mère est ici? demanda-t-il assez vivement au valet de pied qui attendait dans le vestibule du rez-de-chaussée.

— Oui, Monsieur le comte.

— Est-ce que Madame se serait trouvée souffrante?

— Je ne l'ai pas su, Monsieur le comte.

— Est-on allé me chercher au cercle?

—— Antoine est sorti à onze heures avec un petit mot de la mère de Monsieur le comte. Mais j'ignore où il est allé.

Octave monta chez sa femme avec une certaine précipitation.

La douairière l'entendit venir, et s'avança à sa rencontre jusque dans l'antichambre de l'appartement de Viviane.

— D'où viens-tu ? lui demanda-t- elle avec une vivacité presque brusque, et en fixant sur lui ce regard clair devant lequel il était difficile de mentir.

— Mais... je suis allé au Petit-Club.

— Oui, d'abord, peut-être... mais tu n'as pas dû y rester longtemps, car tu n'y étais plus quand je t'ai fait demander.

— Eh ! pourquoi donc a-t-on eu besoin de moi ? fit-il, assez vivement contrarié. Que s'est-il passé en mon absence ?

— Peu de chose, en vérité ! fit la douairière avec son ironie hautaine. Ta femme s'est trouvée mal deux fois, et comme elle ne vit que de ta présence, la pauvre ! — ce qui l'exposera bientôt à mourir de faim — on a voulu la lui donner. Peine perdue, on ne t'avait point vu au cercle, et personne n'a pu nous dire où tu étais... L'inquiétude de Viviane s'en est accrue... elle n'a pas eu, depuis onze heures, de défaillances nouvelles ; mais elle est singulièrement surexcitée et nerveuse. Sans se douter de rien, elle craint tout, et demande à chaque instant où tu peux bien être. Enfin, je suis parvenue à la calmer et à la rassurer de mon mieux. Ta présence fera le reste. Mais, je te le répète encore, prends garde à la conduite que tu vas mener désormais. Aujourd'hui, sache-le bien ! tu as charge d'âme ! Viviane a besoin de bon-

heur, comme une plante délicate a besoin tour à tour
de rayons et de rosées. Si tu ne veux pas lui en
donner, dis tout de suite que tu veux qu'elle meure...
Ce sera bientôt fait.

— Eh! ma mère, comment pouvez-vous parler
ainsi, quand vous savez qu'à toute heure je suis
prêt à donner ma vie pour elle?

— Alors, donne-la-lui en détail, jour par jour, et,
si elle le veut, minute par minute! Adieu, je ne te
demande rien... pour ne pas t'obliger à mentir; mais
j'ai peur de savoir d'où tu viens. Tâche du moins
qu'elle ne le sache pas, elle!

Octave quitta sa mère, un peu mécontent d'elle,
car il trouvait qu'elle venait de lui parler bien dure-
ment; mais peut-être encore plus mécontent de lui-
même, car sa conscience lui reprochait cruellement sa faute, et il entra dans la chambre de sa
femme.

Viviane ne dormait point. Sa belle tête blonde,
roulant dans ses cheveux dénoués, et à demi renversée sur les dentelles de l'oreiller, avait une expression d'exaltation mystique qui, en ce moment, donnait à sa beauté un caractère plus saisissant encore.
Ses yeux grands ouverts, avivés par le feu de la
fièvre, étaient tournés d'avance du côté de la porte par
où son mari devait entrer. Il était aisé de voir qu'elle
ne vivait plus que dans l'attente du retour, mais que
ses émotions la dévoraient. Son front pâle et moite
contrastait avec ses joues, teintes d'un incarnat
trop vif, et dont les pommettes étaient en feu.

A l'approche d'Octave, elle se souleva, non point
peut-être sans quelque effort, et, dans un élan plein
de tendresse et de grâce, car même après les souffrances et les énervements de la solitude, elle était

toujours désarmée par son retour et rassérénée par
sa présence :

— D'où viens-tu donc, mon ami? lui demanda-
t-elle. Tu sais comme je suis malheureuse quand tu
rentres tard.

— Il ne faut pas être malheureuse pour si peu,
mon pauvre ange! Je suis allé d'abord au Petit-Club,
où il n'y avait pas encore grand monde... Tous ces
gens de cercle sont de véritables noctambules...
Puis je me suis laissé entraîner chez les Alberti, dont
c'était le jour, comme tu sais, et où l'on jouait un
jeu d'enfer...

— Ah! mon Dieu! deviendrais-tu joueur, toi qui
autrefois ne touchais jamais une carte?

— J'en ai encore une sainte horreur aujourd'hui.

— Eh! bien, alors?

— Je voulais voir l'aîné des trois frères pour cette
chasse que nous avons ensemble dans la Camargue...

— Bien! encore un nouveau prétexte pour de nouvelles absences... Octave! Octave! je vois bien maintenant que tu ne saurais te plaire que hors de ta
maison, et loin de ta femme!

— Comme tu te trompes! fit-il en lui prenant les
deux mains pour l'attirer à lui, et en la regardant
jusqu'au fond de l'âme, moi qui voudrais ne plus voir
que toi au monde!

En parlant ainsi, Montrégis était sincère, car il
sentait bien qu'en dehors de Viviane il n'y avait plus
pour lui que des malheurs et des ennuis sur cette
terre, et la conviction avec laquelle il s'expliquait
donnait à ses paroles un accent de vérité auquel sa
femme ne se pouvait tromper.

— Viens! fit-elle dans une expansion joyeuse, viens
que je t'embrasse pour ce mensonge-là!

Octave ne lui fit point répéter deux fois cet appel charmant : il se pencha vers elle, prit la tête mignonne dans ses deux mains, l'approcha de ses lèvres, et, avec une tendresse réelle, car le remords ne tue pas l'amour — au contraire, il l'exalte et l'enflamme! — il lui donna toute son âme dans un baiser.

Viviane, éprise comme au premier jour, se renversa, à demi-pâmée sous cette caresse. Puis, tout à coup, se rejetant en arrière avec une certaine violence, pour fuir les lèvres qui cherchaient toujours les siennes, le coude appuyé sur l'oreiller, et, de l'autre main, éloignant d'elle le visage de son mari, comme pour le mieux voir, et le regardant de ses deux yeux fixes, agrandis par une vague terreur :

— Tu me trompes! lui dit-elle d'une voix haletante.

— Moi! moi! mais tu es folle, en vérité! murmura le comte de Montrégis, pâle comme un spectre, le cœur traversé par l'aiguillon de son remords, et qui sentait son sang glacé s'arrêter dans ses veines.

— Oui, tu me trompes! reprit Viviane, avec la fermeté de quelqu'un qui serait certain de ce qu'il avance, et qui n'aurait pas même l'ombre d'un doute... Oui, tu viens de chez une femme... Ce n'est plus mon parfum que je respire sur toi, que je retrouve dans ton cou, dans ta barbe et dans tes cheveux... C'est une odeur étrange, capiteuse... qui n'est point de nos climats... qui me semble venir de quelque sachet oriental... et que je ne connais à aucune des personnes que nous voyons...

Les bras de la jeune femme se détachèrent vivement d'Octave, qu'elle avait jusque-là tenu et maintenu près d'elle, et, cachant ses yeux sous ses deux mains, comme si elle n'avait plus voulu le voir :

— Que je suis malheureuse! s'écria-t-elle dans un sanglot.

— Eh! non, ma pauvre enfant, tu n'es pas malheureuse... mais tu es un peu folle! dit M. de Montrégis, avec une douceur qui n'excluait point la fermeté. N'ayant point d'infortune réelle dont tu puisses te plaindre, tu t'en forges d'imaginaires, pour avoir ainsi le droit de t'affliger à ton aise... Es-tu vraiment assez ingénieuse à te tourmenter pour des riens! Écoute-moi donc un peu, au lieu de pleurer ainsi comme tu le fais, sans savoir pourquoi.

— Oh! si! si! je sais!

— Tu ne sais rien du tout! Je te disais tout à l'heure que j'avais passé la soirée chez les Alberti...

— Oui! eh bien! après?... cela ne t'a pas empêché!... Oh! ce parfum! va-t-en! mais va-t-en donc! il m'entête, il m'énerve, ce parfum. Tiens! tu vois! j'étouffe... je ne puis plus respirer...

Il fit quelques pas en arrière, s'éloignant de son lit, doucement, à pas lents, mais la regardant toujours.

— Tu vois, lui dit-il tristement, comme je t'obéis!... Je m'en vais. Je suis parti... Bonsoir, adieu!

Il fit quelques pas, du côté de la porte, comme s'il s'en allait; puis il s'arrêta tout à coup, et revenant vers elle :

— Écoute-moi, maintenant, lui dit-il avec une tendresse toute maternelle. Veux-tu m'écouter?

Elle le regarda, un peu plus calme, ne disant rien encore. Il reprit :

— Ces messieurs Alberti, dont tu connais les relations avec l'Orient, ont reçu, aujourd'hui même, tout un assortiment des senteurs les plus exquises qu'aient jamais distillées les alambics de Smyrne, où, comme tu sais, ils ont des correspondants et des

amis. Nous étions là une douzaine de jeunes fous,
aussi curieux qu'indiscrets ; nous avons mis la boîte
au pillage. Moi comme les autres... tu sais que j'ai le
mauvais goût d'adorer les parfums, surtout les parfums d'Orient... ce qui fait qu'à présent j'embaume
comme la boutique d'un coiffeur... Pardonne-moi : je
ne le ferai plus !

Tout cela fut dit avec une assurance bien faite
pour en imposer à une jeune femme, aussi sincère
et aussi honnête que Viviane de Valneige, dont la
bouche candide n'avait jamais menti, et qui ne
croyait pas les autres plus capables de tromper
qu'elle-même. Très exaltée tout à l'heure, et livrée
à un vrai paroxysme de douleur, elle sentit peu à
peu son chagrin se calmer et s'endormir sa défiance.

— Est-ce qu'il faut que je te croie ? murmura-t-elle
entre deux soupirs. Ah ! si tu savais à quel point j'ai
besoin d'avoir confiance en toi !...

— Tu le peux, et même tu le dois ! dit le mari
coupable, sans rougir de son mensonge. Mais sa
conscience, à laquelle il ne pouvait imposer silence,
lui criait bien haut qu'il était indigne d'une si adorable tendresse.

— Si jamais tu voulais me tromper, reprit Viviane,
trompe-moi si bien que je ne le sache point. Je veux
mourir avec ma foi et mon amour !...

— Pas mourir, mais vivre ! Vivre heureuse et
confiante, avec moi, près de moi, en moi, ma chère
âme ! dit le jeune homme, en arrangeant la tête charmante sur l'oreiller, avec des coquetteries de jeune
femme et des câlineries de jeune mère.

Elle lui sourit des lèvres et des yeux, et, se cachant
à moitié dans son cou :

— Tout à l'heure, n'est-ce pas, j'étais bien mé-

chante... Mais ce n'est pas ma faute, vois-tu, je souffrais trop ! et je suis si bien à présent !... Je sens que
je vais dormir... Tu sais, il est délicieux, ce parfum...
Tu m'en donneras !

Elle tombait de fatigue, d'émotion, peut-être aussi
de sommeil. Ce fut sa dernière parole.

Il s'en alla quand il la vit endormie.

Cette nuit-là fut pour lui une des plus terribles
qu'il eût connues. Et il n'aurait.pas été trop surpris
si, en se levant le lendemain, il s'était trouvé quelques cheveux blancs sur les tempes.

Il ne lui était plus possible de se faire illusion sur
les difficultés de la situation que venait de créer pour
lui le retour d'Impéria, et cette situation s'aggravait
encore par suite de la faiblesse avec laquelle il avait
cédé à l'entrainement de la première entrevue. Il se
voyait au fond d'une impasse, et c'est en vain qu'il
cherchait le moyen d'en sortir : il ne le trouvait pas.
Il s'interrogeait avec une sincérité parfaite, se demandant s'il aimait encore la marquise...

— Eh bien ! le résultat de son examen de conscience lui faisait voir, à n'en pas douter, qu'il éprouvait une véritable reconnaissance pour l'affection si
constante dont elle lui avait donné tant de preuves,
et qu'il ressentait un réel chagrin à la pensée de ce
qu'elle avait souffert pour lui — à cause de lui. —
Mais, à présent, tout en reconnaissant l'admirable
beauté de M<sup>me</sup> de Noves, il sentait bien que c'était sa
femme qu'il aimait — et il l'aimait assez pour que le
souvenir de sa trahison lui causât une impression
pénible — quelque chose, en un mot, qui ressemblait
à un remords.

Mais le maître de la morale humaine et divine l'a
bien dit :

« La chair est faible! »

Le jeune comte de Montrégis venait d'en faire à
ses dépens l'humiliante expérience. Était-ce l'éloquence passionnée d'Impéria qui l'avait vaincu?
Était-ce une pitié dangereuse pour ses douleurs?
Était-ce le souvenir des délices qu'il avait jadis gou-
tées dans ses bras? Était-ce le charme capiteux, par
moments irrésistible, qui s'exhalait de cette sirène,
passée maîtresse en l'art de séduire? Octave peut-
être n'aurait pas pu le dire.

Mais le résultat trop certain de toutes ces causes
réunies, c'est qu'il avait cédé à la première attaque,
et, en s'examinant froidement, sérieusement, en
homme qui ne veut ni tromper ni être trompé, il
n'osait pas se dire que, si la même occasion se présentait encore à lui, il aurait, pour résister, plus de
force dans l'avenir que dans le passé. Était-il donc
condamné à se faire une habitude de la trahison?
Aurait-il une maîtresse et une femme? Irait-il de
l'une à l'autre, trompant chacune d'elles tour à tour?
Ces choses-là arrivent souvent dans le monde. Il le
savait bien; mais elles répugnaient à sa nature
loyale... surtout quand il songeait à l'amour si complet, si dévoué, si absolu de Viviane, — Viviane, dont
les misérables réalités de la vie n'avaient point altéré
la pureté céleste, et dont l'âme, comme un limpide
miroir, n'avait jamais reflété que son image. Elle
avait dit vrai, la chère créature, aussi sensible que
délicate : — elle pouvait mourir d'une infidélité aussi
sûrement que d'un coup de poignard! Il allait donc
vivre, lui, dans des angoisses sans fin et des transes
perpétuelles!... Quel réveil, après les doux rêves qui
avaient enchanté la première année du plus délicieux
mariage d'amour qui eût jamais uni deux créatures
de Dieu!

Eh bien! non! il n'entendait pas supporter l'intolérable supplice d'une telle existence ; il ne compromettrait pas de gaieté de cœur le bonheur d'une femme qu'il avait juré de défendre et de protéger contre tous. Le devoir, la raison, la justice... et son amour... lui ordonnaient d'agir ainsi.

Oui! mais quel parti prendre vis-à-vis d'Impéria ? Il aurait avec elle une dernière explication, après laquelle tout serait bien fini entre eux. Sans doute ! Mais, à la seule pensée de cette explication avec la marquise, il lui était malaisé de se défendre d'un certain trouble... Il se rappelait cette façon tout à elle d'engager et de mener la discussion, et le succès de la première entrevue ne laissait point que de le mettre en garde contre la seconde. En tout cas, il se promettait bien de ne pas choisir une heure aussi dangereuse. La nuit, dans le boudoir d'une femme ardente et belle, est une conseillère par trop dangereuse.

Un peu rassuré par ces bonnes résolutions, qu'il avait prises avec une loyauté parfaite et une volonté ferme de les tenir, il entra de bon matin chez sa femme.

Malgré toutes ses émotions, Viviane avait bien dormi ; les dernières paroles d'Octave, comme un dictame divin, lui avaient rendu la paix, et elle était calme et reposée comme une femme heureuse. Sa pâleur fine et ambrée n'était point celle de la maladie, et elle ajoutait comme un charme de plus à sa beauté exquise. Aussi, ce fut avec un regard de femme aimée qu'elle tendit son front au baiser matinal que son mari venait lui apporter.

Ils ne reparlèrent plus de la veille.

L'amour d'Octave, surexcité par la crise que le ménage venait de traverser, et par le sentiment qu'il avait de la fragilité de leur bonheur à tous deux, quand tant de choses le menaçaient, eut comme un redoublement d'ardeur dont Viviane fut flattée sans doute, mais étonnée plus encore. Avec le sentiment si juste et si vrai qu'elle avait de toutes les choses de la vie intime, elle eût préféré à ces transports d'amant, enivré d'une possession fiévreuse dont il ne semblait pas sûr, la tendresse sereine d'un mari maître des autres comme de lui-même; une tendresse calme à force d'être profonde; en un mot l'amour d'un homme regardant l'avenir sans crainte, parce qu'il sait que le lendemain doit ressembler à la veille.

Cependant, elle finissait toujours par se faire une raison.

— Il m'aime, se disait-elle parfois, en chassant loin d'elle de vagues rêveries... Il m'aime! c'est là le grand point... je ne dois pas m'inquiéter du reste!

# XXIX

Octave ne retourna point le lendemain chez M<sup>me</sup> de
Noves. Redevenu plus calme, et jugeant mieux les
choses, parce qu'il les jugeait plus froidement, il comprit qu'il ne devait point s'exposer à de nouveaux dangers. Il resta quelques jours sans entendre parler
d'elle. Impéria faisait la morte : il n'était certes pas
tenté d'aller la troubler dans un repos qui assurait le
sien.

Il est vrai que la marquise, même avec la meilleure
volonté du monde, serait difficilement parvenue à le
rencontrer. Il ne passait plus une soirée hors de chez
lui, sortait souvent avec sa femme, pour lui faire
prendre l'air, dans de courtes mais fréquentes promenades, ne restait au Petit-Club qu'un moment, et,
heureux de se retrouver près de Viviane, ne vivait
plus guère que dans son intérieur.

Pareil en cela à tous les hommes, si habiles à se
persuader ce qu'ils désirent, il s'imagina bientôt que
la marquise, satisfaite d'avoir affirmé sa puissance,
mettrait désormais une certaine grandeur d'âme à ne
point abuser de sa victoire. Elle l'avait vu à ses pieds.
Sans doute elle n'en demanderait pas davantage.

Quoi qu'il en fût, il lui savait gré de la tranquillité
présente qu'elle voulait bien lui laisser. Il en avait
grand besoin, et il en était d'autant plus heureux

qu'il se rendait bien compte du trouble profond
qu'elle aurait pu jeter dans sa vie. Une fois ou deux,
il se demanda si, par hasard, il ne s'endormait point
dans une sécurité trompeuse; si Impéria était femme
à se passer toujours ainsi de sa présence, et si une
bonne et sage politique ne lui commandait point de
faire une apparition à l'hôtel de Noves. Mais cette
seule idée lui inspirait une sorte de terreur. Le souvenir du passé, comme un avertissement sévère, le
mettait sur ses gardes ; il savait trop bien que qui
s'expose au péril périra. Il ne voulait point se retrouver près d'Impéria, dans l'atmosphère embrasée
de son boudoir. Il redoutait également et sa tendresse
et sa violence, parce qu'il ne se sentait point assez
fort pour être certain d'avance qu'il les braverait im-
punément.

Cependant la réserve silencieuse et absolue dans
laquelle M^me de Noves jugeait à propos de s'envelop-
per, lui rendait peu à peu une trompeuse sécurité, et il
finit par croire que si la crise qu'il venait de traverser
avait été terriblement orageuse, elle aurait du moins
le mérite de ne point se renouveler.

Ce fut donc avec une certaine tranquillité d'esprit,
et sans craindre de nouveaux orages, dont il ne
voyait point la menace à l'horizon, qu'il s'éloigna
de Viviane pour quelques jours. Des affaires de famille, difficiles à remettre, exigeaient sa présence à
Lyon.

C'était la première fois, depuis son mariage, que
M. de Montrégis se séparait de sa femme, et l'adieu
fut humide des larmes de Viviane. L'absence, pour
être courte, ne lui semblait pas moins cruelle. Toujours entourée, depuis qu'elle était au monde, de
tendresses et de soins, elle n'avait jamais connu ces

tristesses de la solitude qui, pour certaines âmes bien aimantes, sont de véritables supplices.

— Reviens vite, car tu le sais, loin de toi, je ne vis plus !

Ce fut le dernier mot de Viviane à l'heure du départ.

Octave en garda l'écho vibrant dans son âme, et, désireux de revoir au plus tôt celle dont il emportait l'image avec lui, il fit des tours·de force et des miracles d'activité, pour revenir près d'elle même avant l'époque que lui-même avait fixée pour son retour.

Il ne l'avertit point de ce petit changement dans son itinéraire. N'étant point de ceux à qui la joie fait peur, et ne craignant point de voir la surprise se changer pour sa femme en émotion pénible ou dangereuse, il ne prit point la précaution de la prévenir, comme font généralement, en pareil cas, les gens bien avisés.

— Où est Madame? demanda-t-il, avec une vivacité singulière, au valet de pied qui vint lui ouvrir.

— Madame est dans son petit salon, répondit celui-ci; mais...

Sans lui laisser le temps d'ajouter un mot de plus, sans même se débarrasser de ses vêtements de voyage, tant il avait hâte de se retrouver dans les bras de celle qui l'attendait, il franchit rapidement l'escalier, en montant quatre marches à la fois.

En le voyant entrer, Viviane ne put retenir un cri de joie, et, s'élançant vers lui, elle vint tomber sur sa poitrine.

Pendant deux secondes, ils restèrent ainsi, cœur contre cœur, lèvres contre lèvres — sans parler ! Il y a des moments où les paroles sont inutiles.

Mais, bien que le jeune homme, gagné et charmé

par cette joyeuse expansion du retour, voulût la retenir encore un moment, captive dans cette étreinte :

— Allons! laisse-moi, c'est assez, chéri! murmura-t-elle à demi-voix en essayant de se dégager. Mais
lui la gardait toujours dans la douce prison de ses
deux bras, enlacés et noués autour d'elle.

Comme l'oiseau retenu dans la main qui l'enferme,
elle se débattait pour reconquérir la liberté de ses
mouvements, tandis que lui, riant, et mêlant aux caresses les tendres propos qui assaisonnent si bien les
joies du retour, couvrait de baisers ses yeux, ses
joues, son front, ses cheveux qui se dénouaient, et
tombaient en lourds anneaux sur ses épaules frémissantes.

— Fou! mais finis donc! dit enfin Viviane, qui parvint, non sans peine, à placer une parole... qu'elle
voulait dire depuis longtemps... Nous ne sommes pas
seuls!

— Ne vous gênez pas pour moi, chère Madame;
ce délicieux tableau de famille me réjouit plus que
vous ne sauriez le croire. C'est si touchant le bonheur conjugal... et si rare !

Cette petite phrase, lancée d'une voix sèche, âpre
et stridente, fit tressaillir le mari, surpris en flagrant
délit d'amour trop expansif. Il dénoua l'entrave formée
par les deux bras qui enlaçaient si tendrement la
jeune femme, et, avec une vivacité presque brusque,
il l'éloigna de lui.

Puis, mécontent et troublé, il jeta tout à l'entour un
regard interrogateur et inquiet, fouillant tous les
coins de la pièce déjà obscure; car la nuit tombait et
l'on n'avait pas encore apporté les lampes.

Tout d'abord, en entrant, il n'avait vu que cette
Viviane adorée pour laquelle ces quelques jours d'ab_

sence avaient encore avivé ses ardeurs. Mais à présent, dans un coin de cette pièce, où il commençait à mieux distinguer les choses, il apercevait, tout près de la cheminée, à demi dissimulée dans l'ombre — en cet endroit plus épaisse — une femme tout en noir, front pâle, œil brillant, qui le regardait sans rien dire, tout à la fois ironique et farouche.

Après quelques secondes de cette contemplation silencieuse et attentive, elle se léva, et, enveloppant le jeune couple d'un regard dont l'expression énigmatique échappait à la trop simple et trop naïve Viviane, mais ne pouvait tromper aussi aisément un homme qui la connaissait comme Octave de Montrégis :

— J'aurais peur, dit-elle, en s'adressant plus particulièrement au jeune homme, qu'elle regarda fixement, de gêner, par une présence que vous n'avez pas souhaitée, vos épanchements intimes ; je vous laisse donc tous deux à la joie d'un retour aussi impatiemment désiré sans doute par l'un que par l'autre.

Et comme Octave, trop visiblement ému, ne balbutiait que des phrases sans portée, et qui trahissaient autant son dépit que son embarras, l'étrange visiteuse se détourna de lui pour ne plus s'occuper que de Viviane.

— Cette visite trop tôt interrompue ne compte pas ! lui dit-elle avec une grâce parfaite ; mais comme, en ce moment, je suis moins empêchée que vous, je vous demande la permission de revenir. Je n'ai malheureusement rien à faire des vingt-quatre heures de ma journée, qui me semblent parfois bien longues... Ce sera une charité que de me recevoir quelquefois. Donc à bientôt, si vous le permettez, chère et bien aimable Madame !

Elle tendit, de l'air le plus naturel du monde, la main à

Octave, qui n'avait pas encore retrouvé son aplomb.

— Adieu, Monsieur, fit-elle, avec un joli signe de tête, à la fois menaçant et mutin.... Je n'ajouterai pas sans rancune, par exemple continua-t-elle en donnant à son sourire une expression de coquetterie enjouée, où la malice le disputait à la grâce, car je ne sais pas si je pourrai vous pardonner de sitôt...

— Et quoi donc, Madame?

— Quand on a une femme aussi charmante que la vôtre, on n'a pas le droit de la cacher. Je vous en veux de ne pas me l'avoir présentée.

— M^me de Montrégis sort très peu, répondit Octave. L'état actuel de sa santé exige de grands ménagements...

— Ce sont de bien mauvaises raisons que vous me donnez là! répliqua M^me de Noves. Elles auraient peut-être cours avec d'autres... Mais avec moi!...

Et comme Viviane ne disait rien, Impéria, qui voulait avoir l'air de la prendre pour juge, ajouta vivement :

— Vous saurez, Madame, que je suis une des plus anciennes amies de votre mari... On ne s'en douterait guère à le voir aussi froid, n'est-ce pas? Mais, c'est comme cela! Il est tellement dissimulé qu'il ne vous l'avait peut-être pas dit...

— En effet, Madame, ce n'est pas par lui que je l'ai su! répliqua Viviane, avec une simplicité parfaite. Il ne me dit pas tout, et il a grand tort, puisque je finis toujours par tout savoir... et qu'il perd ainsi les bénéfices de la franchise.

— Vous avez bien raison, Madame, fit Impéria, avec une apparence de bonhomie à laquelle Viviane se laissa prendre: il n'est rien de tel que la confiance entre gens qui s'aiment. Les habiles en sont toujours

pour leurs frais de ruses et de mensonges. Espérons
que la leçon profitera à ce parfait diplomate, qui est
vraiment trop fort pour des femmes aussi simples que
nous!... Bonsoir, Monsieur de Montrégis!

Octave, plus impressionné qu'il n'aurait voulu le
laisser voir, restait debout, immobile, au milieu de la
pièce, assez semblable à un homme qui n'aurait rien
compris à la scène qui se passait devant lui, mais
ayant comme un vague pressentiment qu'elle servi-
rait de prologue à quelque drame terrible et sombre.

Plus calme, plus maîtresse d'elle-même, et plus
exacte observatrice des convenances, Viviane, d'un
coup d'œil, lui fit comprendre qu'au lieu de laisser
partir seule une femme du rang de la marquise de
Noves, il devait la reconduire au moins quelques pas.

Sans rien dire il s'élança sur les traces d'Impéria, la
rejoignit au milieu du salon qui précédait le boudoir
de sa femme, et, comme s'il eût eu autour de lui
vingt personnes pour prendre acte de ses paroles :

— Permettez-moi, Madame, lui dit-il, en s'inclinant
devant elle, et en lui offrant son bras, de vous reconduire jusqu'à votre voiture

— Grand merci! répondit-elle; j'accepte! mais sans
vous savoir beaucoup de gré de votre politesse, car
vous n'êtes pas venu de votre propre mouvement...
C'est votre femme qui vous envoie! Elle est charmante, cette petite! Quant à vous, mon bon! vous vou-
lriez me voir à mille lieues d'ici. Voilà comme vous
n'aimez!

— Impéria!

— Octave!

— Vous savez bien, dit-il au bout de quelques secondes, en essayant de garder son calme, que l'intimité entre ma femme et vous est chose impossible...

— Je ne vois pas cela...

— Ne sentez-vous point qu'à chaque instant notre passé à tous deux se dresserait entre elle et vous?

— Ce souvenir ne me gêne point, veuillez le croire! fit Mme de Noves avec son sourire de sphinx.

— Il y a une question de convenance...

— Dont personne n'est meilleur juge que moi! Où donc prenez-vous que la marquise de Noves n'est pas faite pour être l'amie de la comtesse de Montrégis?... Notre passé, dites-vous?... Mais, en vérité, vous paraissez vous en souvenir si peu que vous n'avez pas le droit d'en parler! Qui le connaît, d'ailleurs, ce passé, à l'exception de vous et de moi? Moi, je ne m'en vante pas, et, de votre côté, vous ne me semblez pas disposé à le crier sur les toits. Vous voyez donc bien que vos craintes n'ont rien de fondé, et que vos scrupules sont pour moi tout simplement une injure gratuite et inutile... que vous pourriez nous épargner à tous deux!

Ces paroles avaient été échangées à voix basse dans le grand salon qui faisait suite à la petite pièce dans laquelle Viviane avait reçu la marquise.

Arrivée dans le vestibule qui conduisait à l'escalier, et certaine de ne pouvoir être entendue que d'Octave, la marquise changea de ton tout à coup, et, debout, en face du jeune homme, le regardant droit aux yeux :

— Tu ne veux pas venir chez moi, lui dit-elle, eh bien! me voici chez toi! C'est bien joué, n'est-il pas vrai? et tu n'oseras pas dire que je ne veux pas de ta présence... à tout prix?

— Même au prix d'une imprudence qui peut avoir des suites si fâcheuses? fit Montrégis d'un ton de reproche.

— La prudence n'a jamais été comptée au nombre
de mes vertus! répliqua M^{me} de Noves avec une audacieuse franchise, et je crois que tu le sais mieux
que personne... Mais tout ceci, vois-tu, est arrivé
par ta faute... Si tu avais fait ce que je te demandais, je n'aurais pas été contrainte à prendre un parti
extrême... Mais tu n'as pas voulu revenir à l'hôtel de
Noves... et me voici à l'hôtel d'Aigueperse... J'y suis
et j'y reste! Notre sort à tous est maintenant entre
tes mains. Adieu!

Immobile à la même place, comme s'il eût été cloué
au sol, Octave la regardait s'en aller, grande, droite
et superbe, la démarche souple et légère, balançant
harmonieusement sa haute taille, avec l'élégance et
la grâce que les poètes prêtent parfois aux nymphes et
aux déesses.

Quand elle eut disparu, il songea enfin à retourner près de Viviane. Il la connaissait trop pour
n'être pas certain d'avance qu'elle commençait à s'inquiéter de cette trop longue causerie avec une femme
comme Impéria. Aussi, après avoir essayé de cacher
sous un visage calme les sentiments tumultueux qui,
en ce moment, bouleversaient son âme, il se hâta de
rentrer dans le petit salon où M^{me} de Montrégis l'attendait.

Il crut habile de prévenir ses questions. Aussi:

— Tu connais donc la marquise de Noves? lui demanda-t-il.

— Connaître, fit celle-ci, ce serait peut-être beaucoup dire. Je l'ai rencontrée il y a trois jours chez
les Gramont-Vaucluse. On nous a nommées l'une à
l'autre. Elle m'a regardée tout d'abord avec un certain
étonnement, comme elle eût fait de quelque animal
curieux, qu'elle ne se serait point attendue à rencon-

trer dans un salon... Puis elle s'est montrée tout à
coup d'une amabilité extrême, à tel point que j'en
étais un peu confuse. Je ne laissais point que de
m'étonner de toutes ces grâces, me venant d'une personne que je voyais pour la première fois.

— Il paraît, me suis-je dit, qu'il n'y a point qu'à
l'église et à la cour que l'on se donne de l'eau bénite !
Mais comme, après tout, on ne peut point se fâcher
avec les gens par cette seule raison qu'ils ont l'air
de vous adorer, je me suis un peu laissé faire... La
marquise a su, d'ailleurs, trouver le moyen de me
prendre tout à fait...

— Et comment cela ?

— C'est bien simple ! en me disant beaucoup de
bien de toi.

— Trop bonne, en vérité !

— Elle t'a connu tout jeune, et il paraît que tu
étais déjà charmant... Tu comprends qu'en l'entendant chanter ainsi tes louanges, je me suis mise à
l'aimer tout de suite.

— Il ne faut pas trop l'aimer !

— Eh ! pourquoi cela ?

— Parce que tu n'as qu'un cœur, et que je le veux
tout entier !

— Ne crains rien ! ce n'est jamais elle qui te fera
du tort auprès de moi ! Mais elle a mis tant de grâce...
et d'insistance à me demander de venir chez moi,
que je n'aurais pu la refuser sans une impolitesse que
l'on n'aurait guère comprise de ma part. Je ne voulais pas manquer à une femme qui est de notre
monde, après tout... Et puis, s'il faut tout dire, je
t'avoue qu'elle m'avait un peu séduite, et qu'elle n'a
pas un instant cessé d'être adorable avec moi. Est-ce
que j'ai mal fait d'agir ainsi ? Es-tu tout à fait fâché ?

— Je ne le suis pas du tout, mon pauvre ange, et
je ne le serai jamais, contre toi. Tout ce que tu fais,
tu le fais pour le bien. Seulement, dans l'état de santé
où tu es, je ne te crois pas capable de voir beaucoup
de monde sans une grande fatigue, que je tiens à
t'épargner. Songes-y bien! Tu dois maintenant te
ménager pour deux... pour le grand qui t'aime, et
pour le petit que tu aimeras! ·

Le comte de Montrégis savait bien que sa femme
avait avec lui des docilités d'enfant, et qu'en toute
chose elle suivrait ses conseils, qui, pour elle, étaient
des ordres. Il comprit bien que ce n'était pas l'heure
d'insister davantage... Il fallait attendre, et voir venir
les événements.

Ces événements, Octave ne laissait point que de
les redouter quelque peu.

Il se disait, en effet, qu'avec une femme comme
Impéria, ils pouvaient aisément tourner au tragique.
et que, dans ce drame où elle ne pouvait jouer que le
premier rôle, la pauvre Viviane serait fatalement la
victime innocente et persécutée. C'était là ce qu'à
tout prix il fallait empêcher. Comment? il ne le savait
pas encore... mais il chercherait si bien qu'il finirait
par trouver le moyen.

Si l'introduction de M<sup>me</sup> de Noves dans son intérieur
avait à ses yeux assez d'inconvénients pour qu'il eût
souhaité vivement de pouvoir l'éviter, elle avait du
moins un avantage — c'était de lui donner la possibilité d'aller lui-même chez la marquise, très ostensiblement, et sans exciter la jalousie de sa femme. Si.
comme elle l'avait dit à Octave dans leur première
entrevue, Impéria voulait bien se contenter de la joie
innocente, et payée cher, de sa présence auprès
d'elle, mieux valait encore la lui accorder quelque-

fois que de la pousser à une exaspération dangereuse.
C'est surtout dans les affaires où le cœur des femmes
est intéressé qu'il faut, entre deux maux, savoir
choisir le moindre.

S'il y avait une personne au monde que ces arrangements laissaient profondément inquiète et singulièrement mécontente, c'était la mère d'Octave.

La comtesse douairière de Montrégis était une de
ces consciences inflexibles, dont la morale haute et
pure ne se prête point aux concessions, et qui, même
pour arriver au bien, ne sauraient se résoudre à
pactiser avec le mal. Elle n'eût jamais accepté la
politique des résultats. Aussi ne ménagea-t-elle point
à son fils des avertissements sincères et sans détours.
Usant de ses droits de mère de famille, elle ne lui
cacha point un seul instant qu'il avait tort de permettre à sa femme une fréquentation si dangereuse.

— A qui le dites-vous? fit Octave avec un accent
de sincérité qui mettait bien à nu son âme tourmentée. Je vous jure, ma chère mère, que vous
prêchez un converti! Si quelqu'un regrette la présence
de la marquise près de Viviane, vous pouvez être
certaine que c'est moi. Mais je n'ai pas à me reprocher de l'y avoir amenée. Hélas! elle est bien venue
toute seule, après une rencontre chez des amis communs. Viviane ne m'en avait rien dit, elle qui, d'ordinaire, me dit tout, et, à mon retour de Lyon, je l'ai
trouvée installée chez moi comme en pays conquis.
C'est de sa part un véritable trait d'audace... Mais
que pouvais-je faire? La renvoyer? Je suis le dernier
homme qui aurait le droit d'agir ainsi avec elle.
D'ailleurs, on n'a jamais rien su de positif sur son
compte.

— Ah! pas même toi? fit M^{me} de Montrégis, en

fixant sur Octave le regard perçant de ses prunelles
noires.

— Moi? je ne compte pas, vous savez bien! Je
suis en dehors de la question. On a répandu des
bruits... téméraires; on a fait des suppositions...
que personne n'a pu justifier. Aussi la marquise n'a-
t-elle jamais cessé d'être reçue dans le monde. Il me
paraît donc difficile de rompre avec elle.

— Cela peut être difficile, mais c'est encore plus
nécessaire !

— Ajoutez qu'elle a su faire la conquête de Viviane,
qui la trouve aimable et charmante.

— Pauvre femme! quel malheur pour elle et quel
désespoir, le jour où elle ouvrira les yeux!

— Mais elle ne les ouvrira jamais! Pour rien au
monde il ne faut qu'elle les ouvre! Voyons, ma mère,
n'exagérons pas les choses! La situation n'est pas
sans ennui... Mais ce n'est qu'un moment à passer, et
il passera, je l'espère, sans encombre et sans malheur. Après ses couches, j'emmènerai Viviane, à
Valneige d'abord, puis en Italie, où je compte rester
cinq ou six mois. Il n'est rien de tel que les voyages
comme remède aux intimités compromettantes.

— Pas avec tout le monde! La marquise revient de
plus loin que tu n'iras, et je ne la crois guère changée.
Enfin, te voilà prévenu. Nous verrons si un homme
averti en vaut deux! J'ai pu te sauver une première fois...

— En l'exilant!

— L'exil vaut mieux que la mort!

— Elle ne dit pas cela !

— Je me soucie peu de ce qu'elle dit... Mais, je ne
serais peut-être pas aussi heureuse dans une seconde
épreuve... N'oublie donc pas le proverbe :

« Qui bien se garde, bien se trouve! »

## XXX

Quoiqu'il fût résolu à se bien garder, et surtout à bien garder sa femme, Octave ne put s'empêcher de retourner chez M^me de Noves. Impéria le lui avait demandé de telle façon qu'il avait bien compris qu'il y avait pour lui une véritable nécessité à le faire.

Satisfaite de sa victoire, la marquise ne songea tout d'abord qu'à se montrer bonne princesse. On eût dit vraiment qu'elle tenait surtout à rassurer Octave, en lui prouvant bien qu'elle ne cherchait pas à lui faire oublier ses devoirs envers Viviane. Rien chez elle qui rappelât, même de loin, les intempérantes ardeurs de la dernière entrevue. Elle avait mis une sourdine à sa passion, et, comme si elle se fût sentie vaincue par la beauté, la jeunesse et la grâce de M^me de Montrégis, elle ne montra plus au mari d'une si charmante créature qu'une tendresse en quelque sorte humble et résignée, qui ne devait plus l'effrayer.

Abusé ainsi par une sécurité trompeuse, il reprit peu à peu l'habitude de retourner chez elle. Il y revint d'autant plus que c'était le moyen d'empêcher l'impatiente Impéria de renouveler trop souvent à l'hôtel d'Aigueperse ses visites dangereuses.

Cependant le comte de Montrégis n'avait pas la conscience absolument tranquille. Il ne se dissimulait point qu'il y avait dans sa conduite quelque chose de

louche. Si ses visites trop fréquentes maintenant
chez la marquise n'avaient pas eu un côté absolument
répréhensible, il ne les aurait point célées à sa femme,
à laquelle jusqu'ici il n'avait jamais rien caché.

Le moment vint pourtant, et il devait fatalement
arriver, où ses torts envers elle furent plus grands
encore, et bientôt inavouables et inexpiables.

Impéria, pour qui tous les moyens étaient bons
quand il s'agissait d'arriver à son but, avait renoncé
aux emportements furieux et aux violences passionnées des premiers temps, qui auraient prévenu et armé
contre elle l'imprudent et trop faible époux de Viviane.

Avec une souplesse féline, que peut-être on ne
se serait pas attendu à trouver chez cette nature
ardente et altière, elle changea complètement de
tactique vis-à-vis de M. de Montrégis. La véhémence
fut remplacée par la douceur, et, tout en espérant
beaucoup peut-être, elle eut l'habileté de paraître ne
rien attendre. Il s'était opéré en elle une transformation complète, dont son ancien ami la croyait si
peu capable qu'il s'imaginait parfois avoir une autre
femme devant lui. Il ne trouvait plus chez elle, à
la place de la passion vaincue, qu'une tendresse calme,
humble parfois, mais qui l'entourait, le pénétrait,
l'enveloppait en quelque sorte d'une atmosphère
alanguie, malsaine et dangereuse, dans laquelle flot-
taient je ne sais quels effluves voluptueux, trop capables, hélas ! d'amollir et de perdre les âmes. Octave
n'avait peut-être déjà plus la force de se soustraire
à cette attraction puissante, qui lui semblait parfois
irrésistible.

Trop clairvoyante pour ne pas s'apercevoir que ce
nouveau système était le bon, Impéria n'avait garde
d'en changer. Il lui suffisait de faire chaque jour un

pas de plus dans cette intimité si chère et si habilement reconquise. Mêlant avec une habileté consommée
la familiarité tendre, autorisée par les souvenirs toujours présents et toujours vivants de leur ancienne
liaison à la réserve que lui commandait la situation ac-
tuelle de M. de Montrégis, elle le tenait toujours en
haleine par l'incertitude même où elle le laissait de la
façon dont elle allait le traiter, puisque avec elle le lendemain ne ressemblait jamais à la veille ; mais en ayant
soin, toutefois, de lui rendre son commerce si agréable,
qu'il ne pouvait déjà plus s'en passer.

— Es-tu content ? lui demandait-elle parfois, en
revenant subitement à la dangereuse familiarité des
anciens jours, — qu'elle ne devait plus se permettre
maintenant, mais qu'elle rachetait du moins par une
sorte de timidité humble, comme si elle eût voulu
lui demander de la liberté grande un pardon qu'elle
était bien certaine d'obtenir d'avance. — N'est-ce
pas ainsi que tu me voulais, et pourrais-tu souhaiter une amie plus docile à tes ordres et à tes désirs ?

Il ne répondait pas ; mais la pression de sa main
tiède, et un regard qui rendait son silence même
éloquent, parlaient pour lui et avouaient trop clairement ce qu'il n'aurait pas voulu dire.

Elle comprenait tout ce qui se passait en lui, et
redoublait d'efforts pour arriver plus sûrement à la
reprise de possession de son ancienne conquête. Elle
flattait tous ses goûts, entrait dans toutes ses idées,
qu'elle savait faire siennes avec un art et un tact in-
comparables.

Plus âgée que Viviane de quelques années, ayant
une connaissance de la vie et une expérience du
monde qui celle-ci n'avait pu acquérir dans la solitude
de Valneige, elle avait sur elle l'avantage d'un éclat,

d'une verve, d'un brio contre lesquels celle-ci ne pouvait point lutter.

Elle n'y prétendait point d'ailleurs. L'aimable et chère créature ne savait qu'une chose : aimer ! aimer uniquement l'homme choisi entre tous, et auquel appartenait son existence tout entière.

C'était beaucoup, sans doute, mais ce n'était peut-être pas assez pour un homme aussi gâté par la vie et par les femmes que l'avait été le comte de Montrégis.

Pour cette lutte secrète que la candeur de Viviane ne soupçonnait même pas, mais dont son bonheur pouvait être l'enjeu, la jeune femme se trouvait dans des conditions d'autant plus inégales que sa santé, en ce moment très défaillante, la privait d'une partie de ses moyens. L'attente de sa maternité prochaine, et l'angoisse des épreuves, terribles peut-être, qui devaient l'accompagner, la préoccupaient visiblement et l'absorbaient parfois tout entière.

Octave lui avait permis de faire venir près d'elle Mme de Valneige, qui, quoique belle-mère, n'était pas gênante le moins de monde. La présence de cette personne aimable et adorant sa fille, avait eu ce double résultat de rendre désormais à peu près impossible ce tête-à-tête entre les époux, si nécessaire à leur intimité, et, en empêchant Viviane de se trouver jamais seule, de donner à Octave moins de scrupule à faire l'école buissonnière, aussi chère, assure-t-on, aux maris qu'aux écoliers.

Ce fut Mme de Noves qui profita surtout de cette liberté que l'on rendait à Octave de Montrégis sans qu'il l'eût demandée, mais qu'il n'avait pas l'héroïsme de refuser.

Il retourna donc près d'elle, il y retourna avec une assiduité blâmable, et il la revit avec une con-

tinuité dangereuse. La marquise sut jouir de son
triomphe avec une modestie pleine d'habileté, paraissant douter encore de sa victoire, alors qu'elle n'avait
plus qu'à étendre la main pour en cueillir les fruits.
Elle sut de nouveau se rendre indispensable au
comte de Montrégis, à qui sa présence était redevenue presque aussi nécessaire qu'autrefois.

Quand les choses en sont arrivées là entre un
homme et une femme, elles suivent bientôt une
pente fatale, et, une fois de plus, se trouve justifié
l'antique proverbe :

« Qui aime le péril, périra ! »

La douce image de Viviane, mélancolique et souffrante, se voila dans l'âme de ce mari trop oublieux
et trop léger, et Impéria lui apparut de nouveau
parée des séductions et des charmes qui avaient fait
jadis les délices de son ardente jeunesse. Comme si
elle eût voulu expier les emportements de la première
heure elle était revenue au rôle plus modeste de la
femme à la fois frémissante et soumise ; désirant
tout, mais ne demandant rien ; éperdue d'amour —
car personne n'eut jamais la passion plus sincère, —
mais vivant dans une attente silencieuse, montrant à
l'homme qu'elle adorait la réserve et la grâce que les
sculpteurs de la Grèce prêtaient jadis aux statues
idéales de la Vénus pudique.

Cette fois, ce fut Octave qui lui ouvrit ses bras.
Elle y tomba.

. . . . . . . . . . . . . . . . . . . . . . . .

— Maintenant, dit-elle, en relevant sur sa tête sa
longue chevelure dénouée, c'est toi qui l'as voulu !
Est-ce que tu me quitteras encore ?

— Jamais ! fit-il en scellant son parjure avec un
baiser.

# XXXI

Infidèle à sa mission divine, le remords ne vint point, dans les premiers jours, troubler ni châtier ces joies coupables. Octave se livrait, se donnait, s'abandonnait tout entier à celle qui avait su le reprendre. M^me de Noves avait retrouvé son empire : elle était de force à le garder.

Dans toute autre circonstance, Viviane se serait aperçue du changement, je dirais volontiers de la transformation que subissait en ce moment son mari. La physionomie ouverte et franche du comte de Montrégis, qui avait gardé si longtemps un grand air de jeunesse, prit bientôt une expression beaucoup plus sérieuse. On eût dit qu'il s'observait, comme s'il avait eu à se contenir et à se garder ; sa lèvre, autrefois si aisément ouverte aux confidences et au sourire, se fermait par une contraction un peu sévère, comme il arrive souvent chez ceux qui ont un secret à garder. Un grand pli vertical sillonnait son front, et plus d'un, parmi ceux qui l'avaient trouvé si gai compagnon et si insouciant viveur, se demandait tout bas ce qui pouvait rendre rêveur un homme à qui la fortune avait prodigué toutes ses faveurs et tous ses dons.

C'est qu'au fond de cet hôtel de Noves, où il allait chercher du plaisir, il y avait des choses mystérieuses, dont la pensée le suivait partout, et jetait comme une ombre sur son visage.

Les dernières semaines de la grossesse de Viviane étaient assez pénibles pour absorber quelque peu la chère créature. Si tendres et si aimantes que soient nos femmes, nous ne saurions nous cacher que, lorsqu'elles vont être mères, nos futurs enfants nous font toujours un peu de tort. Elle remarquait bien que son mari vivait hors de chez lui un peu plus qu'il n'aurait dû et qu'elle n'aurait voulu. Mais elle se rendait cette justice que, pour le moment, elle ne lui faisait pas la maison fort agréable, et un homme de l'âge d'Octave n'avait-il pas besoin de distraction et de plaisir? S'il ne les trouvait pas au logis, avait-on vraiment le droit de lui en vouloir parce qu'il les cherchait ailleurs? Toujours heureuse de son retour, alors même qu'elle l'avait attendu trop longtemps, elle l'accueillait avec un doux sourire pâle, ne se plaignant jamais, inhabile pourtant à cacher qu'elle avait souffert aux yeux qui savaient voir.

M^me de Valneige, qui adorait sa fille, ne se dissimulait point qu'elle aurait eu le droit d'être plus heureuse. Aussi, à mesure qu'elle la voyait plus seule, l'entourait-elle de soins plus délicats, plus constants et plus tendres. Nature douce et timide — plus timide encore lorsqu'elle était chez les autres, — se sentant sur un terrain prêt à se dérober, elle n'osait prendre l'initiative d'une plainte qui pouvait être mal accueillie, et rendre importune pour d'autres — pour son gendre — sa présence à l'hôtel d'Aigueperse, en ce moment si nécessaire à sa fille.

Quant à la mère d'Octave, qui n'avait pas les mêmes raisons de se contenir, elle ne cachait point à son fils ses motifs de mécontentement.

— Tu n'es jamais chez toi! lui dit-elle un jour. C'est mal ce que tu fais là! Où vas-tu donc? Comment expliques-tu à Viviane tes absences de chaque soir?...

— Viviane est trop discrète pour me demander des explications.

— Soit! mais je puis t'en demander, moi qui ai le droit de n'être pas discrète. Ce n'est pas ton cercle qui t'absorbe... Je sais que tu n'y vas jamais... Pourrais-tu me dire ce que tu fais du temps que tu passes ainsi loin de ta femme?

Octave ouvrit la bouche pour répondre; mais la douairière de Montrégis avait remarqué sur son visage une expression de physionomie qui révélait la contrainte et l'embarras.

— Tais-toi! lui dit-elle avec une sorte de grandeur tragique; je sens que tu vas mentir...

— Ma mère!

— Mon fils!

Ils restèrent ainsi quelques instants l'un devant l'autre, silencieux, mais se mesurant de l'œil, comme deux adversaires dans le combat, l'un cherchant où il va porter ses coups, l'autre se demandant comment il va les parer.

— C'est toujours cette femme! dit enfin M^me de Montrégis...

— Cette femme? reprit Octave, non sans quelque dépit, c'est M^me la marquise de Noves que vous désignez sous cette appellation quelque peu dédaigneuse?

— Elle-même! Elle, qui vient toujours se mettre entre Viviane et toi!

— Il serait peut-être plus exact, répliqua le comte de Montrégis, de dire que c'est vous, ma mère, qui êtes venue un jour vous mettre entre M^me de Noves et moi!

— Oui! entre toi et une femme adultère!

25

Octave ne releva point cette dernière parole ; mais
il continua :

— En ce temps-là, j'étais jeune, très jeune ! Je n'ai
pas pu vous résister : vous avez fait ce que vous
avez voulu ! Mais, elle et moi, nous nous aimions
ardemment, profondément, loyalement. Nous n'avions
aucun reproche à nous adresser l'un à l'autre. Pour
tous deux la séparation avait été un déchirement.
Faut-il s'étonner que nous ayons été heureux de nous
revoir ?

— Et Viviane ! Viviane que tu as aimée aussi...
Viviane, que tu as juré d'aimer toujours... Viviane, à
qui tu appartiens... et qui mourrait de douleur si elle
pouvait t'entendre parler ainsi... tu l'oublies donc,
mari parjure et ingrat, quand tu vas chez cette malheureuse ?

L'image de sa femme, ainsi évoquée tout à coup
devant lui, ne laissa point que de causer un trouble
évident et un profond malaise à un homme dont la
conscience ne connaissait plus le repos.

— Viviane, en ce moment, n'a guère besoin de
moi ! dit-il en se défendant avec de mauvaises raisons, comme sont bien forcés de le faire ceux qui n'en
ont point de bonnes à leur service. Elle est toute à
l'enfant qu'elle espère, et n'a point d'autre souci,
grâce à Dieu ! Elle ne saura rien de tout ceci. Je suis,
vous le savez, disposé à tout pour lui épargner jusqu'à l'ombre d'un chagrin.

— Ce sont là de belles paroles, mais trop démen-
ties par tes actions.

— J'ai toujours su éviter le scandale, et l'on n'aura
jamais rien à me reprocher ! continua-t-il, en reprenant quelque assurance. Je vais chez M<sup>me</sup> de
Noves bien moins souvent que vous ne le pensez, et

nos rares entrevues n'ont rien dont personne puisse s'offenser. Il serait bon pourtant de se garder de toute exagération, et de ne point supposer, dans des choses très simples, plus de mal qu'elles n'en comportent!

Et comme sa mère l'écoutait sans l'interrompre, en hochant la tête, sévère, mais plus triste encore, il se fit en lui comme une réaction soudaine. La justice et la vérité se dévoilèrent tout à coup devant ses yeux, pareilles à deux célestes apparitions, et, à la lumière auguste de leurs flambeaux, qui démasquent toutes nos lâchetés, qui mettent à nu toutes nos hontes, et en fuite toutes nos illusions, il comprit enfin tout ce que sa conduite avait de blâmable, et il rougit de lui-même.

Mais il est plus facile de reconnaître que l'on est dans une mauvaise voie, que de se dégager et d'en sortir.

Il resta un instant muet, et comme incertain en face de sa mère.

— Sois homme et agis en homme! Redeviens digne de ton nom et des leçons que je t'ai données! fit celle-ci avec une généreuse énergie.

— Impossible! reprit Octave avec un découragement qui n'était pas sans amertume. La fatalité qui m'a ramené près d'elle m'y retient... Je sens qu'elle est plus forte que ma volonté.

— Des mots! des mots! des mots! reprit la mère de famille avec une noblesse et une fermeté qu'aurait pu lui envier la plus austère et la plus digne des matrones romaines. La fatalité que tu invoques ici n'existe que pour les âmes faibles et pusillanimes. Il n'y a point de résolution qui soit au-dessus des forces d'une âme vraiment virile. On peut saigner quand il s'agit de briser certaines attaches... Mais la crainte de la douleur n'arrête point celui qui sait que de pareils liens sont la honte de l'un et le malheur de l'autre.

Octave comprenait bien qu'il ne trouverait jamais d'arguments assez solides pour réfuter de pareilles raisons. Tout ce qu'il pouvait faire, c'était de chercher des atténuations et des excuses. Ce n'était pas lui qui avait amené M^me de Noves près de sa femme... En revenant de voyage, il l'avait trouvée fortement établie dans sa maison, et maintenant il n'avait aucun prétexte pour cesser brusquement des relations qu'il n'avait point établies lui-même. On pouvait lui demander de les dénouer, mais non de les rompre... Tout cela exigeait, à coup sûr, beaucoup de tact, de mesure et de discrétion.

— En attendant, Viviane souffre ! dit M^me de Montrégis, qui jeta ce mot comme un cri du cœur. Elle souffre ! et toi, toi son mari, tu sembles ne pas le voir !

— La souffrance n'est-elle point le lot de toute créature humaine ? murmura le comte Octave, avec une gravité qui ne lui était pas habituelle.

# XXXII

Cette vie difficile, pleine de tiraillements, où les événements graves et décisifs faisaient défaut, mais où chacun semblait dans l'attente de quelque chose qui allait arriver, se poursuivait assez péniblement pour les principaux personnages du drame intime que nous essayons de raconter. Octave était de plus en plus mécontent de lui-même — ce qui le disposait à se montrer mécontent des autres. Impéria, qui ne s'endormait point sur son triomphe, craignait toujours de voir lui échapper de nouveau l'homme qui lui avait déjà coûté si cher; quant à Viviane, sans pouvoir alléguer aucune raison positive ou précise pour justifier l'état de son âme, elle était sous l'empire d'une inquiétude qui, pour être vague, n'en était pas moins réelle.

M$^{me}$ de Noves, qui ne voulait point paraître indiscrète, espaçait par de longs intervalles ses visites à l'hôtel d'Aigueperse. Satisfaite d'être entrée dans la place et d'en avoir ramené un otage, elle ne sentait pas le besoin d'imposer trop souvent sa présence à une femme qu'elle regardait toujours comme une rivale, et qui pouvait devenir une ennemie. Elle sentait bien que, depuis le retour de son mari, la jeune comtesse de Montrégis échappait peu à peu à l'espèce de fascination que sa rivale avait tout d'abord exercée sur elle. Ses insinuantes flatteries ne trouvaient plus, comme autrefois, le chemin du cœur de cette Viviane si loyale. Le secret mais infaillible instinct qui sert parfois si heureusement les femmes, avertissait tout bas la jeune comtesse de Montrégis que cette belle et fière Impéria n'était point pour elle une véritable amie. Quelque chose qu'elle n'aurait pu expliquer aux autres ni peut-être s'expliquer à elle-même, lui conseillait de s'en défier. Elle ne s'était peut-être que trop livrée déjà. Elle était allée trop loin! Il était temps de s'arrêter.

Trop fine pour ne pas s'apercevoir d'un changement qui l'intéressait à un si haut degré, la marquise n'en continuait pas moins à voir de temps en temps la femme d'Octave. Elle ne voulait pas rompre. Il entrait au contraire dans ses plans de garder toujours un pied dans cet hôtel d'Aigueperse, si longtemps fermé pour elle, afin de pouvoir exercer une sorte de surveillance occulte sur ce mari en rupture de ban conjugal, qui, d'un moment à l'autre, pouvait vouloir rentrer dans le sein de la famille et se contenter du bonheur légitime, si souvent préférable à l'autre. Elle s'imaginait, non point peut-être sans quelque raison, qu'il était bon pour elle de le tenir toujours sous la crainte de la voir apparaître entre lui et sa femme, s'il avait jamais la mauvaise idée de vouloir l'abandonner...

La marquise ne trouvait, d'ailleurs, que fort peu d'agréments à l'hôtel d'Aigueperse. Cette intimité des premiers jours, si rapidement éclose entre les deux femmes, pendant l'absence du comte de Montrégis, n'avait pas survécu au retour d'Octave. Certains regards de Viviane, jetés sur elle à la dérobée, expressifs dans leur muette éloquence, avaient révélé à M<sup>me</sup> de

Noves une défiance dont elle n'avait point laissé
que d'éprouver quelque surprise tout d'abord. Qui
donc avait bien osé jeter le soupçon dans cette jeune
âme? Si elle avait pu la rencontrer seule assez souvent, elle l'aurait, sans aucun doute, ramenée à elle
aisément. N'avait-elle pas toujours à sa disposition les
inépuisables ressources de son esprit fécond en séductions de toutes sortes? Mais, près de Viviane,
Impéria, maintenant, rencontrait toujours soit M^{me} de
Valneige, soit M^{me} de Montrégis.

Les sentiments secrets de la mère d'Octave et son
hostilité sourde avaient, depuis longtemps déjà, cessé
d'être pour elle un mystère. Elle ne doutait point
maintenant qu'elle ne fût la cause de son exil. Mais il
ne fallait pas même essayer de la combattre en face :
la douairière, forte de ses trop justes griefs, montrait à celle qu'elle regardait comme une ennemie
une réserve si froide que, malgré sa rare possession
d'elle-même, elle se sentait parfois troublée en face
de cette inimitié redoutable, qui menaçait de ne jamais désarmer.

M^{me} de Valneige, qui ne connaissait rien du passé
de son gendre ni des aventures de M^{me} de Noves,
n'avait pas les mêmes raisons de se tenir avec elle
sur une défensive hostile et armée. Mais, sans avoir
eu besoin d'être avertie par personne, sa droite et
loyale nature la mettait en garde contre cette
femme, — une étrangère pour elle, après tout ! —
qui se montrait trop prévenante, trop souple, trop
insinuante et trop aimable. Impéria sentait bien qu'il
n'y avait rien à faire contre cette simplicité si franche,
sur laquelle ses artifices n'avaient aucune prise. Il y
a des droitures si grandes que l'on ne parvient pas à
les fausser. Si elle eût été douée d'une ténacité moins

obstinée, Mme de Noves aurait depuis longtemps renoncé à jouer une partie dont les atouts n'étaient pas
dans sa main. Mais elle était de celles qui comptent
toujours sur leur habileté pour suppléer à la fortune.

Elle eut un jour la chance heureuse de rencontrer
Viviane seule, ce qui ne lui était pas arrivé depuis
longtemps. La jeune femme s'étant sentie assez bien
le matin, sa mère avait fait en ville quelques courses
indispensables; Octave était déjà sorti, et Mme de
Montrégis n'était pas encore arrivée. Le hasard semblait vouloir la lui livrer.

— Enfin, je vous trouve et vais vous avoir un peu
à moi toute seule! dit la marquise, en jetant ses bras
autour du cou de Viviane, avec ces démonstrations
de vive tendresse dont les femmes sont généralement
si prodigues les unes envers les autres, alors même
qu'elles n'éprouvent qu'une affection assez modérée.

Et, la regardant avec une sérieuse attention :

— Comment êtes vous, ma toute belle?

— Mais aussi bien que je puisse être, en vérité,
répondit Viviane : toujours assez faible, parce que je
ne puis plus prendre d'exercice; un peu énervée par
le long repos, et fatiguée par l'attente.

— Toutes maladies fort légères, qui se guérissent
avec le temps, et dont vous serez bientôt délivrée, j'en
suis sûre! fit Impéria avec sa câlinerie caressante.

Puis jetant à la femme d'Octave un regard d'envie :

— Que vous êtes heureuse, ajouta-t-elle; vous allez
être mère! Être mère, c'est la plus grande joie qui
puisse être accordée à la femme... et le ciel me l'a
refusée. Votre mari doit être dans toutes ses joies?

— Je l'espère, répondit la jeune comtesse avec une
candeur parfaite; il a, du moins, la bonté de me le
dire quelquefois, et de m'en remercier.

Les regards des deux femmes se croisèrent, comme
si chacune d'elles eût voulu lire dans l'âme de l'autre.
Puis il y eut entre elles un instant de silence. Impéria
semblait attendre que Viviane parlât encore. Mais,
celle-ci, maintenant, songeait plutôt à cacher les pensées tumultueuses qui s'agitaient dans son esprit qu'à
les faire connaître à cette visiteuse devenue suspecte.
Depuis un moment, elle se reprochait de lui avoir
témoigné trop de confiance.

— Que se passe-t-il donc dans cette jolie tête? voilà
ce que je voudrais bien savoir! fit M<sup>me</sup> de Noves, en
se penchant sur Viviane, et en essayant de la fasciner
par la flamme noire de ses prunelles.

En la voyant ainsi tout près de son visage, la jeune
femme éprouva un réel sentiment de gêne. Par un
mouvement instinctif, dont elle ne fut pas la maîtresse, elle se recula d'elle, en se redressant tout à
coup; puis, avec une certaine brusquerie, qui n'était
pas dans ses façons ordinaires, elle s'empara du
mouchoir que la marquise tenait à la main, l'approcha
de ses narines avec une vivacité singulière, et, res-
pirant longuement le parfum capiteux qui s'en dégageait :

— Quelle odeur est-ce donc que vous avez là? lui
demanda-t-elle tout à coup; elle est étrange et particulièrement pénétrante.

— Vous ne l'aimez point?

— Je ne dis pas cela. Je vous demandais son nom.

— C'est une essence fort rare, en effet, dans ce
pays. On l'extrait des roses de Smyrne.

— Ah! C'est M<sup>me</sup> Alberti qui vous l'a donnée?

— Non! je ne vois pas cette personne; mais il lui
serait bien impossible de donner ce qu'elle n'a pas.
Moi seule, ici, possède cette senteur exquise, que j'ai

rapportée d'Orient... si puissante, dans son insinuante
douceur, que qui m'approche est condamné à me
respirer tout un jour... Je la garde, du reste, avec un
soin jaloux... Je n'en ai donné à personne. Mais,
si elle vous plaît, je ferai pour vous ce que je ne ferais certainement pas pour une autre... Nous parta-
gerons.

— Il ne faut rien partager! répliqua Viviane, dont
un éclair alluma l'œil sombre, devenu tout à coup
inquisiteur et sévère. Si je tenais à ce parfum, que
vous croyez unique, j'en pourrais demander à mon
mari, continua-t-elle, car j'en ai respiré sur lui... qu'il
tenait sans doute d'une personne arrivant aussi
d'Orient... comme vous... et si semblable au vôtre —
oh! je m'y connais, allez! — que je pourrais jurer
que les deux n'en font qu'un.

—D'ailleurs, ajouta-t-elle en renversant sa tête pâle
sur le dossier de la chaise longue, en ce moment,
toutes les odeurs sont trop fortes pour moi, et je ne
puis les supporter.

Elle allongea la main vers le cordon de la sonnette
et l'agita.

— Miette, ouvrez la fenêtre, je vous prie, dit-elle à
la femme de chambre de sa mère, qui accourut à son
appel. On manque d'air ici... et j'étouffe.

M$^{me}$ de Noves se pencha vers elle pour relever sa
tête et la soutenir.

— Non! non! dit Viviane, en essayant de se dégager
et de s'éloigner d'elle... Non! non! pas vous!... Dieu!
encore ce parfum! toujours ce parfum! Décidément,
je ne l'aime pas... c'est lui qui m'a fait mal.

— Elle sait tout! se dit la marquise.

Elle se leva et alla vivement à la fenêtre qu'elle ouvrit plus grande encore.

Mais elle revint bientôt vers la jeune femme, en ayant soin toutefois de se tenir à quelque distance, pour ne point augmenter encore son malaise, mais l'étudiant avec un mélange de colère, de curiosité et d'inquiétude, secrètement irritée d'une scène aussi malencontreuse, qui allait rendre plus difficile encore sa position déjà si compromise à l'hôtel d'Aigueperse.

Et, tandis que debout, une main appuyée sur le dossier de son fauteuil, elle regardait ainsi la belle langoureuse, le sourcil froncé, le front soucieux et la bouche méchante, tout à coup, sans qu'elle eût été annoncée, la mère d'Octave fit dans la chambre de sa bru une entrée inattendue.

Sans prendre garde tout d'abord à M^me de Noves, elle alla droit à Viviane; mais remarquant sur son visage la trace encore visible des émotions pénibles qu'elle venait de traverser :

— Que lui avez-vous donc fait, Madame? demanda-t-elle, en se retournant vers la marquise, du ton d'un juge qui interroge un coupable.

— Je ne comprends pas, Madame, répondit Impéria, avec cette dignité froide qu'elle jouait si naturellement, quand elle le voulait, qu'elle semblait l'air même de son visage. Vous me croyez donc capable d'un crime? De vous à moi, une telle question est au moins étrange! Je n'ai, je vous le jure, ni poignard à ma jarretière ni revolver, dans mon manchon, et madame votre belle-fille pourra vous certifier que je ne lui ai demandé ni la bourse ni la vie. M^me de Montrégis s'est trouvée tout à coup un peu souffrante; je lui ai offert mes soins... Quelle femme n'en eût fait autant à ma place? voilà tout! Y a-t-il autre chose, chère Madame? ajouta-t-elle en se retournant vers Viviane, et en donnant à sa voix des inflexions d'une douceur caressante.

— Non, ma mère, rien autre chose, en vérité! reprit à son tour Viviane, qui ne redoutait rien de plus au monde que de voir se prolonger une explication pour elle trop féconde en émotions pénibles. M^{me} la marquise porte aujourd'hui une odeur un peu forte, qui m'a incommodée, voilà tout. C'est ma faute et non la sienne! Il faut pardonner à mes nerfs, trop surexcités depuis quelque temps. En tout autre moment, je ne me serais même pas aperçue...

— Les parfums ne valent rien dans la chambre des malades, chacun sait cela! dit la douairière de Montrégis, avec le ton sententieux d'un oracle.

— Je serais vraiment inexcusable de ne pas comprendre ce que parler veut dire! fit Impéria, en saluant la mère d'Octave, non sans quelque hauteur, car elle voulait couvrir sa retraite.

Et, se retournant vers Viviane, plus émue qu'elle ne voulait le paraître :

— Adieu, ma chère enfant, lui dit-elle de sa belle voix italienne, redevenue tout à coup charmante, et dans laquelle, tant elle savait habilement s'en servir, on eût cru entendre vibrer la note de la tendresse émue. Je m'en vais pour que l'on ne me chasse pas! Encore un peu, et l'on m'accuserait d'une tentative d'assassinat sur votre gentille personne... Sans rancune, n'est-ce pas, pour mes pauvres roses de Smyrne? Je vous assure qu'elles sont moins coupables qu'elles n'en ont l'air!

Ce fut sur ce mot qu'elle s'en alla.

Restées seules, la belle-mère et la bru se regardèrent un instant sans rien dire.

— C'est pourtant vrai, murmura Viviane, que cette odeur m'a fait mal!

— Je l'ai bien vu, ma chérie; aussi, je n'ai pas tardé à vous en débarrasser.

— Vraiment, j'avais besoin qu'elle s'en allât! dit Viviane, et je vous remercie de l'avoir si bien compris.

Puis, malgré ses soupçons, qui, à un moment donné, avaient pris le caractère d'une certitude douloureuse, redevenant, comme toujours, hélas! trop aisément dupe de son bon cœur:

— N'avez-vous pas été un peu sévère pour cette belle madame? demanda-t-elle à la douairière de Montrégis.

— Qui sait? répondit celle-ci; ce que j'en ai fait, c'était peut-être pour vous donner le mérite de la défendre... Voyez-vous, moi, je suis capable de tout!

— De tout ce qui est bien! répliqua Viviane en lui serrant la main.

## XXXIII

Cette entrevue de la marquise avec la femme d'Octave laissa celle-ci sous l'empire d'une préoccupation pénible.

On l'a dit avec raison : en amour, il n'y a pas de petites choses ! C'est bien en ces matières que le proverbe est vrai : Tout ou rien ! Les souvenirs de Viviane, confus d'abord et incertains, lui revenaient maintenant plus précis, plus nets et plus distincts... Ce parfum qui venait de la jeter tout à l'heure dans un trouble si douloureux, son mari en avait rapporté la trace accusatrice un soir qu'il était rentré chez lui plus tard que d'habitude, et, embarrassé, sans doute, pour justifier sa provenance, il avait inventé cette fable d'un envoi fait aux Alberti, par laquelle il l'avait si aisément abusée... elle qui l'avait cru jusqu'ici, sans jamais se permettre un doute quand il avait parlé !... Il était donc coupable, puisqu'il avait menti... Fatiguée, faible, souffrante, Viviane se laissait aller au cours de ses pensées tristes, qu'elle ne pouvait plus diriger. Elle était leur jouet, et, comme il arrive toujours en pareil cas, ses dispositions morales avaient sur tout son être une influence assez fâcheuse pour aggraver encore son état de santé. Les roses de Smyrne, tenaces, inoubliables, laissaient par la chambre comme une traînée odorante, qui lui rappelait, chaque fois qu'elle en aspirait les effluves, les impressions pénibles qu'elle s'efforçait d'oublier... sans y parvenir.

La douairière de Montrégis, avec sa profonde expérience de la vie et la certitude qu'elle avait d'une intimité regrettable, renouée, malgré ses avertissements et ses conseils, entre son fils et M<sup>me</sup> de Noves, ne se rendait que trop aisément compte de ce qui se passait en ce moment dans l'âme endolorie de la jeune femme.

Mais elle comprenait aussi qu'on ne pouvait pas même essayer de la consoler. Paraître deviner ses soupçons, c'était avouer qu'ils pouvaient être fondés. La mère d'Octave était incapable de commettre cette maladresse. Elle voulait laisser à sa bru au moins le bénéfice du doute.

Viviane en fut donc réduite à garder pour elle seule son secret. C'était enfermer dans son sein la flamme qui la dévorait. La vie a parfois de ces cruautés fatales.

Mais cette réserve, dont une femme élevée comme elle comprenait la nécessité, ne l'empêchait point de soumettre son mari à une observation attentive et toujours sur ses gardes. Avec cette perspicacité défiante qu'une femme a vite fait d'acquérir quand elle a reçu les avertissements sévères de la vie, elle notait des symptômes qui, six mois auparavant, seraient passés inaperçus pour elle. De mille détails, dont chacun, pris en lui-même, n'aurait pas eu peut-être la moindre importance, elle formait un imposant ensemble qui portait dans son esprit la plus désolante certitude et la plus amère conviction.

Mais, au moment de s'abandonner aux noirs accès de son désespoir, elle sentait les tressaillements de son sein et, tout bas, en essuyant ses larmes, elle se disait avec une grâce mélancolique et touchante:

— Il faut que je vive pour mon enfant! Il me consolera peut-être de son père !

## XXXIV

Cependant, Octave de Montrégis, fatalement partagé entre l'affection réelle et profonde qu'il éprouvait pour Viviane et le retour de la passion orageuse et enivrante que lui avait jadis inspire M^{me} de Noves, et dont elle avait su — à force d'ardeur et de sincérité — rallumer en lui la flamme mal éteinte, menait entre ces deux femmes une vie qui comptait peut-être autant d'épines que de fleurs. Il s'apercevait enfin que l'existence de l'homme à bonnes fortunes est parfois semée de périls et d'ennuis. Il ne persistait dans cette voie fatale que parce qu'il ne trouvait pas le moyen d'en sortir à son honneur; mais il regrettait de s'y être engagé si témérairement. Il avait des heures d'ivresse et de fièvre, pendant lesquelles, emporté par le souffle ardent d'Impéria, il oubliait tout ce qui n'était pas elle. Mais, dans cette passion même, il y avait des entr'actes qui lui laissaient le temps de se juger avec une impitoyable rigueur. Dans ces moments-là, il ne se dissimulait point l'indignité de sa conduite envers Viviane, à laquelle le censeur le plus sévère n'aurait pu reprocher l'ombre d'un tort, et dont toute la vie n'était qu'un acte d'amour envers lui. Il en voulait alors mortellement à la marquise de l'avoir mis dans une situation fausse, et qui le condamnait à rougir de lui-même. Mais à quoi bon se plaindre, quand

26

la plainte est inutile ? Il ne reste qu'une chose à faire
à celui qui ne peut briser sa chaîne, c'est de la porter
galamment.

Par un secret accord, auquel tous deux se montraient fidèles, et qui prouvait du moins leur respect pour celle qu'ils offensaient, ils ne parlaient
jamais de l'épouse outragée. Mais plus d'une fois la
douce et triste image de Viviane passa devant leurs
yeux, les faisant pâlir l'un et l'autre, et les troublant
au sein de leurs joies mauvaises.

— Comment tout cela finira-t-il ? se demandait parfois
le comte Octave, en se disant que peut-être sa femme
se doutait déjà... qu'un jour elle saurait... Il s'interrogeait avec effroi sur le compte terrible qu'il aurait
à lui rendre de sa foi trahie, de son amour méconnu
et de sa vie brisée. On reçoit parfois, dès ce bas
monde, le châtiment de ces fautes inexpiables.

M^me de Noves, de son côté, n'était pas plus tranquille.
Elle connaissait trop bien l'âme aimante mais
faible qu'elle dominait, pour se flatter qu'elle ne
serait jamais inquiétée dans sa possession précaire.
Elle ne sentait pas, chez Octave, cette paix intérieure
et ce calme profond de l'homme qui goûte enfin la
sécurité de l'avenir, parce qu'il a trouvé sa voie, et
qu'il ne lui reste plus qu'à la suivre jusqu'au bout.
Loin de là ! elle remarquait chez lui une nervosité maladive, des inégalités d'humeur, et je ne sais quelle
agitation fébrile indiquant l'état malsain d'une âme
pleine de trouble. A ses yeux, tout cela présageait
une crise, et peut-on jamais savoir comment les
crises finissent avec les gens à qui une situation
fausse impose parfois des solutions inattendues, et
qui ne sont peut-être pas assez fortement trempés
pour s'élever jusqu'aux résolutions viriles ?

# XXXV

Une autre raison, dont elle n'avait jamais voulu parler à Octave, rendait plus pénible encore la perplexité dans laquelle, en ce moment, vivait M<sup>me</sup> de Noves.

Le marquis, jadis si énergique et si altier, en était réduit, depuis le retour d'Orient, à jouer les rôles muets dans sa propre maison. Sans qu'aucun Œdipe eût encore pu trouver le mot de cette insondable énigme, il était tellement changé, que l'œil même de ses plus chers amis aurait hésité à le reconnaître. Que s'était-il passé entre les deux époux au fond de cet Orient mystérieux et désert, si bien fait pour garder les secrets qu'on lui confie? Personne n'eût pu le dire ; car, à l'exception de Toniella, aucun Européen ne les avait accompagnés dans leur lointain exil, et, si Toniella savait quelque chose, on ne pouvait l'accuser d'avoir abusé de la confiance de sa maîtresse, car aucune parole compromettante n'était sortie de ses lèvres muettes et scellées. Quel drame intime et terrible s'était joué entre ces deux acteurs, également passionnés, également remplis de l'esprit de leur rôle, également animés de sentiments implacables et profonds? C'est ce qu'il eût été impossible à qui que ce fût de dire avec certitude. Ici, les conjectures seules étaient permises. Si Octave avait un

soupçon de quelque chose, il le devait à des lambeaux
de vérité, arrachés çà et là aux aveux de la marquise,
plus encore qu'à une entière et pleine confidence.

C'était vraiment une sombre histoire que celle de
ce voyage !

Après le premier accablement d'Impéria, quand
elle s'était vue soudainement précipitée du haut de
ses espérances, arrachée à son pays, à ses relations,
à ses amitiés, et surtout à cet amour si jeune, si
poétique, tout en fleurs, comme un printemps de tendresse, et qui était sa vie même et l'âme de son âme,
il s'était bientôt produit chez elle une réaction profonde et puissante. Vis-à-vis de l'homme qui avait
poussé jusqu'aux plus extrêmes limites l'exercice des
droits que la loi concède au mari sur sa femme, elle
s'était dressée tout à coup, se plaçant dans un antago-
nisme audacieux, décidée à tout faire plutôt que d'ab-
diquer cette chose sacrée qui s'appelle la volonté.

Perdue au bout du monde, sans protection, sans
secours, sans appui, et forcée de se dire comme la
Médée du poète :

Moi !

Moi, seule, et c'est assez !

loin de s'abandonner dans ce suprême péril, elle avait
senti ses forces s'accroître avec les difficultés de sa
vie, et grandir avec les dangers de la situation. Elle
imposa silence à sa douleur; elle fit taire ses regrets,
et, comme si elle n'eût pas laissé en France la meilleure partie d'elle-même, elle parut retrouver tout à
coup son calme et sa sérénité.

Elle fit plus encore.

Dans ces contrées lointaines, où la civilisation
apparente n'est que le vernis de la barbarie; dont les

mœurs diffèrent si profondément des nôtres ; où la
femme vit cachée dans l'intérieur sévère des de-
meures inaccessibles ; où l'homme ne connait d'autre
amour que celui qu'il rencontre dans sa maison ; où,
pour lui, toutes les femmes sont voilées, à l'exception de la sienne, elle eut tout à coup des recherches
de coquetterie intime et des raffinements dans le
culte de sa beauté, dont son mari, qui n'avait rien de
mieux à faire que de l'observer, ne put tarder à
s'apercevoir, mais dont il eut le tort de tirer trop tôt
de favorables augures.

On le lui fit bien voir.

Avec une profondeur de dissimulation toute machiavélique et des arrière-pensées dont personne
n'eût pu deviner l'effrayant mystère, grâce aux artifices savants d'une toilette dont le goût le plus exquis
et l'originalité la plus savante rehaussaient encore le
prestige, elle, qui, depuis longtemps déjà, se faisait
remarquer pour la simplicité de sa mise, je dirais
volontiers pour l'austérité de sa tenue, elle donna
tout à coup librement carrière à une coquetterie qui
semblait n'avoir d'autre but que de se plaire à elle-
même. Loin des grands couturiers et des habiles faiseuses du monde civilisé, qui n'ont point de succur-
sale à Babylone, et dont les *premières* et les essayeuses
négligent quelque peu la clientèle des cocodettes de
Ninive, réduite à elle-même comme invention, et,
comme exécution, à l'aiguille et aux ciseaux de
Toniella, qui n'avait jamais été une artiste de premier ordre, empruntant à l'extrême Orient ses riches
étoffes tissées dans la soie, brochées d'argent et
lamées d'or, elle trouvait dans son inépuisable fantaisie le secret de certains costumes d'intérieur qu'une
sultane aurait pu lui envier. Mais ce qu'aucune sul-

tane n'aurait égalé, c'était la grâce élégante et la désinvolture à la fois nonchalante et superbe qu'elle
mettait à les porter. Elle y ajoutait — c'était chez elle
un don de nature — cette mobilité d'expression, ce
charme de physionomie et cet accent personnel, que
ne connut jamais aucune de ces cadines et de ces
odalisques étiolées dans l'ombre malsaine et indo-
lente des harems, et qui lui donnait une puissance
de séduction vraiment irrésistible. Les musulmans,
qui la voyaient passer dans les rues et sur les places
publiques, dédaignant de cacher, comme le font leurs
houris voilées, ses traits fins, purs et nobles, et le
rayonnement et l'éclat de sa beauté, épuisaient pour
la louer tous les trésors de la métaphore orientale, et
toutes les images de leur langue poétique. On ne l'appelait déjà plus que la belle Française, et, dans leur
bouche, ce mot-là voulait tout dire.

Les relations du ménage se bornaient aux résidents
étrangers, c'est-à-dire aux diplomates européens, aux
ministres et aux consuls, qui ont pour mission de
représenter les nations civilisées chez des peuples qui
ne le sont guère. Le nom du marquis de Noves, et
la mission savante dont il était chargé, lui ouvrirent
toutes les portes. On eût voulu pouvoir les refermer
sur sa femme pour la garder toujours. Impéria se
montrait à ces hommes, jeunes pour la plupart, et
vivant dans un célibat sévère, comme une apparition
de l'Occident lointain, bien faite, en vérité, pour
éblouir les yeux, troubler l'esprit et enflammer le
cœur de ceux qui, dans le dur exil, commençaient
parfois à oublier ce que c'est qu'une femme. Tous
ceux qui la voyaient subissaient son empire, et ten-
daient aux fers qu'elle eût daigné leur donner, des
mains d'esclaves amoureux. Si aucun de ceux-là ne

pouvait se faire l'illusion d'être le préféré, beaucoup du moins avaient quelque droit de se regarder comme distingués par elle, car la marquise, soit par entraînement de sa nature, soit par un calcul de sa politique, semblait persuadée que la coquetterie n'est qu'une forme de l'amabilité mondaine, et, tout en gardant au fond de son âme, obstinément fidèle, une immortelle douleur, cependant elle voulait plaire, — et elle plaisait.

Mais l'observateur qui, au sortir d'une de ces réunions choisies, où elle avait été admirée et adulée, où elle avait obtenu tous les succès, et remporté tous les triomphes, aurait pu surprendre l'expression farouche de son regard, et la froideur de son visage marmoréen — sur lequel tout à coup la flamme de la vie s'éteignait, — n'eût pu s'empêcher de la regarder comme une énigme, dont il eût en vain cherché le mot.

Ce mot-là — terrible peut-être — personne autour d'elle ne l'avait deviné.

Les plus jeunes, ceux qui cédaient sans réflexion aux entraînements et aux instincts de leur nature, venaient, avec la légèreté étourdie du papillon qui voltige autour des flambeaux, se brûler au feu de ses yeux noirs. Mais ceux qui avaient une longue et plus sérieuse expérience de la vie, n'étaient pas dupes de la prétendue mission scientifique de M. de Noves, dont la compétence ne leur semblait pas à la hauteur de la tâche qui lui avait été confiée. Sans jamais rien savoir au juste, ils soupçonnaient quelque bannissement extra-légal, punissant une de ces fautes qu'un mari, jaloux à bon droit de son honneur, veut ensevelir dans le silence d'abord, et plus tard dans l'oubli.

La conduite du marquis n'était pas faite pour rendre

invraisemblables de telles suppositions. Irréprochable
dans sa tenue, et d'une correction parfaite dans ses
façons, il observait vis-à-vis de sa femme une réserve
telle qu'il n'était pas possible d'admettre entre eux
cette intimité qui fait seule la douceur du mariage.

Cependant, l'orage grondait sourdement dans l'âme
de ce mari, qui ne pouvait rester éternellement indifférent devant la beauté renaissante d'une créature
qu'il avait si passionnément aimée, et à laquelle
chacun s'empressait de rendre hommage. Pendant les
premiers mois qui avaient suivi leur départ de France,
se rendant exactement compte des griefs, assez
injustes, il est vrai, mais très vivement ressentis,
qu'elle pouvait alléguer contre lui, il lui avait laissé,
avec une dignité qu'il fallait au moins reconnaître,
l'indépendance de sa personne, comme elle avait la
liberté de ses sentiments. Dans les dispositions ultra-
nerveuses où il la voyait, il s'était bien gardé de lui
donner un nouveau sujet d'irritation. Il n'avait donc
jamais réclamé ce que les hommes indélicats appellent trop souvent leurs droits.

Mais le temps avait marché, accomplissant — le
mari d'Impéria le croyait du moins — son œuvre de
réparation, qui n'est le plus souvent qu'une œuvre
d'oubli. M. de Montrégis était à quelque mille lieues
de Mme de Noves, qui, sans doute, avait perdu maintenant toute espérance de le revoir jamais. Le proverbe
devait avoir raison avec elle, comme avec tant d'autres
femmes :

« Loin des yeux, loin du cœur ! »

Le marquis, persuadé que la douceur, la bonne
grâce et la courtoisie dont il ne cessait de donner des
preuves à sa femme auraient fini par la désarmer; la
voyant d'ailleurs moins irritable et plus calme, et se

reprenant peu à peu aux habitudes de la vie ordinaire,
flatté dans son amour-propre par l'admiration qu'elle
excitait, sentit peu à peu se réveiller en lui, plus
âpre et plus brûlant que jamais, le désir des joies
qu'il avait goûtées jadis.

Il laissa donc de nouveau parler son cœur, — mais
tout bas, et mettant, pour ainsi dire, une sourdine à
sa voix. Imitant en cela l'exemple des amants timides,
qui n'ont encore rien obtenu, il ne fit entendre tout
d'abord que l'accent de la prière et de la plainte ; mais
de la plainte adoucie par la tendresse, et de la prière
qui craint encore d'être importune. Il éprouvait toutes
les timidités de l'amour vrai.

S'il avait eu aussi les illusions qui accompagnent
parfois ce sentiment, le mari de la fière Impéria dut
bientôt s'avouer à lui-même qu'elles étaient peu
fondées. La façon dont ses vœux furent accueillis par
sa femme ne lui permit pas de garder longtemps le
moindre doute sur l'avenir qui l'attendait.

Aux premiers mots qui lui permirent de comprendre,
à travers le voile d'une phrase discrète, la pensée
intime de son mari, la marquise, après l'espèce d'accalmie qui avait trompé M. de Noves, reprit tout à
coup la figure méchante, implacable et dure, fatalement tragique, qu'elle lui avait montrée sur le bateau
à vapeur, quand il lui avait déclaré qu'il l'emmenait
en Égypte, alors qu'elle croyait aller en Corse.

Ce jour-là, avec la franchise tranquille, et la fermeté calme qu'il puisait dans la conscience de son
droit, il lui avait donné ces explications suprêmes qui
devaient lui enlever toute espérance. Ce qu'elle avait
éprouvé, à ce moment terrible c'était une sorte d'accablement, dans lequel tout son être semblait prêt à
s'anéantir. Mais, à présent, comme elle prenait sa

revanche, comme elle se montrait sans pitié, en lui faisant connaître ses inébranlables résolutions, avec la même décision froide qu'elle avait autrefois trouvée chez lui !.. Ils étaient bien maintenant à deux de jeu !

Mais, dans cette circonstance, le mari ne sut pas se montrer à la hauteur de la femme : il n'eut ni la même clairvoyance ni la même dignité. Au lieu d'accepter des faits accomplis, contre lesquels il devait comprendre qu'il ne pouvait rien, il se révolta contre l'obstacle, et sa passion s'accrut par la résistance. Il crut qu'il pourrait soumettre une âme indomptable, ou toucher un cœur de pierre. C'était là une double erreur, qui ne pouvait amener pour lui qu'une double déception. Il eut un second tort, ce fut de ne pas tenir compte d'une première leçon, et de s'obstiner dans une lutte impossible. Il ne comprit point, et ce fut là sa faute, qu'en venant se briser contre une résistance invincible, il envenimait encore des rapports déjà si cruellement difficiles. Mais l'homme est ainsi fait qu'il s'entête davantage dans son désir, à mesure que sa réalisation lui semble plus impossible.

M. de Noves avait du moins cette excuse que, vivant dans un tête-à-tête constant avec une créature aussi belle que sa femme, sans aucune distraction extérieure, ayant constamment sous les yeux celle dont rien désormais ne pouvait détourner sa pensée, sa passion prenait une intensité plus grande, et se changeait peu à peu en une sorte d'obsession maladive.

Impéria suivait les progrès de cette espèce de révolution morale avec une sorte de sérénité indifférente, comme s'il se fût agi de tout autre que de l'homme dont elle portait le nom, et qu'au lieu d'être en cause elle-même, elle n'eût assisté à ce drame violent qu'en spectatrice désintéressée, pour jouir, comme un dilettante, de ses péripéties, sans se douter que la force de la destinée pouvait la contraindre à paraître en scène pour y jouer un grand premier rôle.

Cependant M. de Noves en vint bientôt à ne plus voir qu'une chose au monde, le triomphe de sa passion, de jour en jour plus exaltée. Pour l'obtenir, tous les moyens finirent par lui sembler bons. Il essaya de faire vibrer tour à tour les divers sentiments par lesquels on peut vaincre et toucher le cœur d'une femme — l'orgueil, la tendresse, la terreur... et même la pitié ! — car il ne craignit point de s'incliner en suppliant devant la superbe Impéria.

Tout fut inutile.

Dans ce duel en champ clos — mais à outrance et sans témoin — où le vainqueur devait être sans merci et le vaincu sans pardon, ce fut le mari qui fut obligé de reconnaître qu'il n'était point de force à lutter contre ses propres désirs, et contre les refus de celle qui, après lui avoir appartenu, jurait maintenant de n'être plus jamais à lui.

En France, au milieu des siens, ayant à choisir entre toutes les distractions qui s'offrent pour consoler le chagrin des hommes, il n'eût peut-être pas senti si cruellement les rigueurs de sa femme. — Mais, dans la solitude embrasée de cette vie d'Orient, où l'homme ne trouve le bonheur nulle part, s'il n'a pas su l'enfermer dans sa maison, il était en quelque sorte sous le coup immédiat et direct de la vengeance d'Impéria, qui s'était rendue peu à peu la maîtresse de sa vie — une maîtresse impitoyable et dure.

Hanté par l'idée fixe — cette terrible et fatale ennemie de l'intelligence humaine — le marquis de Noves, par quelques symptômes avant-coureurs, auxquels il eût été difficile de se tromper, donna bientôt sujet de craindre un trouble mental, intermittent d'abord, bientôt chronique, dont la terminaison fatale devait être un complet dérangement d'esprit.

Ces tristes pressentiments ne tardèrent point à se réaliser. Sous l'influence d'une cause de désorganisation morale dont rien ne venait combattre, mais dont tout, au contraire, favorisait l'action, aussi persistante que funeste, le mari d'Impéria sombra bientôt dans l'abîme sans fond de la folie.

Dans ce beau pays d'Orient, où l'on ne fait point un cas exagéré de notre orgueilleuse mais si faible raison humaine, on ne regarde point la folie comme un malheur. On est plutôt tenté de la considérer comme une marque de la faveur céleste : elle est sainte et sacrée. Le fou erre dans les chemins ou se promène dans les rues, objet de la vénération de tous, et peut-être de l'envie de quelques-uns.

Rien d'étonnant, du moment où il en est ainsi, que l'on ne cherche point à guérir ce mal divin. Vous ne trouveriez point un seul hospice d'aliénés dans tout l'Orient musulman.

La marquise ne laissa donc point que de se voir dans un réel embarras en face d'un homme dont les conditions mentales pouvaient changer tout à coup de caractère, et dont l'hébétement pouvait aisément devenir de la fureur. Elle se demandait à quelle extrémité elle en serait réduite alors, n'ayant, à l'exception de Toniella, que des serviteurs du pays, d'une fidélité douteuse, et sur le dévouement desquels elle ne pouvait compter sérieusement.

Dès le premier jour où cette position critique fut nettement déterminée, et en quelque sorte officiellement constatée par les médecins des ambassades et

des consulats, Impéria fit savoir son intention, très
nettement arrêtée, de ramener son mari en France,
en quelque état qu'il se trouvât.

Il était peut-être plus facile de prendre une telle
résolution que de mener l'entreprise à bonne fin.

Impéria y réussit pourtant, grâce à la toute-puis-
sante énergie dont elle fit preuve, grâce aussi au dévouement qu'elle rencontra partout, chez les Orien-
taux, émus de son malheur et frappés de son courage,
tout autant que chez les Européens, heureux de faire
preuve de bon vouloir et de sympathie pour une
femme de son rang, qui les avait éblouis par le prestige et l'éclat de sa beauté. Le consul de la ville
qu'elle habitait lui prêta un de ces cawas, espèces de
gardes du corps, dont la fidélité égale le dévouement,
et l'on confia la petite troupe à une caravane, qui
descendait par Damas jusqu'à la mer, pour gagner
l'Égypte, et se rendre par petites journées au tombeau
du Prophète.

On ficela le marquis, indifférent et insensible à tout,
à peu près comme on eût fait d'un simple paquet,
entre les deux bosses d'un dromadaire, et le lourd
navire du désert le ballotta, pendant de longs jours,
à travers l'espace immense. Montée sur un cheval de
sang, acheté à un chef des grandes tentes, et qu'elle
maniait avec aisance, Impéria, suivie de près par Toniella, qui trottait à quelques pas derrière elle, sur
une mule docile, le surveillait d'un œil attentif.

Le soir, pendant les haltes au bord des puits, sous
les palmiers des oasis, ou bien encore entre les murailles à demi renversées de ces caravansérails, semés
çà et là comme des jalons, pour mesurer l'espace,
sur la longue route des caravanes, on le descendait
avec toutes sortes de précautions, et on le rendait aux

deux femmes, qui, assistées du cawas, l'entouraient
de tous leurs soins, et veillaient à ce que son bien-
être matériel ne laissât rien à désirer. C'était la seule
satisfaction que pût goûter désormais cet homme
jadis si élégant et si brillant, et sa femme faisait tout
ce qui était en son pouvoir pour que celle-là, du
moins, ne lui manquât point. Les naïfs compagnons
qu'elle s'était donnés admiraient ce zèle qui ne se
démentait jamais, et ils se disaient entre eux que
l'Orient n'a pas le monopole de la bonté; qu'il existe
des grands cœurs dans tous les pays, et que la Charité,
fille de Dieu, loin d'être le privilège d'une seule religion, appartient, au contraire, à toutes les âmes reli-
gieuses.

Lorsque l'on se sépara, aux portes de Smyrne,
Impéria avait fait une impression si profonde et si
vive, et en même temps si favorable, sur l'esprit de
la petite troupe, que celle-ci voyait dans la belle marquise le modèle idéal et parfait de la tendresse conjugale, et qu'elle eut sa place marquée dans les
histoires que l'on se raconte sous la tente des caravanes, ou bien encore autour des feux de bivouac,
pendant les longues nuits étoilées.

C'est ainsi que se forment partout les légendes.

Arrivée à Smyrne, où elle trouvait une nombreuse
colonie européenne, la marquise avait le droit de se
croire sauvée. Elle n'avait plus, en effet, aucun danger
personnel à redouter. Quant à son mari, le voyage
l'avait fatigué jusqu'à l'épuisement; l'âme avait abandonné son corps misérable, livré maintenant à une
existence purement végétative.

En attendant le passage du paquebot, retour de
Constantinople, qui rentrait en France en faisant
escale dans les différents ports de la côte syrienne,

elle s'établit dans le meilleur hôtel français de la ville,
où le mari fut tenu en chartre privée, tandis que la
femme, qui avait sans doute besoin de nouvelles
forces pour faire face à de nouvelles épreuves, prenait
un repos rendu nécessaire par les fatigues du long
voyage.

Le bateau fut signalé à la fin de la première semaine. M<sup>me</sup> de Noves se rendit aussitôt à bord, pour
arrêter les conditions d'un passage qui devait s'effec-
tuer dans des circonstances si particulières.

C'était le même paquebot qui, trois ans plus tôt,
l'avait amenée en Égypte. Mais le personnel avait été
sensiblement modifié. Le commandant était mort, le
second avait eu de l'avancement, et naviguait maintenant dans les mers de la Chine. Impéria ne retrouva
guère à bord que le chirurgien, le docteur Spérator,
homme du monde autant que praticien habile, —
comme le sont, du reste, presque tous ses confrères,
sur ces grandes lignes d'Orient, dont les administra-
teurs ne font point de mesquines économies quand
il s'agit de s'attacher des sujets distingués.

Assez jeune encore pour n'être point insensible au
plaisir d'obliger une jolie femme, le docteur Spérator,
qui avait donné des soins constants et dévoués à
M<sup>me</sup> de Noves pendant son premier voyage, la reconnut tout de suite, et fut heureux de se mettre
complètement à ses ordres.

Toutes les difficultés s'aplanissaient donc comme
par enchantement, pour l'exilée qui rentrait en
France.

Avec le consentement du commandant, la meilleure
cabine du bateau, matelassée, capitonnée et munie de
solides verrous, pouvant, s'il le fallait, servir de ca-
chanon, fut mise au service de ce passager de première

classe, qui pouvait devenir un voisin incommode. Le docteur s'assura ensuite le concours d'un matelot à la poigne solide, capable, au besoin, de remplir les fonctions d'un infirmier vigoureux.

Pour éviter tout esclandre et cacher aux autres voyageurs l'arrivée d'un compagnon dont ils auraient pu redouter la présence, l'embarquement se fit pendant la nuit. Le marquis se trouva donc casé, emballé et coffré sans que personne se doutât de rien, à l'exception du docteur, du commandant et de quelques personnes de service, sur la discrétion desquelles on pouvait compter.

Le lendemain matin, une heure avant celle qui était réglementairement fixée pour le départ, la marquise de Noves, accompagnée de Toniella, vint prendre officiellement sa place à bord, et l'on mit le cap sur la France.

Pendant les neuf jours que dura la traversée, aucun incident ne se produisit qui fût de nature à contrarier le moins du monde les plans et les projets d'Impéria. Tous les matins le docteur Spérator faisait à la marquise un rapport verbal, qui lui paraissait satisfaisant, car elle l'écoutait par un regard doux, et remerciait le praticien zélé avec un sourire aimable et une poignée de main à l'anglaise, tout à fait correcte.

Une fois seulement, en quittant Messine, au moment où le bateau allait s'engager dans le détroit, troublé par l'aboiement éternel des chiens de mer de Charybde et de Scylla — la Méditerranée était houleuse et l'Etna fumait, — on entendit des bruits insolites dans la cabine n° 7 occupée par le marquis, et quelque chose comme un hurlement sinistre traversa les cloisons capitonnées, en jetant dans l'âme des passagers je ne sais quelles inconscientes terreurs, mêlées d'un sentiment assez vif de curiosité. Mais la vague, qui déferlait avec fureur sur les flancs du navire, couvrit de sa grande voix celle de l'insensé, et les approches de la tempête rendirent les voyageurs assez perplexes pour qu'ils ne s'occupassent point outre mesure de ce qui pouvait bien se passer dans une cabine dont ils ne connaissaient point le mystérieux habitant; car, depuis le départ de Smyrne, personne n'avait franchi le seuil de sa retraite — hormis le chirurgien et son aide.

Le docteur Spérator, suivi du matelot dont on avait fait un infirmier, entra au n° 7, dont il referma la porte sur lui, et, quand il en ressortit, au bout de quelques minutes, les cris avaient cessé.

Cette petite scène, vraiment sans importance, ne se renouvela point pendant le reste du voyage, et ce fut sans avoir eu à subir un nouvel esclandre que le navire qui portait M<sup>me</sup> de Noves et sa vengeance aborda dans le bassin du port de Marseille réservé aux paquebots des grandes lignes orientales.

D'accord sur tous les points avec le commandant, qui consentait à garder à bord jusqu'à minuit celui que tout le monde appelait de ce nom un peu vague et suffisamment mystérieux : *le Malade*, et avec le docteur Spérator, dont elle acceptait les bons offices pour le reste du voyage — c'est-à-dire pour le trajet assez court qui sépare Marseille d'Avignon, — Impéria descendit à terre, pour prendre langue, courut au télégraphe, expédia deux dépêches, l'une au frère, l'autre au neveu de M. de Noves, les deux seuls parents qui lui restassent encore, fit retenir au chemin de fer un compartiment tout entier, et, une heure avant le départ du train, toujours assistée du docteur et de l'infirmier improvisé, auxquels on avait accordé une permission de vingt-quatre heures, elle revint sur le paquebot, enleva le marquis, toujours indifférent à tout ce qui se passait autour de lui, et l'installa dans son wagon. Le voyage fut rapide et sans incident. Aux premières blancheurs de l'aube, on atteignit la gare d'arrivée. La marquise y trouva le frère et le neveu de son mari qui, prévenus par ses dépêches, l'attendaient sur le quai de débarquement. Par mesure de prudence, ils s'étaient fait accompagner de deux serviteurs robustes, sur le dévouement et la discrétion desquels ils pouvaient compter.

Le transbordement n'eut pas lieu sans quelque difficulté. L'insensé se trouvait bien dans son wagon, dont le mouvement doux et régulier lui donnait des sensations agréables. Mais le rude matelot dont le docteur Spérator avait fait son infirmier, sans jamais employer avec lui la force brutale, savait pourtant se faire craindre, parce qu'il trouvait au besoin des arguments irrésistibles. Le malade, après avoir tout d'abord fait la sourde oreille, céda, en baissant la tête, à la seconde sommation, énergiquement formulée, de sortir du wagon, et entra en chancelant dans la salle d'attente, soutenu sous les deux bras par le médecin et par l'infirmier.

Ni son frère ni son neveu n'étaient gens à provoquer en temps inopportun les explications, même les plus souhaitées. Après un seul regard jeté sur le triste revenant qu'on leur ramenait, ils se hâtèrent de le faire monter avec sa femme dans une vaste et solide calèche, où ils prirent place eux-mêmes, tandis qu'une voiture de service emportait le docteur et Toniella, plus émue qu'elle n'aurait voulu le laisser voir.

Un quart d'heure de course à travers la ville silencieuse et endormie les amenait tous dans la vaste cour de l'hôtel de Noves, dont la porte se refermait sur eux.

Sur toutes les choses qui l'entouraient, qui lui avaient été si longtemps familières et qu'il retrouvait tout à coup, le marquis promenait un œil atone, qui essayait de se souvenir — mais qui ne se souvenait point, et qu'il reportait ensuite sur sa femme, avec l'expression inquiète de l'animal dompté — mais non soumis — et au fond duquel couve toujours la révolte

Impéria, d'une voix brève, donna pour son installation des ordres dont elle suivit l'exécution d'un regard attentif, calme et froid. Quand il fut convenablement casé, dans une chambre écartée, où l'avaient suivi le docteur Spérator et l'infirmier, M$^{me}$ de Noves, se retournant vers son beau-frère et son neveu :

— Si l'heure matinale ne vous effraye point, leur dit-elle, nous allons causer un peu de nos affaires de famille... Vous penserez comme moi, j'imagine, que le plus tôt sera toujours le mieux pour prendre un parti.

L'urgence s'imposait d'une façon trop évidente pour que les parents du marquis pussent songer à faire la moindre objection.

Sans même se donner le temps de retirer son chapeau de voyage, Impéria les fit passer dans le salon, qui avait en ce moment l'aspect triste que donne à nos habitations l'absence et l'abandon des maîtres, rendu plus sinistre encore par la pâle lumière de l'heure matinale, qui montre à demi les objets sans les éclairer complètement, et qui donne à toute chose un caractère particulièrement funèbre — souvent presque lugubre. — Là, en quelques paroles simples, qui semblaient n'avoir pour but que de les mettre au courant de la situation, elle fit à sa manière l'histoire de ces dernières années. Sans essayer la plus légère allusion aux causes qui avaient amené le départ des époux, et que les parents du mari devaient connaître ou tout au moins soupçonner, elle peignit en couleurs sombres — mais qui paraissaient vraies — la vie du ménage dans l'Extrême-Orient. Elle montra le marquis devenant de plus en plus morose, ne prenant qu'un intérêt assez médiocre aux travaux qui l'avaient tout d'abord entièrement absorbé, puis cédant peu à peu aux pernicieuses influences d'un climat pour lequel il n'était pas fait, et qui avait fini par le perdre. Elle peignit en traits saisissants la triste condition à laquelle, peu à peu, elle s'était vue réduite, loin de tout secours et de tout appui, sans un protecteur et sans un ami, dans un perpétuel tête-à-tête avec un malheureux privé de raison, dont la folie, à tout moment, menaçait de devenir furieuse. Enfin, il s'était calmé pour tomber lentement dans l'affaissement sans espoir où ils le voyaient maintenant. Elle en avait profité pour le ramener en France, au milieu de toutes sortes de difficultés et de périls. A présent, il était chez lui; dans quel état, ils ne le voyaient que trop ! Il fallait maintenant aviser et faire face aux nécessités de la situation.

— C'est vous qui avez la première voix au chapitre, dit le frère du marquis, en s'inclinant légèrement devant elle, et nous ne déciderons rien, mon neveu et moi, avant d'avoir su ce que vous désirez vous-même.

— Mais il me semble, reprit Impéria, que je ne puis faire et vouloir qu'une chose. M. de Noves est aujourd'hui fort abattu; mais il est calme. Tout fait supposer que la période de la violence est passée. Sa présence ici amènera parfois des complications pénibles pour moi; mais c'est chose à laquelle il ne faut point prendre garde. J'ai le ferme espoir qu'elle ne sera un danger pour personne. Cela seul importe. L'homme qui m'a donné son nom n'est pas fait pour aller végéter dans un de ces asiles où, trop souvent, sous prétexte de guérir la folie, on la traite de façon à la rendre incurable. Je vais arranger un service de santé et de sûreté autour de mon mari, dont je serai la première garde-malade.

Les parents de M. de Noves ne pouvaient que s'applaudir d'une pareille résolution. Elle sauvait les apparences — ce qui est tout, ou peu s'en faut, pour les familles qui occupent une position en vue dans la hiérarchie sociale. Elle évitait à un nom justement honoré la tache toujours fâcheuse, souvent ineffaçable, d'un internement officiel dans un asile d'aliénés. Ce fut donc avec une véritable effusion de reconnaissance qu'ils remercièrent la marquise, en lui promettant leur concours le plus absolu pour l'accomplissement de la tâche difficile et délicate à la fois qu'elle voulait bien s'imposer.

— Il ne faut point vous exagérer mon mérite, répondit Impéria avec une modestie de bon goût. L'hôtel est vaste. J'en disposerai l'aile en retour de façon à l'isoler complètement. Elle sera réservée à notre cher malade. En payant bien, je saurai m'assurer le dévouement de deux ou trois serviteurs fidèles : tout pourra donc s'arranger plus aisément qu'on ne l'aurait supposé d'abord. Les jardins sont grands, solitaires, ombragés ; il y pourra faire chaque jour les promenades à l'air libre qui lui sont indispensables... Qui sait si avec des soins — qui ne lui manqueront point — nous ne le ramènerons pas bientôt à la santé ?

Il eût été vraiment difficile de trouver des arrangements plus sages que ceux-là. Ils furent approuvés par la famille.

# XXXVI

Assistée par le docteur Spérator, dont le dévouement devait lui rester fidèle jusqu'au bout, Impéria s'occupa avec une hâte fiévreuse de tous les détails de l'organisation intérieure qu'elle avait proposée à la famille de son mari. Elle fit venir d'un asile voisin un surveillant intelligent, qui façonna promptement à leur nouveau service deux anciens domestiques de la maison. Ceux-ci comprirent l'importance de leur tâche, et l'acceptèrent, en se promettant de la remplir. La marquise était l'âme de tout. Elle ne se détournait point de sa tâche, et son zèle faisait merveille. Elle ne vit qui que ce fût, et ne sortit point de son hôtel avant que l'installation ne fût complète et parfaite. Mais, quand tout fut terminé, elle respira plus à l'aise, comme l'on fait en sortant d'une longue oppression.

— Enfin, je suis libre! se dit-elle avec un soupir de soulagement... je vais donc pouvoir penser un peu à moi... et à *lui!*

Depuis trois ans qu'elle avait quitté la France, elle n'avait jamais reçu de nouvelles du comte de Montrégis. Le nom d'Octave n'avait pas même été prononcé devant elle. Mais elle avait une telle confiance en lui, elle avait gardé en son amour une foi si vive et si puissante que le doute n'avait même pas effleuré son âme. Elle n'avait pas le plus léger soupçon des effroyables déceptions qui l'attendaient.

Elle comprenait cependant que, dans la position délicate où elle se trouvait, elle devait entourer ses moindres démarches d'une prudence et d'une circonspection sévère. Elle sentait bien que, pendant les premières semaines qui allaient suivre son retour, elle serait l'objet d'une surveillance attentive, et que la moindre démarche hasardeuse pouvait compromettre et perdre à jamais l'avenir.

Où était maintenant le comte de Montrégis? Aurait-elle cette fortune qu'il se trouvât en ce moment chez sa mère? Les hasards de la vie toujours un peu aventureuse d'un jeune homme riche ne l'auraient-ils point entraîné dans quelque lointain voyage? Cette seule pensée lui faisait courir un frisson dans les moelles. Elle ne pouvait point songer à envoyer Toniella à l'hôtel d'Aigueperse, où elle ne retrouverait peut-être plus son ancienne amie. Y aller elle-même était plus impossible encore.

Elle prit un moyen terme, et, après une journée accablante, pleine de fatigues et d'émotions, avant même de se mettre au lit, elle écrivit quelques lignes, pour être portées le lendemain, dès la première heure, à une amie qui, sans avoir jamais été sa confidente, avait cependant su, ou du moins soupçonné bien des choses. Elle avait beaucoup à lui dire, plus encore à lui demander : elle la priait de venir dans la matinée faire un bout de causerie à l'hôtel de Noves.

Cette lettre écrite, et confiée à Toniella, messagère toujours fidèle, la marquise se mit au lit, et sentant qu'elle allait avoir besoin de ses forces, elle essaya de dormir. Mais le sommeil qu'elle appelait ne vint point. Malgré elle, des pensées inquiètes ne cessaient de

l'assaillir, et elle ne pouvait les chasser de son esprit.
Il lui fut impossible de fermer l'œil de la nuit. Ce
n'était point qu'Impéria fût une âme défiante. Loin de
là! — Son amour pour Octave était si grand d'ailleurs
qu'elle n'eût, pour rien au monde, consenti à lui faire
l'injure d'un doute. Mais, malgré ses efforts pour être
calme, elle se sentait frémissante et nerveuse. L'attente qui la séparait du moment où elle aurait la
réponse à des questions qui renfermaient le secret
de sa vie était, pour elle, remplie d'une angoisse qui,
de minute en minute, devenait plus insupportable.
Maintenant qu'elle se voyait dans cette ville d'Avignon
qui, pendant son trop long exil, avait été le but secret
de tous ses vœux, elle se sentait plus troublée et
surtout plus émue qu'à l'époque où trois mille lieues
l'en séparaient.

C'est qu'elle ne cessait de se répéter, avec une
force singulière, qu'elle allait enfin savoir le mot de
sa destinée... et que ce mot pouvait être terrible.

M^me de Meillan, l'amie que la marquise avait ainsi
fait appeler près d'elle, n'avait point reçu les aveux
d'Impéria — Impéria ne faisait d'aveux à personne
— mais elle ne pouvait se tromper sur les intentions
secrètes de M^me de Noves, quand celle-ci lui avait
demandé une entrevue si prompte. Elle ne voulut
point lui imposer l'ennui d'une attente trop longue,
et, dès qu'elle crut qu'il faisait jour chez elle, sans
perdre une minute, elle accourut.

Les deux amies échangèrent une étreinte pleine
d'émotion, et un regard profond, sans prononcer une
parole, puis, tout à coup :

— Ah! pauvre! pourquoi êtes-vous revenue! s'écria
tout à coup M^me de Meillan...

— J'ai donc eu tort? dit Impéria en se redressant

vivement, et en se reculant d'un pas, comme pour
mieux voir celle qui lui parlait ainsi.

— Oui!

— Ah! il est mort! répliqua-t-elle en mettant une
main sur sa poitrine qui se soulevait.

— Pis que cela... pour vous!

— Marié, alors?

Et, en prononçant ces mots, la marquise pâlit
affreusement, et saisit dans les siennes les deux
mains de son amie.

— Oui!

— Et je vis encore!

Ce fut tout.

Elle ne dit pas un mot de plus, — mais, comme
si la foudre l'eût frappée, elle tomba, ou plutôt
s'abattit sur le divan qui se trouvait derrière elle, et
cacha sa tête dans les coussins. On ne voyait plus
d'elle que sa nuque frémissante, et ses épaules, que
des sanglots secouaient.

Immobile à quelques pas, désolée du mal qu'elle
lui avait fait, mais se rendant du moins cette justice
qu'elle ne pouvait point ne pas le lui faire, M^{me} de
Meillan la regardait en silence, pleine de tristesse et
de compatissante pitié; mais, ne trouvant dans son
esprit rien qui pût lui apporter la consolation ou
seulement l'adoucissement de sa peine, elle se taisait
et elle attendait.

Elle n'attendit pas longtemps.

Ce paroxysme de douleur, qui devait s'user et
s'épuiser par sa violence même, ne dura que quelques
instants. Impéria, comme si elle eût éprouvé une
certaine honte d'avoir montré tant de faiblesse, se
redressa brusquement, écarta la fière chevelure qui
cachait à moitié son visage, et, montrant ses joues

pâles, marbrées de plaques rouges, comme si une
congestion soudaine eût arrêté la marche régulière
du sang dans ses veines :

— Dites-moi tout! fit-elle, en posant sa main
nerveuse sur l'épaule de son amie, et en la brûlant
du feu de ses prunelles. Il n'est plus temps de me
tromper. Je veux tout savoir!

— Tout! c'est peu de chose! dit celle-ci, avec un
intraduisible mouvement d'épaules. Pour vous, que
puis-je donc ajouter à ces simples mots, qui con-
tiennent le secret de vos deux vies :

« Il est marié! »

— Vous avez raison, répondit la marquise, et ce
mot-là dit tout, en effet. Je n'ai plus besoin de rien
savoir.

Il y eut entre les deux femmes un moment de
silence vraiment pénible. On eût dit que ni l'une ni
l'autre ne savait comment renouer l'entretien.

Bientôt pourtant, d'une voix qui tremblait un peu,
malgré tous les efforts qu'elle faisait pour paraître
calme, M^me de Noves reprit :

— Qui donc a-t-il épousé?

— Une fille de notre monde.

— Vous l'appelez?

— Viviane de Valneige.

— Ce nom m'est inconnu.

— Famille du Dauphiné. Elle descend de sa montagne.

— Belle?

— Pas tant que vous!

— Eh! qu'importe la beauté! fit Impéria avec une
sorte de violence : la beauté, c'est d'être aimée de
lui !

De nouveau elle se tut; puis bientôt :

— Dit-on qu'il l'aime?

— On n'en parle pas. On les voit peu. Après la première présentation, ils ne sont plus guère sortis... De jeunes mariés! vous pensez bien qu'ils préfèrent rester chez eux! Je crois, d'ailleurs, qu'elle est dans une position qui la condamne à quelque repos...

— Ah! déjà? le misérable!.. Il faut donc qu'elle ait tous les bonheurs à la fois. Vraiment Dieu n'est pas juste! Enfin, c'est bien! je sais ce qui me reste à faire! Je vous remercie d'être venue... Adieu!

Réservée et discrète, n'essayant point de donner plus qu'on ne lui demandait, comprenant bien d'ailleurs qu'en ce moment le plus grand besoin de la marquise devait être la solitude, M^{me} de Meillan lui serra la main avec une tendresse silencieuse... et partit.

## XXXVII

Certains secrets sont difficiles à garder partout —
dans une petite ville plus que partout. Bien qu'Impéria n'eût pas encore franchi le seuil de l'hôtel de
Noves, Avignon tout entier fut bientôt informé de
son retour.

Dans quelles conditions particulières ce retour
s'était-il opéré? c'est ce qu'auraient pu dire trois ou
quatre personnes seulement, — et elles ne le dirent
point. On en fut donc réduit aux suppositions et aux
conjectures, qui n'avaient pour tout fondement que
des rumeurs vagues. Si Impéria ne sortait point, le
marquis restait encore plus enfermé. Personne n'avait
donc vu ni l'un ni l'autre des époux voyageurs, et
cette réclusion, volontaire sans doute, mais trop
absolue, ne laissait point que d'intriguer beaucoup
de gens.

Cependant, après quelques jours passés dans un
douloureux recueillement, M$^{me}$ de Noves voulut
sortir de sa solitude. Elle fit quelques visites, pré-
parant l'opinion, par certaines allusions discrètes,
sur la santé de son mari, aux confidences plus com-
plètes qu'il faudrait, un jour ou l'autre, faire aux
amis de la maison.

Il est inutile de dire qu'elle ne parlait d'Octave à
personne, et que personne ne lui en parlait. On

ne fournissait donc aucun aliment à son ardente
curiosité.

Un jour, pourtant, elle vit entrer dans un salon,
au moment où elle-même allait en sortir, la jeune
comtesse de Montrégis. Elle trouva Viviane fort jolie,
car elle n'était point de celles dont la jalousie égare
la clairvoyance, et le charme et la grâce, et l'exquise
distinction de celle qui était maintenant la femme
adorée de l'homme qu'elle adorait la jetèrent dans
un accès d'affreux désespoir.

— Il l'aime! se dit-elle avec une âpreté farouche;
il est impossible qu'il ne l'aime pas ! Oh! les hommes!
et penser que pour ces inconstants et ces perfides
on risque son honneur, on perd son avenir... et l'on
brise parfois toute son existence! Ah! je ne le sais
que trop maintenant, la destinée de la femme n'est
qu'une amère ironie !

Dans ce moment funeste, Impéria crut sentir que
son amour se changeait en haine, ou, pour mieux
dire, qu'elle s'était trompée... qu'elle n'avait jamais
aimé M. de Montrégis... Non ! elle n'avait pu égarer
ses sentiments sur un être aussi véritablement indigne
d'elle. Il ne méritait pas même qu'elle le détestât :
c'eût été lui faire trop d'honneur. Il n'était digne
que de son oubli.

Il faut se défier de ces jugements extrêmes des
amants. Il y avait, dans cette manière de condamner
et d'exécuter l'homme qu'elle avait adoré, une exagération trop évidente pour qu'une réaction, qui n'était
que juste après tout, ne tardât point à se produire
chez une femme dont la passion ne pouvait étouffer
trop longtemps la justice et la raison.

Il arriva donc un moment où elle dut et sut faire
la part de la jeunesse livrée tout à la fois aux ennuis

de l'absence et aux tourments de l'incertitude et du doute. Sans une ligne, sans un mot de sa main, pour l'avertir ou rassurer, la croyant absente pour toujours, morte peut-être, Octave, quand il s'était marié, désespérait peut-être de la revoir jamais.

Après avoir examiné assez longtemps les choses sous cet aspect nouveau, Impéria s'aperçut enfin qu'il y avait encore dans son cœur place pour le pardon — et même pour l'amour... Oui, elle comprit qu'elle aimait encore, elle sentit qu'elle aimerait toujours Octave de Montrégis...

Avec une nature aussi violente et aussi impétueuse que la sienne, les résolutions ne se faisaient jamais attendre bien longtemps.

On sait déjà le reste : comment Mme de Noves, obtenant plus qu'elle n'avait espéré et demandé, parvint à renouer l'ancienne chaîne autour du cœur de son ancien amant, et comment aussi, après la première ivresse du revoir, à la suite d'une séparation si longue et si cruelle, ils avaient éprouvé tous deux les tiraillements et la gêne d'une liaison dans laquelle le remords tenait maintenant autant de place que l'amour même.

Qu'il eût transpiré par le monde quelque soupçon de cette intimité renaissante, la chose était possible, — elle était même probable : rien dans cette vie ne demeure éternellement caché. Mais, comme aucun fait prouvé et certain n'avait été relevé à la charge des deux coupables, comme tousdeux respectaient l'opinion, qu'ils ne se sentaient ni la force ni le droit de braver, le scandale du moins était évité. Si quelques-unes de ces langues acérées, toujours prêtes à transpercer le prochain, en avaient quelque peu médit dans leurs propos de table : si quelquefois on avait chu-

choté, derrière l'éventail, des histoires légères dans
lesquelles deux noms s'étaient trouvés rapprochés
avec plus de malice que de bienveillance, ces médi-
sances — qui pouvaient bien être aussi des calomnies,
— étaient restées sans écho, et le monde avait fini par
ne plus s'occuper de ceux qui ne s'occupaient pas de
lui. On en était donc arrivé assez vite à les oublier,
et on les laissait se débattre dans l'angoisse morale
qui trouble si souvent le cours des unions illégitimes,
dès qu'elles ne sont plus animées, et, pour ainsi parler,
surexcitées par le souffle de la passion à son début.
C'est bien de ces unions maudites, qui ne s'appuient
par sur le devoir, et que la morale ne soutient point,
que l'on a le droit de dire qu'elles diminuent dès
qu'elles n'augmentent plus, et qu'elles descendent dès
qu'elles cessent de monter, il n'y a point de solstice
dans la faute.

Mais Octave et Impéria ne devaient pas même jouir
de la sécurité que semblait leur donner l'indifférence
du monde.

Sans que ni l'un ni l'autre s'en doutât, ils étaient
épiés tous deux par un œil implacable, singulièrement
attentif, et dont rien ne devait plus détourner la surveillance jalouse.

Depuis ce dramatique retour d'Orient et cette mystérieuse rentrée dans son hôtel d'Avignon, on peut
dire que le marquis de Noves avait mené une vie
étrange, obscure et cachée. Personne, de ses anciens
amis, n'avait été admis à le voir, et seuls de tous ses
parents, son frère et son neveu, qui, dès le premier
jour, avaient reçu les confidences d'Impéria, avaient
pu pénétrer près de lui.

Plusieurs fois pendant ces visites, qui n'avaient du
reste jamais lieu qu'en présence de M<sup>me</sup> de Noves, ils

avaient essayé de le faire parler. Mais, soit impuissance persistante, soit volonté tenace, il s'était toujours renfermé, vis-à-vis d'eux, dans un silence défiant, hostile et farouche.

S'il était vrai, ainsi que sa femme l'avait tout d'abord donné à entendre, que, pendant les premiers temps de sa maladie, il avait eu des accès de folie furieuse, cet état aigu n'avait pas laissé que de se modifier singulièrement depuis lors. Il était maintenant fort calme, et ne sortait guère d'une sorte d'abattement apathique, qui le rendait du moins assez facile à soigner. La marquise s'était donc donné à peu de frais le mérite d'un dévouement conjugal qui ne lui coûtait guère, et qui lui faisait beaucoup d'honneur.

Comme tous les malades, M. de Noves avait des habitudes, ou, si l'on veut, des manies, manies complètement inoffensives d'ailleurs, et contre lesquelles il était fort inutile de prendre des précautions et des mesures. Il passait presque toutes ses journées dans le jardin qui faisait suite à la cour d'entrée, sculptant, avec un petit canif pour tout outil, des figures bizarres sur des bouts de bois ramassés dans les allées.

Il avait choisi comme station préférée un banc vermoulu, vieux comme la maison, mais qui avait l'avantage d'être placé contre un mur exposé au soleil, dont les rayons tièdes réchauffaient les membres toujours glacés du vieil enfant.

De ce poste d'observation, que personne ne songeait à lui disputer, il voyait, quand les fenêtres de l'hôtel étaient ouvertes, tout ce qui se passait dans les appartements, et, par une percée entre les grands arbres, il apercevait aussi toutes les personnes qui franchissaient le seuil de la porte cochère pour entrer chez lui.

A de certaines heures du jour, il fixait sur cette porte des regards dans lesquels un observateur eût pu reconnaître les lueurs d'une intelligence, douteuse encore peut-être, mais pourtant déjà renaissante.

Soit qu'elle n'attachât aucun intérêt à étudier un homme à propos duquel son opinion était faite désormais; soit que sa haine contre l'être par qui elle avait tant souffert en fit pour elle un objet d'horreur dont elle affectait de détourner les yeux, Impéria n'avait point remarqué jusqu'ici ces symptômes d'un retour à la raison.

A coup sûr, Impéria avait tort. Une femme ne doit jamais se désintéresser de son mari, alors même qu'elle ne l'aime pas... ou qu'elle ne l'aime plus.

Complétement absorbée, d'ailleurs, par les péripéties, mêlées de joie et de douleurs, de sa passion; tantôt livrée tout entière aux transports d'une ivresse partagée, tantôt luttant contre les défaillances, les fuites et les remords d'une âme plus jeune et moins forte que la sienne, elle n'avait ni le loisir ni la liberté d'esprit dont elle aurait eu besoin pour s'occuper d'autre chose que de son amour.

Elle ne voyait donc point ce qui se passait autour d'elle. Il s'y passait pourtant des choses assez étranges.

Si M. de Noves ne sortait point de l'apathie profonde et morne dans laquelle nous l'avons vu plongé depuis son retour d'Orient, il passait parfois dans son œil un brusque et rapide éclair, qui transfigurait l'expression de son visage.

Cet œil était tout un monde.

Il y avait des moments où l'on peut dire qu'il reflétait avec une fidélité puissante toutes les émotions qui se produisaient dans les plus obscures profon-

deurs de cette âme troublée. Tantôt c'était la curiosité
surexcitée de l'homme qui se doute, qui ne sait pas encore, mais qui veut savoir; tantôt c'était la vague mais
réelle terreur de l'être faible et vaincu, qui redoute le
châtiment et craint la vengeance; tantôt, au contraire,
c'était une expression implacablement haineuse — haine
sournoise de la victime contre le tyran qui l'opprime.

Dans de tels moments, le mari d'Impéria eût été
aussi intéressant à étudier qu'il était effrayant à voir.
Mais on ne l'étudiait point, et parce que, depuis son
retour, on l'avait toujours vu paisible et calme, on
ne s'imaginait point que l'on pût avoir rien à redouter de lui. Aussi, quand on avait pourvu à la satisfaction, d'ailleurs assez facile, de ses besoins matériels,
on le laissait à peu près complètement livré à lui-
même, allant et venant dans la maison, silencieux et
inoffensif, n'attirant l'attention et n'excitant la défiance de personne.

Il semblait s'effacer davantage encore lorsqu'il recevait la visite des deux seuls parents qui fussent
jamais admis près de lui, son frère et son neveu.
Aussi s'en allaient-ils rassurés sur son état physique,
et désolés de son état moral.

— C'est fini, se disaient-ils l'un à l'autre, il ne
comprend plus rien, ne voit plus rien : l'âme est partie !

Quant à la marquise, elle se repentait parfois
d'avoir cédé à ce premier mouvement qui avait été
le bon, et qui l'avait portée à le garder près d'elle,
quand il lui eût été si facile de s'en débarrasser. Elle
ne se gênait certes pas pour lui. Est-ce qu'il existait
à ses yeux, cet être dénué de raison, comme de volonté? Non, en vérité! Mais ce n'en était pas moins
un ennui pour elle que de le savoir là, errant au

hasard dans le jardin ou dans les chambres, et d'être exposée à le rencontrer, à toute heure et partout, sur son chemin.

Il est vrai qu'elle ne lui adressait jamais la parole ; elle s'en détournait très ostensiblement, sans prendre la peine de lui cacher son dédain et son aversion, comme on fait avec un être d'espèce inférieure, qui ne comprend pas, et avec lequel on sait que l'on n'a pas à compter.

Mais, quand elle avait passé près de lui, hautaine et superbe, relevant sa robe, comme si elle eût éprouvé quelque secret dégoût, rien qu'à la pensée qu'elle eût pu l'effleurer des plis traînants de sa jupe, le fou semblait se réveiller d'un long sommeil. Un frémissement de colère secouait tout son être, et il méditait des revanches terribles.

Comme tous ceux qui vivent sous l'empire d'une idée fixe, qui ne voient plus qu'elle au monde, et qui s'y absorbent tout entiers, M. de Noves creusait patiemment la sienne, la tournant et la retournant sous toutes ses faces.

Sans que sa femme en eût même le soupçon, il l'entourait d'une surveillance qui devenait de jour en jour plus clairvoyante. M. de Montrégis ne venait pas une fois à l'hôtel sans qu'il ne le sût. La première lueur de raison, — une lueur qui était toujours allée grandissant, — s'était allumée dans son œil et dans son âme, le premier jour où il l'avait revu. Il s'était fait alors dans les profondeurs les plus obscures et les plus intimes de son être une révolution terrible. Le voile qui, depuis quelque temps, était comme tendu devant son esprit, s'était déchiré tout à coup, et le passé, un passé odieux et sinistre, s'était dressé devant lui dans toute son horreur... Et maintenant, le coupable venait le braver chez lui, dans sa maison, à son foyer, parce qu'il le croyait inoffensif et désarmé... Ah! cela, c'était le comble, c'était la goutte d'eau qui fait déborder le vase.

On peut dire qu'à partir de ce moment, il se fit dans cette intelligence, encore pleine de trouble et d'obscurité, un travail latent, mais continu, incessant, qui n'avait d'autre but que de mùrir et d'assurer sa vengeance.

Il n'arriva point du premier coup au projet définitif qui devait la réaliser. Il dut, au contraire, y revenir à plusieurs reprises, s'y excitant, en quelque sorte, par la continuité même du spectacle qu'il avait sous les yeux.

L'œil inquiet, l'oreille tendue, épiant tous les mouvements, saisissant tous les bruits dans la maison sonore, silencieuse et déserte, il savait l'heure à laquelle commençaient et finissaient ces visites nocturnes, à la pensée desquelles s'exaspéraient toutes ses colères.

Les domestiques, qui n'étaient pas fort nombreux à l'hôtel depuis que l'on n'y recevait plus personne, se retiraient discrètement quand on n'avait plus besoin de leurs services. Toniella restait seule debout, pour ouvrir la porte discrète au comte de Montrégis, et pour le reconduire par l'escalier dérobé, car il avait repris les habitudes d'autrefois, quand, d'un pas furtif, il quittait, vers minuit — jamais plus tard — l'appartement d'Impéria.

M. de Noves savait tout cela; aucun détail de cette vie criminelle n'échappait à sa surveillance jalouse, et une insomnie tourmentée de visions et hantée de fantômes, pendant laquelle mille projets tumultueux s'agitaient dans sa cervelle en feu, tenait ses yeux cruellement ouverts, tant que le larron de son honneur demeurait sous son toit.

Plus d'une fois, profitant de la confiance de ses gardiens qui, le croyant endormi, et le sachant inoffensif, s'étaient retirés, le laissant seul dans sa chambre, il en sortait sans bruit, se glissait dans le salon, rampait le long des murs, contournait les meubles avec des précautions infinies, amortissant son pas dans la laine des tapis, s'approchait du boudoir — où il les savait enfermés tous deux, — collait son oreille contre la porte close, pour essayer de surprendre un murmure de paroles ou de baisers... Puis, tout à coup, rappelé au sentiment de sa faiblesse, frappé d'une vague terreur, tremblant d'être surpris par ses gardiens, auxquels il eût difficilement expliqué sa présence en pareil lieu et à pareille heure, il étouffait sa rage, et, comme le chien craintif au souvenir du fouet, il regagnait silencieusement sa chambre.

Mais, arrivé là, il se reprochait sa lâcheté, se faisant honte à lui-même, étreignait convulsivement sa poitrine entre ses poings crispés, promenant autour de lui son œil sombre et hagard, et, d'une voix étranglée par la colère, et qui ne passait qu'avec peine entre ses dents serrées :

— Les misérables! murmurait-il, est-ce que je n'aurai pas un jour la force de les punir et de me venger? Ah! je jure que ce sera pour demain!

Le lendemain arrivait, mais Octave ne revenait point; car rien au monde n'était moins régulier que ses visites, qui dépendaient de beaucoup de choses, et il restait parfois toute une semaine, au grand déplaisir d'Impéria, sans reparaître à l'hôtel de Noves.

Mais le fou ne l'oubliait point pour cela, et l'on

peut dire que le comte de Montrégis habitait constamment sa pensée.

Cependant, à mesure que les jours s'écoulaient, il
sentait revenir ses forces, et sa résolution s'affermir.
La vue dans sa maison et la présence sous son toit
de l'être qu'il détestait le plus au monde avaient déterminé chez lui une crise profonde et douloureuse
sans doute, mais, au point de vue de sa raison, assurément salutaire : il avait enfin retrouvé tous ses
souvenirs, et, avec eux, sa colère. Ses dernières hé-
sitations avaient disparu, pour faire place à des résolutions désormais irrévocables.

L'approche de la vengeance, depuis si longtemps
attendue, certaine maintenant, et qu'il savourait
d'avance, remplissait d'une joie sombre l'âme du mari
outragé, et lui donnait aussi, avec un calme relatif,
cette possession de lui-même qu'il avait perdue depuis
si longtemps, en y ajoutant une puissance de dissimulation dont personne autour de lui ne l'aurait jamais cru capable.

Un soir, ou plutôt une nuit que, tapi dans l'ombre
et guettant l'occasion, il avait vu le comte Octave
monter rapidement chez M<sup>me</sup> de Noves, comme un
homme pressé, qui se sait attendu, et qui ne veut
pas faire attendre :

— C'est le moment! se dit-il.

Marchant avec l'ondoyante souplesse des félins
nocturnes, il descendit aux cuisines, sans être rencontré de personne, prit le premier couteau qui lui
tomba sous la main, et, le cachant sous l'ample vêtement de chambre qu'il ne quittait plus jamais, il re-
monta au salon, s'arrêta un instant sur le seuil; puis,
glissant plutôt qu'il ne marchait, à la façon des om-
bres et des fantômes, il vint coller son oreille à la

porte de ce boudoir dans lequel il n'était jamais
entré depuis son retour d'Orient, mais que sa pensée
ne quittait plus. Il écouta pendant quelques secondes,
retenant son souffle, une main posée sur sa poitrine,
pour en mieux contenir les battements.

Tout à coup il entendit — ou crut entendre — le
bruit d'un baiser. A ce moment, une sorte de transport lui monta au cerveau, la colère des fous — cette
colère qui leur fait voir rouge — comme aux tau-
reaux dans l'arène — décupla tout à coup ses forces,
et, avec une énergie soudaine, inattendue, à laquelle
il eût été difficile de résister, il se jeta contre la
porte, et fit sauter sa serrure fragile, sans avoir besoin de s'y reprendre à deux fois. Elle s'ouvrit, ou
plutôt elle tomba, avec une sorte de fracas.

Impéria qui, en ce moment, lui faisait face, aperçut
son mari, et, pâle d'horreur, s'arracha des bras
d'Octave et bondit sur ses pieds, échevelée, l'œil
hagard, haletante, les bras en avant, tandis qu'un cri
de terreur jaillissait de sa gorge.

M. de Montrégis, qui n'avait encore rien vu, ne sachant la cause ni du mouvement impétueux qui la
dérobait à son étreinte, ni du cri d'angoisse qu'elle
venait de pousser, et qui lui retentissait dans l'âme,
se leva lui-même, comme dans un sursaut, et, par
un mouvement instinctif, vint se placer résolument à
ses côtés, — pour voir, pour savoir, au besoin pour
la défendre.

Debout devant eux, pareil à un spectre, — le spectre de la vengeance, — la prunelle en feu, ses cheveux blancs dressés sur sa tête, — comme on en
voit parfois, dans les bas-reliefs ou les statues qui
nous montrent le masque des Furies, — la bouche
crispée par un rire farouche, le mari se dressait de

toute sa hauteur, sombre, fatal, le couteau à la main.

Sans calculer le danger, le comte de Montrégis s'é-
lança d'un bond rapide vers l'agresseur, pour l'arrêter, pour le désarmer. Mais M. de Noves, avec une
vigueur que l'on ne se serait point attendu à rencontrer dans ce corps usé, et qui paraissait faible, le repoussa si rudement qu'il l'envoya rouler sur le
divan — à trois pas de lui.

Puis, avant qu'il eût pu se relever, il s'empara
de sa femme, avec un geste d'une autorité suprême,
lui posa une main sur l'épaule à la façon d'un justicier prenant possession du condamné que lui livre la
loi, lui fit sentir une pression si lourde qu'elle en
ploya sur ses genoux, et, dans sa poitrine ouverte,
que ni le corset ni la robe ne protégeaient plus, il
enfonça — non pas le poignard classique du drame
bien mis en scène — mais le vulgaire couteau de cuisine — jusqu'à la garde.

Impéria, qui avait tenté de se relever, retomba
sans avoir proféré une parole, sans avoir poussé
un cri, — ses deux épaules, comme celles des lutteurs
vaincus, touchant le sol, sa belle tête inanimée roulant dans sa chevelure dénouée, — morte.

Le coup, dirigé par une main trop sûre, avait été
porté avec une rapidité d'éclair. Octave, nous l'avons
dit, rejeté brutalement sur le divan qui occupait le
fond du boudoir, s'était relevé tout aussitôt, et, sans
souci du danger qu'il pouvait courir en s'attaquant
à ce furieux, il s'était précipité sur lui, au moment
où l'autre avait retiré le fer de la blessure, afin de le
désarmer. S'il n'avait pu arriver à temps pour pré-
server la jeune femme de la première atteinte, qu'il
était loin de croire mortelle, par un mouvement spontané, tout instinctif, il ne s'en était pas moins jeté

entre elle et le meurtrier, pour empêcher celui-ci de s'acharner sur sa victime.

Il l'avait saisi dans ses bras, et, l'étreignant contre sa poitrine, il s'efforçait de paralyser tous ses mouvements.

Mais la lutte était vraiment trop inégale entre l'amant, ayant le remords de son crime, et le mari, ayant la conscience de son droit; entre un homme brisé par la douleur et l'émotion, et un autre homme dont la colère et la rage doublaient encore la sauvage énergie.

M. de Noves se débarrassa donc aisément de l'étreinte dans laquelle le comte de Montrégis avait essayé de l'enlacer, et il le repoussa loin de lui, tout sanglant, car en voulant arracher aux mains cruelles le couteau dont elles venaient de faire un si terrible usage, lui-même s'était en quelque sorte enferré, la large lame labourant profondément sa main droite.

— Je pourrais vous tuer comme elle, lui dit froidement le marquis, car la mort de celle que je viens de punir n'a pas épuisé mon droit; mais j'aime mieux vous condamner à vivre, à vous souvenir — et à la regretter. Ce sera votre châtiment.

Et, d'un ton farouche, il ajouta:

— La regretter! je sais ce que cela coûte, moi!

Les deux hommes se regardèrent un moment, se mesurant de l'œil, mais sans prononcer une parole.

Cependant, au cri d'angoisse poussé par Impéria, au moment où elle avait aperçu son mari, le couteau à la main, se précipitant sur elle pour la frapper, — cri terrible, qui avait retenti dans les profondeurs de la nuit silencieuse et de la maison sonore, — Toniella, encore debout, était accourue, instinctive-

ment, pour secourir sa maîtresse, en présence de
quelque danger inconnu.

En apercevant la marquise étendue par terre, bai-
gnant dans des flots de sang, et les deux hommes,
en face l'un de l'autre, dans une attitude de haine et
de défi, éperdue de douleur et folle d'effroi, la jeune
fille s'était jetée sur le corps de M^me de Noves, en
proie à un véritable désespoir... puis, la voyant
morte, elle s'était élancée hors du boudoir, remplis-
sant l'hôtel de ses gémissements et de ses sanglots,
et appelant tout le monde au secours, comme si déjà
tout secours n'était pas inutile.

En quelques instants, tout le service fut sur pied.
La plupart des gens, déjà couchés quand Toniella
avait donné l'alarme, accouraient en désordre, à
demi vêtus, dans une tenue plus pittoresque que
correcte, inquiets, ne sachant pas, se demandant si
par hasard le feu n'était pas à l'hôtel.

Ne rencontrant âme qui vive dans les autres parties de la maison, ils étaient montés jusqu'au salon,
à la porte duquel se tenait la femme de chambre,
maintenant sans voix, hors d'haleine, mais donnant
tous les signes d'une douleur sans mesure et d'une
terreur arrivant à la folie.

Apercevant dans le boudoir, dont la porte était
restée grande ouverte, M^me de Noves étendue par
terre, et ne donnant plus signe de vie, ils se préci-
pitèrent aussitôt vers elle pour la relever, et, avec
toutes sortes de précautions, ils la portèrent sur le
divan, en arrangeant, pour la soutenir, les coussins
sous sa tête.

Contenu par la présence du mari, plus pâle que le
cadavre qu'il avait devant les yeux, vaincu par une
émotion aussi grande que sa douleur même, Octave

les regardait faire, immobile et glacé, sans oser se
mêler à eux pour partager les soins funèbres qu'ils
donnaient avec plus de zèle que d'adresse à celle qui
n'était plus.

Quant au marquis, fier sans doute, heureux peut-
être, du rôle de justicier qu'il venait de jouer avec
un si épouvantable sang-froid, il semblait grandir
au milieu des péripéties sanglantes du drame dont il
méditait depuis si longtemps le dernier acte. Il avait
fini par retrouver son calme, la possession de lui-
même, et cette dignité un peu hautaine que tout le
monde remarquait chez lui, avant qu'il eût été
frappé, courbé, et comme abattu par le malheur.

Jetant dédaigneusement à terre son arme devenue
inutile :

— M<sup>me</sup> la marquise est morte! dit-il d'une voix
lente et grave, et qui semblait emprunter à la mort
même quelque chose de sa lugubre solennité. C'est
moi qui l'ai tuée, ajouta-t-il, avec la même gravité,
sans que ni la crainte ni le remords fissent trembler
sa voix. Je m'expliquerai avec la justice. On pré-
viendra demain le procureur de la République.

Et, sans ajouter un mot, redressant sa haute taille,
impassible et superbe, il traversa le groupe des serviteurs stupéfaits, muets d'étonnement et pénétrés
de douleur, — qui s'écartaient pour le laisser passer,
— et il regagna son appartement, situé à l'autre
extrémité de l'hôtel.

Sentant peut-être que leur place n'était plus là,
tous les domestiques se retirèrent l'un après l'autre,
non sans avoir jeté au comte de Montrégis des regards
chargés de reproches et de colère, car les uns savaient tout, et les autres devinaient le secret de cette
tragique histoire.

Resté seul avec Toniella, Octave prit dans ses bras le corps de sa maîtresse, dont le froid de la mort envahissait déjà les membres raidis et glacés ; il l'enleva du divan et la porta sur son lit. Et, après l'avoir longuement contemplée dans un recueillement plein de douleur et d'angoisse, que troublaient seuls les sanglots de la jeune fille, il se retira, le désespoir dans l'âme.

# XXXVIII

On peut dire que la route qui le ramena de l'hôtel de Noves à l'hôtel d'Aigueperse, pendant cette nuit lamentable, fut pour lui une véritable voie douloureuse. Chaque pas qu'il y fit était arrosé de sang et de larmes; il avait pour cortège, dans les rues désertes, pendant ce trajet nocturne, un essaim de pensées attristantes, de craintes vagues, mais réelles, et de poignants remords. Sa conscience, qui, en ce moment, parlait trop haut pour n'être pas entendue, lui reprochait d'avoir causé la mort d'une femme, tout en courant le risque de faire le malheur d'une autre. Il avait perdu celle-ci; qu'adviendrait-il de celle-là? Le meurtre de la marquise de Noves, qui allait être diversement apprécié, crime aux yeux de certaines gens, acte de souveraine justice au jugement des autres, allait produire dans tout Avignon une émotion dont il craignait fort pour son compte de recevoir un contre-coup cruel et singulièrement dangereux. S'il y avait procès, et il lui semblait bien difficile que la justice désarmât devant un fait aussi retentissant, son nom, car les domestiques parleraient, à défaut de M. de Noves, se trouverait fatalement mêlé à ces retentissants et scandaleux débats... Viviane saurait tout... et quelle impression pénible, profondément douloureuse, ne ressentirait pas cette âme tendre et charmante, dans laquelle il avait déjà jeté les germes d'une mélancolie profonde — incurable peut-être !

Un autre danger non moins sérieux, présent, celui-là, et déjà menaçant, attendait son retour à la maison. Comment expliquerait-il sa blessure à Viviane ? Il essayerait bien de la tromper... Il y a des cas où nous sommes en quelque sorte fatalement condamnés au mensonge... Mais y réussirait-il ? et même, s'il parvenait à égarer ses soupçons, pourrait-il aussi lui éviter l'émotion, funeste peut-être, dans sa position, qu'elle éprouverait en voyant sa main sanglante et mutilée ?

Puis aussi, car l'égoïsme ne l'avait pas encore ossifié jusque dans ses moelles, il éprouvait un serrement de cœur, douloureux jusqu'à l'angoisse, en songeant à la destinée tragique de cette autre femme jeune et belle, que son amour avait perdue, qui avait payé sa tendresse pour lui, d'abord d'un long exil, puis de sa vie même !...

Il était plus de minuit quand le mari infidèle regagna le domicile conjugal.

Le valet de pied, qui l'attendait dans l'antichambre, s'inclina en lui présentant le bougeoir, et, sans le regarder, respectueusement, à voix basse :

— Madame la comtesse prie monsieur le comte de bien vouloir monter chez elle, lui dit-il.

Par un mouvement tout instinctif, Octave, obéissant à l'instinct et à l'habitude, avança la main droite pour prendre le bougeoir... mais il retira cette main sanglante tout aussitôt, et ce fut de la gauche qu'il le saisit.

Le domestique ne put s'empêcher de remarquer le fait, si simple qu'il fût en lui-même ; il regarda la main droite de son maître, et vit qu'elle était entourée d'un mouchoir, et que ce mouchoir était taché de sang.

— Est-ce que Monsieur le comte serait blessé ? demanda-t-il à M. de Montrégis, avec un intérêt affectueux; je vois du sang à son poignet...

— Ce n'est rien ! absolument rien ! une simple égratignure !

— Monsieur le comte n'a pas besoin de mes services ?

— Non, merci ! un peu d'eau fraîche — j'en trouverai dans ma chambre — et ce sera fini. Vous pouvez vous retirer !

Les questions du domestique pouvaient faire pressentir l'interrogatoire de l'épouse. Cette seule pensée ne laissa point que de troubler le mari de Viviane. Mais il était impossible d'éviter ou même de retarder l'entrevue que celle-ci demandait.

Il monta donc directement chez elle.

La jeune comtesse, qui passait presque toutes ses journées sur une chaise longue, et qui avait l'habitude de toujours faire la sieste dans l'après-midi, le soir venu, n'avait pas grand sommeil. Aussi ne cherchait-elle point à commencer sa nuit trop tôt. Elle disait, d'ailleurs, avec l'aimable franchise qu'elle mettait à toute chose, qu'elle ne dormait jamais bien tant que son mari n'était pas rentré. En même temps qu'il prenait, lui, l'habitude de sortir, elle, de son côté, prenait celle de l'attendre, — ce qui ne laissait point que de contrarier quelque peu M. de Montrégis, — bien qu'Impéria eût définitivement renoncé aux roses de Smyrne.

Ce soir-là, — comme presque tous les soirs, — Mᵐᵉ de Valneige, qui ne vivait que pour sa belle dolente, jouait son rôle accoutumé de garde-malade, tantôt

causant, tantôt lisant, cherchant enfin, par tous les
moyens en son pouvoir, à tromper pour elle les ennuis de l'attente.

En voyant entrer le mari de Viviane elle comprit
que sa tâche était finie pour ce jour-là, et, après quelques mots de bienvenue à son gendre, elle posa sur
le guéridon le livre inachevé, et se retira, laissant les
époux seuls.

— Comme tu rentres tard, mon ami! dit la jeune
femme en tendant la main à son mari — plus tard
que jamais!

Mis en garde par ce qui venait de lui arriver tout à
l'heure avec le valet de pied dans l'antichambre,
Octave avait mis la main blessée dans sa poitrine, où
sa redingote boutonnée la soutenait et la retenait
comme une écharpe, et, sans hésitation — mais non
point peut-être sans quelque maladresse — il donna
l'autre — la gauche — à Viviane.

Ce qu'il y avait d'insolite dans cette façon d'agir
attira nécessairement l'attention de la jeune femme,
dont les yeux se portèrent tout de suite sur le bras
en écharpe.

Elle voulut le toucher, comme pour attirer Octave,
afin de le voir de plus près. Mais lui, comme fait toujours l'être blessé, craintif pour la partie malade, sans
même avoir conscience de son acte, tout machinalement, recula quelque peu, pour éviter un contact douloureux.

— Eh! mon Dieu! qu'as-tu donc? fit Viviane, inquiète déjà avant même de savoir pourquoi. Est-ce
que je t'ai fait mal? Pourquoi caches-tu ta main? Te
serait-il arrivé quelque chose?

— Rien... ou presque rien.

— Mais encore?

— Une égratignure! Ce n'est pas la peine d'en parler.

— Où? quand? comment? dis-moi tout! Je veux savoir!

— Tout à l'heure... chez les Penalver, en faisant des armes... un fleuret s'est démoucheté pendant l'assaut... et m'a éraflé la main... Voilà tout. Je suis bien sûr que demain il n'y paraîtra plus.

— Montre! dit Viviane, malgré elle effrayée, et que Montrégis vit pâlir.

— A quoi bon? répliqua-t-il; je n'ai pas pris le temps de mettre le plus simple bandage, et j'ai saigné en route... ce n'est pas beau à montrer, ces choses-là!...

— Oh! ne crains rien, je suis très brave! dit la jeune femme, en fixant sur son mari ses beaux yeux humides, mais pleins d'amour... Les Valneige sont d'épée! Une blessure ne me fait pas peur, va! C'est moi qui veux soigner la tienne!

Tout en parlant, elle s'était soulevée de sa chaise longue, et, avec une irrésistible force, elle attirait à elle Octave, qui, jusque-là, s'était prudemment tenu à distance. Il comprit bien qu'à présent toute résistance serait inutile; il s'assit donc auprès de sa femme, et retira le mouchoir qui entourait sa main sanglante.

Délicatement, se servant de sa plus fine batiste, Viviane étancha le sang qui coulait encore, et, avec l'attention du chirurgien qui sonde une plaie, elle examina longuement la blessure.

Puis, relevant les yeux, et regardant son mari bien en face, tandis qu'elle tenait toujours son bras, comme si elle eût craint qu'il ne voulût lui échapper:

— Octave, lui dit-elle, d'une voix triste, lente et

29

grave, ce n'est pas bien ce que tu fais là! Pourquoi
me trompes-tu?

— Mais, ma chérie!...

— Oui, pourquoi me trompes-tu? répliqua-t-elle
avec une fermeté singulière. Je ne connais guère les
armes dont vous vous servez entre hommes pour
vous tuer; mais je vois bien que ce n'est pas un
fleuret qui a fait cette blessure-là. Ce n'est pas une
piqûre, c'est une coupure... On dirait plutôt un coup
de sabre...

— Oui, c'est cela, tu as raison; en effet, c'est un
coup de sabre! Il y a tant d'armes chez les Penalver
que l'on ne sait jamais avec laquelle on s'écharpe!

— On ne fait pas parler l'homme qui veut se taire!
murmura la triste Viviane; mais rien ne saurait m'empêcher de croire qu'il y a dans la vie de mon mari des
coins mystérieux où il ne veut pas me laisser pénétrer. Je suis vraiment bien malheureuse... mais ce
n'est pas à moi qu'il faut songer maintenant!

A force d'énergie et d'empire sur elle-même, sur-
montant l'émotion pénible qui l'agitait, pour se livrer
tout entière aux soins que réclamait l'état du blessé:

— Il faut envoyer chercher un médecin! lui dit-elle;
ta blessure est bien plus profonde que je ne l'avais
cru tout d'abord... Elle m'effraye! Tu ne peux pas
rester ainsi toute la nuit sans des secours plus efficaces
que les miens.

— Un médecin à pareille heure! mais tu n'y penses
pas! fit le comte de Montrégis, devenu secrètement
inquiet, à la pensée de cette complication nouvelle.
Tu veux donc révolutionner toute la ville... Voilà
comme vous êtes, vous autres femmes... toujours
exagérées! Encore une fois, ce n'est rien, cette misérable cou ure! Un eu d'eau et de sel, à moins que tu

ne préfères deux gouttes d'arnica... tu dois avoir de l'arnica dans ta petite pharmacie, mon cher cœur? Eh bien! voilà tout ce qu'il me faut! Demain, ce sera refermé... il n'y paraîtra plus.

Viviane comprit que toute insistance pour savoir la vérité serait complètement inutile. Elle n'ajouta pas une parole, et se contenta de faire le pansement primitif, auquel, pour le moment, Octave entendait borner sa médication.

Cette nuit-là, les deux époux dormirent mal, également inquiets tous les deux : Octave, de ce qu'il savait ; Viviane, de ce qu'on lui cachait.

# XXXIX

Cependant, les gens du marquis de Noves, incertains de ce qu'ils avaient à faire, avaient pris le plus sage parti — en allant, dès les premières blancheurs de l'aube, instruire le frère de leur maître des tristes événements que tout le monde ignorait encore. C'était à lui d'aviser et de prendre un parti.

Il se hâta d'accourir.

Le meurtrier, son acte accompli, s'était enfermé dans sa chambre et avait poussé les verrous, en proie à une agitation que n'auraient pas fait pressentir le calme et le sang-froid dont il avait fait preuve dans la préparation de sa vengeance, et dans toutes les circonstances qui avaient accompagné ou suivi l'attentat.

Quand une fois sa femme fut morte, et qu'il eut ainsi donné à sa vengeance la plus complète et la plus terrible des satisfactions, il lui arriva ce qui arrive souvent, dit-on, à ceux qui ont tué sous l'empire d'une passion ardente et puissamment surexcitée. Quand cette passion ne le soutint plus, il se produisit tout à coup chez lui une sorte de détente nerveuse, qui fut suivie d'un abattement moral, contre lequel il se trouvait incapable de réagir. L'espèce de commotion qu'il avait éprouvée en voyant le cadavre de sa femme étendu à ses pieds, sans vie et baignée

dans des flots de sang, avait achevé de le rendre au
sentiment vrai des choses. Il n'en était pas encore au
repentir, et il avait la conscience que si ce qu'il venait
de faire était à recommencer, il le ferait encore ; mais
il n'en songeait pas moins — avec un sentiment si pénible qu'il en devenait de l'angoisse — à toutes les
conséquences de l'acte violent auquel il s'était livré ;
il se représentait par avance les ennuis de toute sorte
qui l'attendaient, les tracasseries sans fin de la justice
— désagréable personne avec laquelle il est toujours
fâcheux d'avoir quelque chose à démêler. Il savait bien
que ce qu'il avait fait il avait le droit de le faire. Une
condamnation était chose impossible. Mais on allait
lui demander des explications et des comptes ; on
scruterait son cœur et ses reins ; on l'exposerait,
comme un objet d'étude, aux discussions des juris-
consultes et à la curiosité du public. Ce fut là, pendant toute la nuit, le thème sinistre de ses réflexions,
et ces longues heures sans sommeil n'en avaient pas
encore trouvé la solution quand son frère vint frapper
à sa porte.

Il eut comme un sursaut, s'imaginant que c'étaient
les gens de justice qui venaient le chercher.

— Déjà ! murmura-t-il avec une impression de malaise, sinon d'effroi, contre laquelle il était impuissant à se défendre.

Il n'ouvrit ni ne répondit.

— C'est moi, ton frère, Georges de Noves ! qui viens
pour te voir. Il faut absolument que je te parle !
Ouvre-moi !

Le marquis reconnut une voix amie, et comme,
dans l'abandon, le désarroi et l'épouvante où il se
trouvait, ce dont il avait surtout besoin c'était de
pouvoir causer librement avec quelqu'un qui lui ins-

pirât une entière confiance, il tira le verrou et ouvrit.

Que se passa-t-il entre les deux frères, dans cette entrevue presque funèbre, à deux pas du cadavre de la femme de l'un et de la belle-sœur de l'autre, déjà glacé par la mort? c'est ce que personne n'eût pu dire, car l'un et l'autre furent discrets et ne confièrent à personne des secrets qui ne regardaient qu'eux seuls.

Le comte fit fermer la maison et recommanda la discrétion la plus absolue aux gens de son frère, dont il était sûr. Puis, dès qu'il fut à peu près certain de trouver du monde au parquet, généralement ouvert à dix heures, il se rendit au Palais et fit sa déclaration au substitut de service.

Comme il faut toujours que la justice informe — c'est la condition même de son action, — le procureur de la République et le juge d'instruction, immédiatement prévenus, accoururent à l'hôtel de Noves, où l'instruction commença. Constatation du meurtre, examen légal du cadavre par un médecin, audition des témoins et premier interrogatoire du meurtrier, tout cela fut enlevé en deux heures.

L'interrogatoire surtout fut dramatique.

— Ne passait-il point pour fou? avait tout d'abord demandé le procureur de la république au frère du marquis.

— Il était à lier à son retour d'Orient, avait répondu le comte de Noves. Mais, quoique sa tête ne soit pas encore bien solide, il a maintenant des intermittences de raison pendant lesquelles il est assez lucide, et je crois qu'il pourra vous répondre.

— C'est ce que nous verrons tout à l'heure.

On fit venir le marquis. Le mari d'Impéria, en toilette de ville, très correct, vêtu de noir, la barbe faite,

comme s'il eût voulu reprendre maintenant un soin
minutieux de sa personne trop longtemps négligée,
parut devant le magistrat avec le calme et l'aisance de
l'homme sûr de lui-même, et bien certain de se
trouver à la hauteur de toutes les situations.

Après les questions préliminaires et de pure forme,
le magistrat voulut tenter l'épreuve, souvent décisive,
de la confrontation, et tâcher de surprendre les sentiments vrais du meurtrier, en le mettant brusquement
en présence de sa victime.

Les gens de justice et le marquis passèrent seuls
dans la chambre où la morte reposait sur sa couche
funèbre.

Le comte de Noves ne les suivit point.

Il y eut un moment de silence, plein de recueillement et de mystérieuse attente, pendant lequel on
eût pu croire que tous hésitaient à prendre la parole.
Le mari d'Impéria regarda sa femme avec une indifférence impassible, comme si elle ne lui eût jamais
appartenu; comme s'il ne l'eût point aimée d'un
amour capable d'aller jusqu'au crime; enfin, comme
si elle eût été tuée par un autre et non par lui. Puis,
sans rien dire et sans rien laisser paraître de ses émotions, si toutefois il en éprouvait, il se retourna vers
ceux qui l'avaient amené, comme pour leur faire comprendre qu'il attendait leur bon plaisir.

A toutes les questions qui lui furent posées, il répondit clairement, nettement, en homme sûr de son
droit, et sachant bien que la loi a prononcé d'avance
l'excuse du fait qu'on lui reproche.

— Enfin, pourquoi l'avez-vous tuée? lui demanda
le juge d'instruction.

— Parce que je l'ai surprise dans les bras de son
amant.

— Qui le prouve ?

— Je pourrais vous dire d'interroger mes gens, s'il ne me répugnait de les contraindre à parler contre leur maîtresse, répondit le marquis avec une dignité et un calme étranges... Mais vous manderez son complice devant vous, vous l'adjurerez de vous dire la vérité... et il n'osera pas mentir... surtout si je suis là.

— Mais, lui, pourquoi ne l'avez-vous pas tué ?

— Ah! vous ne trouvez donc point que ce soit assez d'un cadavre! fit le mari d'Impéria avec une ironie poignante. Au fait! vous avez raison, et j'aurais dû peut-être vous en servir deux... Le second aurait été l'excuse du premier, et la mort de celui-là aurait justifié la mort de celle-ci... Rien ne m'eût été plus facile, car il ne songeait guère à se défendre... Mais je l'ai dédaigné... sa vie, d'ailleurs, me vengera peut-être plus que n'aurait fait sa mort... Et puis! que voulez-vous? J'ai une manière à moi d'entendre la justice... Cet homme ne me devait rien... n'était rien pour moi... qu'un simple ennemi, comme le sont tous les hommes pour le mari d'une jeune femme, qui devient une proie poursuivie et convoitée par eux... C'est à nous de nous défendre dans cette guerre dont nous connaissons les conditions... Mais elle !... elle dont j'avais reçu les serments... à qui j'avais donné ma fortune et mon nom... et qui portait mon honneur cousu à sa jupe... Ah! donnez-moi donc douze maris pour juges!

Comme s'il eût craint d'en avoir déjà trop dit, M. de Noves se rassit, en faisant un mouvement d'épaules d'où l'on devait conclure qu'il ne parlerait pas davantage.

— Les jurés apprécieront! murmura le procureur de la république, en manière de conclusion.

Comme la justice doit nécessairement avoir son

cours, et que le fait, même excusable, doit être l'objet d'une décision en forme, le magistrat ordonna l'arrestation immédiate du meurtrier, qu'une voiture fermée conduisit, sous bonne garde, à la Conciergerie. Le juge d'instruction voulait l'avoir constamment sous la main.

## XL

La nouvelle d'une telle affaire, intéressant les premières familles du pays, éclata dans la ville comme
un coup de tonnerre. Dans les cercles, dans les salons,
dans les boutiques, dans les plus humbles maisons,
on ne parlait point d'autre chose. Octave s'en doutait
bien, et il eût beaucoup donné pour que ces bruits
dangereux, — auxquels tôt ou tard il allait se trouver
mêlé, — n'arrivassent point jusqu'aux oreilles de sa
femme. Mais il eût fallu pour cela fermer sa porte à
tout le monde; chose difficile en vérité!

Il ne sortit point de toute la journée qui suivit le
meurtre. Il éprouvait comme un instinctif et impérieux besoin de rester près de Viviane. La présence
de cette créature, honnête et chaste — sa femme! —
lui devenait nécessaire. Il voulait vivre dans son
atmosphère. Il se disait aussi que, lui présent, on
serait bien forcé de se tenir devant elle sur une certaine réserve, et que, si le fait matériel du meurtre
de la marquise lui était raconté, on ne pourrait, du
moins, l'accompagner de commentaires fâcheux. Peut-
être arriverait-il ainsi, peu à peu, à prémunir Viviane
contre toutes les suppositions de nature à troubler sa
paix intérieure. Il ne se dissimulait point l'effet terrible que produirait sur elle une révélation complète
du meurtre de la marquise, lui faisant connaître le

triste rôle que lui-même avait joué dans l'affaire, et il mettait tout en œuvre pour lui éviter une telle épreuve.

Cependant, on l'a dit avec raison, le secret qui est connu de trois personnes n'est déjà plus un secret ; à plus forte raison quand il y en a vingt dans la confidence. Les allées et venues des gens de justice, les interrogatoires du marquis, les dépositions des domestiques, le mandat de comparution du comte Octave par-devant le juge d'instruction, remplissaient la ville de vagues rumeurs qui ne pouvaient manquer d'arriver, dans un délai plus ou moins long, aux oreilles de Viviane. Elles circulaient en quelque sorte dans l'air qu'elle respirait.

Il ne fut donc pas possible de lui cacher plus d'un jour ou deux le fait en lui-même de la mort violente de la marquise. Ce fut sa belle-mère qui le lui apprit, avec toutes les précautions que pouvait exiger son état de santé, et sans lui donner, d'ailleurs, aucune espèce de détail. Viviane n'en fut pas moins très vivement impressionnée. Bien que ses rapports avec M^me de Noves fussent assez tendus depuis quelque temps, elle ne put se défendre d'éprouver pour la victime une sorte de pitié douloureuse. Eh! qui donc pourrait apprendre, sans aussitôt sentir quelque chose se remuer au fond de son âme, la catastrophe, aussi épouvantable que soudaine, qui emporte du jour au lendemain une femme jeune, belle et brillante, qui, la veille encore, était peut-être en visite chez vous, et que vous aviez laissée pleine de vie, d'espérance et de santé !

Mais ces premières impressions si naturelles ne tardèrent point à se mélanger, chez la comtesse de Montrégis, de préoccupations inquiètes et douloureuses.

Bien qu'elle ne sût rien de positif sur les véritables relations de son mari avec Impéria, certains petits faits, trop nombreux pour n'être pas singulièrement significatifs, lui permettaient de soupçonner beaucoup de choses fâcheuses. Si elle n'eût pas été par essence une nature bienveillante, incapable de supposer le mal gratuitement, depuis longtemps déjà ses doutes se seraient changés en certitude.

Elle n'en était pas encore là.

Mais une circonstance, qu'il eût été facile de prévoir avec un peu plus d'expérience des choses criminelles, vint compliquer la situation d'une façon cruelle, en donnant un corps à ce qui n'avait été jusque-là, chez Viviane, qu'un soupçon vague et une incertaine supposition.

Ni le premier interrogatoire du marquis ni les dépositions des gens de l'hôtel n'avaient laissé ignorer au juge d'instruction la présence du comte de Montrégis près de M<sup>me</sup> de Noves au moment du meurtre. A vrai dire, lui seul en avait connu toutes les circonstances, et lui seul pourrait mettre le magistrat à même de connaître la vérité vraie, et de la connaître tout entière. Sa situation vis-à-vis d'Impéria, qui ne pouvait plus maintenant être l'objet d'un doute pour une personne sérieuse, ne permettait d'avoir tout d'abord qu'une confiance relative en ses déclarations; mais bien des mystères finissent par s'éclaircir dans le cabinet d'un juge, dont l'expérience double encore la perspicacité naturèlle, ayant à son service un pouvoir discrétionnaire sans limites.

Tout en faisant à part lui ses réserves sur l'attitude qu'il lui conviendrait de prendre vis-à-vis du comte Octave, celui qui était chargé de recevoir sa déposition débuta en lui envoyant une citation à comparaître, libellée dans le style bref, impérieux et comminatoire, dont la justice, personne mal élevée et presque toujours étrangère aux belles façons, a l'habitude de se servir quand elle s'adresse aux honnêtes gens qui vont avoir le malheur de se trouver en rapport avec elle.

Le comte de Montrégis, qui se savait sous le coup de cette citation fâcheuse, avait donné des ordres pour qu'elle lui fût remise personnellement, et que l'on en évitât la vue à sa femme. Mais une chance mauvaise voulut que Viviane rentrât précisément à l'hôtel au moment où l'estafier du Palais apporta ce malencontreux papier.

Il n'était même pas sous enveloppe. Les suppôts de la vieille Thémis ne connaissent ni ces raffinements ni ces délicatesses; ils permettent qu'on lise dans la loge des portiers, ou partout ailleurs, les aménités qu'ils vous envoient.

Viviane prit donc, sans aucune arrière-pensée, le pli long dont la forme étrange l'avait frappée, et l'emporta chez elle.

Une fois arrivée dans sa chambre, elle l'ouvrit, un peu machinalement peut-être, et, à coup sûr, sans se douter de l'importance énorme qu'il allait bientôt prendre à ses yeux.

Elle ne comprit pas tout d'abord l'affreux grimoire, écrit dans un style dont elle n'avait pas l'habitude. Mais elle le relut lentement, attentivement, et un jour terrible se fit en elle.

— Ah! le malheureux! s'écria-t-elle, en portant vivement ses deux mains à sa poitrine, il ne lui manquait plus que cela! Traîner son nom dans le scandale et dans le sang d'un procès criminel... Mais il était donc là... chez elle... à minuit, quand on l'a tuée...

il a pris part à la lutte... il l'a défendue sans doute...
cette blessure, que j'ai pansée en l'arrosant de mes
larmes, c'est à elle qu'elle était destinée... et c'est
lui qui l'a reçue! Pourquoi était-il chez elle? Ah! je
ne le devine que trop! Mon Dieu! suis-je assez
à plaindre... être si indignement trompée... après
l'avoir tant aimé!

Le fatal papier était tombé à terre. Elle le prit, le
relut encore et le cacha dans son sein. Puis, quand
son mari rentra, le lui tendant avec un geste tragique:

— Prends et lis! lui dit-elle.

Octave parcourut la citation d'un coup d'œil; mais
comme, depuis le jour du meurtre, il s'attendait à la
recevoir, il n'éprouva pas trop de surprise. Il regarda
la date à laquelle il était mandé, replia le papier
avec soin et le mit dans une de ses poches, sans rien
dire — qu'aurait-il pu dire, hélas! — et sans même
regarder sa femme, tant il craignait de voir un reproche dans ses yeux.

— Tu ne me dis rien! fit-elle en se rapprochant de
lui, sans essayer de cacher les larmes qui coulaient
lentement sur ses joues.

— Que veux-tu que je te dise? reprit-il avec un mouvement d'humeur... C'est un grand ennui, sans doute!
Mais ces choses-là peuvent arriver à tout le monde.

— Pardon, je crois au contraire qu'elles n'arrivent
qu'à ceux qui veulent bien s'y exposer... Tu étais
donc chez cette... malheureuse, le soir?...

— Oui!

— Qu'y faisais-tu?

— Une visite, naturellement...

— A minuit... et tu m'avais assuré que tu étais
chez les Penalver... Tu vois bien que je ne peux plus
te croire!

Octave, en entendant ces paroles, à la fois si douloureuses et si justes, si poignantes dans leur modération voulue, ne put se défendre d'une émotion pénible, que sa femme surprit sur ses traits; mais il ne
répondit rien.

Viviane reprit :

— C'est là que tu as été blessé...

— Oui!

— En la défendant?

— En essayant de désarmer le meurtrier.

— Et c'est le sang de cette femme que tu m'as rapporté ici sur tes mains, son sang qui a coulé avec le
tien, sous le même fer... Ah! vois-tu, c'est plus que
je ne puis supporter!

Viviane se tut, ou, pour mieux dire, sa phrase
s'acheva dans un sanglot.

Il y avait une telle vérité dans ces paroles, une
telle éloquence dans ce cri, une telle angoisse dans
ce silence, un tel désespoir dans ce sanglot, que Montrégis en éprouva comme un serrement de cœur.

Il arpenta deux ou trois fois le salon de long en
large, du pas saccadé de l'homme qui se sent acculé
dans une impasse, qui cherche une issue pour en
sortir... et qui ne la trouve pas.

— Tout ce qui m'arrive là, dit-il enfin, est très fâcheux, en effet, et je donnerais beaucoup pour qu'un
tel ennui nous fût évité. Mais personne n'y peut rien
maintenant, et il faut laisser les événements se dérouler dans leur ordre naturel. C'est le parti le plus
sage... c'est, du reste, le seul qu'il nous soit permis
de prendre.

— Ces événements seront peut-être bien pénibles
pour moi, murmura Viviane; voir le nom que je
porte... ton nom! — un nom jusqu'ici sans tache, —

compromis dans d'horribles débats... c'est là une
épreuve difficile à supporter... Comment n'as-tu pas
songé à moi, au désespoir sans borne qui m'attendait,
le jour où j'apprendrais...? Octave! Octave! à quoi
bon t'avoir tant aimé?

— Ne parle pas ainsi, ma pauvre âme! car, en vérité, tu me déchires le cœur bien inutilement. Je
connais ta tendresse pour moi. Mon seul regret est de
ne pas la mériter davantage, et de ne pas savoir t'en
mieux remercier. Dieu m'est témoin, cependant, qu'il
n'est pas une minute de ma vie où je ne sois disposé
à tout faire — oui, tout! — pour t'éviter le plus léger
chagrin.

— Je te remercie de le dire; mais si la chose était
vraie, est-ce que tu serais retourné chez celle en qui,
depuis longtemps, je pressentais une ennemie et de-
vinais une rivale?

— Eh! mon Dieu! il y a dans toute vie — hélas!
dans la mienne aussi! — des choses regrettables à
coup sûr... mais que tu es trop intelligente pour ne
pas comprendre, et trop bonne pour ne pas pardonner. M^{me} de Noves était une vieille amie pour moi —
je l'avais connue longtemps avant notre mariage, et
il m'était bien difficile de ne pas la revoir — si peu
que ce fût — quand je la retrouvais dans le malheur.

— Ta pitié aura eu pour résultat de faire deux
malheureuses au lieu d'une.

— Mais tu n'es pas malheureuse, toi, puisque tu
m'aimes et que je t'adore! dit Montrégis avec un tel
élan de sincérité que Viviane fut bien forcée de le
croire

# XLI

Cependant la poursuite criminelle suivait son cours, en traversant successivement toutes les phases prévues et déterminées par le Code. Mais, sous la pression de la curiosité publique, si vivement surexcitée, la justice boiteuse fit quelque diligence. Le magistrat instructeur ne laissa point moisir le dossier, qui fut bientôt soumis à la chambre du conseil du tribunal de première instance. Celui-ci saisit à son tour la chambre des mises en accusation de la cour d'appel, qui renvoya le marquis de Noves devant les assises, chargées de dire le dernier mot de cette dramatique affaire.

Jamais peut-être procès criminel n'avait eu le privilège de passionner à ce point une ville d'ordinaire si paisible, et comme endormie dans le doux *far niente* de la vie méridionale.

Depuis le jour du meurtre jusqu'au jour du jugement, Avignon n'avait guère parlé d'autre chose. On vivait sur ce procès. Malgré la discrétion que les magistrats s'imposent dans les affaires criminelles dont on voudrait garder la fleur pour « messieurs du jury », mille détails s'étaient fait jour dans le public. Les gens de service du marquis de Noves, qui continuaient à vivre dans l'hôtel de leur maître — pas un seul n'avait été renvoyé par la famille — s'étaient trouvés

30

circonvenus par une foule de curieux, qui avaient
mis tout en œuvre pour les faire parler. Ils avaient
tenu bon pendant les premiers jours. Mais, peu à peu,
ils s'étaient sentis, en quelque sorte, grisés par l'importance qu'on leur accordait, et, heureux de se voir si
bien écoutés, ils n'avaient pas eu le courage de se taire
plus longtemps. Une fois entrés dans la voie des confidences, ils avaient bien compris qu'il n'était pas en leur
pouvoir de s'arrêter, et ils étaient allés jusqu'au bout.

On avait donc pu reconstruire le drame sanglant
dont tous les actes allaient se dérouler maintenant,
dans leur vérité officielle, sous les yeux de la justice.
Les deux mois qui s'étaient écoulés entre la perpé-
tration du fait et le jour de la sentence souveraine
qui allait le condamner ou l'absoudre n'avaient ni
calmé l'intérêt ni lassé la curiosité d'un public avide
de connaître tous les détails d'une affaire si pleine
d'émotions et de surprises.

Comme il arrive toujours en pareil cas, la ville
s'était partagée en plusieurs camps. Les uns tenaient
pour le mari, et affirmaient le droit absolu de
l'homme outragé à venger son honneur ; les autres,
se rappelant la souveraine beauté de M<sup>me</sup> de Noves,
trouvaient presque sacrilège l'acte barbare qui avait
anéanti ce chef-d'œuvre de la nature. Les femmes
vraiment belles sont trop rares pour qu'on puisse les
immoler ainsi à des susceptibilités conjugales.

Mais, cette fois, l'amant heureux n'avait pas le beau
rôle. Personne ne sachant au juste comment les
choses s'étaient passées à l'heure du dénouement
sanglant, on lui pardonnait malaisément d'avoir si
mal protégé sa maîtresse assassinée devant lui, et de
n'avoir su ni la défendre ni la venger. On ne lui pardonnait pas de vivre encore quand elle était morte.

Le marquis était sous les verrous et la marquise dans
la tombe. Lui seul des trois acteurs de cette tragédie
lugubre était en ce moment libre et vivant sous le
soleil. Il n'avait donc point le privilège de cette pitié
que l'on accorde souvent au malheur, alors même
qu'il est coupable. Aussi, partout où il allait, deve-
nait-il aussitôt l'objet d'une curiosité à laquelle ne
se mêlaient ni sympathie ni intérêt.

Il le sentait bien ; aussi ne sortait-il que le moins
possible, seulement pour n'avoir pas l'air de fuir
devant les responsabilités qui pesaient sur lui, et de
vouloir se dérober aux investigations de la justice,
devant laquelle il allait bientôt comparaître.

Jamais, peut-être, il n'avait tant vécu près de
Viviane, qu'il entourait des soins les plus délicats et
les plus tendres.

La pauvre créature avait, du reste, singulièrement
besoin d'être gâtée en ce moment, car les émotions
violentes qu'elle venait de traverser avaient rendu
fort pénibles les dernières semaines de sa grossesse.

Toutes les personnes qui venaient la voir s'étaient
imposé une discrétion absolue. On avait organisé à
son profit la conspiration du silence. Pas une parole
qui pût l'inquiéter, la troubler ou l'affliger, n'avait
été prononcée devant elle. Mais il en est de certaines
rumeurs vagues qui circulent à travers les villes, et
qui semblent portées sur des ailes invisibles, comme
des germes secrets de quelque maladie épidémique,
venue on ne sait d'où, et pénétrant en tous lieux par
infiltration. Par une sorte de divination mystérieuse,
Viviane avait conscience de ce qu'on ne lui disait pas,
et elle vivait dans l'attente fiévreuse et passionnée
des grands débats, dont l'heure approchait.

Trop fin observateur pour se tromper sur l'état

moral de sa femme, M. de Montrégis ne se faisait
aucune illusion sur ce qui se passait en elle, et cette
disposition d'esprit lui semblait dangereuse. Il
aurait voulu qu'il lui fût possible d'en distraire Viviane ;
mais ce n'était pas là chose aisée : la pensée de la
jeune femme appartenait tout entière au procès dans
lequel son mari allait se trouver en cause, d'une
façon bien cruellement compromettante peut-être.
Il lui proposa un déplacement, sous le prétexte, bien
trouvé d'ailleurs, de faire ses couches dans une
atmosphère plus pure, et, par conséquent, plus saine
que celle d'une grande ville.

Viviane comprit l'intention secrète de son mari ;
mais elle la déjoua.

— Si tu viens, je pars, lui dit-elle avec une fermeté singulière ; mais si tu restes, je ne pars pas !
Ensemble toujours, maintenant ! Nos séparations, si
courtes qu'elles soient, m'ont toujours coûté trop cher.
Je n'en veux plus. Non ! jamais, jamais !!

Le comte Octave comprit bien qu'il ne lui serait
pas possible de prévaloir contre l'inébranlable résolution que faisaient pressentir ces paroles énergiques.
Aussi, n'eut-il garde d'insister. D'autre part, comme
il était certain d'être cité à la barre des témoins, et
que son absence, ressemblant à une fuite, rendrait
sa position plus difficile encore devant l'opinion, il
lui était défendu, au nom de son honneur même,
d'abandonner la partie ; il resta donc, et Viviane avec
lui.

Le grand jour arriva enfin.

Le président des assises, homme courtois et fort
bien posé dans « la société », comme on dit en province, reçut beaucoup de demandes de belles mondaines sollicitant leurs entrées à l'audience ; il accorda

deux fois plus de places que la salle n'en pouvait contenir. Les curieux, et surtout les curieuses, débordaient du prétoire jusque sur les bancs des témoins ; elles s'entassaient à côté, devant et derrière la sellette de l'accusé, et finissaient par escalader l'estrade même des magistrats. Elles auraient volontiers siégé entre le président et ses assesseurs. A un moment donné le désordre fut si grand, que l'on aurait pu se croire à Paris.

Elles voulaient voir ce fou terrible qui avait retrouvé une heure de raison pour venger son honneur ; mais peut-être se préoccupaient-elles davantage encore de l'attitude et de la tenue qu'allait avoir le principal témoin, ce héros de roman, que toutes connaissaient de nom et de vue ; ce don Juan moderne, adoré de deux femmes qui, chacune en son genre, pouvaient passer pour un type achevé de la beauté parfaite, la brune impérieuse et superbe, la blonde rêveuse et sentimentale, toutes deux exquises , également dignes l'une et l'autre d'absorber tout l'amour d'un homme, et réduites à se partager les faveurs de ce sultan, qui ne semblait point blasé le moins du monde.

A dix heures précises, la voix glapissante d'un huissier annonça : « la cour ! »

La cour se casa comme elle put, en se faufilant pour gagner des sièges que l'on avait eu grand'peine à protéger contre la troupe hardie des envahisseuses. Enfin les robes de soie voulurent bien faire place aux robes de serge, et tout le monde se trouva casé tant bien que mal, — plutôt mal que bien. — Mais on savait que l'on n'avait pas le droit de se montrer difficile.

Grâce aux énergiques admonestations du président,

qui menaça de faire évacuer la salle aux premières marques d'approbation ou d'improbation que se permettrait l'auditoire, le calme ne tarda point à se rétablir dans cette houle humaine, difficilement apaisée.

Ce fut seulement alors que l'ordre fut donné d'introduire l'accusé.

Le marquis entra, d'un pas un peu lent, assuré toutefois ; sa toilette noire, — celle du grand deuil, — faisait paraître son visage, aux traits réguliers, plus pâle encore. Mais c'était en vain que l'on cherchait à surprendre chez lui la moindre trace d'émotion. Aussi éloigné de la forfanterie que de la timidité, il semblait aussi impassible que le marbre dont il avait la blancheur.

Après la lecture, fort écoutée, de l'acte d'accusation, l'interrogatoire commença.

Le président, qui voulait faire son métier en conscience, et qui trouvait sans doute que l'affaire se présentait d'une façon trop simple, essaya bien de poser à l'accusé quelques questions captieuses. M. de Noves y répondit avec la dignité froide d'un gentilhomme qui a la conscience de n'être pas déchu de son rang, et l'indifférence quelque peu hautaine d'un vaincu de la vie, pour lequel la mesure de la souffrance est comble, qui a bu le calice jusqu'à la lie, et qui jette à la destinée l'amer défi d'ajouter une souffrance de plus à ce qu'il a déjà souffert.

A la question, très naturelle d'ailleurs, qui lui fut adressée par le président si, le jour du meurtre, il avait vu quelque chose qui pût motiver sa colère et justifier sa vengeance :

— Je ne suis pas ici, répondit-il, pour accuser ceux que vous n'accusez pas vous-même. Ce que j'ai fait, je jure devant Dieu que j'avais le droit de le faire. Je n'ai rien de plus à vous dire.

Le magistrat comprit bien qu'il ne ferait point parler un homme de cette trempe, qui avait juré de se taire, et qui semblait inaccessible à la crainte du châtiment.

Mais il ne fut pas malaisé de reconstituer les grandes lignes du drame à l'aide des dépositions des témoins. Ceux-ci, plus faciles à manier que le marquis, dirent à peu près tout ce que l'on voulut. On sut par eux que, depuis quelque temps déjà, M. de Montrégis venait souvent le soir à l'hôtel de Noves, et qu'il y restait jusqu'à une heure avancée de la nuit; que personne n'entrait dans le boudoir de la marquise lorsqu'il y était, et qu'il ne se retirait qu'après que les gens de service avaient quitté l'appartement depuis longtemps déjà.

Malgré ce qu'elles avaient peut-être d'insuffisant, ces dépositions si concordantes ne laissaient point de doute sur l'intimité d'Octave et de M<sup>me</sup> de Noves. La conscience des jurés avait assez d'éléments pour en apprécier le caractère.

Un témoignage, entre tous, pouvait jeter sur l'affaire une lumière plus vive et permettre de dissiper tous les doutes s'il en subsistait encore, c'était celui de Toniella. Mais, dès les premiers mots qu'elle prononça d'une voix très basse et toute trempée de larmes, il fut aisé de deviner que celle qui savait le plus serait précisément celle qui dirait le moins.

Comme elle était au service de la marquise à une époque antérieure aux faits qui avaient amené le départ d'Avignon et le voyage en Orient, le président lui posa, avec toute l'habileté qu'il avait acquise dans la longue pratique des affaires criminelles, des questions à l'aide

desquelles il espérait pouvoir établir que la liaison du
comte de Montrégis et de la marquise de Noves remontait à plusieurs années, et qu'elle accusait ainsi chez
les deux coupables un véritable endurcissement dans
le crime ; mais la jeune fille s'enferma dans un mu-
tisme dont rien ne put la faire sortir. Elle ne savait
rien ; elle n'avait rien vu ; elle ne comprenait pas ce
qu'on lui demandait. M^{me} la marquise lui avait dit :
« Nous partons pour la Corse... » et elle était partie.
Une fois en route, M. le marquis avait annoncé que
l'on n'allait point en Corse, mais en Orient. Elle avait
suivi madame en Orient, comme elle l'aurait suivie
en Corse, — au bout du monde, s'il lui avait plu de
l'y conduire. Voilà tout ce qu'elle savait : il était bien
inutile de lui demander davantage. Elle ne dirait plus
rien.

— Très bien ! fit le président, non point peut-être
sans un peu d'impatience ; vous ne savez rien de ce qui
s'est passé avant le départ pour l'Orient... mais,
depuis le retour ici ?

— J'ai dit ce que je savais...

— Voyons ! vous n'êtes plus une enfant... vous
avez vingt-cinq ans... vous êtes intelligente ; vous
connaissez la vie... vous avez su des choses qui ont
dû vous faire ouvrir les yeux... Vous doutez-vous un
peu de ce que le comte de Montrégis allait faire ainsi,
la nuit, chez M^{me} de Noves ?

— Je servais ma maîtresse, et je ne l'espionnais pas !

— En tout cas, vous la défendez bien ! Prenez garde
toutefois qu'en voulant sauver sa mémoire, vous ne
rendiez plus difficile la position de l'accusé.

— Celui-là n'est pas mon maître ! dit la jeune Corse
avec un accent et un regard qui semblaient jurer au
marquis une éternelle vendetta.

— C'est bien! dit le magistrat, comprenant bien que
ni la prière ni les menaces ne prévaudraient contre cette
résolution implacable et farouche d'une âme à demi
sauvage, mais trop fortement trempée pour que rien
pût venir à bout de ses résistances : vous pouvez vous
retirer.

Il jeta les yeux sur le papier qu'il avait devant lui,
et, s'adressant à l'audiencier :

— Appelez le dernier témoin.

Puis, se retournant vers le jury :

— Messieurs les jurés, dit-il, le dernier témoin est
en même temps le plus important. Lui seul connaît
toute la vérité ; lui seul peut éclairer la justice. C'est
M. le comte Octave de Montrégis.

Un vif mouvement d'attention se produisit dans
l'auditoire, — et toutes les têtes se tournèrent instinctivement vers la porte du couloir qui conduisait
de la chambre des témoins à la salle d'audience.

Cette porte s'ouvrit et le mari de Viviane parut sur
le seuil. Il s'arrêta un instant, comme s'il eût voulu
faire face à tous ces regards qui semblaient le dévorer,
tant ils mettaient d'ardeur à se fixer sur lui. Puis,
lentement, un peu pâle, — mais le front haut — il
s'avança vers la barre à laquelle les témoins s'appuient en parlant.

— Je rappelle de nouveau que toutes marques
d'approbation et d'improbation sont absolument inter-
dites ! fit le magistrat d'une voix sévère.

L'observation semblait inutile, au moins en ce moment, car on eût entendu voler une mouche dans la
vaste salle, toute remplie d'une foule haletante.

— Vos noms et prénoms, votre domicile et votre
âge ? demanda-t-il ensuite au témoin.

— Je m'appelle Octave de Guilhem, comte de Montrégis, — sans profession. J'ai vingt-sept ans. J'ai pour domicile Avignon, où j'habite l'hôtel d'Aigueperse, ancienne résidence de ma famille.

Cette réponse fut faite avec une extrême netteté de diction et d'accent, du ton d'un homme qui n'a rien à cacher, et qui aborde avec une conscience calme un grand débat dont il connaît l'importance.

Cette assurance, la belle tenue du jeune homme, l'air de noblesse et de franchise répandu sur toute sa personne, prévinrent dès l'abord l'auditoire en sa faveur. Plusieurs commencèrent à revenir de leurs préventions.

Mais quand le président lui demanda le serment, dont il lui rappela la formule, en appuyant sur chacune de ses parties :

— Vous jurez de dire la vérité, *toute la vérité* et rien que la vérité ?

On put noter une incertitude réelle et une hésitation sensible dans la voix du témoin, comme s'il se fût demandé à lui-même par quelle restriction mentale, ou par quelle capitulation de conscience, il arriverait à ne trahir ni le serment prêté à la justice ni l'honneur de la femme qui s'était donnée à lui.

Puis, tout à coup, comme si une certaine lumière s'était faite en lui et qu'il eût pris un grand parti — le seul qu'il crût capable de sauver la situation :

— Je le jure ! répondit-il.

Mais, si courte qu'elle eût été, cette hésitation n'avait point échappé au magistrat, et elle devait le rendre à la fois plus pressant et plus précis dans ses questions. La lutte allait donc devenir plus âpre, plus ardente, plus personnelle en quelque sorte, entre ces deux hommes, dont l'un représentait l'intérêt social, et l'autre la dignité morale de l'individu ; dont l'un avait le droit d'interroger, et l'autre le devoir de répondre.

Le président crut qu'il était habile de brusquer les choses, et d'entrer du premier coup dans le vif du drame, en surprenant le témoin par une question posée de façon à faire regarder comme nettement établie la situation qui, au contraire, restait encore à définir.

— A quelle époque, demanda-t-il à M. de Montrégis, remonte votre liaison avec M^me de Noves?

Octave vit le piège et sut l'éviter.

— Voici environ cinq ans, répondit-il, que j'ai eu l'honneur d'être présenté à M^me la marquise de Noves et de compter au nombre de ses amis.

— Vous avez l'*amitié* fatale, répliqua le président en appuyant sur le mot.

— En effet, répliqua le comte, avec une mélancolie qui n'était point sans grâce, et qui, du premier coup, lui conquit la sympathie des femmes, j'ai vu plus d'une fois souffrir des personnes à qui j'aurais voulu pouvoir éviter toute souffrance. Mais je ne crois point qu'elles aient jamais eu l'idée de m'attribuer la cause de leurs malheurs.

— Vous savez bien, cependant, que ce fut pour épargner à sa femme vos assiduités et vos poursuites que l'accusé dut s'expatrier; vous l'avez contraint à se réfugier jusqu'en Orient pour vous fuir.

— Un aussi long voyage était pour le moins inutile. Je n'ai pas l'habitude de forcer les portes, et si M. de Noves m'eût fait comprendre que ma présence lui déplaisait, j'aurais immédiatement cessé de paraître dans sa maison.

Le marquis écoutait les paroles de M. de Montrégis avec une attention à laquelle rien n'échappait; mais si grandes que fussent ses émotions, son visage impassible n'en trahissait aucune. Le drame se nouait entre ces deux hommes, dont l'un avait le droit de détester l'autre si profondément. Mais c'était un drame intime, pour lequel ni celui-ci ni celui-là ne voulaient de spectateurs.

— Soit! dit le président, sans paraître très convaincu lui-même de ce qu'il disait là ; vous n'étiez en ce moment qu'un ami pour M$^{me}$ de Noves; un ami assez tendre et trop compromettant ; mais, depuis le retour d'Orient, et surtout en ces derniers temps, vos façons d'être, votre tenue vis-à-vis de M$^{me}$ de Noves ont pris un autre caractère, puisque l'exaspération du mari, sous l'influence de vos assiduités, l'a contraint à tuer sa femme. Vous avez ce meurtre sur la conscience ; vous avez ce sang sur les mains.

Les magistrats qui président les débats de la cour d'assises ont un pouvoir discrétionnaire, c'est-à-dire voisin de l'indiscrétion, qui les rend terribles — s'ils veulent en user — non seulement pour les accusés, mais encore pour les témoins.

La position de ceux-ci est d'autant plus fâcheuse que la discussion leur est à peu près interdite, et qu'ils sont condamnés d'avance à recevoir, sans les rendre, les coups de boutoir qu'il plaît à un président quinteux de leur administrer du haut de son fauteuil.

Cependant la patience a des bornes, et, quand on arrive à les dépasser, l'homme qui s'est fait une loi de la modération la plus absolue oublie quelquefois ses résolutions.

— Si votre conviction est telle, Monsieur le président — répliqua le comte de Montrégis avec une certaine fermeté, — je ne m'étonne plus que d'une

chose, c'est de me voir à cette barre, et non sur ce
banc.

Et, du geste et du regard, il montrait la sellette
sur laquelle le marquis de Noves était assis.

Cette réponse, dont la fierté ne manquait point de
hardiesse, et qui prouvait que le comte de Montrégis
n'était pas de ceux que l'on peut écraser sans avoir à
craindre une révolte de leur part, rappela le président
à la modération qu'il oubliait.

— Veuillez, reprit-il avec plus de douceur, reconstituer la scène du meurtre. Vous seul pouvez la faire
connaître de MM. les jurés qui ne sont point tenus
de donner créance à la version de l'accusé.

— Je le regrette, dit Octave; car sans avoir entendu
les explications de M. de Noves, je les tiens pour
vraies, et je ne saurais vous en donner d'autres — le
sachant incapable de mentir.

— Même si elles vous accusent?

— Même si elles m'accusent!

Ce qu'il y avait de généreux dans ces paroles ne
pouvait échapper à un auditoire aussi attentif qu'intelligent. Un léger murmure, mais que l'on pouvait
interpréter comme une approbation flatteuse, courut
dans la foule et monta jusqu'à l'estrade de la cour.
Le magistrat comprit que c'était là une manifestation
dangereuse, et il ne voulut point que M. de Montrégis
en conservât le bénéfice. Usant d'une tactique habile,
mais perfide, à laquelle ont parfois recours — sans
doute dans l'intérêt de la vérité — les magistrats
chargés de diriger les instructions criminelles, et tenant pour certain ce qu'il fallait, au contraire, établir
et démontrer:

— Ainsi, dit-il au témoin, vous reconnaissez que
votre attitude et votre manière d'être vis-à-vis de la

marquise de Noves, le soir du meurtre, étaient de nature à justifier l'acte violent auquel son mari s'est livré.

— Je n'ai rien dit de pareil! répliqua M. de Montrégis avec une certaine vivacité, et je proteste contre toute interprétation tendant à donner à mes paroles une portée qu'elles n'ont pas et qu'elles ne sauraient avoir.

— Mais, enfin, pour que l'accusé se soit cru le droit de tuer sa femme?...

— Je ne pense pas que vous m'ayez fait venir ici pour défendre le marquis de Noves?

— Non, Monsieur! mais je vous ai fait venir pour éclairer la justice, et vous ne l'éclairez guère! Vous ne me semblez point tenir, dans votre déposition, les promesses de votre serment. N'oubliez point que vous avez juré de dire toute la vérité, comme un fidèle témoin.

— Toute la vérité, s'écria le comte Octave avec une certaine véhémence, eh bien! la voici!

Une curiosité vivement surexcitée tint palpitant l'auditoire tout entier; on crut que le témoin allait prononcer enfin le mot suprême de cette mystérieuse affaire, et chacun se pencha vers lui pour mieux l'entendre.

— La vérité, reprit M. de Montrégis, c'est que le monde est méchant pour les femmes; c'est qu'il fait litière des réputations, c'est qu'il attaque et déchire sans pitié tout ce qui tombe sous sa dent cruelle; c'est qu'il salit tout ce qu'il touche, et ternit tout ce qu'il approche! C'est qu'il voit le mal partout, parce que lui-même est incapable du bien... M$^{me}$ de Noves était belle; je suis jeune. On a donné une signification excessive à notre intimité. Des bruits qui, même sans fondement, devaient être offensants étaient parvenus jusqu'aux oreilles de M. de Noves et l'avaient indisposé contre moi... Je n'ai pas voulu, ce fut une imprudence peut-être, un tort si vous voulez, céder à des ennemis qui ne me semblaient dignes que de mon dédain. Mes fréquentations, bien qu'on les ait exagérées singulièrement, causèrent au marquis un déplaisir qu'il ne me témoigna point, puisque je ne le voyais jamais, mais qui n'en était pas moins réel... et qui s'est accru dans le silence même qu'il s'imposait. M. de Noves, tout en se trompant, a donc pu voir une offense dans l'heure seule que j'avais choisie pour me présenter dans sa maison... Ce n'est pas à moi de décider si cette faute méritait la mort, mais, comme je suis le seul coupable, il m'est permis de regretter que la vengeance du marquis se soit trompée d'objet... Vous m'avez demandé la vérité : la voilà!

— Voilà, du moins, celle que vous voulez dire! répliqua le président, qui aurait été malheureux de n'avoir pas le dernier mot. Allez vous asseoir!

La parole est à M. l'avocat général.

L'organe de l'accusation, comme on dit dans la langue du palais, connaissait trop bien ses jurés pour n'être pas certain d'avance que, dans une affaire comme celle-là, étant donnée la parfaite honorabilité du marquis, la culpabilité trop évidente de sa femme, et l'espèce de défi que l'amant venait lui jeter — toutes les nuits —, une condamnation serait absolument impossible. N'avait-il pas contre lui le texte même de la loi, qui déclare excusable le meurtre de la femme quand il est commis dans des cas semblables à celui-là?... Ce texte fameux, tant de fois invoqué, il était connu du défenseur de l'accusé aussi bien que de lui-même, et l'habile avocat ne manquerait pas d'en tirer, pour sa cause, des arguments juridiques qui auraient autant de prise sur la cour que sur les jurés.

Aussi se borna-t-il à exprimer en fort bons termes le regret que les ministres de la loi éprouvaient toujours, en voyant — même sous l'empire des plus justes griefs — les particuliers substituer la vengeance personnelle, et trop souvent sans mesure, à l'action calme et mesurée de l'impassible et sereine justice. Il restait encore, à coup sûr, bien des obscurités dans la cause soumise aux délibérations de messieurs les jurés. Ce serait à eux à examiner, dans le for de leur conscience, si l'excuse légale devait être appliquée au fait reproché à l'accusé. La déposition embarrassée du principal témoin laissait un champ très libre à l'interprétation. Il avait entouré sa déposition de réticences et de précautions à travers lesquelles il était vraiment difficile de discerner la vérité... Mais l'embarras de sa parole ne décelait que trop l'indignité de sa conduite... Le vrai coupable, c'était lui !

Cette accusation, hardiment portée contre le comte de Montrégis, répondait trop à l'impression générale de l'auditoire pour que l'accusation n'abusât point quelque peu de ses avantages. Aussi fit-elle tonner ses foudres sur la tête du comte Octave, séducteur sans vergogne, mari d'une femme charmante, digne des adorations d'une vie entière (l'avocat général était jeune et passait pour galant), et qui n'hésitait pas à porter le trouble dans le ménage d'autrui... Si la loi n'armait point le bras de la justice pour punir de telles fautes, la société avait du moins le droit — elle avait aussi le devoir — de les flétrir, en marquant au front celui qui ne craignait pas de les commettre.

En achevant cette péroraison cicéronienne, l'avocat général tourna les yeux du côté d'une petite loge hermétiquement close par un grillage épais, derrière lequel on n'apercevait que la lueur humide de deux prunelles ardentes, un front pâle, et des pommettes incendiées par tous les feux de la fièvre.

L'accusation avait ouvert la voie à la défense. Celle-ci ne manqua point de s'y précipiter, avec une fougue plus ou moins sincère. La sympathie que son client inspirait à tout le monde était bien faite, d'ailleurs, pour enflammer la faconde de l'avocat. Il retraça à grands traits la vie du marquis de Noves en ces dernières années ; il le montra imprudemment amoureux d'une jeune fille trop séduisante ; lui donnant son nom, son titre, sa fortune et sa vie. Et comment avait-il été récompensé de tant de dévouement et de tant d'amour ? Hélas ! on ne le savait que trop. Par la plus noire des trahisons !

Une première fois déjà, il aurait pu se venger et punir... Il ne l'avait pas fait... Il avait mieux aimé se condamner à un exil cruel — et qui, dans sa pensée, devait être sans retour... C'est qu'il avait espéré pouvoir sauver encore la créature coupable, mais adorée toujours, en l'arrachant à l'influence de l'homme qui l'avait perdue...

Quelle avait été leur vie à tous deux dans l'Orient désert? Elle seule aurait pu le dire... mais les faits parlaient assez haut pour que le doute ne pût subsister dans l'esprit de personne. Il était revenu avec sa femme... mais sans sa raison. Sa raison, il ne l'avait retrouvée, par une sorte de cruauté amère de la destinée, que pour être témoin du nouvel attentat commis contre son honneur, par ce même homme qui n'a pas voulu lâcher sa proie, et dont ni le temps, ni l'éloignement, ni la distance n'ont lassé la poursuite; il s'était juré de perdre cette femme... et son implacable amour ne s'était arrêté que devant la mort.

Ces dernières paroles produisirent une impression profonde sur le public, sur les jurés, sur la cour elle-même, et un bruit de fauteuils et de chaises que l'on remuait vivement dans la loge grillée prouva suffisamment que l'émotion, gagnant de proche en proche, ne laissait personne indifférent dans cet auditoire qui se passionnait de plus en plus.

Le jury entra, avec son formulaire de questions, dans la salle de ses délibérations. Mais il ne délibéra que pour la forme, car il en ressortit aussitôt avec un verdict négatif sur toutes les questions, qui fut immédiatement suivi d'une ordonnance de mise en liberté, accueillie par des applaudissements que le président ne se donna même pas la peine de réprimer.

# XLII

La foule s'écoula lentement, en proie aux émotions soulevées chez elle par ces dramatiques débats, commentant l'arrêt, l'approuvant généralement, tandis que les moralistes de carrefour, heureux d'avoir un prétexte pour débiter des déclamations toutes faites, tombaient à bras raccourcis sur le comte de Montrégis, trop heureux mari et trop heureux amant, et que l'on estimait également indigne et d'une femme si tendre et d'une maîtresse si passionnée.

Octave laissa aux curieux le temps de se disperser. Il ne se hâta point de sortir du palais de justice. Il ne tenait point à se rencontrer à la porte de la Conciergerie avec le mari d'Impéria, que son défenseur, muni de deux lignes signées par l'avocat général, était allé faire mettre en liberté. Il n'avait pas plus envie de se faire reconnaître par ceux qui venaient de le voir et de l'entendre, à la barre des témoins, et à qui l'idée ne serait certes pas venue de le porter en triomphe ou de l'escorter de leurs bravos. Il laissa donc à tout ce monde le temps de s'écouler et de se répandre par la ville, et, pendant une bonne demi-heure, il resta seul, soucieux, préoccupé, errant, à la façon d'une âme en peine, dans les couloirs secrets et les escaliers dérobés du Palais, dissimulant son visage comme aurait pu le faire un malfaiteur.

Quand il crut enfin que la circulation était redevenue sans danger pour lui, il sortit de l'ombre et regagna l'hôtel d'Aigueperse, en proie à une mortelle
inquiétude, et se demandant quelle réponse il pourrait faire aux questions de Viviane.

Mais Viviane ne lui en adressa point. Elle savait
tout.

Invisible et présente, elle avait assisté à ces débats
si dramatiques, dont les péripéties avaient mis à nu
et fait tressaillir toutes les fibres de son cœur.

Dévorée par une curiosité dangereuse peut-être,
fatale sans doute, mais irrésistible, et voulant à tout
prix suivre jusque dans ses plus minutieux détails cette
affaire palpitante, elle s'était, quelques jours avant
l'audience, adressée à la fille du président, jeune
femme intelligente et sûre, avec laquelle, depuis
quelque temps déjà, elle cultivait d'affectueux rapports.

— Vous savez, lui dit-elle, avec une vivacité
extrême, que j'ai une grâce à vous demander.

— Accordée d'avance! pourvu que je puisse!

— Oh! il faut que vous puissiez!

— Alors, je pourrai! De quoi s'agit-il?

— Je veux assister au procès de M. de Noves...

— Mais!...

— Oh! pas de mais... je sais tout ce que vous allez
me dire, et c'est précisément à cause de cela que je
veux tout voir et tout entendre!

— Ma chérie, c'est bien imprudent à vous.

— Non! ce qui serait imprudent et dangereux, ce
serait de me refuser ce que je vous demande, car je
vous jure que je suppose des choses plus terribles
que la vérité même... c'est pour cela qu'il faut que je
sache... ce qui est vrai. Oui, il le faut! et j'y suis tellement résolue que si vous me refusiez ce que je vous

demande, je serais capable d'un coup de tête... pour
satisfaire cette soif curieuse, ardente, et qui me dé-
vore, j'irais, oui, j'irais dans la foule grossière, au
milieu de ce public odieux, perdue, confondue dans
ces rangs misérables... mais au moins, je verrais,
j'entendrais, je saurais ce qu'aucune de mes amies ne
voudra me dire avec la franchise à laquelle j'aurais
peut-être droit. Voudrez-vous, ma chérie, me condamner à une aussi fâcheuse extrémité?

— Non, sans doute! Mais que puis-je faire?

— Une chose bien simple! C'est votre père qui préside les débats. Il a une des deux loges grillées d'où
l'on peut, sans être vu de personne, assister à l'audience, comme si l'on était dans la salle même. De-
mandez-la pour vous... et emmenez-moi!

Viviane avait mis à sa requête une telle insistance
et une telle chaleur qu'il eût été vraiment difficile de
la refuser. On ne la refusa point.

La fille du président connaissait les détours du
palais de Justice, comme Bajazet connaissait les détours du sérail.

Les deux jeunes femmes parvinrent donc à la loge
grillée, sans avoir été remarquées de personne.

De cet observatoire, aussi sûr que commode, Viviane
put tout voir et tout entendre. La conduite de son
mari n'eut bientôt plus de secret pour elle, et elle put
se rendre compte — en l'exagérant peut-être — de
la profondeur de cette passion pour Impéria, qui avait
allumé en lui les premières ardeurs de la jeunesse,
et qui s'était réveillée aussi intense qu'autrefois, et
aussi ardente, même après les joies si douces et si
profondes de son mariage, dès qu'il l'avait revue... La
dernière scène — celle du meurtre — se peignait à
ses yeux sous des couleurs terribles — avec une ag-

gravation de circonstances entassées par son imagination trop vive et trop riche. Elle voyait Octave dans
les bras de la marquise, oubliant ses devoirs et tra-
hissant ses serments ; elle se retraçait tous les détails
de cette lutte terrible, en se demandant si elle ne
l'eût pas mieux aimé mort qu'infidèle.

Après trois heures d'un supplice incessamment re-
nouvelé et ravivé, la comtesse de Montrégis sentit
qu'elle était arrivée à la limite de ce qu'elle pouvait
supporter.

— Partons ! dit-elle à son amie. Je sais tout ce que
je voulais savoir..., et il ne me reste plus rien à apprendre ici.

Ce n'était point, en effet, pour l'accusé qu'elle était
venue, et il lui importait peu qu'il fût acquitté ou
condamné.

L'amie avec laquelle la pauvre créature venait de
faire l'escapade qui lui coûtait si cher la ramena chez
elle en voiture. Viviane tenait à rentrer avant son
mari.

Pendant tout le trajet elles n'échangèrent que quelques paroles insignifiantes. Mais, au moment de la
quitter :

— Du courage, ma pauvre enfant ! lui dit son imprudente compagne. J'ai eu tort de vous céder, quand
j'aurais dû vous résister... Il vaudrait mieux pour
vous ignorer encore tout cela !

Viviane fit un geste de dénégation énergique.

— Oh ! reprit l'autre, je sais ce que vous allez me
dire ! Vous vous en doutiez bien un peu ! C'est peut-
être vrai ! mais vous n'en étiez pas sûre... tandis qu'à
présent... Après cela, voyez-vous, il ne faut pas croire
tout ce que l'on dit... même à l'audience ! Il y a
souvent bien de l'exagération dans la manière de pré-

senter les choses... Tout ce que votre mari a fait avant le mariage, cela ne compte pas... Et ce qu'il est censé avoir fait depuis n'est pas prouvé le moins du monde! Et, quand bien même il aurait été un peu léger, je vous conseillerais encore de fermer les yeux et de ne rien dire! Voyez-vous, ils sont tous les mêmes... ou peu s'en faut! Le mien ne vaut pas mieux! Du moins, le comte de Montrégis est aimable et bien élevé... et, malgré tout, je crois qu'il vous aime... C'est le grand point! voulez-vous mon sentiment sincère? Vous êtes encore dans les bien partagées. Ne vous tourmentez donc pas!... d'abord, parce que c'est inutile... et puis, dans la disposition où vous êtes, cela pourrait vous faire du mal. Donc, discrétion, prudence et mystère!

L'aimable écervelée parlait encore, et déjà Viviane se hâtait de regagner sa chambre, où l'attendait sa mère. Elle voulait se mettre en tenue d'appartement avant le retour de son mari, qui ne tarderait point sans doute à rentrer, et à qui elle n'entendait point faire confidence de son aventureuse expédition.

— Eh bien? lui dit sa mère, qui l'attendait, en proie à une mortelle inquiétude.

— Affreux! répondit Viviane, qui se laissa tomber sur une chaise, où elle parut s'affaisser, en cachant sa tête dans ses deux mains.

— Ah! ma pauvre!

— Affreux! dis-je; pire que tout ce que tu peux supposer... Avant notre mariage... et depuis! Elle toujours, jamais qu'elle! Les autres... moi... rien! rien! rien!

— Mais alors, que comptes-tu faire?

— Eh! que veux-tu que je fasse? Je vais lui donner un enfant... au péril de mes jours, car tous ces évé-

nements m'ont bouleversée. Voilà ce que je vais faire,
moi! Mais je me sens faible comme si j'allais mourir,
et je me demande s'il me restera l'énergie nécessaire
pour supporter l'épreuve qui m'attend.

— Dieu est grand et il est bon! dit M^{me} de Valneige,
avec la confiance pieuse et l'inébranlable fermeté que
la foi donne aux vrais croyants : il mesure le vent à
la toison des agneaux; il sait que tu as déjà beaucoup
souffert, et il voudra maintenant t'épargner!

— Ainsi soit-il! répondit Viviane avec un sourire
pâle.

M^{me} de Valneige, avec son tact parfait et son expérience consommée de toutes les choses dans lesquelles
la vie du cœur se trouve intéressée, se retira en entendant venir son gendre. Elle avait bien compris que
si quelque explication émue, douloureuse sans doute,
mais du moins franche et loyale, et capable d'amener
entre les époux un rapprochement si désirable, pouvait avoir lieu, elle serait gênée et comme paralysée
par la présence d'un tiers. Elle ne voulait point qu'il
en fût ainsi. Elle s'arrangea donc de façon à laisser
seuls ces deux êtres, si dignes de pitié l'un et l'autre,
mais qui pouvaient encore faire du bonheur avec
leurs malheurs partagés.

Mais le moment n'était pas venu de ces épanchements suprêmes. Octave, en ce moment, n'avait pas
encore assez de confiance en lui-même pour les tenter, et Viviane n'avait déjà plus assez de force pour
en supporter l'angoisse.

Dévorée de chagrin, travaillée par une sourde inquiétude, car elle n'était point sans s'apercevoir que
ces émotions trop puissantes avaient leur contre-coup
sur son organisation si nerveusement impressionnable, elle était avertie, comme par un secret instinct,

que l'heure des crises redoutables allait être avancée
pour elle.

Vers le soir, en effet, elle fut prise des premières
douleurs, et le praticien qui lui donnait ses soins
déclara tout d'abord que les couches seraient singulièrement laborieuses, et rendues plus difficiles encore
par l'état de surexcitation excessive dans lequel se
trouvait la jeune femme. Il ne cacha point à M. de
Montrégis que ces conditions critiques amèneraient
avec elles de sérieux dangers, dont il devait être averti.

La crainte que ces paroles inspiraient au comte
Octave était d'autant plus cruelle qu'elle se mélangeait
pour lui d'un véritable remords.

— Si elle succombait, se dit-il, avec un serrement
de cœur qui jetait le trouble et l'angoisse jusque dans
les plus intimes profondeurs de son être, ce serait ma
faute, et j'aurais à me reprocher sa mort... Ah! celle-
là aussi? ce serait trop, en vérité!

Et, dans sa pensée, il revoyait la marquise expi-
rante, renversée sur le tapis de son boudoir, et tournant vers lui son long regard humide, égaré, où se
lisaient déjà l'effarement et la terreur de la mort prochaine.

— Mon Dieu! prenez ma vie et sauvez la sienne!
s'écria-t-il dans un élan de ferveur sincère, en regardant Viviane avec des yeux qui l'adoraient.

Malgré son courage, qui était vraiment grand, les
tortures physiques arrachaient à la jeune femme des
plaintes involontaires, et des gémissements qui dé-
chiraient le cœur de son mari.

Il lui avait pris la main et il essayait de lui faire
entendre des paroles d'encouragement et de consolation. Mais Viviane ne lui répondait point. Ses souffrances allaient croissant toujours, et bientôt, à

quelques phrases incohérentes et vagues, à quelques
interjections qui semblaient sans raison, le médecin
laissa concevoir la crainte d'un transport au cerveau,
accompagné d'un délire dont il notait déjà les symptômes avant-coureurs.

Cette communication, pour nécessaire qu'elle fût,
ne pouvait avoir pour résultat de calmer les craintes
déjà si vives du mari de Viviane.

— Est-ce que ces complications effrayantes sont
fréquentes? demanda-t-il à l'opérateur.

— Nous les rencontrons quelquefois, répondit
celui-ci. Les couches, quand elles ne se présentent
pas d'une façon tout à fait favorable, sont comme le
résumé de toutes les douleurs et de toutes les souffrances qui peuvent être imposées à l'organisme délicat de ces chères créatures. Ah! voyez-vous, Monsieur le comte, nous ne savons pas assez ce que nous
coûtons à nos mères!

— Cela se peut, dit Octave, mais je vous avoue que
ce n'est pas en voyant souffrir ma femme que je
voudrais l'apprendre!

Cependant, à mesure que le travail inconscient,
mais terrible, de la maternité s'accomplissait chez
Viviane, le délire, prédit par le docteur, prenait un
caractère plus aigu, et, par conséquent, plus alar-
mant. Et, comme il arrive souvent dans ces égare-
ments de la raison, ce fut l'objet de ses plus récentes préoccupations qui devint le texte de ses plus
folles divagations. Au milieu des cris que lui arrachaient parfois ses atroces douleurs, elle reconstituait
à sa manière les scènes dramatiques de la cour d'assises, en mêlant, dans des proportions inégales, la
vérité au mensonge. A l'exemple des magistrats,
mais à sa manière, elle rétablissait ce que l'on pour-

rait appeler l'acte du meurtre, montrant Octave dans les bras d'Impéria, dont il s'arrachait pour la défendre, en s'offrant à sa place aux coups du marquis, et en essayant de lui faire un bouclier de son corps. Puis c'étaient les reproches adressés à son mari, tour à tour, par l'accusation et par la défense, qui prenaient une force nouvelle en passant par ses lèvres.

Enfin, quand elle avait donné un libre cours à ses trop justes plaintes, par un retour qui ne devait pas étonner dans cette âme naturellement compatissante et bonne, elle ne voyait plus que les souffrances de celui qui avait été son bourreau, et, prise d'un réel effroi au souvenir confus et troublé des paroles sévères qu'on lui avait fait entendre, et de la réprobation quelque peu hautaine dont on avait frappé ses actes, elle demandait grâce et pitié pour lui à ces hommes rouges, pareils à des bourreaux... Oui, elle priait pour cet être ingrat et cruel sans doute... mais qu'elle adorait toujours.

Ces paroles incohérentes, douloureuses et passionnées, que les circonstances dans lesquelles l'infortunée créature les prononçait rendaient plus pathétiques encore, quatre personnes les écoutaient avec des sentiments bien divers, et des impressions bien différentes. Le médecin, à qui elles apportaient une révélation aussi nouvelle qu'émouvante, s'efforçait de dominer sa surprise, et d'oublier la femme pour ne songer qu'à la patiente, qu'il eût voulu délivrer de tous ses maux. La mère de Viviane, en apprenant tout ce qu'avait souffert son enfant — cette fille de sa chair et de son sang, de son cœur et de son âme — se demandait si elle aurait jamais la force de pardonner à son gendre. — C'est une sorte de courage que les belles-mères n'ont pas toujours. La douairière de Montrégis, prise d'une immense pitié pour cette angélique créature, cherchait par quels moyens elle pourrait jamais lui faire oublier tant de douleurs imméritées. Quant à Octave, il éprouvait pour cette adorable femme une pitié sans bornes, et, menacé de perdre un amour qu'il avait pu trahir, mais dont il n'avait jamais mieux senti la force et la douceur, il pâlissait de terreur à la seule pensée de la catastrophe qui pouvait engloutir tout l'espoir de sa vie.

Cependant le paroxysme de cette crise, qui pouvait être mortelle, s'apaisa peu à peu. Viviane parut goûter le suprême repos d'une accalmie devenue bien nécessaire à la suite de ces énervantes épreuves; après avoir tant parlé, qu'elle avait dû, à travers les divagations de son délire, débarrasser son esprit des lourds secrets sous l'obsession desquels la malheureuse créature se débattait depuis de longs mois, elle se tut.

Mais tous écoutaient son silence, avides de saisir les moindres indices pouvant révéler ce qui se passait dans les profondeurs de cette âme troublée.

# XLIII

Cependant, le mystérieux travail de l'enfantement s'accomplissait, au milieu des défaillances et des tortures qui l'accompagnent d'ordinaire, et que les angoisses morales rendaient en ce moment plus cruelles encore pour cette victime d'amour.

Bientôt les vagissements d'un nouveau-né, entrant dans le monde avec des cris et des pleurs, comme s'il eût déjà pressenti les amertumes et les douleurs de la destinée humaine, firent tressaillir tous les cœurs.

— Elle est sauvée, et voilà le jeune monsieur de Montrégis ! fit le docteur d'un ton joyeux. Celui-là pourra bien se vanter d'être l'enfant du miracle ! J'ai fait bien des accouchements dans ma vie, mais jamais peut-être dans des conditions aussi périlleuses... Je puis le dire, à présent que le péril est passé.

Emportée par un élan de reconnaissance et d'amour, M<sup>me</sup> de Valneige tomba sur ses genoux, et sans s'occuper de ceux qui étaient là, et, tenant dans ses mains les mains de sa fille, avec cette ferveur qui fait les saintes, elle remercia Dieu qui mettait fin par une si heureuse délivrance à tant d'inquiétudes et de souffrances.

Cependant, la douairière de Montrégis avait pris l'enfant des mains de l'accoucheur, pour lui donner les premiers soins.

Elle le regarda avec attendrissement, puis avec une bouffée d'orgueil qu'elle ne put réprimer : — Il sera beau comme son père! murmura-t-elle tout bas.

Elle s'approcha de sa bru, et, se penchant vers elle, le lui montra avec toutes sortes de câlineries affectueuses.

Viviane releva ses yeux fatigués, regarda son fils avec un attendrissement profond, et, d'une voix si faible qu'à peine on l'entendit :

— Pauvre ange! puisse-t-il être plus heureux que sa mère!

Et, plus bas encore elle ajouta :

— Quel bonheur que ce ne soit pas une fille!... les femmes souffrent trop!

Debout, immobile à deux pas du lit, les bras croisés sur sa poitrine, contenant à grand'peine les fortes émotions mêlées de douleur et de joie qui l'agitaient, Octave n'osait s'approcher de sa femme, et, de son côté, Viviane hésitait à le regarder.

Elle était très faible, comme épuisée, — et elle devait l'être. Mais, avec le sentiment de sa délivrance, un grand apaisement s'était fait en elle. Toute sa raison lui était revenue — et, avec sa raison, le sentiment juste et vrai des choses. Elle n'oubliait rien sans doute; mais, dans sa joie d'avoir mis un homme au monde, elle comprenait déjà que l'indulgence est la première vertu de la femme.

— Va donc embrasser la mère de ton fils! dit la douairière de Montrégis à Octave, en le poussant vers le lit de Viviane.

Et tout bas, elle ajouta :

— Dans de pareils moments, on a l'âme prête au pardon. Profites-en!

Octave, un peu craintif, comme l'homme qui a la

conscience de ses torts, jeta à sa femme, qui avait tout entendu, un regard qui lui demandait la permission d'obéir à sa mère.

L'œil humide et doux de Viviane disait : Oui!

Le mari coupable s'inclina devant elle avec une grâce amoureuse; prit la longue main moite, tiède et fluette, un peu amaigrie, et d'une blancheur d'albâtre, qu'on lui tendait, et sur laquelle il appuya ses lèvres brûlantes.

— C'est bien vrai, dit-il, en restant toujours à genoux devant elle, c'est bien vrai que tu pardonnes?

— Oui! mais ne me fais plus de peine... Je suis au bout de mes forces, et je sens qu'un nouveau chagrin me tuerait.

— Ne crains rien! je veux que tu vives pour *lui* et pour moi!

— Oui, pour tous deux! Je ne te demande que cela! Mais, à présent, pour te croire, il me faut des gages...

— Parle! J'écoute et j'obéis!

— Tu m'as fait bien souffrir, sans doute, dit-elle d'une voix douce et faible, mais tu n'as pas tué l'amour en moi... mon amour est immortel comme mon âme! et je t'ai aimé au milieu même de mes angoisses! mais la confiance qui m'est si nécessaire, la confiance est bien malade! Que veux-tu? ce n'est pas ma faute, car je croyais en toi comme en Dieu : c'est la tienne! Tu m'as condamnée à vivre dans des transes perpétuelles, parce que je craindrai toujours les rechutes. Vois-tu, il y a vraiment trop de femmes à la ville.

— Non! pour moi, il n'y en a plus qu'une au monde... la mienne... la mère de mon fils... toi!

— Je ne croirai cela qu'à Valneige, parce que nous y serons seuls ensemble!

— Quand veux-tu partir?

— Je voudrais que ce fût demain!

— Un peu de patience! dit le docteur, c'est moi qui signerai la feuille de route, et je tiens à conserver le plus longtemps possible une aussi charmante cliente... Mais rassurez-vous, chère Madame, ajouta-t-il aussitôt, en remarquant sur le visage de Viviane quelque chose qui ressemblait à une ombre inquiète, c'est lui que je vous donne pour garde-malade...

— Ne me guérissez pas trop vite, alors! dit-elle en jetant le plus adorable regard au mari repentant, toujours incliné sur sa main, où des larmes tombaient avec des baisers.

FIN.

8156-87. — Corbeil, typ. et stér. Crété.

Imprimé en France
FROC030910191020
25456FR00014B/324